光文社文庫

新訳シャーロック・ホームズ全集

シャーロック・ホームズの回想
The Memoirs of Sherlock Holmes

アーサー・コナン・ドイル
日暮雅通 訳

光 文 社

シャーロック・ホームズの回想　目次

シャーロック・ホームズの回想

The Memoirs of Sherlock Holmes

名馬シルヴァー・ブレイズ

The Adventure of Silver Blaze

「ワトスン、ぼくは行かなくちゃならんようだよ」

ある朝、朝食のテーブルについたホームズが言った。

「行くって、どこへ？」

「ダートムアさ——キングズ・パイランドだ」

わたしは驚かなかった。いやむしろ、英国じゅうでこれほど話題になっている事件に、彼がいまだに乗りだしていないことのほうが、不思議だったのだ。

この前日、ホームズは一日じゅう眉間にしわをよせて、うつむいたまま部屋を歩き回っていた。パイプに強い黒煙草を何度も詰め替え、わたしが何をたずねても、まるで反応がなかった。あらゆる新聞の最新版が、出るたびに販売所から届いたが、それにもちらっと目を通しただけで、すぐに部屋のすみへ投げすててしまった。

だが、だまりこくってはいても、ホームズが何を考えているのか、わたしにはよくわかっていた。いま彼の推理力に挑戦しうる事件といえば、ただひとつ。ウェセックス・カップ・レースの本命馬が失跡し、その調教師が惨殺された事件だけなのである。だから、彼が突然事件の現場へ出かけると言いだしたのも、わたしが予想していたことにすぎなかった。

「じゃまでなければ、ぼくも行ってみたいところだが」

「じゃまどころか、きみに来てもらえれば大いに助かるよ、ワトスン。きみにとっても、時間のむだにはならないと思う。この事件はきわめて珍しいものになりそうだと思わせる点が、いくつかあるからね。いまからパディントン駅へ行けば、ちょうどいい列車があるはずだ。くわしい話は乗ってからにしよう。きみのあの、高性能の双眼鏡を持っていってくれないか」

一時間後、わたしたちはエクセターへ向かって走る列車の一等車に乗っていた。耳覆いつきの旅行帽をかぶったホームズは[*1]、真剣な顔つきで、パディントンで山ほど買いこんだ最新版の新聞に次々と目を通していった。レディングをだいぶ過ぎたころになって、ようやく最後の新聞を座席の下へ押し込み、わたしに葉巻入れを差しだした。

「順調に飛ばしているね」ホームズは窓の外をながめ、時計をちらっと見た。「いま、時速五十三マイル半だ」

「四分の一マイル標なんか見えなかったが」

「ぼくだって見ちゃいないよ。でも、この線路ぞいの電柱は六十ヤードごとに立っているんだから、計算はかんたんさ。ところで、このジョン・ストレイカー殺しと、シルヴァー・ブレイズの失跡の件は、もうよく知っているだろうね」

「『テレグラフ』と『クロニクル』の記事だけは読んだよ」

「今回の事件は、新しい証拠をつかむことよりも、すでに知られている資料を検討するほうに力を入れなくてはならないケースだ。きわめて異常で、手口も完璧、それに多くの人間にかかわりをもつ事件だから、推測や憶測が多すぎて困る。重要なのは、さまざまに入り乱れた見解や報道のなかから、事実による――絶対確実な事実による――骨組みを抜きだすことさ。そのしっかりした土台の上に立って、どんな推論が引きだせるか、事件の謎を解く鍵はなんなのかを突きとめるのが、ぼくらの役目だ。

火曜日の晩に、馬主のロス大佐と、この事件を担当しているグレゴリー警部の両方から、協力依頼の電報をうけとったよ」

「火曜日の晩だって！　もう木曜日の朝じゃないか。どうしてきのうのうちに出かけなかったんだ？」

「ぼくの失敗さ、ワトスン。ただ、この程度の失敗は、きみの記録でしかぼくを知らない人が知っている以上に、いくつもあることだがね。

ぼくは、あんな英国一の名馬を、しかもダートムア北部のような人家の少ないところに、そう長いこと隠しておけるはずがないと思っていたんだ。だからきのうは一日じゅう、馬が発見されてジョン・ストレイカー殺しもその馬泥棒の犯行だという知らせが入るのを、待っていた。ところがけさになっても、フィッツロイ・シンプスンという青年が逮捕されただけで、何の進展もない。それで、そろそろ行動を起こさなくちゃと思ったのさ。もっとも、きのうだってまったくむだに過ごしたわけじゃないが」

「じゃあ、だいたいの見当はついたのかい？」

「少なくとも、事件の主要な事実はつかんだ。そいつをこれからきみに話そう。問題をはっきりさせるには、他人に話してきかせるのがいちばんだからね。それに、きみに協力してもらうにしても、そもそもの初めの部分から知っておいてもらう必要がある」

わたしは座席のクッションにもたれて、葉巻をふかした。ホームズは身を乗り出し、細長い人さし指で左の手のひらをたたきながら要点をひとつひとつひろいあげ、わたしたちがこの旅に出る原因となった事件の概略を説明した。

「シルヴァー・ブレイズは有名なアイソノミーの血統を引く五歳馬で、その先祖におとらぬ輝かしい経歴をもっている。出走するたびに、馬主のロス大佐に賞金をもたらしてきた。こんどの事件の直前も、ウェセックス・カップ・レースの一番人気で、賭け率は三対一だった。人気があるせいで賭け率は低いが、まだ一度も競馬ファンの期待を裏切ったことがないから、莫大な金がこの馬に賭けられてきた。つまり、つぎの火曜日に行なわれるウェセックス・カップにシルヴァー・ブレイズが出場できなくなれば、大きな利益を得る人間が、かなりいるわけだ。

当然、大佐の調教厩舎のあるキングズ・パイランドでも、このことをこころえていて、万全の態勢で警備をしてきた。死んだ調教師のジョン・ストレイカーは騎手あがりで、体重が

SMOKING
SP

重くなりすぎて引退するまでは、ロス大佐の馬に乗っていた男だ。騎手として五年、調教師として七年、大佐に仕えてきたが、いつも熱心で正直な仕事ぶりだったという。

厩舎は馬が四頭しかいない小さなものなので、ストレイカーの下には若い馬屋番が三人いるだけだ。そのなかのひとりが毎晩厩舎で不寝番をつとめ、あとの二人は二階で寝る。三人とも、いたってまじめな若者らしい。ストレイカーは結婚していて、厩舎から二百ヤードほど離れた小さな家に住んでいる。子どもはなく、メイドをひとりおいて、気楽な暮らしだった。

あのあたりはひどくさびしいところだが、半マイルほど北には小さな別荘村がある。タヴィストックの建築業者が、病人やダートムアの新鮮な空気を味わいたい連中をあてこんで、建てたものだ。タヴィストックの町そのものは二マイル西にあり、荒地をはさんでやはり二マイルほど離れたところには、キングズ・パイランドより大きな、ケイプルトン厩舎がある。こちらの所有者はバックウォーター卿で、管理はサイラス・ブラウンという男がしている。そのほかは、どっちを見てもまったくの荒野さ。生活しているものといえば、放浪のロマがわずかにいるくらいだ。

つぎに、事件が起きた月曜日の晩の状況を説明しよう。

馬屋番たちはいつもどおり馬を運動させて水をあたえ、九時には厩舎の戸締まりをした。三人の馬屋番のうち二人は調教師の家へ行って夕食をとり、もうひとりのネッド・ハンターが、見張り番として厩舎に残った。九時ちょっと過ぎに、イーディス・バクスターというメイドが、彼のところへマトンのカレー料理を運んだ。飲物はそえてなかった。厩舎には給水栓があるし、仕事中は水以外飲んではいけない決まりだからだ。その晩は月も星もなく、広々とした真っ暗な荒野を突っきらなければならないメイドは、ランタンをさげていた。

厩舎の三十ヤードほど手前まで来たとき、暗闇のなかからいきなり男がひとり現れて、メイドを呼びとめた。ランタンの黄色い光の輪のなかに歩みよってきた相手を見ると、グレーのツイードの服にラシャの帽子をかぶった紳士風で、足にはゲートルを巻き、手にはこぶの握りがついた太いステッキをもっていた。だが、彼女がいちばん強い印象をうけたのは、顔色が極端なほど青ざめ、ひどく落ちつかないようすだったことだ。年まわりは三十をちょっと越したくらいに見えたという。

『ここは何というところだい？』と男はたずねた。『この荒野で野宿しようかと思っていたところへ、あんたのランタンの明かりが見えたんだ』

『キングズ・パイランド厩舎のすぐそばですわ』

『えっ、ほんとうかね？　そいつは運がよかった！　なるほど、厩舎には毎晩馬屋番が泊まるんだな。あんたはその夕食をとどけるところだろう。ところで、どうかね、ひとつうまい話があるんだが。新しい服を買えるくらいの金が手に入る話だよ。つまらん意地など張って、ことわったりせんだろうね？』

男はそう言って、チョッキのポケットから折りたたんだ白い紙をとりだした。

『厩舎に泊まってる馬屋番に、こいつを渡してくれないかな。そうしたら、とびきり上等のドレスが買えるくらいの礼をするよ』

あまりに真剣なようすなので、メイドは思わず気味が悪くなり、男の横をすりぬけて厩舎へ走っていった。いつも食事をさし入れている窓の前に行くと、ハンターはすでに窓をあけて、小さなテーブルの前にすわっていた。メイドがいまの出来事を話そうとすると、当のあやしげな男がやってきて、窓のなかをのぞきこみながら言った。

『こんばんは。じつは、あんたにちょっと話があってね』

男がそう話しかけたとき、握りしめた手から小さな紙包みの端がのぞいていたと、メイドはあとで証言している。

『何の用だ？』と馬屋番は聞いた。

『あんたのもうけになる話さ。ここにはウェセックス・カップに出る馬が二頭いるだろう？シルヴァー・ブレイズとバヤードだよ。そこで、確かな情報を提供してくれんかな。聞くところでは、重量のハンディを考えるとバヤードはシルヴァー・ブレイズに五ハロンあたり百ヤードの差をつけられるんで、馬主連中はみんなバヤードに賭けてるというが、そいつはほんとうかね？』

『なんだと、さてはおまえ、さぐり屋だな！　おまえみたいなやつがキングズ・パイランドじゃどうなるか、思い知らせてやる！』

馬屋番はそうどなると、ぱっと立ちあがって、犬を放すために厩舎のなかをかけていった。メイドは家へ逃げ帰ったが、走り出したときふり返ってみると、男が窓から首をつっこんでいるのが見えたそうだ。ところが、そのすぐあとにハンターが犬を連れてもどったときには、もう男の姿はなかった。ハンターは厩舎のまわりをかけまわってみたが、どこにもいなかったという」

「ちょっと待ってくれ」わたしはホームズの話をさえぎった。「馬屋番が犬を連れて外に出たとき、ドアの鍵はかけたのかい？」

「みごとだ、ワトスン。いい質問だ」ホームズはつぶやくような調子で言った。「そこはぼくも重要な点だと思ったから、きのうのうちにダートムアへ特別電報を打って確かめておいたよ。馬屋番は鍵をかけたそうだ。それから、男が首をつっこんでいたという窓もかなり小さくて、身体を通すことはできないという。

ハンターはほかの馬屋番が食事からもどると、その出来事を調教師のところに報告させた。話を聞いたストレイカーは、このことにどんな意味があるかはわからなかったようだが、かなり興奮したうえ、漠然と不安を感じたらしい。夜中の一時にストレイカーの奥さんが目をさますと、彼は服を着替えていたというんだ。どうしたのかと思って訊ねると、馬のことが心配で眠れないから、ようすを見に厩舎へ行くのだという。雨が窓を打つ音もきこえたので、心配した奥さんは家にいてほしいと頼んだが、ストレイカーは聞き入れずに、大きな雨外套《がいとう》を着て出ていってしまった。

奥さんは朝の七時に目をさましたが、ストレイカーはまだ帰っていない。彼女はすぐに服を着ると、メイドといっしょに厩舎へかけつけた。すると、入口のドアがあけっぱなしで、なかではハンターが前後不覚に眠りこけている。シルヴァー・ブレイズの厩舎はからっぽで、調教師の姿も見当たらなかった。

馬具置き場の二階の藁切り部屋で寝ている二人の馬屋番が、すぐに起こされた。二人とも熟睡するたちで、夜には何も聞かなかったそうだ。ハンターは何か強い薬でも飲まされたようで、話の聞けるような状態にはなかった。薬がきれるまで寝かせておくことにして、二人の馬屋番と二人の女は、いなくなった馬と調教師を探しに出かけた。そのときはまだ、調教師が何かの理由で馬を朝の散歩に連れだしたのではないかという希望をもっていたんだ。だが、厩舎の周辺の荒野を見渡せる丘にのぼってみても、シルヴァー・ブレイズの姿はどこにも見当たらず、なにやらただならぬことが起きていると感じられた。

厩舎から四分の一マイルほど離れたハリエニシダの茂みに、ストレイカーの雨外套が引っかかって、ひらひらはためいていた。そのすぐ先の地面に丸いくぼみがあって、その底に、不運な調教師の死体が発見された。頭を重い鈍器のようなもので打ち砕かれている。ももにも傷があったが、こちらは長く鋭い切り傷で、何かきわめて鋭利な刃物によるものと思われた。

だが、ストレイカーは加害者に激しく抵抗したらしく、右手には柄までべっとりと血のついた小さなナイフを握りしめ、左手には赤と黒の絹のスカーフ・タイをつかんでいた。このスカーフ・タイは、前の晩に厩舎にあらわれた謎の男がつけていたものだと、メイドが証言している。

ようやく昏睡状態からさめたハンターも、このスカーフ・タイの持ち主については、はっきりと覚えていた。さらには、その見知らぬ男が、窓の外にいたときにマトンのカレー料理に薬をまぜて自分を眠らせたのだと、強く主張した。

行方不明の馬については、死体のあった窪地の泥に無数の足跡が残されているので、格闘があったあいだそこにいたことは、たしかだった。ところが、その朝以来ずっと行方がわからぬままだ。多額の賞金がかけられていて、ダートムアのロマたちも目を光らせているはずだが、いまだに何の消息もない。

最後に、ハンターが食べた夕食の残りを調べた結果、かなり多量の粉末アヘンが入っていたことがわかった。ただし、あの晩調教師の家で同じ料理を食べたはずのほかの連中には、何事もなかった。

以上が、できるかぎり憶測を排して、ありのままを述べた事件の概略だ。ではつぎに、警察がこの事件をどう扱っているか、かんたんに説明しておこう。

担当のグレゴリー警部は、きわめて有能な警察官だ。もうちょっと想像力さえあれば、この道でかなりの出世ができるだろう。彼は現場にやってくると、いちばんに怪しいと思われる例の男を見つけだして、ただちに逮捕した。付近ではよく知られた男だったから、探しだすのはかんたんだったんだ。名前はフィッツロイ・シンプスン。生まれも教育もりっぱなんだが、競馬で財産をすってしまい、いまではロンドンのスポーツ・クラブで細々と私設馬券屋をやっているらしい。彼の賭け金帳を調べてみると、シルヴァー・ブレイズの対抗馬に自分で五千ポンドも賭けていることがわかった。

逮捕されたシンプスンは、自分がダートムアへ行ったのは、キングズ・パイランドの二頭と、ケイプルトン厩舎でサイラス・ブラウンが面倒をみている二番人気のデズバラについて情報を得たかったからだと、進んで供述した。いま話したような前の晩の行動についても否定しなかったが、悪意はいっさいなく、ただ直接の情報がほしかっただけなのだと主張した。ところが、例のスカーフ・タイをつきつけられると、さっと顔色が変わり、それが被害者の手に握られていたことについて、ひとことも釈明できなかった。服がぬれていたので、前の晩の大雨のなか、屋外にいたことは明らかだった。しかもヤシの木製《ピナン・ロウヤー》のステッキは握りのこぶに鉛が仕込んであったから、それで何度も殴りつければ、調教師の頭を砕くことは十分にできると考えられた。ただ、ストレイカーが握っていたナイフが血だらけだったことを考えると、加害者が複数いたとしても、少なくともひとりは負傷しているはずだ。それなのに、シンプスンの身体には何の傷もなかった。

事件の概略はざっとこんなところだよ、ワトスン。何か気づいたことがあったら言ってくれれば、大いに助かるんだが」

ホームズがいつもの調子で明快に語ってくれた物語に、わたしは熱心に耳を傾けていた。ほとんどの事実はすでに知っているものだったが、どの事実がどの程度重要で、それらの事実がたがいにどう関連しているのかについては、よくわからなかった。

「ストレイカーのももの傷は、頭を打たれてもがいているうちに、自分のナイフで傷つけたということは考えられないかな？」

「十分ありうるよ。ほんとうにそうだったのかもしれない。そうなると、シンプスンに有利な材料がひとつ消えるわけだ」

「それにしても、警察はどう考えているんだろう。ぼくにはよくわからないな」

「いずれにせよ、ぼくらの考えとはだいぶ違うだろうさ。たぶん、こんなところだろう――シンプスンはハンターの夕食に一服盛って眠らせ、何らかの方法で手に入れた合鍵で厩舎の扉を開け、誘拐の目的で馬を連れだした。馬の手綱がなくなっていたが、シンプスンが馬につけたのだろう。それから、戸を開け放したまま、馬を荒野のほうへ連れていったところで、調教師に出くわしたか、あるいは追いつかれた。格闘がはじまり、シンプスンは重いステッキでストレイカーの頭を打ち砕いたが、相手の小型ナイフからは何の傷も受けなかった。そして馬は、シンプスンがどこか秘密の場所に隠したか、それとも格闘の最中に逃げだして、荒野のどこかをうろついているのかもしれない。

あまり確信のもてない説明だけれど、ほかの解釈では、もっと説得力がなくなるわけだ。とにかく、現場に着きしだい調べにとりかかろうじゃないか。それまでは、どうにも考えようがないよ」

タヴィストックに着いたのは、夕方になってからだった。広大なダートムア地方の真ん中に、楯の中心についた突起のようにぽつんと孤立した、小さな町だ。

駅には二人の紳士が迎えにきていた。ひとりは背が高くて色白で、ライオンのような頭髪とあごひげの、人を射るような鋭い青い目をした男。もうひとりはフロック・コートにゲートルというきちんとした身なりの男で、小柄だが敏捷そうだ。きちんと刈りこんだ短いほおひげに、片眼鏡をかけている。背の高いほうが、近ごろ英国の警察界で名をあげつつあるグレゴリー警部、小柄なほうが競馬界でその名を知られるロス大佐だった。

「ホームズさん、ようこそおいでくださいました。こちらの警部さんが、考えられるかぎりの手は打ってくださったのですが、わたしとしては、かわいそうなストレイカーの仇を討ち、馬をとりもどすために、あらゆる手をつくしたいのです」

「その後、なにか新しい発見でもありましたか？」とホームズ。

「残念ながら、ほとんど進展なしです」警部が答えた。「外に馬車を待たせてあります。暗くならないうちに現場をごらんになりたいでしょうから、くわしい話は馬車のなかでしましよう」

数分もたたぬうち、わたしたちは乗り心地のいい四輪馬車《ランドー》に乗り込んで、デヴォンシャーの古風な町並みを走っていた。グレゴリー警部は事件のことで頭がいっぱいらしく、ほとんどしゃべりっきりで、ホームズはときどき質問やあいづちをはさむくらいだった。ロス大佐は帽子を目のあたりまで深くかぶり、腕組みをしたまま座席の背にもたれていたが、わたしは二人の会話に興味をひかれて熱心に耳を傾けていた。グレゴリー警部は自分の考えをしきりに述べ立てたが、それはホームズが汽車のなかで予想したものとほとんど変わらなかった。

「捜査の網は、フィッツロイ・シンプスンにしぼられています。わたしはやつが犯人にまちがいないと信じています。もっとも、状況証拠ばかりですから、何か新事実が出れば、くつがえされんともかぎりませんが」

「ストレイカーのナイフの件はどうですか？」とホームズ。

「倒れたときに、自分で傷つけたのではないかという結論に達しました」

「このワトスン君も、ここへ来る途中で同じ意見を出していました。もしそうだとすると、シンプスンにとっては不利な材料になるわけだ」

「そのとおりです。やつはナイフを持っていませんでしたし、傷ひとつありませんでした。やつに不利な証拠はたくさんありますよ。まず第一に、あの人気馬の失跡はやつに大きな利益をもたらします。それから、馬屋番に一服盛った疑いは濃厚だし、大雨のあいだ出歩いていたということもまちがいない。持っていた重いステッキは凶器になりうるし、ガイシャの手にはやつのスカーフ・タイが握られていた。これだけ材料がそろえば、陪審員団を納得させるには十分だと思いますよ」

ホームズは頭を振った。「いや、有能な弁護士にかかったら、その程度の証拠はひとたまりもありませんよ。たとえば、シンプスンはなぜ馬を厩舎から連れだしたんですか？　ただ傷つけるのが目的なら、その場でやればいいことです。それから、合鍵は彼の持ち物の中に発見されましたか？　粉末アヘンはどこの薬屋で買ったんです？　それに、この土地に不案内なシンプスンが、あれほど有名な馬をどこに隠せるでしょう？　メイドから馬屋番に渡させようとした紙切れについては、彼自身、何と言っていますか？」

「十ポンド紙幣だということです。たしかに、財布のなかに一枚入っていました。ですが、あなたがいま指摘したいくつかの点は、それほど決定的だとは思えませんね。第一に、やつはこの土地に不案内じゃありません。タヴィストックには、夏に二度泊まったことがあるんです。アヘンはおそらくロンドンで買ったんだろうし、合鍵は使ったあとで捨てたんでしょう。馬は、荒野の窪地か廃坑の底にでも倒れていると考えられます」

「スカーフ・タイについて、彼は何と言っています？」

「自分のものにまちがいないが、なくしたのだと。そういえば、シンプスンがなぜ馬を厩舎から連れだしたか説明できそうな、新事実がひとつありました」

ホームズは耳をそばだてた。

「月曜の晩、殺人現場から一マイルと離れていない場所で、ロマの群れがキャンプをしていたんです。火曜日にはそこを立ち去っています。シンプスンとロマのあいだで何か話がついていたのだとすると、シンプスンは馬をロマのところへ連れていく途中でストレイカーに追いつかれたことになります。馬はロマたちが連れていったのでしょう」

「確かに、ありえないことじゃない」

「現在、そのロマたちの行方を追って荒野を捜索しています。また、タヴィストックの周辺十マイル以内にある厩舎と小屋を、しらみつぶしに調べました」

「すぐ近くに、もうひとつ調教厩舎がありましたね？」

「ええ、その点も見逃してはいません。あそこのデズバラという馬は二番人気ですから、シルヴァー・ブレイズの失跡には利害関係があることになります。調教師のサイラス・ブラウンは今度のレースに大金を賭けているそうですし、殺されたストレイカーとは仲がよくなかったようです。しかし厩舎を調べましたが、この男と事件を結びつけるものは何もありませんでした」

「シンプスンとそのケイプルトン厩舎を結びつけるものは？」

「それもまったくなしです」

ホームズは座席の背にもたれ、二人の話はそこで途切れた。それから数分後、馬車は道路に面してひさしの張り出した、こぢんまりした赤レンガの家の前でとまった。調教場のむこうには、灰色の屋根をした長い別棟、つまり厩舎が見えている。どちらを見ても、枯れシダで黄褐色になった荒野が、ゆるやかな起伏で地平線のかなたまでのびており、目をさえぎるものといえば、タヴィストックの教会の尖塔と、西のほうにかたまって見えるケイプルトン厩舎らしき建物だけだ。

わたしたちは馬車から降りたが、ホームズだけは座席にもたれたまま、前方の空をじっとみつめ、何やら考え込んでいるようだった。わたしが腕に手をかけると、ようやくはっとしてわれに返り、馬車を降りた。

「失礼しました」ホームズは驚いた様子で見つめるロス大佐に向かって言った。「白日夢というやつを見ていたようです」

だが、ホームズの目は異様な輝きを帯び、態度には押し殺した興奮がありありと見えた。彼の癖をよく知っているわたしは、それを見て、何か手がかりをつかんだことがすぐにわかった。どうやってつかんだかは見当もつかなかったが。

「ホームズさん、すぐ現場に行かれますね？」とグレゴリー警部が言った。

「いや、その前に二、三お聞きしたいことがあります。ストレイカーの死体はここへ運ばれたんですね？」

「ええ、二階に安置してあります。検死はあしたですから」

「ロス大佐、ストレイカーはずっとあなたのところで働いていたんですね？」

「ええ、それはよく働いてくれましたよ」

「警部、死体の所持品はもう調べましたか？」

「居間のほうにまとめてあります。ごらんになりますか？」

「ぜひお願いします」

　一同は居間へ通り、中央のテーブルを囲んで腰をおろした。警部は四角いブリキ箱を開けて、いろいろな品をわれわれの前に並べた。蠟軸《ろうじく》マッチひと箱、二インチほどの獣脂ロウソク、A・D・P印のブライアー・パイプ、長刻みのキャヴェンディッシュ（甘味を加えて圧縮した板煙草）が半オンスほどはいったアザラシ革の煙草入れ、金鎖つきの銀時計、ソヴリン金貨五枚、アルミニウムの鉛筆入れ、数枚の書き付け、それに「ロンドン・ワイス社製」という銘がついた、非常に細くて鋭い刃をもつ象牙柄のナイフ。

「これはすいぶん変わったナイフだな」ホームズはナイフを手にとって、じっくりと調べた。「血痕が付着しているところを見ると、死体が握っていたというのがこれだな？　ワトスン、こいつはきみたち医者が使うナイフじゃないか？」

「そう、いわゆる白内障メスというやつだ」

「やっぱりそうか。非常にデリケートな作業をするための、精巧な刃だ。荒っぽい仕事に出かけた男が持っていたにしては、妙なしろものだな。折りたたんでポケットにしまえるわけでもないし」

「刃先を覆うコルクの円板が、死体のそばに落ちていましたよ」と警部が言った。「奥さんの話では、このナイフは数日前から化粧台の上に置いてあって、事件の晩ストレイカーが出がけにつかんで行ったんだそうです。確かにたいした武器になりそうもないが、手近にこれしかなかったんでしょう」

「かもしれませんね。この書き付け類は？」

「三枚はかいば商人の領収済み勘定書で、一枚はロス大佐からの指示の手紙です。あとの一枚は、ボンド街のマダム・ラスュアーという婦人服店から、ウィリアム・ダービシャーに宛てた三十七ポンド十五シリング（約九十万六千円）の請求書です。ストレイカーの細君の話では、ダービシャーというのは夫の友人で、ここへもときどきダービシャー宛ての手紙がきていたそうです」

「ダービシャー夫人はなかなかぜいたくな人のようですな」ホームズは請求書に目を走らせながら言った。「ドレス一着に二十二ギニー（約五十五万四千円）とは、豪勢なものだ。さて、ここではもう調べることもないようですから、犯行現場のほうへ行きましょう」

　わたしたちが居間を出ると、廊下で待ちかまえていた婦人が一歩進み出て、グレゴリー警部の腕に手をかけた。やつれきった顔に深刻な表情をうかべ、事件の恐怖がなまなましく刻まれているという感じだった。

「あの、捕まりましたの？」婦人はあえぐように言った。

「いや、まだです、ストレイカーさん。ですが、こちらのホームズさんもロンドンから応援にかけつけてくれましたし、一同全力を尽くしています」

「奥さん、いつでしたか、プリマスの園遊会でお目にかかりませんでしたか？」とホームズが言った。

「いいえ、何かのおまちがいでしょう」

「おや、そうですか。確かにお会いしたと思いましたが。そう、鳩色の絹のドレスに、ダチョウの羽根飾りをつけていらっしゃいました」

「わたし、そんなドレスは持っておりませんわ」

「そうですか。では人違いですな」

ホームズは詫びを言って、警部のあとから外へ出た。荒地をすこしばかり行くと、死体の発見された窪地へ出た。窪地のふちには、ストレイカーの雨外套が引っかかっていたというハリエニシダの茂みがある。

「事件の晩は、風はなかったということですが」とホームズ。

「ええ。ですが、どしゃぶりの雨でした」

「すると、外套は風に飛ばされてハリエニシダに引っかかったのではなく、誰かが置いたわけですね」

「そうです。茂みの上にのせてありました」

「そいつはおもしろい。しかし地面がひどく踏み荒らされていますね。月曜日の晩以来、いろいろな人が歩きまわったのでしょうか」

「いえ、そこのわきにムシロを一枚敷いて、みんなその上に立つようにしていました」

「それはよかった」

「この鞄に、ストレイカーのはいていた長靴のかたほうと、シンプスンの靴のかたほう、それにシルヴァー・ブレイズの蹄鉄が入っています」

「ほう、それはすばらしいですね、警部！」

ホームズは鞄をうけとると、窪地の底へおりてゆき、ムシロを中央へずらした。それから、ムシロの上に腹ばいになり、両手にあごをのせて、目の前の踏み荒らされた地面を熱心に観察した。

「おや！　こいつは何だ？」

泥にまみれているので、最初は小さな木切れのように見えたが、それは蠟軸マッチの燃えさしだった。

「どうしてそんなものを見落としたんだろう？」警部は困ったような顔つきになった。

「泥に埋まっていたんでしょう。ぼくはこいつを探していたからこそ、見つけたんです」

「え！　初めからそいつを探していたんですか？」

「たぶんあるだろうとは思っていました」ホームズは鞄から靴をとりだして、地面の足跡とひとつひとつ合わせてみた。それから窪地のふちへ這《は》いあがると、シダや灌木のあいだを這いずりまわった。

「足跡はもう残っていないと思いますがね。百ヤード四方はわたしが徹底的に調べましたから」

「なるほど」ホームズは立ちあがりながら言った。「あなたがそう言われるのなら、さらに調べ直すような失礼はやめましょう。あとは、暗くなる前にすこし荒野を散歩して、あしたのために地理などを確認しておきたいと思います。この蹄鉄は、幸運のおまじないにポケットへ入れていきますよ」

ホームズがあまりに落ちついているので、さっきからいらいらしたそぶりを見せていたロス大佐が、ちらっと時計に目をやった。

「警部さん、そろそろもどりませんか。いろいろ相談したいこともありますし。とくに、世間に対する義務として、こんどの出馬表からシルヴァー・ブレイズの名をはずすべきではないかという問題もあります」

「いや、その必要はありません。出馬登録はそのままでけっこう。ぼくが責任をもちます」

大佐は頭をさげた。「そう言っていただくと、たいへんありがたい。では、ストレイカーの家でお待ちしておりますから、散歩がすんだらお立ち寄りください。いっしょに馬車でタヴィストックへ引きあげましょう」

大佐と警部が去ると、わたしたちはゆっくりと荒野を歩いていった。太陽はケイプルトン厩舎のむこうに沈みはじめ、ゆるやかに傾斜して広がる荒野を、一面金色に染めている。枯れシダやイバラも、夕陽をあびて燃え立つように輝いている。だが、この美しい景色も、熱心に考えこむホームズにとってはまったくむだなながめであった。

だいぶたってから、ホームズはようやく口を開いた。

「ワトスン、ストレイカー殺しはしばらくおいて、まずは馬の発見に専念しようじゃないか。で、もし馬が二人の格闘の途中かそのあとに逃げたとすると、いったいどこへ行くと思う？　馬はとても群居性の強い動物だ。一頭だけ野放しにされたら、本能的にキングズ・パイランドへもどるか、ケイプルトンへ行くだろう。荒野をうろついているはずはない。もしそうなら、すでに誰かに発見されているはずだ。ロマがさらっていったというのも、むりだよ。あの連中は、警察とかかわりをもつのをきらうから、もめごとがあればすぐその土地を引き払ってしまう。それに、あんな有名馬は売れるもんじゃない。あの馬をさらっても、危険が大きいだけで何の得にもならないさ」

「じゃあ、馬はどこにいるんだろう？」

「いま言ったように、キングズ・パイランドへもどったか、ケイプルトンへ行ったかだ。だがキングズ・パイランドにはいないのだから、ケイプルトンにいるはずだということになる。ともかく、この仮説にしたがって進み、結果をみてみよう。荒野もこのあたりだと、警部が言っていたように地面が硬くて乾燥している。でもケイプルトンのほうへ向かっては、ずっと下りになっているね。ほら、あそこに長い窪地が見えるね。あそこは月曜の晩、雨でどろどろだったはずだ。もしぼくらの仮説が正しければ、馬はあそこを通り、足跡を残したことになる」

そう言いながらもどんどん歩きつづけ、数分後には窪地にたどりついた。ホームズの指示にしたがって、わたしは窪地のふちを右へたどり、ホームズは左へ向かった。が、五十歩も進まぬうちに、ホームズの大声が聞こえた。見ると、しきりに手まねきをしている。彼の目の前のやわらかい土の上に、馬の足跡がくっきりと残っているのだった。ホームズがポケットからとりだした蹄鉄を合わせてみると、ぴったり符合した。

「どうだい、想像力の大切さがわかったろう？　グレゴリー警部に欠けているのは、これさ。ぼくらは、まず何が起こったかを想像し、その仮説にしたがって行動し、それが正しいことを確認した。さあ、先へ進もう」

わたしたちは、じめじめした窪地の底をわたり、乾いた硬い草地を四分の一マイルほど歩いた。また窪地があらわれ、そこにも馬の足跡が認められた。それから半マイルほどは何もなかったが、ケイプルトンのすぐ近くまでくると、また足跡があった。ホームズはそれを見つけるといきなり足をとめて、満足そうに指さした。馬の足跡とならんで、人間の足跡がはっきり認められたのだ。

「これまでは馬だけだったのに！」わたしは思わず大声をあげた。

「そのとおり。これまでは馬だけだった。おや、これはどういうことだ？」

二つの足跡は急に向きを変えて、キングズ・パイランドのほうへもどっているのだ。ホームズがヒューッと口笛を鳴らし、わたしたちはその足跡をたどって歩きはじめた。

彼の目はひたすら足跡をたどっていたが、わたしがふと横に目をそらすと、驚いたことに、同じ二つの足跡が、ケイプルトンのほうへ向かって逆もどりしていた。わたしはすぐそれをホームズに教えた。

「お手柄だよ、ワトスン！　おかげでむだ足をせずにすんだ。このままたどっていたら、さんざん歩かされてから、またもどってくるところだ。さあ、こっちの逆もどりしている足跡をたどってみよう」

それからはたいして歩く必要がなかった。足跡はケイプルトン厩舎の門に通じるアスファルト道路のところで消えていたのだ。門に近づくと、馬屋番がひとり飛びだしてきた。

「このへんをうろちょろしねえでもらいてえな」

「いや、ちょっと訊ねたいことがあってね」ホームズは人さし指と親指をチョッキのポケットに差しこみながら言った。「おたくの親方のサイラス・ブラウンさんに会いたいんだが、あしたの朝五時に来たんじゃ早すぎるかな？」

「とんでもねえ、うちの親方は人より遅く起きたこたあねえ。いつだって一番だ。おや、ご本人が出てきたぜ。自分で訊いてみなよ。い、いや、とんでもねえよ、だんな。金なんかもらうとこ見られたら、おれのクビがとんじまう。もしなんなら、あとでな」

ホームズがチョッキのポケットから取りだした半クラウン銀貨をもとにもどしたとき、獰《どう》猛《もう》な顔つきをした年配の男が、狩猟用の鞭を振りまわしながら大股で門から出てきた。

「何をやってるんだ、ドースン！」男は大声をあげた。「油を売っとらんで、さっさと仕事をせんか！　で、あんたたちは何の用だね？」

「ご主人、あなたと十分ばかりお話がしたいのですがね」ホームズはひどくおだやかな調子で言った。

「くだらんおしゃべりなんぞに、つきあってるひまはない。さあ、ここはよそ者の来るところじゃない。とっとと帰らんと、犬をけしかけるぞ！」

ホームズは調教師の耳もとに身を乗りだして、何事かささやいた。すると相手はぎくっとして、こめかみまで真っ赤になった。

「うそだ！　とんでもねえ大うそだ！」

「よろしい！　じゃあここで大声をあげて議論するかね？　それとも、家のなかでじっくり話しあうか？」

「いや、そんならなかへ入ってもらいましょう」

ホームズはにやりとした。「ワトスン、ほんの数分ですむから、ここで待っていてくれないか。じゃあブラウンさん、おっしゃるとおり、なかへ入りましょうか」

ほんの数分のはずが、たっぷり二十分はかかった。ホームズとブラウンがやっと出てきたときには、夕焼けはすっかり失《う》せて、あたりに夕闇が迫っていたくらいだ。

だが、その二十分のあいだに、サイラス・ブラウンはすっかり変わり果てていた。顔は青ざめ、ひたいには玉のような汗をうかべ、ぶるぶるふるえる手に握りしめた狩猟用の鞭が、まるで風にふるえる小枝のようだ。さっきまでのいばりくさった態度もすっかり消え、まるで主人の顔色をうかがう子犬のように、ホームズのそばにかしこまっていた。

「ご指示のとおりにいたします。かならずしますから」

「まちがいはぜったい許されんよ」ホームズは相手をじろりと見ながら言った。ブラウンはホームズの目に威嚇《いかく》の色を読みとって、たじろいだ。

「はい、けっしてまちがいなどしません。かならず連れていきます。で、あれはどうしましょう。最初から変えておきますか？」

ホームズはちょっと考えてから、いきなり笑いだした。「いや、その必要はない。それはあとで手紙で指示する。もうつまらん小細工はするなよ。さもないと——」

「とんでもねえ、信じてくださってだいじょうぶでさ」

「当日は、あくまでおまえさんのもののように扱ってくれんと困るよ」

「ちゃんとやります。だいじょうぶですよ」

「いいだろう、信用しよう。じゃ、あした手紙で連絡する」ホームズはブラウンが差しだすふるえる手を無視して、くるりと背を向けると、キングズ・パイランドへ引きかえしていった。

「あのサイラス・ブラウンくらい、傲慢、臆病、卑劣の三拍子がそろった人物はいないね」荒野を引きかえしながら、ホームズは言った。

「じゃあ、馬はあいつのところにいたのかい？」

「最初はこっちをおどしてごまかそうとしたが、事件の朝のあいつの行動を細かく話してやると、ぼくに現場を見られたものと思いこんだんだな。むろんきみも気づいたろうが、あの足跡のなかには、つま先が変に角ばっているのがあって、あいつのブーツの先とぴったり一致した。それに、使用人だったら、こんな大それたことができるとは思えない。

　そこでぼくはあいつに言ってやったんだ。おまえがいつものように朝一番に起きてみると、見なれない馬が荒野をうろついているのが見えた。行ってみると、驚いたことにあのシルヴァー・ブレイズだった。ひたいの部分の白いのが名前の由来だが、その特徴から見てまちがいない。自分が大金を賭けている馬の唯一の強敵が、突然手中に入ったのだと知って、おまえはびっくりした。最初はキングズ・パイランドへ返しに行こうとしたが、ふと悪魔のささやきが聞こえ、レースがすむまで隠しておけばいいんだと考えた。そして、こっそりケイプルトンへ連れもどして隠したのだ、とね。

そんなふうにくわしい話をしてやったものだから、あいつもついに降参して、あとはひたすら、どうしたら罪にならないかという心配だけをするようになったのさ」

「でも、あの厩舎だって捜索されたんだろう?」

「なに、あいつほどのベテランなら、なんとでもごまかして隠せるさ」

「それにしても、このままあいつに馬をまかせておいて、だいじょうぶかな? ちょっと傷でもつければ、莫大な利益になるかもしれないんだし」

「心配ないよ。まさに〝掌中の珠〟といった感じで大切にするはずだ。罪を軽くしてもらうためにはとにかく馬を無事に返すことだと、知ってるさ」

「ロス大佐が寛大なところを見せるとは思えないがね」

「大佐の一存で決まるわけじゃないよ。ぼくのほうは自分の思うとおりに事を進めて、大佐へは適当に話しておくさ。そこが警察の人間でない強味だ。きみが気づいたかどうか知らんがね、ワトスン、大佐のぼくにたいする態度は、いささか横柄だった。だから、ちょっとぐらいからかってやってもいいだろう。馬のことは大佐にしゃべらないでくれよ」

「わかった。きみの許可が出るまではしゃべらんよ」

「もちろん、こんなことはストレイカー殺しの問題にくらべれば、ささいなことなんだがね」

「じゃあ、いよいよそっちに取りかかるのか」

「いや、今夜の夜行でロンドンへ帰る」

ホームズの言葉に、わたしはびっくりした。デヴォンシャーへ来てまだ二、三時間しかたっていないし、こんなに順調に始まった捜査を打ち切りにしてしまうのは、なんとしても理解できなかったからだ。

だがストレイカーの家に着くまで、彼はそれ以上何も言おうとしなかった。大佐と警部は居間でわれわれを待ちかねていた。

「ぼくとワトスン君は今夜の夜行でロンドンへ帰ります。おかげさまで、ダートムアのすばらしい空気を吸わせてもらいました」

警部はびっくりして目を丸くしたが、大佐のほうは唇をゆがめ、皮肉な笑いを浮かべながら言った。

「では、ストレイカー殺しの捜査はあきらめるというわけですな？」

ホームズは肩をすくめた。「確かに、まだ大きな問題が残っています。ですが、火曜日のレースにあなたの馬が出走できることはまちがいないですから、騎手の用意をたのみますよ。それから、ストレイカー氏の写真を一枚お借りしたいのですが」

警部がポケットの封筒から写真を取りだすと、ホームズに渡した。

「これはどうも。警部はぼくの欲しいものを何でも用意しておいてくれますね。ところで、もうしばらくここでお待ち願えませんか。メイドに二、三質問したいことがありますので」

「どうやらロンドンの探偵さんも期待はずれのようですな」ホームズが部屋を出てゆくと、ロス大佐は無遠慮に言った。「彼が来てからというもの、捜査はほとんど進展なしだ」

「いや、少なくともあなたの馬がレースに出られるという保証は得られたじゃありませんか」とわたしが言った。

「たしかに保証はしてくれましたがね」大佐は肩をすくめた。「それより、早く馬を取りもどしてほしいですよ」

わたしが友人を弁護して何か言おうとしたとき、ホームズが部屋にもどってきた。

「さてみなさん、タヴィストックへもどることにしましょう」

若い馬屋番が馬車のドアを開けて待っていた。ホームズは馬車に乗りこんだとたんに何か思いついたらしく、身を乗りだして若者の袖を引っぱった。

「そこの牧場に羊がいるようだが、だれが世話をしているのかね？」

「おれです」

「最近、羊に何か変わったことはなかったか？」

「はあ、べつにないですけど、三頭ほど、脚をひきずるようになっちまったな」

ホームズはこの答えに満足したらしく、両手をこすり合わせながらクックッと笑った。

「ワトスン、大穴だよ！　まさに大穴だ！」と言ってわたしの腕をぐいとつかんだ。「グレゴリー警部、羊のこのおかしな伝染病に、ぜひ注意なさい。さ、御者《ぎょしゃ》君、出してくれ！」

ロス大佐はいまだにホームズをばかにしたような顔をしていたが、警部は何か思いついたらしく、たちまち顔つきが変わった。

「その点が重要だとおっしゃるんですね？」

「きわめて重要です」

「ほかにも何か、注意すべき点はありますか？」

「あの夜の、犬の奇妙な行動に注意すべきです」

「あの夜、犬は何もしませんでしたが」

「それが奇妙なことなんですよ」

四日後、ホームズとわたしはウェセックス・カップ・レースを見物するため、またウインチェスター行きの汽車に乗った。駅からは、出迎えてくれた大佐の四輪馬車《ドラッグ》で町はずれの競馬場へ向かったが、大佐はけわしい表情で、態度もひどく、よそよそしかった。

「わたしの馬はどこにも現われませんな」

「ごらんになったら、すぐにおわかりでしょうね？」とホームズ。

大佐はむっとした顔になった。「この世界に入って二十年になるが、そんな質問を受けるのは初めてだ。あの白いひたいと白の混じった右前脚を見れば、子どもだってシルヴァー・ブレイズだとわかりますよ」

「賭け率のほうは、どんなぐあいですか？」

「いや、それが妙でしてね。きのうは十五対一でも買えたのに、みるみる下がってきて、いまでは三対一でもどうかというところです」

「ふむ、何か嗅ぎつけたやつがいるに違いない」

馬車が正面スタンドの近くで止まったとき、わたしは出馬表の掲示板に目をやった。

ウェセックス・カップ・レース

各馬の出走登録料五十ソヴリン（出走取り消しの際は半額没収）、出走登録料追加金千ソヴリン。[*2]四歳および五歳馬出走。二着三百ポンド。三着二百ポンド。新コース（一マイル五ファーロン）（約二六〇〇メートル）

1　ヒース・ニュートン氏のニグロ（赤帽、シナモン色ジャケット）
2　ウォードロウ大佐のピュージリスト（ピンク帽、青黒ジャケット）
3　バックウォーター卿のデズバラ（黄帽、黄袖）
4　ロス大佐のシルヴァー・ブレイズ（黒帽、赤ジャケット）
5　バルモラル公爵のアイリス（黄黒ストライプ）

6　シングルフォード卿のラスパー（紫帽、黒袖）

「うちはもう一頭の出場を見合わせて、すべての望みをあなたの言葉に賭けたんです」と大佐が言った。「おや、どういうことだ？　シルヴァー・ブレイズが本命だと？」

「シルヴァー・ブレイズに五対四！」賭け屋たちのどなり声がきこえてきた。「シルヴァー・ブレイズに五対四！　デズバラに十五対五！　本命以外に五対四！」

「出馬表が出てますよ」とわたしが叫んだ。「全部で六頭です」

「六頭だって！　じゃあ、わたしの馬も出るのか！」大佐は興奮して叫んだ。「だが姿が見えんじゃないか。黒帽に赤ジャケットなど、通らなかったぞ」

「まだ五頭しか通ってませんよ。つぎのがそうでしょう」

わたしがそう言ったとたん、たくましい鹿毛《ベイ》の馬が計量所からさっと出てきた。ロス大佐の色として知られた黒帽と赤ジャケットの騎手を乗せて、わたしたちの前をゆるやかな駆け足《キャンター》で通りすぎていった。

「あれはわたしの馬じゃない！　ひたいが白くないじゃないか。ホームズさん、あんたはシルヴァー・ブレイズを見つけたんじゃなかったのか？」

「まあまあ、とにかくあの馬のレースぶりを見てやろうじゃありませんか」ホームズは落ちついた声でそう言うと、わたしの双眼鏡を手にしてしばらくじっと見つめていた。

「よし！　すばらしいスタートだ！」いきなり彼は叫んだ。「そら、きたぞ！　コーナーをまわってきた！」

馬車の上からは、馬が直線コースにはいるところをすっかり見わたせた。六頭の馬は一枚の絨毯で隠せるほどにかたまっていたが、途中まではケイプルトン厩舎の黄色が先頭だった。ところが、わたしたちの前まで来るうちにはデズバラの逃げ足がにぶったため、大佐の馬が一気に追い抜いて、たっぷり六馬身の差をつけてゴールインした。バルモラル公爵のアイリスが、ずっと遅れて三着に入った。

「ふう、とにかく勝ったか」大佐は片手で目をこすりながら、あえぐように言った。「だが正直なところ、何が何やらさっぱりわからん。ホームズさん、もういいかげん教えてくれてもかまわんでしょう」

「いいですとも、大佐。じゃあ、あちらへ行って馬を見ましょう。ほら、そこにいますよ」馬主とその連れしか出入りできない計量所へ入りながら、ホームズはつづけた。「この馬の顔と脚をアルコールで洗ってあげれば、正真正銘のシルヴァー・ブレイズだということがわかるはずです」

「や、や、なんと！」

「この馬はあるペテン師の手に落ちましてね、勝手ながらぼくの一存で、見つけたときのままの姿で走らせたんです」

「これはどうも、驚きましたな。馬はとても調子がいいようだ。これまでの最高でしょう。あなたの腕前を疑ったりして、まことに申しわけありませんでした。こうして大切な馬を取りもどしてくださったわけですが、さらにジョン・ストレイカー殺しの犯人も捕まえていただけると、いっそうありがたいですね」

「もう捕まえてありますよ」ホームズはすました顔で言った。

大佐とわたしは、びっくりしてホームズを見つめた。「捕まえたって！　じゃあ、どこにいるんです？」

「ここにいますよ」

「ここに？　いったいどこにです？」

「いま、ぼくといっしょにいます」

大佐は顔を真っ赤にさせた。「ホームズさん、あんたへの恩義はきちんと認めるが、それではたちの悪い冗談か侮辱としか思えんぞ」

ホームズは笑い声をあげた。「なにもあなたが犯人だとは言っていませんよ、大佐。真犯人は、あなたのすぐうしろに立っているんです！」

ホームズはさっと進みでて、サラブレッドのつやつやした首に手をかけた。

「馬が⁉」大佐とわたしは同時に叫んだ。

「そうです、馬が犯人だったのです。ですが馬のために弁護するならば、これはまったくの正当防衛ですし、ストレイカーはあなたの信頼に価しない男でした。おや、ベルが鳴っていますね。ぼくはつぎのレースで少しばかり勝ちたいので、くわしい説明はのちほどゆっくりとすることにしましょう」

その晩わたしたちはプルマン車両（快適な設備のある寝台客車など）でロンドンへもどったが、わたしと同様、ロス大佐にとっても、あっという間の旅だったろうと思う。というのも、車中でホームズが、月曜の夜ダートムアの厩舎で起きた事件と、彼がいかにそれを解決したかを、くわしく話してくれたからだ。

「じつを言うと、ぼくが最初に新聞記事をもとにたてた仮説は、完全にまちがっていました。正しい手がかりも混ざっていたのに、ほかのさまざまな事実にまぎれて、そのほんとうの意味を見落としてしまったのです。ぼくはフィッツロイ・シンプスンが真犯人だと確信して、デヴォンシャーに向かいました。もちろん、まだ証拠が完全でないことはわかっていましたが。

マトンのカレー料理のもつ重大な意味に気づいたのは、ちょうど馬車がストレイカーの家に着いたときです。みんなが馬車を降りたのに、ぼくだけぼんやりすわっていたのを、ご記憶でしょう。ぼくはあのとき、どうしてこんなはっきりした手がかりを見落としたのかと、われながら驚いていたのです」

「正直な話、わたしにはその重大な意味というのがわからんのですが」と大佐が言った。

「それがぼくの推理の鎖の最初の環《わ》になったのです。粉末アヘンというのは、けっして無味ではありません[*3]。不快な味ではないものの、すぐにわかる独特の味があります。ふつうの料理に混ぜたりすれば、だれでもすぐに気がついて、食べるのをやめてしまうでしょう。カレー味はまさに、それをごまかす手段だったのです。

　ところで、ちょうどあの晩に調教師一家がカレー料理を食べるように仕向けることなど、まったくの他人のフィッツロイ・シンプスンにできたはずはないし、かといって、たまたまアヘンの味を消してくれるような料理が出た晩に、彼がアヘンをもってきたというのも、偶然すぎます。したがってシンプスンはこの事件から除外され、当然われわれの注意は、あの晩の料理にマトンのカレー料理を選ぶことのできた二人の人物、すなわちストレイカー夫妻に向けられます。同じ料理を食べたほかの者たちに何の異常もなかったのですから、アヘンは当番の分がとりわけられたあとで混ぜられたわけです。

　では、メイドに気づかれずにその皿に近づくことができたのは、二人のうちどちらでしょうか？

　この問題を解くまえにぼくは、あの晩、犬が騒がなかったということの重大さに気がつきました。ひとつの正しい推理は、さらに第二、第三の推理を導くものなのです。シンプスンの一件のおかげで、厩舎に犬が飼われていることがわかりましたが、だれかが入ってきて馬を連れだしたというのに、この犬は吠えなかった。少なくとも二階の二人の馬屋番が目をさますほどには、吠えなかったのです。当然、この夜中の訪問者は、犬がよく知っている人物だったということになります。

そこでぼくは、ジョン・ストレイカーが真夜中に厩舎へやってきてシルヴァー・ブレイズを連れだしたのだと、確信しました。では、いったい何のためでしょう。もちろん、不正な目的のためです。でなければ、自分の馬屋番を薬で眠らせたりするはずがありません。

しかし、はっきりした理由はまだわかりませんでした。調教師が賭け屋を通じて対抗馬に金を賭けておき、自分の馬が勝てないような細工をして大儲けした例は、これまでにいくらもありました。騎手がわざと馬のスピードを落とすこともあったし、もっと確実で手のこんだ方法のこともありました。今回はどんな手でしょう？　ストレイカーのポケットの中身を見ればそれがわかるはずだ、とぼくは思いました。

はたしてそのとおりでした。死んだストレイカーの手に握られていた奇妙なナイフのことは、覚えているでしょう。ふつうなら、あんなナイフを武器に選ぶはずはありません。あれはワトスン君が教えてくれたように、きわめて微妙な外科手術をおこなうためのものです。大佐、競馬について経験豊富なあなたならご存じでしょうが、馬のひざのうしろにある腱の皮下に、表面からはわからないようにして、ちょっとした傷をつけることは、可能ですね。馬はかすかに脚をひきずるようになりますが、調教中に筋でも違えたか、軽いリウマチにかかったかと思われるぐらいで、不正のおこなわれたことはわかりません」

「うーむ、悪党め！　なんて卑劣なやつだ！」

「ストレイカーがなぜ馬を荒野へ連れだしたかも、これで説明がつきます。馬はとても敏感な動物ですから、ナイフでちくりとやられただけで、どんなに熟睡した人間でも起こしてしまうほど騒ぐでしょう。だから、だれもいないところへ連れだすことが必要だったのです」

「わたしはばかだった！　それでロウソクも必要だったし、マッチをすったりもしたんだな」

「もちろんそうです。ところで、あの男の所持品を調べてみて、犯行の方法ばかりか、動機までうまく知ることができました。世慣れた大佐ならおわかりでしょうが、他人の請求書をポケットに入れて持ち歩く人間など、めったにいません。たいていは自分の勘定の始末だけでせいいっぱいです。ぼくはすぐに、ストレイカーはどこかに女をつくって二重生活をしているに違いないと考えました。請求書の内容から見て、女性が、それもかなりぜいたくな好みの女性が関係していることは明らかです。あなたの使用人がどれほど優遇されているとしても、自分の妻に一着二十ギニー以上もするようなドレスを買ってやれるとは、とても思えません。

　ストレイカーの奥さんと話して、それとなくドレスのことをさぐったところ、やはり彼女が買ってもらったのではないとわかりました。ぼくはその服飾店の住所を手帳にひかえ、ストレイカーの写真をもってそこへ行けば、謎の人物ダービシャーの正体がわかるだろうと思いました。

そのあとの推理は、じつにかんたんです。ストレイカーは馬を連れだして、明かりが人目につかないような窪地へ連れていきました。途中で、シンプスンが逃げるときに落としたスカーフ・タイを拾いました。たぶん、馬の脚を縛るのに使おうとでも思ったんでしょう。窪地におりると、すぐ馬のうしろへまわり、マッチをすりました。ところが、馬はいきなり光がきらめいたのにびっくりして、さらには動物の不思議な本能から、自分に危害が加えられようとしていることを知り、後脚を蹴りあげました。その蹄鉄が、ストレイカーのひたいにまともに当たったというわけです。

ストレイカーはこまかい仕事をするために、雨にもかかわらずすでに外套を脱いでいましたから、倒れたひょうしに自分のナイフでももをぐさりとやってしまったのでした。これでおわかりになりましたか？」

「いや驚いた！　じつに驚きだ！　まるで現場を見ていたようじゃありませんか！」

「じつは、最後のはいささか大胆な断定でした。ストレイカーのような抜け目のない男が、腱を切るという難しい手術を、何の練習もなしにやるはずはなかろう、と思いついたんです。ではどうやって練習したか。ぼくは羊に目をとめました。馬屋番に訊ねたところ、まったくぼくの推測どおりだったので、自分でも驚きましたよ」

SILVER BLAZE

「おかげで何もかもはっきりしましたよ、ホームズさん」

「ロンドンへもどって問題の服飾店へ行ってみると、ストレイカーはダービシャーという名の上得意で、高価なドレスをほしがる派手好きな細君をもった男だということが、すぐ判明しました。ストレイカーは、もちろんこの女のせいで借金がかさみ、とうとう今回のような事件を引き起こすことになったのです」

「すっかりわかりましたが、ひとつだけ説明が残っていますよ」と大佐が言った。「馬はいったいどこにいたんですか？」

「ああ、馬ですか。馬は窪地を逃げだして、近所のある人物のもとで保護されていました。まあ、そのへんは大目に見てやらなければならないでしょう。おや、もうクラパム・ジャンクションですね。あと十分たらずでヴィクトリア駅です。大佐、よろしかったらぼくらのところで葉巻でもいかがです。このほかの点でご質問があれば、何なりとよろこんでお答えしますよ」

ボール箱

The Adventure of the Cardboard Box

友人シャーロック・ホームズのきわだった知的能力を示す事件はいくつもあるが、その代表的なものを選ぶにあたっては、センセーショナルな要素が最小限でありながら彼の才能が公平に示されるものをと、できるだけ心を砕いてきた。

ただ、犯罪につきもののセンセーショナリズムを完全に排除することは不可能であり、伝記作家としては、話の本質にかかわる細部を犠牲にして事件の印象を違ったものにしてもしかたないと考えるか、あるいは、選択によらず、たまたま与えられた素材をそのまま使うべきかという、ジレンマに陥る。

こういった前置きをしたうえで、わたしの覚え書きにある、奇妙だが独特の恐ろしさをもつ一連のできごとに発展した事件について、述べることにしよう。

八月の、焼けつくような暑さの日のことだった。ベイカー街の部屋はまるでオーブンさながらで、道路をへだてたむかいの黄色いレンガに照り返す日射しが、目に痛いほどだった。冬のあいだ霧に包まれて、ぬうっと陰気に立っていたあの壁と同じものだとは、とても信じられない。

部屋のブラインドは半分おろしてあり、ソファに身体をまるめて横になったホームズは、朝の配達で届いた一通の手紙を、何度も読み返していた。わたしは軍医としてインドにいたことがあるため、寒さよりは暑さのほうがしのぎやすく、気温が九十度(摂氏三十二・二度)あったところでいっこうに苦にならない。

だが、朝刊はつまらなかった。議会はもう閉会したし、ロンドンに残っている人など、いない。わたしとしてもニュー・フォレストあたりの森かサウスシーの浜辺へでも出かけたいのはやまやまだが、銀行預金の残高が心細くなってきたので、休暇は当分お預けだった。一方、ホームズときたら、田園だろうが海だろうが、これっぽっちも関心のない男だ。未解決事件の噂や影がちょっとでもちらつこうものなら、すぐさま飛びつこうと、情報網をはりめぐらせ、ロンドン五百万市民のど真ん中に陣取っていたいのである。さまざまな才能に恵まれているホームズも、自然を楽しむことにかけてはまるでだめで、たまに転地といえば、ロンドンの悪人から離れて田舎にいるその同類を捕まえに行くことでしかないのだった。

ホームズが手紙にのめりこんでいて話し相手にならないので、わたしはおもしろくもない新聞を放り出すと、椅子にもたれてぼんやり物思いにふけった。すると、だしぬけにホームズの声がして中断された。

「ワトスン、確かにきみは正しい。国際問題の解決策としては、そいつはまさに愚の骨頂だよ」

「そうだ、愚の骨頂さ!」反射的にそう答えてから、わたしははっとした。自分が心の奥で考えていたことが、いきなりホームズの口から出てきたのだ。椅子にすわり直し、あっけにとられて彼の顔を見た。

「ホームズ、いったいどういうことだい？　思いもよらないことをしてみせるね」

とまどうわたしに、ホームズはうれしそうな笑い声をあげた。

「ほら、いつだったか、ポーの短編の一節を読んで聞かせたことがあっただろう？[*1]　注意深い推理家が、相棒が考えていることを口にしなくても当てる話さ。あのときぎみは、作家のやる離れ業だと言っていたね。でもそれくらいのことならぼくが実際にしょっちゅうやってると言ったら、本気にしなかったじゃないか」

「いや、そんなことはない！」

「いやあ、ワトスン、口に出さなくたって、顔にそう書いてあったよ。だから、きみが新聞を放り出して物思いにふけりはじめたのを見て、考えを読みとる願ってもない機会だと、うれしくなった。そして心のなかに入り込み、きみの思いと通じ合っていることを証明してみせたってわけさ」

わたしはまだ納得がいかなかった。「きみが読んでくれたポーの話では、相手の動作からいろいろ推理して結論を導いている。たしか、石につまずいたり、星を見上げたり、そういうことがあったはずだ。ところがぼくは、さっきからこの椅子にじっとすわっていただけだよ。きみの手がかりになるような動作なんか、何ひとつなかったはずだ」

「きみは自分のことがよくわかってないね。顔つきってのは、その人の感情を表わすものだ。きみの顔つきも、そりゃあ正直なもんだよ」

「顔つきから、ぼくの考えが読みとれたって？」

「そう、とくに目からね。自分ではどんなふうに物思いにふけりはじめたのか、思い出せないだろう？」

「ああ、思い出せない」

「じゃあ、ぼくが教えてあげよう。きみが新聞を放り出したときから、ぼくは注意を向けたんだが、そのあときみは、三十秒ほどぽかんとしていた。それから、最近になって額に入れた、ゴードン将軍（一八三三～一八八五。英国の軍人、植民地行政官）の肖像画に目をやった。顔つきが変わったので、物思いにふけりはじめたらしいとわかったよ。

だが、それはあまり長続きしなかった。きみの目は、まだ額に入れていない、本箱の上のヘンリー・ウォード・ビーチャー（一八一三～一八八七。アメリカの牧師）の肖像画に移った。そして、ちらりと壁を見あげたが、その意味はもちろんはっきりしている。つまり、ビーチャーの肖像画を額に入れて、あの壁のあいているところにかけたら、反対側にあるゴードン将軍の肖像画とうまくつりあいがとれると思ったはずだ」

「うーん、みごとに当たってるな！」

「ここまでは、ほとんど迷うこともなくわかった。ところが、そこできみはまたビーチャーのことを考えだし、まるで人相を見きわめようとするみたいに肖像画の顔をじっと見つめた。やがて目を細めるのだけはやめたが、あいかわらず目を離さず、何やら考え込んでいる顔つきだった。ビーチャーの生涯に起こったさまざまなできごとに思いをはせていたんだね。

彼が南北戦争で北部諸州のために果たした役割のことを、きみが考えないわけがないとも思った。ビーチャーが講演旅行に来たとき、英国の乱暴な連中から無礼な仕打ちをされたことに、きみがひどく憤慨していたのを覚えているからね。あれはちょっとやそっとじゃない熱心さだったから、ビーチャーのこととなれば、きっとそのことも考えるに決まっている。しばらくすると、きみの目は肖像画から離れてさまよいはじめ、今度は南北戦争のことを考えているらしかった。口をきっと結んで目を輝かせ、両手を固く握り締めているところから、南北戦争で両軍が決死の戦闘で見せた勇敢さを思い浮かべているに違いない。

しかし、そのあとまた、きみの顔つきはがっくり悲しそうになった。首を振ってもいるじゃないか。戦争の悲惨さ、恐怖、むなしく奪われた多くの人命のことをつらつら考えていたんだろう。手が自分の古傷のほうにそっと伸び、口もとにかすかな笑みが浮かんだ。それで、国際問題を戦争で解決しようとするなんて愚かなことだという考えが、きみの頭に浮かんだのだと思った。そこで、ぼくもきみの考えに賛成して、愚の骨頂だと言ったわけだが、幸いなことに、ぼくの推理は当たっていたらしい」

「まさにぴったりとね！　だけど、説明してもらったところで、やっぱり驚きだってことに変わりはないな」

「なあに、ワトスン、この程度はまだほんの序の口さ、ほんとうに。あのときのきみがぼくの言葉を疑ったりしなければ、こんなじゃまをするようなまねはしなかったんだがね。ところで、いまここにちょっとした問題があって、こっちは読心術の実験みたいにかんたんには解決しそうにない。クロイドンのクロス街に住むミス・クッシング宛てに小包で届いた、とんでもないもののことは、朝刊の記事で読んだかい？」

「いや、気がつかなかったな」

「へえ！　じゃあ、きっと見落としたんだろう。その新聞を放ってくれないか。ほら、これだ。経済欄の下に出ている。読んでみてくれるかい」

ホームズが投げ返した新聞を拾い上げて、わたしはその記事を読みだした。「不気味な小包」という見出しだ。

クロイドンのクロス街に住むミス・スーザン・クッシングが、きわめてたちの悪いいたずらの被害にあった。もしいたずらでないとすれば、さらに不吉な意味が隠されている可能性がある。昨日午後二時、茶色の包装紙の小包が、ミス・クッシングのもとに届いた。小包の中身は粗塩の詰まったボール箱で、塩のなかから、驚くべきことに、切り取られたばかりの人間の耳が二つ出てきた。

小包は前日の午前中にベルファストから発送されたもので、差出人の名前はない。ミス・クッシングは、五十歳の未婚女性。ひとり暮らしで人づきあいがほとんどなく、手紙のやりとりをする相手も少ない。したがって、郵便物を受け取ること自体珍しいことから、謎は深まるばかりである。

ただ、数年前、ペンジ（ケント北西部の都市地区）に住んでいたころ、若い医学生三人に部屋を貸したところ、彼らの生活が不規則であまりにも騒がしいため、やむをえず出ていってもらったことがあるという。今回の暴挙は、当時の三人の青年がそれを根にもって、ミス・クッシングを脅かそうと解剖室の死体から切り取った耳を送りつけたものではないか、というのが警察の見方である。ミス・クッシングによれば、学生のひとりはアイルランド北部の出身であり、記憶ではたしかベルファストだったということからも、この説が有力視されている。いずれにせよ本件は、スコットランド・ヤードきっての腕ききのひとり、レストレード警部が担当し、鋭意捜査に取り組んでいる。

「『デイリー・クロニクル』の記事は、それだけだ」わたしが読み終わると、ホームズが口を開いた。「つぎは、われらが友人レストレードから、けさ届いた手紙だよ。こうだ。

本件は、あなたのお得意の分野かと思います。われわれにも解決の見込みは十分にあるのですが、手がかりをつかむのに、いささか手こずっているところです。もちろん、ベルファスト郵便局へは電報で問い合わせましたが、当日の小包受け付け数はかなり多くて当該小包の特定ができず、差出人も記憶されていません。ボール箱はハニーデュー煙草（糖蜜で甘い味をつけた煙草）の半ポンド箱でしたが、これだけでは手がかりになりません。わたしとしては、医学生の線が依然として有力なように思えますが、もし多少の時間を割いてこちらにおいでいただけますならば幸いです。本日の予定では、クロイドンのクッシング家、あるいは警察署に終日おります。


どうだい、ワトスン。この暑さのなか、クロイドンまでいっしょに行く元気があるかい？ひょっとすると、きみの事件簿にうってつけのネタが拾えるかもしれないよ」

「何かすることがないかと、うずうずしてたところだよ」

「だったら、ちょうどいい。ベルを鳴らして、外出用の靴を持ってきてもらおう。それから、馬車も呼んでもらってくれ。ぼくはこのガウンを着替えて、葉巻入れをいっぱいにしてくる」

　汽車に乗っているあいだにひと雨あり、クロイドンに着いてみると、ロンドンよりずっとしのぎやすかった。ホームズが電報を打っておいたので、小柄でやせて、相変わらずきびきびした、フェレットのようなレストレード警部が駅で出迎えてくれた。駅から徒歩五分ほどで、ミス・クッシングの住むクロス街だった。

　両側にレンガ造りの二階建ての家が並ぶ、やけに長い通りだ。どの家もこぢんまりとして、玄関に白い石段がある。あちこちの戸口にエプロン姿の女性たちが集まっておしゃべりをしているような、よくある町だった。

　レストレードが通りのなかほどで足を止め、とある家の玄関ドアをノックした。なかから小柄なメイドが現われ、わたしたちをミス・クッシングのいる玄関わきの部屋に通してくれた。ミス・クッシングは顔つきの穏やかな、大きなやさしい目をした女性で、白髪交じりの髪の毛が、こめかみの両側に曲線を描いて垂れている。ひざの上に縫いかけの椅子カバーが置かれ、かたわらの椅子に色とりどりの絹糸のかごが載っていた。

「離れにありますよ、あの気味の悪いものは。ひとまとめに持っていってくださったらいいのに」

レストレードの顔を見るなり、ミス・クッシングが切り出した。

「そういたしますよ、クッシングさん。ただ、あなたの立ち会いのもとでこちらのホームズさんに現物を見ていただこうと思いましてね、それまでここに置かせてもらっただけなんです」

「どうしてわたしが立ち会わなくてはならないんです？」

「ホームズさんが、何かお訊ねになるかもしれないからです」

「わたしにお訊ねになっても、むだです。何も存じませんと、あれほど申しあげたじゃありませんか」

「まったくです」ホームズがなだめるように言った。「このたびのことでは、とんだご迷惑でしたね」

「そうですとも。わたしは、ひきこもって隠居も同然の暮らしをしているんです。新聞に名前が出たり、警察の人に訪ねてこられたりするなんて、生まれてこのかた初めてのことです。レストレードさん、あんなものをうちのなかに持ち込まれるのはまっぴらごめんですからね。ごらんになるんでしたら、離れのほうへいらしてください」

離れというのは、家の裏手の狭い庭にある小さな物置小屋だった。レストレードはその小屋に入っていくと、黄色いボール箱を、茶色の包装紙や紐《ひも》といっしょに運びだした。わたしたちは、庭の通路のつきあたりにあったベンチに腰をおろした。ホームズが、レストレードから手渡される品をひとつずつ念入りに見ていく。

「この紐は、なかなか興味深いね」ホームズは紐を光にかざしたり匂いを嗅いでみたりした。「レストレード君、この紐をどう思う？」

「タールが塗ってありますね」

「いかにも。タールを塗った麻紐だ。たしか、ミス・クッシングがハサミで切ったと、きみは言っていたね。切り口が二重にほつれているから、まちがいなくそうだな。これは重要なことだ」

「どこが重要なんだか、さっぱりわかりませんが」

「結び目が手つかずのまま残っていて、しかもその結び方が特殊だってところが、重要なんだよ」

「かなりきっちりした結び方です。それはもう記録しておきましたよ」レストレードが得意げに言う。

「紐のことはもういいとしてだな」ホームズはうっすらと笑いを浮かべて言った。「つぎに、包装紙だ。茶色の紙で、はっきりコーヒーの匂いがする。えっ、気がつかなかったかい？　まちがえようがないと思うがね。

宛て名の文字は、たどたどしい感じの活字体だな。『クロイドン市クロス街、ミス・S・クッシング』Jペンらしい、先の太いペンで、安もののインクを使っているね。クロイドン(Croydon)の『y』を、初め『i』と書いて、あとから『y』に直している。差出人は、あまり教養のない、しかもクロイドンのことをよく知らない男ということになる――これはどう見ても男の筆跡だからね。

ここまではすんなりわかるんだが、箱については、黄色で、ハニーデュー煙草＊2の半ポンド用、底の左隅に親指の跡が二ついていること以外、これといった特徴がない。詰めてある塩は、獣の皮の保存やその他、商業用に使う、質の悪い粗塩だ。そのなかに、こういう不気味なしろものが埋められていたというわけか」

　ホームズは、塩のなかから二つの耳を取り出し、ひざに載せた板の上に並べて、くわしく調べはじめた。レストレードとわたしは、かがんでその両脇からのぞき込み、気味悪い耳と、真剣に考え込むホームズの顔とを、かわるがわる見た。調べ終わると、ホームズは耳を箱にもどしてしばらくじっと考えていたが、やがて口を開いた。

「きみももちろん気づいただろうが、この二つの耳は、同一人物のものじゃないね」

「ええ、気づきました。でも、これが医学生のいたずらだとしたら、解剖室で別々にひとつずつ耳を取ることぐらいは、かんたんでしょう」

「それはそうだが、これは決していたずらなんかじゃないよ」

「自信がおありなんですか？」

「ぼくの推理では、いたずらだという説は完全に否定される。解剖室の死体には通常、防腐剤が注入してあるものだが、この耳にはその形跡がないからだ。それに、切り取ったばかりとみえる。切れ味の悪い刃物で切り取っているところも、医学生らしくない。もっと言うと、医学関係者ならこんな粗塩にうめたりしないで、石炭酸か蒸留アルコールを防腐剤に使うはずだ。重ねて言うが、これはいたずらなんかじゃない。ぼくらがいま調べているのは、重大な犯罪事件だよ」

　ホームズの言葉を聞き、そのいかめしいまでの真剣さを目にして、わたしはなんとなく身体がぞくぞくしてきた。いきなりこんなむごたらしいものを見せられては、この先どんなに奇怪で不可解で恐ろしいことが出てくるか、知れたものではない。しかし、レストレードはまだ半信半疑で、首を横に振った。

「確かに、いたずら説には無理な点もありますが、犯罪説にはもっと無理がありますよ。クッシングさんは、これまで二十年間、ペンジとこの町でごく平穏に地道な生活をしてきた人です。まる一日家をあけることも、ほとんどなかったと言っていいくらいです。そんな人に、いったいどうして犯罪の証拠品が送りつけられたりするんでしょう。あれが世にもまれな名女優の芝居だっていうんならいざしらず、心当たりがまったくないと言ってるじゃありませんか」

「そこが、これから解決すべきところだよ。ぼくとしては、自分の推理が正しいという前提のもとに、どこかで二人の人間が殺されたものとして捜査を進めるつもりだ。ひとつは女の耳だな。小さくて形の整った耳で、ピアスの穴があいている。もうひとつは男の、日に焼けた色の耳で、こっちにもピアスの穴がある。

耳の持ち主二人は、おそらく殺されている。生きているんなら、とっくに耳のない二人の噂がぼくらの耳にも入っているはずだからね。きょうは金曜日だから、小包を発送したのは木曜の午前中だ。ということは、殺人があったのは水曜か火曜、あるいはそれ以前のことだろう。二人が殺されたとして、この証拠の品をクッシングさんに送ったのは、殺人の犯人以外に考えられるだろうか？　小包を発送した人物こそが、われわれの探すべき相手だと考えていい。

それにしても、犯人がこんなものをクッシングさんに送ってよこすからには、何かはっきりした理由があるはずだ。では、その理由は？　殺したことを知らせるためか、あるいはクッシングさんを苦しめるためか。だが、それが理由だとすると、クッシングさんには送り主がだれだかわかっていなければならない。あの人にはわかっているのだろうか？　それはどうも疑わしいね。わかっていたら、警察を呼んだりするとは思えない。黙って耳をどこかに埋めてしまえば、だれにも知られずにすむ。犯人をかばうつもりならば、当然そうしただろう。逆に、かばう気がないなら、犯人の名前をもらすだろう。そこがどうもわからない点で、これから解明していかなくてはならない」

ホームズは庭の垣根の上あたりにぼんやり目をやって、かん高い早口でしゃべっていたが、さっと立ち上がると、家のほうへ歩きだした。

「クッシングさんに訊きたいことがいくつかある」

「でしたら、わたしはここで失礼します」とレストレード。「ほかにもちょっとした用事がありましてね。わたしから訊きたいことは、もうありません。では、署にいますから」

「駅へ向かいがてら、そちらへ寄ることにしよう」

しばらくして、ホームズとわたしが玄関脇の部屋へもどってみると、ミス・クッシングは相変わらず静かに椅子カバーを縫っていた。縫いものをひざの上に置き、青い目を大きく見開いて、入ってきたわたしたちをさぐるように見た。

「きっと、今度のことは何かのまちがいで、あの小包はわたしに宛てたものなんかじゃないんですよ。警察のかたにも何度もそう申しあげたんですけど、笑ってとりあってくれないんですからね。わたし、この世の中に敵なんかひとりだっていないんですから、だれがこのわたしにこんないたずらをするもんですか」

「ぼくもそんな気がしてきましたよ、クッシングさん」ホームズがそばに腰をおろしながら言った。「どうやら、そうとしか――」

ホームズがふと言葉を切ったので、わたしが思わずその顔を見ると、驚いたことに、彼はミス・クッシングの横顔をくいいるように見つめているではないか。熱心な顔に予想外だが納得がいったような表情が浮かんだのもつかのま、急に黙ってしまったホームズをおやっと思ったらしいミス・クッシングが見返したときには、もうもとの平静さにもどっていた。

わたしもミス・クッシングをまじまじと見た。つやのない白髪交じりの髪の毛、こぎれいな帽子、小さな金めっきの耳飾り、おだやかな顔つき。だが、ホームズをあれほど興奮させるようなものは何も発見できない。

「ひとつ二つ、お訊ねしたいことが――」

「まあ、お訊ねにはもううんざり！」ミス・クッシングは、たまりかねたような大声を出した。

「ご姉妹が二人いらっしゃいますね？」

「どうしてそれを？」

「この部屋に入ったとき、マントルピースの上に女性三人の写真があるのが目につきまして。おひとりはもちろんあなたで、あとのお二人はあなたにそっくりでいらっしゃるから、きっとご姉妹に違いないと思いました」

「ええ、そうです。妹のセアラとメアリですわ」

「そして、こっちにもう一枚写真がありますが、こちらは妹さんがリヴァプールで男性といっしょのところですね。男性のほうは、制服からして船の客室係《スチユワード》らしい。妹さんのご結婚前でしょう」

「まあ、なんてよくおわかりになりますこと」

「そりゃ、これが仕事ですから」

「おっしゃるとおりなんです。妹はこの写真を撮った二、三日あとに、そのブラウナーさんと結婚しました。写真のころは南米航路の船に乗っていたんですけれど、妹と長いこと離れては暮らせないと言って、あの人、リヴァプールとロンドン間の定期船乗務に変わったんですよ」

「ああ、コンカラー号ですか」

「いいえ、この前はメイデイ号とか言ってました。ジムは一度うちに訪ねてきたこともあります。禁酒の誓いを破る前のことでした。でも、その後は上陸すると決まって飲むようになって、少しでもお酒が入ると手がつけられなくなってしまうんです。約束を破ってまたお酒に手を出したのが、運の尽き。あの人、まずわたしと縁を切り、そのあとセアラともけんかして、いまではメアリからの便りも途絶えていますので、あの夫婦がいま、どこでどうしているんだか、わたしたちにはわからないんです」

どうやらミス・クッシングは、自分がひどく心を痛めていることを打ち明けだしたらしい。ひとり暮らしの人にはよくあることだが、最初は閉ざされていた心がだんだんほぐれていき、ついにはすっかり打ち解けた話をするようになった。船で客室係をしている義弟のことをこと細かに話し、それから、前に部屋を貸していた医学生たちに話題を転じ、その品行の悪さをさんざん並べたてたあげく、名前や所属する病院まで教えてくれた。ホームズは、時おり質問をはさみながら、どんなことにでも熱心に耳を傾けた。

「上の妹のセアラさんですが、あなたもセアラさんもご結婚なさってはいないようですから、いっしょに暮らしておられないのが不思議ですね」

「ま！　セアラの気性をご存じないから、そんなことを。ご存じなら不思議でもなんでもないはずです。クロイドンに引っ越してきたとき同居してみて、二カ月くらい前までここにいたんですが、とてもいっしょにはやっていけなくなって。実の妹を悪く言いたくはありませんが、セアラったら、とにかくおせっかいで気むずかしいんです」

「セアラさんは、リヴァプールの末の妹さんご夫婦とも、けんかなさったんでしたね」

「そうなんですよ。べったり仲よしだったころもあったんですけど。ええ、あの夫婦の近くにいたいからって、わざわざリヴァプールへ引っ越してったくらいです。それがいまじゃ、どんなにジム・ブラウナーの悪口を言っても言い足りないほどですから。セアラがここにいた半年ってものは、やれ酒癖が悪い、やれだらしがないって、口を開けばジムの悪口ばっかりって、ありさまでした。きっとそもそもは、セアラがあんまりおせっかいなんで、ジムがこっぴどくやっつけでもしたからでしょうよ」

「どうもありがとうございました、クッシングさん」ホームズは立ち上がり、頭を下げた。「セアラさんは、ウォリントンのニュー街にお住まいだとおっしゃいましたね？　では、失礼いたします。あなたのおっしゃるとおり、何のかかわりもない事件のことでとんだお手数をおかけしまして、恐縮です」

外に出るとちょうど辻馬車が通りかかったので、ホームズが呼び止めた。

「ウォリントンまで、どのくらいかね？」

「一マイルぐらいだね」

「よし。ワトスン、乗ろう。『鉄は熱いうちに打て』だ。単純な事件だが、教訓となるようなことも、ひとつ二つあったね。御者君、途中に電報局があったら、ちょっと止めてくれないか」

ホームズは途中で短い電報を打ち、それからはずっと、鼻にかぶせるように帽子をずりおろして顔を日射しから避け、座席の背にもたれかかって馬車に揺られていた。やがて、さっきと似たような家の前で御者が馬車を止めた。ホームズが馬車を待たせて玄関へ向かい、ノッカーに手をかけるやいなや、ドアが開いた。黒い服に、てかてか光る帽子というでたちの、いかめしい若い紳士が現われた。

「クッシングさんはいらっしゃいますか？」とホームズ。

「セアラ・クッシングさんは重態です。きのうから、重度の脳障害に苦しんでいまして。主治医としての責任上、どなたにも面会を許可するわけにはいきません。十日ぐらいしてから、またいらしたほうがよろしいでしょう」そう言って、医者は手袋をしてドアを閉めると、さっさと通りを歩いていってしまった。

「ふむ、会えないものはしかたがないか」ホームズは快活な調子で言った。

「話ができるような状態じゃないんだろう。でなくても、話す気もないだろうしね」

「いや、何か聞き出そうってつもりじゃなかったんだ。顔をひと目見るだけでよかったのさ。だけど、知りたいことはこれで全部わかったようだ。御者君、どこか手ごろなホテルへやってくれないか、昼食ができるような。食べたあとで警察へ寄って、レストレードに会うことにしようじゃないか」

くつろいで軽い食事をとるあいだ、ホームズの話題はヴァイオリン一辺倒で、いま持っているストラディヴァリウスは安く見積もっても五百ギニーはする品だが、トットナム・コート通りのユダヤ人の質屋でたった五十五シリングで手に入れたといって、鼻高々だった。話はそれからパガニーニ（一七八二〜一八四〇。ヴァイオリンの名手）に移り、クラレット一本で一時間粘るあいだ[*3]、この並はずれた男の逸話をつぎからつぎへと話して聞かせるのだった。警察署に向かうころには午後もかなり遅くなり、焼けつくようだった日射しもすっかり衰えていた。レストレードは署の入口で待ち受けていた。

「ホームズさん、電報が届いていますよ」

「ああ、返電だな！」ホームズは封を切ってざっと目を通すと、まるめてポケットにつっこんだ。「これでよし」

「何かわかりましたか？」

「何もかもわかったよ！」

レストレードは、びっくりしてホームズを見た。「なんですって！　ご冗談を！」

「いや、こんなに大真面目だったことは、生まれてこのかたないくらいだよ。恐るべき犯罪があって、ぼくはもう細かい点まで、その犯罪を解明することができたと思う」

「犯人も？」

ホームズは名刺の裏に走り書きして、レストレードにぽいと渡した。

「犯人の名前だ。ただし、逮捕できるのは早くてあしたの晩だな。この事件ではぼくの名前を絶対に出さないでおいてほしい。名前を残すのは、解決が難しい事件のときだけにしたいんでね。さあワトスン、行こうじゃないか」

ホームズがくれた名刺をうれしそうにながめているレストレードを残して、わたしたちは大股で駅に向かった。

その夜、ベイカー街の部屋で葉巻をふかしながら語らっているとき、ホームズが切り出した。

「この事件はね」

「《緋色の研究》や《四つの署名》という題名できみが記録してくれた事件と同じさ。結果から原因へと、推理を逆方向に進めなければならないケースのひとつなんだ。レストレードにくわしいことを知らせてくれるよう手紙で頼んでおいたから、まだわかっていない細かい点も、犯人が捕まりさえすればはっきりするさ。逮捕なら、あの男に安心して任せられる。推理のほうはさっぱりだめだが、いったん自分のすべきことがわかりさえすれば、まるでブルドッグみたいな粘りを見せるからね。ヤードでのしあがれたのも、あの粘り強さのおかげだな」

「じゃあ、事件にけりがついたわけじゃないのかい？」

「大事なところは、ほぼかたがついたと言ってもいい。こんなたちの悪いことをしでかした張本人がだれなのかは、わかっている。被害者のうちひとりがまだわからないんだが、もちろん、きみもきみなりの結論を出しているんだろうね」

「ぼくの推理するところ、きみが疑っているのは、リヴァプール航路船の客室係、ジム・ブラウナーじゃないかな？」

「ああ、疑うなんてなまやさしいもんじゃないよ」

「ぼくにはまだ、漠然とそんな気がするっていうくらいだがね」

「漠然とどころか、ぼくには、これ以上ないほどはっきりしている。要点をおさらいしてみよう。まず、ぼくらは白紙の状態でこの事件に乗り出した。これは必ず有利に働く。先入観がないからね。現場に赴いてただ観察し、そこから結論を導いた。

　そこでまず、何を見たか。およそ秘密なんかに縁のなさそうな、もの静かで品のいい女性と、その人に妹が二人いることを教えてくれた、一枚の写真だ。そのとき頭にひらめいたのは、あの箱はじつは妹のどちらかに送られたものではないかということだった。これは、保留してあとでゆっくり考えることにした。それから庭に出て、小さな黄色い箱の、なんとも奇妙な中身を見た。

　小包に使われたのが、船の帆を縫うのに使われる紐だったから、この捜査ですぐに嗅ぎつけたのは、海の匂いだ。紐の結び目を見ると、船乗りがよくやる結び方だし、小包が発送されたのは港町だし、男でピアスをするのは陸の人間よりも船乗りのほうがはるかに多い。そう考えると、この事件の登場人物はみんな船にかかわる人間のなかに見つかるはずだと、確信したのさ。

小包の宛て名を調べてみると、『ミス・S・クッシング』となっていた。三人姉妹の姉、ぼくらの会ったスーザン・クッシングの名前のイニシャルはSだが、ほかにも同じイニシャルの者がいるかもしれない。その場合は、新しい見方に立って捜査をふりだしにもどさなければ。そこで、この点をはっきりさせるべく、あの部屋に戻ったんだよ。ぼくがやはりまちがいがあったとしか思えないとクッシングさんに言おうとして、急に言葉を切っただろう？じつはあのとき、あることに気づいてはっとしたからなんだが、同時に、おかげで捜査の範囲がぐっとせばまったのさ。

ワトスン、医者なんだからきみもよく知っているだろうが、人間の身体のなかで耳ほど形がさまざまなものはない。それぞれの耳には原則としてはっきりした特徴があって、それぞれ違っているものだ。この問題については、去年の『人類学会誌』にぼくの書いた小論文が二つ掲載されている。そういうわけでぼくは、箱の中の耳を専門家の目で観察して、解剖学上の特徴をしっかりつかんでおいたんだ。だから、クッシングさんの耳を見て、調べてきたばかりの女性の耳とそっくりなのに気づいたときの、ぼくの驚きを想像してみたまえ。決して偶然の一致なんかじゃすまされない。耳翼の短いところといい、耳たぶの上のほうが広く曲がっているところといい、内軟骨の渦の巻き具合といい、うり二つだった。あらゆるおもだった特徴が一致する耳なんだ。

　もちろん、そこに重大な意味があることをただちに悟ったよ。被害者はクッシングさんの血縁者、それもごく近い親族とみて、まずまちがいない。そこで、家族関係に話題を向けた。すると、きみも聞いていたとおりだよ。すぐにたいへん貴重な情報が得られた。

　第一に、妹の名前はセアラで、最近まで同じ住所にいた。これで、どうしてまちがいが起こったのか、あの小包はだれ宛てに送られたのか、すっかりわかった。次にわかったのは、末の妹と結婚した船の客室係が、一時はセアラとかなり親しかったことだ。そしてセアラが、ブラウナー夫婦の近くにいたいといってリヴァプールに引っ越したほどだったが、のちにけんか別れしたということもわかった。それ以来、数カ月も音信不通だというのだから、もしブラウナーがセアラに小包を送るとしたら、きっと前の住所宛てにしただろう。

　これで、問題はおどろくほどはっきりしてきた。この客室係は、衝動的で激しい情熱家だということだった。ほら、妻と離れていたくないばかりに、いい勤め口を捨てたりしてるだろう。それに、ときどき酒を飲みすぎる癖もある。これで、彼の妻と、おそらく船乗りらしい男が殺されたのではないかと考える根拠ができた。動機としてまず考えられるのは、もちろん、妻に対する嫉妬だ。

　では、なぜ、殺害の証拠品をセアラ・クッシング宛てに送る必要があったのか。おそらく、リヴァプールにいたころのセアラが、今度の悲劇の原因になるようなことにからんでいたからじゃないだろうか。知っているだろう？　あの航路の船は、ベルファスト、ダブリン、ウォーターフォードに寄港する。だから、もしブラウナーが二人を殺し、しかもすぐメイデイ号に乗り込んだとすると、あの不気味な小包を発送することができる最初の寄港地が、ベルファストなんだ。

だが、この段階では、別の解釈も考えられるので、ありそうもないとは思いつつ、それをはっきりさせてから先に進むことにした。道ならぬ恋に破れた男がブラウナー夫妻を殺したのかもしれないし、耳のひとつはブラウナーのものかもしれない。この説には重大な欠陥が多くあるが、それでも、ありえないことではない。そこで、リヴァプール警察にいる友人のアルガーに電報を打って、ブラウナー夫人が自宅にいるかどうか、ブラウナーはメイデイ号に乗ったかどうかを調べてもらった。それから、ミス・セアラに会いにウォリントンへ向かったわけだ。

なによりまず、彼女の耳にあの一族の特徴がどのくらい現われているかを、見たかったんだ。それにもちろん、有力な手がかりが得られるかもしれないと考えたが、そっちのほうはあまり期待していなかった。なにしろ、あの小包のことはクロイドンをあげての大騒ぎになっていたから、前日からもう知っていたはずで、しかもセアラだけは、ほんとうは誰宛てだったかわかっていたはずだからね。もし警察に協力する気があるのなら、とっくに届け出ているだろう。

とにかく会うだけは会わなくちゃと、出かけてみた。行ってみると、小包のニュースにひどいショックを受けたセアラは——具合が悪くなったのはニュースの当日からだろう——脳炎を起こしていた。事情を十分わかっていることが、ますますはっきりしたね。だが、何か聞き出すことは当分のあいだ無理だということも、やっぱりはっきりしている。

ところが、もうセアラの協力も必要なくなっていた。アルガーからの返事が、指定したとおりクロイドン警察署に届いていたからだ。これ以上ないくらい決定的な返事だったよ。ブラウナー夫人の家は、三日前から閉め切ったままだ。近所の人の話では、南部の親類を訪ねていったらしいという。船会社に問い合わせたところでは、ブラウナーはメイデイ号に乗ったというから、明日の夜テムズ河に着く計算になる。船が着けば、頭は鈍くても行動は決然としているレストレードが待ちかまえているんだ。きっと、まもなく細かい点にいたるまではっきりするさ」

はたして、ホームズの期待は裏切られなかった。二日後、彼が受け取った分厚い封筒に、レストレード警部からの短い手紙と、フールスキャップ判（十七×十三・五インチ）の紙何枚もにわたってタイプされた書類が、入っていた。

「レストレードが首尾よく逮捕したよ」ホームズは、わたしをちらっと見た。「興味があるだろうから、読んであげよう」

拝啓　ホームズ様

われわれの立てた計画にしたがって(「『われわれ』ってのがふるってるじゃないか、ワトスン」)、昨日午後六時、わたしはアルバート・ドックに赴き、リヴァプール・ダブリン・ロンドン郵船会社所属の汽船、メイデイ号に乗り込みました。調査の結果、メイデイ号にはジェイムズ・ブラウナーという客室係がおり、航海中の挙動があまりにも異常なため、船長がやむなく仕事を休ませていると判明。船室におりてみますと、その男は衣類箱に腰かけ、両手で頭を抱えて身体を前後に揺らしています。

大柄で頑丈そうな身体、ひげをきれいに剃った浅黒い顔──例のニセ洗濯屋事件で協力してくれた、オールドリッジに似ています。わたしの用件を聞いて飛び上がりましたので、近くの水上署員を呼ぼうと警笛《ホイッスル》を口にしたところ、観念したらしく、おとなしく両手を差し出して手錠を受けました。

留置場に連行するにあたって、証拠品が入っているかもしれないと、腰かけていた衣類箱も押収しましたが、たいていの船員なら持っている鋭い大型ナイフが出てきただけで、骨折り損でした。しかし、もはや証拠品など必要ありません。警察署で取り調べ担当の警部の前に引き出されると、進んで自供を始めたのです。もちろん、供述のとおりに係の者が速記し、タイプした書類を三通作成しましたので、うち一通を同封いたします。わたしが当初からずっと考えていたとおり、きわめて単純な事件ではありましたが、捜査にお力添えいただきましたこと、厚くお礼申しあげます。

敬具

G・レストレード

「ふん！　きわめて単純な事件ではありましたが、だとさ。最初、協力を求めてきたときには、そうは思っていなかったくせに。それはともかく、ジム・ブラウナーが進んでしたっていう供述を、読んでみようじゃないか。シャドウェル警察署のモンゴメリー警部の前でつくられた供述書だ。ブラウナーのしゃべった言葉のまま記録してあるところがいいね」

「言いたいこと？　そりゃ、大ありってもんだ。洗いざらいぶちまけてしまわないことにゃ、おれの気がすまない。それで死刑になるってんならそれもよし、ほっとかれるってんならそれもよし。どうなろうとかまわない。実をいうと、あんなことをしちまってからってもの、夜もおちおち眠れないんでさ。眠れるとしたら、永遠の眠りにつくときでしょう。

頭に浮かぶんですよ。ときたま男の顔のこともありますが、たいていは女の顔が。いつもどっちかの顔がちらついて、頭からはなれない。暗いしかめっ面の男、びっくりした顔の女……。そりゃ、あいつが驚くのはもっともだ。白い子羊みたいなあいつに、ベタ惚れのところしか見せたことがなかったこのおれの顔に、いきなり殺意が浮かんだんだから。

けれど、それもみんなセアラのせいだ。あんな女、裏切られた男の呪いで破滅して、身体じゅうの血が腐ってしまうがいい！　このおれに悪いところがなかったとは言わないよ。一度はやめた酒にまた溺れ、獣みたいになっちまったのも、自覚してる。でも、女房はおれを許してくれたでしょうよ。セアラさえおれたちにちょっかいを出してこなきゃあ、滑車に巻きつくロープみたいに女房はおれにぴったり寄り添って、離れやしなかったんだ。

セアラがおれに惚れたもんだから——あれが諸悪の根源よ——惚れただけならまだしも、身体と心を足したセアラより泥に残った女房の足跡のほうがよっぽど大事ってくらいの気持ちでいるとわかると、あの女、おれに対してかわいさ余って憎さ百倍ってやつでさ。

三人姉妹なんですがね。いちばん上はただのお人よし、二番めは悪魔、三番めは天使だ。おれたちが結婚したとき、セアラが三十三、女房のメアリは二十九だった。二人で家庭をもったころは幸せそのもので、リヴァプールじゅう探したってメアリのようないい女はいないと思ってましたよ。そのうち、一週間ぐらいの予定でセアラが遊びにきた。ところが、一週間が一カ月になり、なんだかんだいつのまにか、とうとう居ついちまったんだ。

そのころのおれは酒と縁を切って《ブルー・リボン》＊4いて、二人でちょっとした貯金をしてたし、真新しい銀貨《ドル》みたいに何から何まで晴れやかな気分で暮らしてた。ああ、それがこんなことになるなんて、どうしてだ？　夢にも思わなかった。

おれは週末にはたいてい家にいたけれど、積み荷の関係で出航が遅れるときなんかは、一週間ずっと家にいることもあった。すると、義姉《あね》のセアラと顔を合わせることも多い。背がすらっと高くて黒髪で、気が短くて気性の激しい女でしたね。いつもつんとすましてて、火打石から散る火花みたいに光る目をしてた。でも、おれにはかわいいメアリがいた。セアラには目もくれなかった。誓ってもいい。

ときどき、セアラがおれと二人きりでいたがってると思えることや、散歩に誘われることもあったが、こっちにはそんな気はさらさらない。ところがある晩のこと、迷いがあったとしてもすっかり吹っ飛んだね。船から帰ってみると、女房が留守なのに、セアラはいる。『メアリはどこだ?』と聞くと、『ああ、何かの支払いに出かけたわ』という返事だ。

おれはそわそわと女房を待ちわび、部屋をうろうろした。するとセアラが、『ジムったら、メアリがほんの五分だっていなきゃつまらないの?』って。『ほんのちょっとのあいだくらいあたしと二人きりを楽しめないなんて、失礼だわ』なんて言うじゃないか。『そんなことはないよ、ねえさん』ってやさしく差し伸べたおれの手を、セアラはさっと両手で握ったんだが、熱でもあるようにほてった手だった。目をのぞき込むと、セアラの気持ちが手にとるようにわかった。言葉にしてもらう必要はないし、こちらから言うこともない。顔をしかめて手をひっこめましたよ。そばにしばらく黙って立っていたあの女は、手をあげておれの肩をぽんとたたいた。『だらしないのね、ジム!』と、軽蔑するような笑いをあとに、部屋から飛び出していった。

それ以来、セアラはおれを心の底から憎むようになった。憎むってことのできる女だった。

あいつを家においといたおれは、ばかだった——どうしようもない大ばかだ。でも、悲しむだろうと思って、メアリにはひとことも言わなかった。それからも変わりなく暮らしてたが、そのうち、メアリの様子がちょっと変になってきた。あんなに無邪気におれを信じ切っていたメアリが、妙に疑り深くなった。どこへ行ってきた、何をしてた、だれからの手紙だ、ポケットに何が入っているって、くだらないことばかりうるさく訊いてくる。日がたつにつれてしつこくなっていき、いらいらして、つまらないことでしょっちゅうけんかしてばかり。おれはすっかりまいっちまった。

おれを避けるようになっていたセアラが、メアリには仲よくへばりついていた。いま思うと、あの女が女房の心をおれから引き離そうといろいろ画策していたんだが、それに気づかないなんて、あのころのおれはばかだったよ。おれは禁酒の誓いを破ってまた飲むようになった。だけど、メアリがあんなふうになりさえしなければ、酒に逃げることもなかったんだがね。

そうなると、メアリのほうにもおれに愛想をつかす理由ができたってわけで、夫婦のあいだの溝は広がる一方だ。そこへ、あのアレック・フェアベアンというやつが割り込んできやがったんで、事態はどうしようもなく悪いほうへ転がっていった。

この男、うちへは初めセアラに会いにきたんだが、おれたち夫婦ともすぐ親しくなった。なにしろ愛想がよくて、だれとでもすぐにうちとける。スマートで、カールした髪の毛をなびかせ、威勢よく肩で風切って歩いては、地球の半分ぐらいは渡り歩いたっていう話をおもしろおかしく聞かせてくれる。たしかにつきあって楽しいし、船乗りにしちゃ、びっくりするほど礼儀正しいし、きっと甲板なんかにいないで高級船員だった時期があるんだろうな。ひと月ばかりうちに出入りしてたが、まさか、あんなにもの柔らかなうまいやり口でひどい目にあわされようとは、思いもよらなかった。やっとおれも怪しいと思うようなことがあって、その日からは一日たりとも心の休まる日がなくなった。

きっかけはごくささいなことだった。ある日、居間へ入っていこうとすると、ドアをくぐるのがおれだとは思わなかったんだろう、一瞬ぱっとかがやいたメアリの顔がおれとわかったとたんに曇って、さもがっかりしたようにそっぽを向くじゃないか。それだけでもう、察しがついた。おれの足音を聞きまちがえるとすりゃ、アレック・フェアベアンのほかにないんだ。もしもやつがその場にいたら、きっとそのまま殺してたとこだ。おれは、いったん怒ったら歯止めのきかない性格でね。

おれのただならぬ目つきに気づいたんだろう。メアリがかけよってきて袖をつかんだ。『ジム、やめて！』と言う。『セアラはどこだ？』と訊くと、『台所にいるわよ』というあの女の返事がした。『セアラ！　あのフェアベアンという男に、二度とこの家の敷居をまたがせるな！』と、おれは台所に入っていった。『あら、なぜ？』『おれの命令だ』『お友だちがこのうちに来ちゃいけないんなら、あたしだってここにいられないわね』『勝手にしろ。だがな、今度フェアベアンが顔を見せてみろ、やつの片耳切り落として、おまえんとこへ記念に送ってやる』おれの剣幕に恐れをなしたのか、セアラはひとことも口をきかずに、その夜のうちに出ていった。

いやあ、今でもよくわからない、あの女には根っから悪魔的なところがあったのか、それとも、メアリに浮気をそそのかしておれとの仲を裂こうとしたのか。ともかく、セアラは通りを二つばかり隔てたところに家を借りて、船乗り相手の下宿屋を始めた。フェアベアンがそこを常宿にしていて、メアリはちょくちょく出かけていっては、やつらとお茶を飲んだりしてた。女房がどんなにたびたび足を運んだものやら、おれは知らないんだが、ある日あとをつけてみて、いきなり玄関から押し入ったとたん、フェアベアンのやつ、まったく腰ぬけで、裏の塀越しに逃げちまったよ。おれは、今度あの男といっしょのところを見つけたら生かしちゃおかねえって言って、真っ青な泣き顔で震える女房をひきずって帰った。もう、夫婦の愛情なんてかけらもありゃしない。女房がおれを恐れ、憎んでいる。それが痛いほどわかるんで、飲まずにゃいられない。飲めば飲んだで、女房はまたおれを忌み嫌う。

さて、セアラはそのうちリヴァプールで暮らしが立たなくなって、どうやらクロイドンの姉のところに舞いもどったらしいが、それでこっちの家庭のごたごた続きがなくなるわけでもない。とうとう先週になって、あんな苦しみと破滅が訪れた。

こういうことだったんですよ。メイデイ号で一週間の航海に出かける予定が、大樽がひとつ転がり出て船板が一カ所ゆるみ、帰港してその修理に半日ばかりかかることになった。船を降りたおれは、女房がどんなにびっくりするだろう、ひょっとして思いがけず早く顔を見られたことを喜んでくれるんじゃないかと思いつつ、うちに帰った。そんなことを考えながらうちの前の通りへ入ったとたん、すれちがった辻馬車に、女房が乗ってるじゃないか。フェアベアンと並んですわって、二人してしゃべったり笑い合ったり、歩道に立ってじっと見ているおれになんか、まったく気がつきもしない。

ねえ、これはほんとなんだが、そのときからだ、自分が自分じゃなくなって、思い返しても何かの夢のなかのできごとのように、ぼんやりしてるんですよ。最近は酒をしこたま飲んでたから、そのことも重なって、頭がすっかり変になっちまった。いまも頭のなかでドック作業のハンマーみたいな音がガンガンしてるんだが、あの朝は、まるで耳もとでナイアガラの滝がゴーゴーうなってるみたいだった。

ああ、すぐに馬車を追いかけたよ。太いカシのステッキを握って、そりゃもう最初っからかっかとしてた――してたが、走っているうち小賢《こざか》しくもなって、姿を見られないように少し距離を置いた。馬車はじきに駅で止まった。窓口がかなり混み合ってたんで、すぐ近くまで行っても気づかれなかった。二人はニュー・ブライトンまでの切符を買った。おれも切符は同じのを買ったが、三両うしろの車両に乗り込んだ。目的地で降りた二人が遊歩道を歩いていくのに、百ヤードと離れずついていった。二人はそのうちボートを借りて漕《こ》ぎ出した。

すごく暑い日だったんで、水の上のほうが涼しいと思ったんだな、きっと。

そうなりゃもう、二人を手中にしたも同然。海には薄いもやがかかってて、二、三百ヤード先の見通しもきかない。おれもボートを借りてあとを追った。二人の乗ったボートの影がぼんやりと見えてはいたが、むこうの船の速さもこっちに負けないくらいだったから、追いついたときにはもう、岸から一マイル以上も離れていた。まるでカーテンみたいにもやがまわりを取り巻く、その真ん中におれたち三人。ああ、まったく、忘れられないよ、近づくボートに乗っているのがおれだとわかったときのあいつらの顔といったら！

女の悲鳴。気でも違ったみたいにわめきながらおれ目がけてオールを繰り出す男。おれの目のなかに殺意を見てとったんだな。オールをかわしてステッキで殴りつけると、男の頭は卵かなんかみたいにぐしゃっとつぶれちまった。見さかいがなくなっていたのは確かだが、それでもメアリのほうは見のがしてやろうと思ってたはずなんだ。なのに、あいつめ、男にとりすがって泣き叫んだあげく、『アレック』って呼びかけるじゃないか。

おれはまたステッキを振り上げていた。メアリも男のそばにのびちまったよ。そのときのおれは、血に味をしめた獣同然だった。そこにもしセアラがいたら、そうとも、ついでに殺してただろう。おれは、ナイフを取り出して——そう、言うまでもなく！　自分のおせっかいがどんな結果を引き起こしたか、セアラのやつに証拠の品をつきつけてやったらどんな顔をするだろう。そう考えたら妙に残酷な楽しさがあって、ぞくぞくしたね。

それから、死体をボートにくくりつけ、船板を一枚はがして、沈むまでを見届けた。貸しボート屋は、二人がもやで方向を見失って沖に流されたと思うだろう。身なりをとりつくろって岸に上がったおれは、だれにも怪しまれずにまたメイデイ号に乗り込んだ。その晩、セアラ・クッシング宛ての小包をこしらえて、次の日、ベルファストから発送したってわけさ。

さあ、これで真相を全部お話ししましたよ。死刑なりなんなり、好きにしてもらってかまわない。ただ、もう罰はいやってほど受けているおれを、これ以上罰することなんてできない相談ですがね。目をつぶると必ず、あの二人の顔がじっとおれを見てる——もやのなかからおれのボートがぬっと現われたときと同じ顔で、じっとおれを見てるんだ。おれはひともいに殺したが、あの二人はおれをじわじわ殺しているんだ。こんな調子でもうひと晩もすりゃ、朝までにおれは、狂うか死ぬかどっちかですよ。独房に入れないでくださいよ、頼みますから。それだけは勘弁してください。きょうはひとの身、明日はわが身って、言うじゃありませんか」

ホームズは書類を置きながら、重々しい口調で言った。「このできごとには、いったいどんな意味があるんだろうね、ワトスン？　こんな苦悩と暴力と恐怖の連鎖が、何になるっていうんだろう。たどり着くところがなければ困る。さもなければ、この世はただの偶然に操られるじゃないか。そんなことは考えられない。だけど、どこにたどり着く？　これは永遠に続く大きな問いで、人間の理性はその答えにいつまでたっても届かないんだ」

黄色い顔

The Adventure of the Yellow Face

友人シャーロック・ホームズにたぐいまれな才能があるおかげで、わたしたちは風変わりなドラマの聞き手になり、ひいては登場人物ともなってきた。わたしはそうした数々の事件をもとに短い事件記録を発表しているわけだが、彼の失敗よりも成功のほうを語ることとなるのは、ごく当然のなりゆきだろう。決して、わざと友人の評判を高めようとしているのではない。

彼がそのもてる力と多才さを余すところなく発揮するのは、むしろ難事件で途方に暮れてしまったときこそだった。それでも失敗したときは、必ずと言っていいほど、ほかのだれの手にも負えず迷宮入りになってしまい、永久に物語の結末を迎えることのないままとなるのである。

だが、この友人がまちがったにもかかわらず真相が明らかになることも、たまにはあった。わたしの記録にも、そういう事件が五、六件ある。これから語るのは、そうした珍しい例のなかでも、《第二のしみ》事件とともに、最も興味深い事件の顚末《てんまつ》である。

ホームズは、運動のための運動をほとんどしない。だが、腕力ではほとんどだれにもひけをとらず、同じ重量級のボクサーのうちで、彼にかなう者にお目にかかったことがないくらいだ。なのに彼は、目的のない肉体運動をエネルギーの浪費だと考え、職業上の目的にかなうことでないかぎり、めったに身体を動かさない。

とはいえ、ひとたび仕事となれば文字どおり疲れを知らないがんばりをみせる。いざというときのため体調を万全に整えている一方、ふだんの食事はじつに質素なもので、生活習慣は禁欲的と言っていいほど簡素だった。悪習といえばただひとつ、たまにコカインを注射することだが、それは、事件がほとんどなくて新聞がつまらないという、おもしろみのない生活への不満からなのだった。

春まだ浅いある日、すっかりくつろいだ気分になったホームズは、わたしと公園へ散歩に出かけた。カシの木が緑に芽ぶくきざしを見せ、ねばつく槍の穂先に似たクリの新芽は、まさに五つに分かれて葉になろうとしている。いっしょに二時間ばかりぶらついたが、気心の知れたどうし、ほとんど口をきくこともなかった。ベイカー街にもどると、五時近くになっていた。

「失礼ですが」ドアを開けてくれた給仕の少年が言った。[*1]「紳士のお客さまがありました」

ホームズはとがめるような目をわたしに向けた。「午後の散歩など、するもんじゃないな！　じゃあ、お帰りになったんだね？」

「ええ」

「入っていただかなかったのか？」

「いいえ、お入りになりました」

「どのくらいお待ちだった？」

「三十分ほどです。やけにそわそわ落ち着かない紳士で、ここにいらしたあいだじゅうずっと、うろうろしたり足をトントン踏み鳴らしたりして。ドアの外で待ってましたんで、よく聞こえたんです。そのあげく、廊下に飛び出して大声で『あの男、まだ帰ってこないのかね』と。これは、お客さまのお言葉のとおりですよ。『もう少しお待ちいただけますでしょうか』と申しあげると、『じゃあ、外で待とう。ここだと息が詰まりそうだ。すぐにもどる』とおっしゃって、出ていかれました。どうしてもお引き止めできなくって」

「わかった、わかった。それでいい」ホームズはそう言うと、わたしといっしょに部屋に入った。「だがワトスン、まずかったなあ。ぼくは事件を待ちこがれていたんだし、客がいらしていたってことは、どうやら重大事件らしいのに。

　おや、テーブルの上のこのパイプ、きみのじゃないね。客の忘れものだな。りっぱな古いブライヤーで、煙草屋がコハクって呼んでる材質の長い吸い口がついている。本物のコハクの吸い口なんて、ロンドンじゅう探してもいくつあることやら。なかにハエの化石が閉じ込められていれば本物の証拠だというけれど、わざわざハエを入れて偽物のコハクをつくる商売人だっているんだよ。大事にしているはずのパイプを忘れるなんて、さぞかし気もそぞろだったんだな」

「大事にしているものだと、どうしてわかる？」

「買値はきっと、七シリング六ペンスくらいだっただろう。ところが、見たまえ。二度も修理に出しているよ。一度は木の柄のところ、もう一度はコハクの吸い口のところ。ほら、どっちも銀の紐で修理してあるから、パイプの値段より修理代のほうが高くついたんじゃないかな。新品を買えるほどの金がかかっても修理に出したというのは、大事にしているからこそじゃないかね」

「ほかにもわかることがあるのかい？」ホームズが手のなかでパイプをひねくり回し、いつもの考え込んだ様子でじっと見つめているので、わたしは訊ねてみた。

ホームズはパイプを掲げ、まるで骨格について講義する大学教授のように、細長い人さし指でコツコツとたたいた。

「パイプというのは、時としてじつに興味津々たるものでね。おそらく、懐中時計と靴紐以外で、これほど持ち主の個性をはっきり表わすものはないだろう。とはいえ、このパイプの特徴は、それほど顕著でもないし重要でもない。持ち主はもちろん、がっしりした左ききの男で、歯が丈夫で、細かいことを気にせず、金には困っていない」

これだけの推理をホームズはごくさりげなく披露し、理解できたかどうか確かめようとばかりに、上目づかいでわたしに目配せした。

「七シリング以上もするパイプを使っているから、金持ちだということかい？」

「こいつは一オンスあたり八ペンスもするグロヴナー・ミクスチュアなんだぞ」ホームズはてのひらに煙草を落としてみせた。「この半値でだって上等の煙草は買えるんだから、金に困ってはいないさ」

「じゃあ、あとのことは？」

「持ち主はランプかガスでパイプに火をつける習慣があるらしい。ほら、片側だけがすっかり焦げているだろう。マッチで火をつけていれば、こんなふうになるはずがない。マッチをパイプの横腹につけるやつはいないからね。でも、ランプで火をつけると、どうしても火皿が焦げてしまう。しかも焦げているのはパイプの右側だから、左ききだ。きみのパイプをランプにかざしてごらんよ。右ききだから、左側を火にさらすことになるだろう。反対にすることだってあるだろうが、いつでも変わらずにそうするはずはない。このパイプはいつも右側が火にさらされているんだよ。それから、この持ち主はコハクの吸い口を跡が残るくらいぐっと嚙んでいる。力の強い男で歯も丈夫でなければ、そうはいかない。

だが、どうやら階段に客の足音がするよ。パイプより、もっとおもしろい研究ができそうだ」

つぎの瞬間、いきなりドアが開いて、背の高い青年が部屋に入ってきた。上等だが控えめなダークグレーの服装で、茶色の中折帽（つばの広いフェルトの帽子）を手にしている。三十歳ぐらいに見えたが、実際はもっと年上だった。

「どうも失礼しました」客はいささかまごついていた。「ノックをしたほうがよかった——いや、もちろんノックするべきでした。じつは、ちょっと気が動転しているんです。そのせいだと思って大目に見ていただけますか」目まいでもするようにひたいに手をやると、椅子に、すわるというより倒れ込んだ。

「この一日か二日ばかり、眠れなかったようにお見受けしますが」ホームズの口調はうちとけて気楽だった。「心配ごとで眠れないのでは？　不眠というのは、仕事よりも楽しみにふけるよりも、神経がやられますからね。さ、ご用件をうかがいましょうか」

「ご忠告をいただきたくて。ぼくはどうしたらいいのかわからない。生活全部が、めちゃめちゃになりそうなんです」

「諮問《コンサルティング》探偵としてのぼくに、依頼したいというわけですね」

「それだけじゃないんです。ご意見を仰ぎたいんです、賢明な方に——世のなかのことをよくご存じの方に。ぼくがつぎにどうすべきなのか、それを知りたい。お願いです、教えてください」

客の言葉は切れ切れに口をついて出る。辛くて口もきけないほどなのに、意志の力で声を絞り出しているのだろうか。

「デリケートな問題でして。家庭内のことをひとに話すのは、気が進まないものです。自分の妻の行状を、初対面のお二人を前にして話し合うのは、恐ろしい気がする。話さなくては

SP

と思うと、ぞっとする。でも、ぼくは行き詰まってしまいました。忠告していただかなくては」

「まあ、まあ、グラント・マンロウさん――」

客は椅子から跳び上がった。「なんだってぼくの名前をご存じなんですか！」

ホームズは微笑《ほほえ》んだ。「名前を知られたくないとお思いなら、帽子の内側に名前をつけないようにするか、相手には帽子の山を向けるかなさるべきでしょう。いま申しあげようとしたのは、ぼくもこの友人も、奇妙な秘密だったらここでもうさんざん耳にしてきているということです。悩みを抱えた方を幸せな気持ちにさせたり安心させたりしたことも、たびたびあります。あなたに対しても、同じようにしてさしあげられると思いますよ。時間は貴重ですから、これ以上ためらわずに、お困りの事情をお話しください」

それでも客は、いかにもつらそうに、また手でひたいを拭《ぬぐ》っている。身振りや表情から、この青年は口が重くうちとけない性格で、ややプライドが高く、自分の傷を見せるのが嫌いらしいとわかる。だが突然、気おくれを振り払うようにこぶしを振り上げて、話を始めた。

「わかりました。事情はこうです。

ぼくは結婚して三年になります。妻とぼくは、世間のどんな夫婦にも負けないくらい互いに愛し合い、幸せに暮らしてきました。考えることにも言葉や行動のうえでも、違和感があったことは一度もありません。ところが、この前の月曜日以来、二人のあいだに急に壁がたちはだかるようになってしまいました。どうやら妻の人生には何かがあって、何か頭のなかで考えていることがあるのに、ぼくはゆきずりの女と同じくらいにしか彼女のことを知らないらしいんです。夫婦だと思っていたのに、赤の他人だったんです。なぜそんなことになってしまったのでしょう。

ホームズさん、先を続ける前に、ひとつだけはっきりさせておきます。妻のエフィーは、心からぼくを愛してくれています。それは誤解しないでいただきたい。ぼくに全身全霊で思いを寄せていて、いまほどその思いが強かったことはないほどです。ぼくにはそれがわかる。理屈抜きに感じられる。そのことについて、どうこう言いたくはありません。女に愛されていれば、男にはすぐわかるものなんです。ただ、ぼくたち二人のあいだにこんなふうに秘密があっては、決してもとどおりの夫婦にはなれないんだ」

「マンロウさん、どうか事実のほうを話してくださいませんか」ホームズはいくぶんいらだった調子で言った。

「エフィーの身の上について、ぼくの知っていることをお話ししましょう。初めて会ったとき、エフィーは夫に死に別れた身でしたが、まだ若かった——二十五歳でした。当時の名前は、ヘブロン夫人。若いときにアメリカに渡ってアトランタ市に住み、そこでヘブロンというかなり羽振りのいい弁護士と結婚したのです。子どももひとりいましたが、その町で黄熱病がはやって、夫も子どもも亡くしました。ぼくは夫の死亡診断書を見たことがあります。

それでアメリカに嫌気がさしたエフィーは、英国にもどり、ミドルセックスのピンナーで、独身の伯母といっしょに暮らしていました。前夫は、かなりの遺産を遺してくれていました。四千五百ポンドほどの資産があるうえに、うまく投資をしてくれていたので、平均して七パーセントほどの利子が生まれるのです。ぼくと出会ったのは、エフィーがピンナーに来てほんの半年後のことです。互いに強く惹かれあい、数週間後に結婚しました。

ぼくはホップ商人で、七、八百ポンドほどの収入があって楽に生活できます。ノーベリに年八十ポンドで、しゃれた別荘ふうの家を借りました。ぼくらのささやかな暮らしは、ロンドンにほど近いわりには、かなりつましいものです。近所にあるのは宿屋と二軒の民家、向かいの原っぱの先に一軒家、あとは駅へ向かう道の半ばまで家もありません。ぼくは仕事である程度の期間ロンドンにいますが、夏は仕事が少ないので、妻と二人、田舎の家で申し分なく幸福を味わいました。そう、あのいまいましいことが起こるまで、二人のあいだには影がさすこともなかったのです。

そうだ、ひとつ申しあげておかなくては。結婚するとき、妻は全財産をぼくに渡しました。ぼくはむしろ反対だったんですよ。ぼくの事業がうまくいかなくなったら、気まずいことになるじゃありませんか。ただ、妻が手配して、そういうことになりました。

さて、六週間ほど前、妻がぼくのところにやってきました。

『ねえジャック、わたしのお金を受け取ったとき、必要になったらいつでもそう言ってほしいと言ったわよね』

『もちろんさ。あれは全部、きみのお金だもの』

『あのね、百ポンド必要なの』

これにはちょっとびっくりしました。せいぜい新しいドレスを買いたいとか、そんなところだろうと思っていたからです。

『いったい、何に使うんだい？』

妻は、冗談めかした口ぶりでこう言いました。『まあ、あなたは銀行の役をするだけだって言ったじゃないの。銀行はそんなこと訊かないものだわ、ねえ』

『本気で言ってるんなら、金はもちろん渡すけど』

『ええ、もちろん本気よ』

『それで、何に使うのかは言いたくないんだね』

『そのうちにお話しするわ。でも、いまは言えないの、ジャック』

それ以上は問いただせませんでした。二人のあいだに秘密ができたのは、初めてのことです。これはその後のできごととは関係なかったかもしれませんが、お話ししておいたほうがいいかと思いましたので。

さて、向かいに一軒家があると申しました。野原をひとつはさんだだけのところですが、街道を歩いて、そこから小道に折れなければ行き着けません。その家の裏にはスコットランドモミの林があって、ぼくのお気にいりの散歩コースなんです。樹木には親しみを感じますからね。この八カ月というもの、その家には住む人もなく、残念に思っていました。なかなかすてきな二階建てで、古めかしい玄関口にスイカズラがからんでいる。よく足を止めて、どんなにか居心地のいい家庭になるだろうにと思いをめぐらせたものです。

この前の月曜のこと、夕方の散歩中に小道で空っぽの馬車に出会いました。家の玄関そばの芝生には、絨毯やら何やらの荷物が積んであります。やっと借り手がついたのでしょう。通りすがりに何気なく立ち止まって、うちのご近所に越してきたのはどんな人たちだろうと、家を見回しました。ふと気づくと、二階の窓からだれかがぼくを見おろしています。

その顔のどこがどうだったのかわかりませんが、ぼくはそのとき、背すじがぞくっとしたんです。少し離れたところからなので、目鼻だちまではっきりしませんが、不自然で人間らしくないところがありました。そんな印象を受けたものですから、こちらをながめているのはどんな人間かもっと近づいて見てやろうと、さっと前に出たんです。そのとたん、顔がふっと消えました。あまりにも唐突なので、部屋の暗がりに吸い込まれたように思えました。

ぼくは五分ほど立ち尽くして、二階で何が起きたのかあれこれ考え、その顔の印象を整理しようとしました。男なのか女なのかもわからない。遠目にはどちらとも言えませんでした。いちばん強く印象に残ったのは、顔色です。死人のような鈍い黄色で、こわばった感じの不気味さがあったんです。気になってしかたがありませんから、決心して玄関に向かっていき、ドアをノックしました。すると、すぐに開いて、愛想のないきつい顔つきの、やせて背の高い女性が出てきました。

『何の用だね？』北部なまりの口調でした。

『あそこの家の住人ですが』ぼくは自分の家のほうに頭をかしげました。『引っ越していらしたばかりのようなので、何かお役に立てることでもあればと――』

『何かあればお願いにうかがいますよ』女はそう言うなり、ぼくの鼻先でばたんとドアを閉めてしまいました。とりつくしまもない無礼に腹が立って、ぼくは回れ右して家に帰りました。

その晩は、いつまでたっても、いくらほかのことを考えようとしても、窓に現われた妙な顔とあの無礼な女のことが思い出されてなりません。ですが、顔のことは妻に話すまいと決めていました。神経質で感じやすい妻に、ぼくの不快な気持ちをわざわざ分け与えることもないですし。ただ、寝る前にひとこと、あの家に人が越してきたとは言っておきました。妻は何も言いませんでした。

ふだんのぼくは、ぐっすり眠る質《たち》です。夜中に何が起ころうとも目を覚まさないと、家族にしょっちゅうからかわれていたくらいです。ところがどうしたわけかその夜は、ちょっと興奮したせいなのでしょうか、いつもより眠りが浅かったようです。

なかば夢心地でぼんやりしていると、部屋のなかで動くものがあります。しだいに頭がはっきりしてくると、妻が服を着てマントをはおり、帽子をかぶっているではありませんか。唇が開いて、こんな時間に出かけるしたくなんかしてという、驚きとも小言ともつかぬ寝ぼけ声をもらしたところ、半びらきの目にふっとロウソクの光に照らされた妻の顔が見えて、息をのみました。見たことのないような表情なんです。死人のようにまっ青で、息づかいはせわしなく、ぼくを起こしてしまったのではないかと、マントの紐を結びながら心配そうにベッドのほうをちらちらうかがっています。

そして、ぼくが眠っていると思ったのでしょう、妻はそっと部屋を抜け出しました。つづいて金属音が聞こえましたが、玄関の蝶番《ちょうつがい》の音だとしか思えません。ぼくはベッドに起き上がり、こぶしでベッドの手すりをたたいて、夢ではないことを確かめました。枕の下から時計を出してみると、午前三時でした。そんな時間に田舎道に出て、妻はいったい何をしようというのでしょう?

ベッドに身体を起こした姿勢で二十分ばかり、筋の通りそうなことをあれこれ考えてみました。考えれば考えるほど、常軌を逸した、ありえないことに思えてきます。うだうだと頭を悩ませているうちに、玄関がまたそっと閉まる音につづいて、階段を上がってくる妻の足音がしました。

『エフィー、いったいどこへ行っていたんだ?』

ぼくの声にぎょっとした妻は、息をのむような声をあげました。そのいかにもやましいという驚きように、ぼくは不安をかきたてられました。妻はいつだって素直でおおらかだったんです。それが自分の部屋にこっそりもどってきて、自分の夫から声をかけられてぎくりとするなんて、ぞっとするじゃありませんか。

『起きていたの、ジャック？』妻はこわばった笑い顔を見せました。『まあ、何があっても目を覚まさないと思っていたのに』

『どこへ行ってた？』ぼくの口調は、さっきよりきつくなっていました。

『そりゃあ驚くわよね』マントの紐をほどく妻の手先が、ぶるぶる震えています。『まあ、生まれて初めてこんなことをしちゃったわ。息苦しくって、新鮮な空気を吸いたくてしようがなくって。ほんとに、外へ出ないと倒れてしまいそうだったの。玄関の外にしばらく立っていたら、気分はすっかりよくなったわ』

言いわけしながらも、妻は一度もぼくのほうを見ませんし、声音もいつもとまるで違っています。あからさまな嘘だ。ぼくは返事をせず、壁のほうを向きました。気分が悪く、持て余すほどの疑いがどす黒く胸のなかに渦巻いていました。妻はぼくに何を隠しているのだろう？　こんなおかしな出かけかたをして、どこへ行っていたんだろう？　それがわかるまでは落ち着けそうもありませんが、それでも嘘をとりつくろわれた以上、問い詰めるのはやめておきました。その夜はろくに眠れないまま、寝返りを打ちながら思い悩みましたが、どんどん突飛な考えに走るばかりでした。

翌朝はシティへ出かける予定でしたが、仕事など手につきそうにありません。妻もやはり取り乱しているようで、絶えずぼくを探るようにうかがっています。自分の言いわけが信じてもらえなかったとわかって、途方に暮れているんです。ろくに言葉も交わさずに朝食をすませるやいなや、ぼくは散歩に出ました。朝の新鮮な空気のなかで、あらためて考えてみようと思ったんです。

クリスタル・パレスまで足を延ばし、[*2] 一時間ほどそこで過ごしましたが、一時にはノーベリにもどっていました。たまたま例の家を通りかかったので、ちょっと足を止め、前日にぼくを見ていたあの不思議な顔がちらりとでも見えないかと、窓に目をやりました。ところがホームズさん、ぼくの驚きをお察しください。ぱっと玄関が開いて、出てきたのが妻だったのです。

妻を見かけたぼくは、もちろん愕然として口もきけずにいましたが、目が合ったときに妻の顔に浮かんだ驚きは、その比ではありませんでした。一瞬、家のなかにまたひっこもうとしたようでしたが、いまさら隠してもむだだと観念したのでしょう、そのまま出てきました。口もとに笑みを浮かべていますが、真っ青な顔とおびえた目が、それは偽りの笑みだと語っています。

『まあ、ジャック。新しいお隣さんで何かお手伝いすることでもあるかと、お訪ねしていたの。どうしてそんな顔をするの？　わたしのこと、怒っているんじゃないでしょう？』

『ということは、ゆうべもここに来たんだな』

『何のこと？』

『ここへ来たんだ。わかってる。あんな時間に訪ねるなんて、どういう相手だ？』

『来ていません』

『うそだとわかってて、よくもそんなことが言えるな！』ぼくは声を荒らげました。『声の調子が変わってるじゃないか。ぼくがきみに隠しごとをしたことがあったか？　この家におじゃまして、とことん調べさせてもらうぞ』

『だめよ、やめて、ジャック。お願い！』妻は動転して、あえぐように言いました。玄関口に向かおうとするぼくの袖をつかんで、必死に引き止めるのです。

『それだけは、どうしてもやめて、ジャック。約束するわ、いつか何もかもお話しします。この家に入れば不幸なことになるだけだわ』なおも振り切ろうとするぼくに、妻は死にもの狂いでとりすがります。

『わたしを信じて、ジャック！　一生のお願いよ。いつかわかってもらえるはずだわ。ねえ、あなたのためを思うからこそ隠すの。これもみんな、わたしたちの生活のため。無理やりこの家にお入りになれば、わたしたちはおしまいだわ』

　必死に訴えられ、妻の言葉にからめとられたぼくの足は、玄関先で渋りました。

『じゃあ、条件つきで信じよう。条件はひとつだけだ』ついにぼくは折れました。『隠しごとはこれっきりにしてもらう。秘密にしておきたいなら勝手にしろ。でも、この先、夜中に部屋を抜け出したり、ぼくの知らないところでこそこそしたりはしないと約束してくれ。これからはもうしないと約束してくれるなら、過ぎたことは水に流してもいい』『信じていただけると思っていたわ』妻は大きく安堵のため息をつきました。『言われたとおりにします。さあ、行きましょ――うちへ帰りましょう』

なお袖をつかんだまま、妻はぼくをその家から引き離します。帰り際にちらりとうしろを振り向くと、あのつやのない黄色い顔が、二階の窓からこちらをじっと見ていました。あの不気味な顔と妻のあいだに、どんなつながりがあるというのでしょう？　あるいは、前日見かけたあのぶっきらぼうな女は、妻とどういう関係なんでしょう？　不可解でしかたなく、その謎を解明しないかぎり、ぼくは心の平安を取りもどせないと思いました。

続く二日間、ぼくはうちにいました。妻は素直に約束を守っているようで、ぼくの知るかぎり家から一歩も出ませんでした。しかし三日め、ぼくは見てしまいました。かたく約束したというのに、この秘密の力は強くて、夫にも妻としての義務にもつなぎ止めておけないという証拠を、見てしまったんです。

その日ぼくはロンドンに出かけましたが、いつも使う三時三十六分の列車ではなくて、二時四十分の列車でもどってきました。帰宅すると、メイドがびっくりした顔で玄関に出てきました。

『奥さんは？』

『あの、お散歩だと思いますが』

　ぼくの頭はたちまち疑惑でいっぱいになりました。二階にかけ上がって、妻がいないのを確かめました。そのかたわら、たまたま窓の外に目をやると、いま言葉を交わしたメイドが、例の家へかけつけるところではありませんか。もちろん、意味ははっきりしていました。妻はあそこにいて、ぼくがもどったらあの家に呼びにくるよう、メイドに言い含めておいたのです。怒りの激痛に刺し貫かれたぼくは、今度こそはっきりさせてやると決めて、野原をずんずん横切っていきました。小道をかけもどる妻とメイドに声もかけず、突き進みました。ぼくの生活に暗い影を落としている秘密は、あの家のなかだ。ドアをノックもせずに開け、その家の廊下に飛び込みました。

　一階はしんとしていました。台所では火にかけたやかんがシュンシュン音をたて、バスケットのなかに大きな黒猫が身体を丸めています。でも、ぼくが会ったあの女がいる気配はない。かけ込んでみたほかの部屋にも、人気《ひとけ》はありませんでした。そこで二階へ駆け上がりましたが、やはり二部屋ともからっぽです。家じゅうに人がひとりもいないのです。家具や壁に掛かった絵はごくありふれた安っぽいものでしたが、あの不気味な顔がのぞいていた窓のある部屋だけは違いました。上品な家具をしつらえ、居心地よさそうにととのえてあります。

そのとき、ぼくの疑惑は膨れ上がって激しい怒りに変わり、苦い炎となって燃え上がりました。暖炉の上に、妻の全身の写真があるのです。つい三カ月前、ぼくの希望でとった写真でした。

しばらくとどまって、どこにもだれもいないのを確かめました。そして、これまでになく重い心を抱えてうちにもどりました。妻が玄関まで迎えに出てきましたが、傷つき怒りに燃えていたぼくは、話をする気にもなれず、押しのけて書斎にこもろうとしました。しかし、ドアをしめるより早く、追いすがる妻がなかへ入ってきました。

『ごめんなさい、約束をやぶってしまったわ、ジャック。でも、事情さえわかれば、きっと許してくださると思うの』

『だったら、何もかも話してくれ』

『できないわ、ジャック。話せないの』

『あの家に住んでいるのは何者なのか、あの写真をだれに渡したのか話してくれるまでは、信頼も何もあったもんじゃない』

そう言い捨てると、妻の手を振り払って家を飛び出しました。きのうのことです、ホームズさん。それから妻には会っていませんし、この不可解なできごとについても、それ以上はわかりません。ぼくたち夫婦に危機が訪れたのは初めてのことで、すっかりまいってしまい、どうしたらいいのかさっぱりわかりません。けさになってふと、あなたにだったらご忠告い

ただけるのではないかと思いついて、とるものもとりあえずかけつけ、こうしておすがりしているしだいです。はっきりお伝えしそこなったことがありましたら、どうかご質問ください。でも、何よりも、ぼくのとるべき道を早く教えてください。こんな苦しい状態にはもう耐えられません」

ひどく感情的になった男がつっかえながら物語る異常な話に、ホームズもわたしも大いに興味をそそられつつ、耳を傾けていた。しばらくのあいだほお杖をついてもの思いにふけっていたホームズが、やっと口を開いた。

「窓に見えたのは男だと断言できますか？」

「少し離れたところからしか見ていませんので、何とも言えません」

「しかし、不愉快な印象を受けられたようですね」

「顔色が変で、目鼻だちが奇妙にこわばっているんです。近づくとふっと消えてしまって」

「奥さんが百ポンド必要だとおっしゃったのは、いつごろのことですか？」

「二カ月近く前のことです」

「奥さんの前の夫の写真をごらんになったことは？」

「ありません。亡くなった直後にアトランタで大火事があって、妻が持っていた書類は全部焼けてしまったのです」

「それなのに死亡診断書はお持ちだったんですか？　見たことがあるとおっしゃいました

ね」

「ええ。大火事のあとで再発行されたものです」

「アメリカでの奥さんを知っていた人に、お会いになったことはありますか？」

「ありません」

「アメリカへまた行きたいと奥さんがおっしゃったことは？」

「ありませんね」

「アメリカから手紙が来たことは？」

「ぼくの知るかぎりでは、ありませんでした」

「わかりました。少し考えてみましょう。引っ越してきた人たちがその家を引き払ってしまったというのなら、ちょっと面倒なことになるかもしれません。そうではなくて、きのうはあなたが来るというので一時的に逃げただけだとしましょう。おそらくそうではないかと思います。それなら、もう家にもどっているかもしれませんから、かんたんに解決するでしょう。ですから、こうご忠告します。ノーベリにお帰りになって、例の家をもう一度見てください。人がいるようでしたら、無理に入ろうとしないで、ぼくらに電報を打ってください。電報を受け取ってから一時間以内にかけつけますから、真相はすぐにつきとめられるでしょう」

「もしだれもいなかったら？」

「その場合は、明日出かけて、いっしょにご相談しましょう。では、さようなら。何よりもまず、確かな理由もなくいらいらなさらないように」

ホームズはグラント・マンロウを玄関まで見送って、もどってきた。「ワトスン、どうやらまずい事件らしい。きみはどう思う?」

「いやな話に思えるね」

「うん。恐喝だよ。まずまちがいない」

「だれが恐喝しているんだろう?」

「あの家のなかでただひとつ居心地のいい部屋にいて、奥さんの写真を暖炉に飾っている男に違いないよ。ワトスン、窓辺に土気色の顔がのぞくっていうのには、どことなくそそられるものがある。ぼくはこの事件に食いついて放さないぞ」

「もう考えがまとまっているのかい?」

「うん、仮定だがね。でも、はずれてはいないと思う。あの家にいるのは奥さんの前の夫だ」

「どうしてそう思うんだい?」

「いまの夫を家に入れないように、奥さんが必死になっているんだ、ほかに説明がつくかい? ぼくの見るところ、おそらくこういうことじゃないかな。あの奥さんはアメリカで結婚した。夫の性格に問題が現われたのか、それとも夫が恐ろしい病気にかかって顔が醜くなるか頭が変になるかしてしまったのかもしれない。奥さんは逃げ出して英国にもどり、名前も変えて第二の人生を始めたつもりだった。

再婚して三年、夫には名前をかたった男の死亡診断書を見せてあるし、もう安全だと思ったその矢先、前の夫に見つけられてしまった。病気の前夫にはいっしょに暮らすようになった女でもいて、それがひどいやつだったということもありうるな。そして、二人で訪ねてって過去をばらすと脅迫する。奥さんは百ポンドで話をつけようとしたが、脅迫者たちはすぐそばまでやってきた。あの家に人が越してきたという夫の何気ない話から、脅迫者だとぴんときたんだ。

夫が寝入ってからその家にかけつけ、そっとしておいてほしいと頼んだ。聞き入れてもらえないので翌日の午前中にまた出かけ、さっき聞いたとおり、帰ろうとしたところで夫に出くわした。二度とあの家に行かないと約束はしたけれども、恐ろしい隣人たちを追い払いたい気持ちを抑えられず、おそらく要求されたのだろう、例の写真を持ってまた出かけた。その最中にメイドがかけつけてきて、夫がロンドンから帰ってきたという。夫がやってくると察して、住人たちを裏口から急いで逃がした。たぶん裏のモミの林に隠したんだろうな。だから家はからっぽだったんだ。しかし、今晩もう一度様子を見に行ってもまだ空っぽということは、あるまい。この説をどう思う？」

「推測ばかりだなあ」

「しかし、ともかく事実は全部押さえているよ。この説に収まらないような新しい事実が出てきたとしても、それはそのとき考え直しても遅くないんじゃないか。いまのところ、ノーベリから新たな報告が届くまでは、何もできないな」

しかし、それほど長く待つこともなかった。お茶の時間のあとで、電報が届いたのだ。


例の家にはまだ人がいる様子。窓にまたあの顔。七時の列車でおいで乞う、それまで待機する所存。


列車を降りるわたしたちを、プラットフォームでグラント・マンロウが迎えてくれた。駅のランプの光のもとで、顔は青ざめ、興奮に震えていた。

「やつらはまだあそこにいますよ、ホームズさん。ここに来る途中、明かりが見えました。今度こそ決着をつけてしまいましょう」

「あなたはどうなさるおつもりですか？」とホームズ。一同は暗い並木道を歩いていた。

「無理やりにでも踏み込んで、何者なのかこの目で確かめます。お二人には証人になっていただきたい」

「奥さんは、あなたがこの秘密をいまは知らぬほうがいいとおっしゃっている。それでも、秘密を暴くおつもりなんですか？」

「ええ、そう決めたんです」

「そうですか。それがいいのかもしれない。真実がどうあれ、疑っているよりはましですからね。では、すぐにまいりましょう。われわれの立場はまったくの法律違反ですが、敢えてそうするだけのことはあるでしょう」

　まっ暗な夜だった。両側に生垣が続き、轍《わだち》が深く刻まれた狭い小道にさしかかるころ、霧雨が降りだした。せかせか先を急ぐグラント・マンロウのあとを、わたしたちはつまずきながら追うのに精一杯だった。

「あれがぼくの家です」彼は木のあいだから洩れる明かりを指さした。「そしてこちらが、これから踏み込もうという家です」

　小道を曲がると、問題の家はすぐそこにあった。前庭の闇に黄色い光がひと筋洩れているところを見ると、玄関のドアが閉まりきっていないらしい。二階の窓のひとつが、あかあかと輝いている。ブラインド越しに黒い影が動いた。

「あいつだ！」グラント・マンロウが声をあげた。「ほら、ご覧になったでしょう、だれかがいる。ついてきてください、すぐに確かめてやる」

　玄関に近づいたとき、ふいに女がひとり、物陰から飛び出して、ひと筋の光を遮った。

「お願いよ、ジャック、やめて！　来るような予感がしたの。考え直してちょうだい！　もう一度わたしを信じて！　取り返しのつかないことにならないように」

「エフィー、きみの『信じて』はもうたくさんだ！」夫はあとに引かない。「行かせてくれ！　もう引き止められないぞ。友人にも立ち会ってもらって、今度という今度はすっかり決着をつけるんだ」

マンロウは妻を押しのけて玄関に向かい、わたしたちもすぐあとに続いた。ドアを開けたとき、年配の女性が走り出てきて立ちはだかったが、彼が振り払い、わたしたち三人は階段をかけ上がった。グラント・マンロウが明かりのついている部屋に飛び込む。

そこは居心地のよさそうな、上等の家具で調えられた部屋で、燭台がテーブルの上に二つ、暖炉の上に二つあった。部屋の隅で、少女のような人影が机にかがみこんでいた。こちらに背を向けていたが、赤い服を着て、白い長手袋をしている。少女がひょいと振り向くと、わたしはぎょっとして声をあげてしまった。こちらを向いた顔がなんとも不気味な土気色で、表情がまったくなかったのだ。

だが、その謎はたちどころに解けた。ホームズが笑いながら少女の耳のうしろに手をまわすと、仮面がはがれ、その下から黒人の少女の顔が現われたのだ。わたしたちの驚いた顔を見て、少女の笑顔に白い歯がこぼれた。その笑顔につられて、わたしも笑いだしてしまった。しかし、グラント・マンロウは、片手を喉もとにやったまま、目を丸くして立ちすくんでいた。

「いったいこれは、どういうことなんだ？」

「わたしが説明します」彼の妻が、落ち着いた顔に威厳をたたえて入ってきた。「不本意ですけれども、あなたが説明を無理強いなさったのよ。こうなってはもう、二人でこれからどうするのがいちばんか、考えていくしかありませんわね。前の夫は亡くなりましたが、子どもは助かったのです」

「エフィー、きみの子どもなのか！」

夫人は、胸もとから大きな銀のロケットをひっぱり出した。「あなたは開いたところをごらんになったことがないでしょう」

「開くようになってるとは思わなかった」

バネを押すと正面のふたが開き、知的ではっとするほど端正な顔だちの、まぎれもなくアフリカ系の男性の肖像が現われた。

「アトランタのジョン・ヘブロンです。この世にまたとない、りっぱな人でした。わたしは、自分が白人であることなんかおかまいなしに、この人と結婚しました。彼の生前、それを後悔したことは、かたときもありません。いまの世のなかでは不利なことですが、たったひとりの子どもは、わたしよりも父親の一族に似て生まれてきました。このルーシーは生まれつき、父親よりも色黒なくらいで。でも、色黒だろうと色白だろうとどうでもいい。この子はわたしのかわいい娘、自慢のわが子ですとも」

少女がかけ寄って、母親に身をすり寄せた。「この子をアメリカに残してきたのは、身体が弱くて、住むところが変わると健康にさわるからでした。以前うちで働いてくれていた、スコットランド生まれの真面目なメイドにこの子を託しましたが、親子の絆《きずな》を切ろうと思ったことなど一瞬たりともありません。でも、縁あってあなたと会い、あなたをお慕いするようになったとき、子どものことを話すのが恐ろしくなりました。お許しください。あなたの愛情を失うのが怖くて、お話しする勇気が出なかったのです。あなたか子どもかどちらか一方と考えたとき、弱いわたしは、わが子からつい顔を背けてしまいました。

三年間、子どものことを隠しながらも、乳母からの手紙で子どもは元気でいると知っていました。でも、とうとう、子どもにまた会いたいという気持ちを抑えきれなくなってきたのです。危うい橋を渡るのは承知のうえで、二、三週間でもいいから子どもを英国に呼ぼうと決心しました。乳母に百ポンド送り、赤の他人のふりをしてこの家に住むようにと知らせました。昼間は子どもを外に出さないように、子どもの顔や手を隠すようにと念を押して。窓から見えたりしても、黒人の子がいるという噂が近所に広まることのないようにと思ったのです。

用心のためとはいえ、ここまでするのは愚かだったかもしれません。でも、わたしはあなたに真相を知られるのが怖くて、少し頭が変になっていたのです。

だれかが越してきたと先に教えてくれたのは、あなたでした。朝まで待てばいいものを、興奮して眠れず、とうとう夜中に抜け出しました。あなたはなかなか目を覚まさない方だし。

だけど、知られていた。わたしの苦しみが始まりました。翌日はあなたに現場を押さえられてしまいました。万事休すというところですが、わたしを追い詰めるようなことをなさらなかったあなたは、ごりっぱでした。でも、その三日後、あなたが玄関から飛び込んでいらしたとき、乳母と子どもは、きわどいところで裏口から逃げだしました。そして、今夜です。とうとう、何もかもあなたに知られてしまいました。わたしたち母と子は、どうしたらよいのでしょう」妻は両手を組み合わせて返事を待った。

二分ほどの時間がやけに長く感じられ、ついにグラント・マンロウが沈黙を破った。その返事は、思い返すだに心温まるものだった。彼は幼い子どもを抱き上げてキスすると、少女を抱いたまま片手を妻に差し伸べて、ドアのほうへ向いた。

「うちへ帰って、もっとくつろいでからにしようよ、話し合うのは。エフィー、ぼくはそれほどたいした人間ってわけでもないが、きみが考えているよりはましな人間だと思うんだけどな」

ホームズとわたしも、親子のあとから小道に出た。ホームズがわたしの袖を引っぱった。

「なあ、ぼくらはノーベリにいるよりロンドンにいたほうが役に立ちそうなんじゃないか？」

ホームズは、この事件についてそれ以上何も言わなかったが、その夜遅く、燭台を手に寝室にひっこもうとしたとき、ひとことだけこう口にした。

「ワトスン、ぼくが自信過剰ぎみに思えたり、事件のための努力を惜しむように見えたりしたら、そっと『ノーベリ』と耳うちしてくれないか。恩にきるよ」

株式仲買店員

The Adventure of the Stockbroker's Clerk

結婚してまもなく、わたしはパディントン地区で開業していた医院を、かかりつけの患者ごと買い取った。その医院の持ち主のファーカー老医師は、かつてすぐれた全科医だったのだが、寄る年波には勝てず、おまけに聖ヴィトゥス舞踏病（舞踏病の古い呼び名）のやっかいな症状が出たこともあって、近年は患者の数もめっきり減ってしまっていた。

世間の人々の頭には、他人の病気を治す立場の者はまず自分が健康でなくてはならないという考えがしみついている。したがって、自分の病気をどうすることもできずにいる医者は、たちまちその能力を疑いの目で見られるようになる。そのせいで、ファーカー老医師の身体が衰えていくにつれ、患者数は減少の一途をたどり、わたしが継いだ時点では、かつて千二百ポンドほどだった医院の年収も三百ポンドにまで落ち込んでいた。だが、わたしは若くて元気だという自信があったので、数年のうちにその医院をもとどおりはやらせてみせるつもりだった。

医院を譲り受けてから三カ月というもの、ひたすらその仕事に打ち込んでいたので、シャーロック・ホームズと顔を合わせることがほとんどなかった。わたしにはベイカー街までわざわざ出向いていく暇がなかったし、ホームズはホームズで、仕事でやむをえない場合以外、外出することなどめったにない男だったからだ。

だから六月のある朝、朝食をすませて『英国医学ジャーナル』を読んでいたところへ、玄関のベルに続いて、やや耳ざわりなくらいかん高いホームズの声が聞こえてきたときには、びっくりした。

「やあ、ワトスン」彼はずかずかと入ってくるなり、挨拶した。「会えてうれしいね！　奥さんもきっと、《四つの署名》事件のショックから、すっかり立ち直っているんだろう」

「ありがとう。二人ともすこぶる元気だよ」わたしは心をこめて彼の手を握った。

「だからといって」ホームズはロッキングチェアに腰をおろしながら、話をつづけた。「医者の仕事に没頭するあまり、ぼくらが取り組んでいたささやかな推理問題に興味をもつ余地がなくなってしまったなんてことは、ないだろうね？」

「とんでもない。それどころか、ついゆうべだって、古い記録をひっくり返して、これまでの成果を分類していたくらいだ」

「その記録のコレクションを打ち切ってしまうなんて気じゃ、あるまい？」

「そんなわけはないさ。まだまだおもしろい事件を味わっていきたいね」

「じゃあ、さっそくきょうはどうだろう？」

「いいとも。きみさえよければ」

「はるばるバーミンガムまで出かけていくとしても？」

SP

「きみが行きたいっていうんなら、ちっともかまわないさ」

「診察はどうする？」

「隣の医者に用事ができたときには、ぼくがいつも代診を引き受けてやっている。だからむこうだって、借りを返すためとなりゃ、いつだって気持ちよく引き受けてくれるはずさ」

「へえ！　そりゃ好都合」ホームズは椅子に深々ともたれると、半分閉じたまぶたの奥から、わたしを鋭く見つめた。「ところで、きみ、最近体調を崩していただろう？　夏風邪はこたえるからな」

「先週はひどい寒気がして、三日も家にとじこもりっぱなしだった。でも、もうすっかりよくなったよ」

「らしいな。すごく元気そうだ」

「じゃあ、いったいどうして、ぼくが風邪をひいていたことがわかったんだい？」

「ぼくのやり方は知ってるはずじゃないか」

「じゃあ、推理したと？」

「もちろん」

「何から？」

「スリッパからさ」

わたしは、自分のはいている新しいエナメル革のスリッパに目を落とした。「でも、いったい――」

　言いかけたわたしの先回りをして、ホームズが答えた。

「きみのはいているスリッパは、新しい。はきはじめてから、せいぜい二、三週間というところだな。ところが、いまこっちに向いている底が、わずかに焦げている。もしかして濡れたのを乾かそうとして焦がしたのかとも、考えてみた。だが、甲のそばに、店のしるしの入った小さな丸いシールがまだついている。もし濡れたのだとしたら、はがれてしまったはずだ。だから、足を暖炉の火のほうに伸ばしてすわっているうちに焦がしてしまったに違いない。でも、いくらこんなに雨の多い六月だとはいえ、元気だったらそんなことはしそうにない、というわけさ」

　いつもながらホームズの推理は、いざ説明されてみるとじつにあっけない。わたしの顔つきからその思いを見抜いたらしく、ホームズは苦笑いした。

「どうも、ぼくには種明かしをしすぎるきらいがあるようだ。理由抜きで結果だけを披露するほうが、ずっと感心してもらえるのに。まあいい、バーミンガムへは行ってくれるんだね？」

「もちろんだよ。どんな事件なんだい？」

「そいつは汽車のなかで全部教えるよ。依頼人が外の辻馬車で待っているんだ。すぐ出かけられるかい？」

「もちろんだ」わたしは、隣の医者に手紙を走り書きし、二階へかけ上がって妻に事情を話すと、玄関の階段で待つホームズに合流した。

「隣も医者なんだね」ホームズが真鍮《しんちゅう》の看板をあごでしゃくって指した。

「ああ、ぼくと同じで医院を譲り受けた開業医だ」

「古くからある医院だったのかい？」

「ぼくのところとちょうど同じくらいだ。どちらも、この家が建って以来ずっと医院を開業している」

「へえ！　じゃ、きみ、いいほうを手に入れたな」

「そう思う。でも、どうしてわかるんだ？」

「玄関の石段からだよ、ワトスン。きみのところの石段のほうが、隣のより三インチばかりよけいにすりへっている。ところで、紹介しておこう。馬車にお乗りのこちらの方は、依頼人のホール・パイクロフトさんだ。さて、御者君、出発してくれたまえ。ぐずぐずしていると汽車に遅れてしまう」

　馬車でわたしと向かい合った男は、血色がよく、がっしりした身体つきの青年で、率直で正直そうな顔に、縮れた黄色っぽい口髭をちょっぴり生やしていた。ぴかぴかのシルクハットに、こざっぱりした地味な黒のスーツという姿が、彼の人となりを物語っている。コクニー（ロンドン子）[*1]と呼ばれるが、いざとなると優秀な志願兵を多数送り出し、この島国のどこにもましてりっぱなスポーツマンを生み出してきたクラスの、シティで働く青年たちである。

　ふっくらとした血色のいい顔に、生まれつきの快活さはあったが、泣き笑いするような苦しげな口もとが心なしかゆがんで見える。だが、この青年がいったいどんな目にあってホームズを訪ねることになったのかがわたしにもわかったのは、一等車に乗り込んで、バーミンガムへ向けて無事に出発してからのことだった。

「さて、これからたっぷり七十分は、この汽車に揺られていくことになる」汽車が動きだすと、ホームズが口を開いた。「そこでホール・パイクロフトさん、このぼくの友人に、あなたの興味深い経験を話してくれませんか。ぼくに聞かせてくださったとおりに、いや、できるならもう少しくわしく。事件のいきさつを繰り返し聞くことは、ぼくにとっても非常に有益です。

　ワトスン、この事件にはたして謎と言えるようなものがあるのかどうかすら、まだわからないんだが、それでも、珍しいし、異常さも際立っていることだけは確かだ。ぼくと同様、きみにとってもおもしろいはずだよ。じゃあパイクロフトさん、もう口をはさみません。どうぞ始めてください」

　青年は、目をきらっと光らせてわたしを見ると、語りはじめた。

「そもそもいちばん腹が立つのは、ぼくがなんともまぬけな役に踊らされちまったってことなんです。もちろん、最終的には丸くおさまるのかもしれませんが、とにかくぼくとしちゃやっぱり、ほかにどうしようもなかったように思えます。でも、もしこのまんま、ただクビが飛んだだけのことになってしまうのだとしたら、こんなばかばかしいことはありません。ワトスン先生、あまりうまいこと話せないんですが、じつはこういうことなんです。

ぼくは、ドレイパーズ・ガーデンのコクソン・アンド・ウッドハウス商会に勤めていました。ところが、覚えてらっしゃいますかね、例のベネズエラ公債の件で、この春早々、その会社が多額の負債をしょいこんで、つぶれっちまったんです。五年間その会社に勤めてましたんで、会社が倒産するとき、コクソン翁がぼくのためにりっぱな推薦状を書いてくれましたがね。

でも、職を失ったのはもちろんぼくだけじゃなく、二十七人いた社員全員がいっぺんに路頭に迷ったんです。あちこちかけずりまわって職を探しましたが、同じような立場の連中がほかにもぞろぞろいるんですから、ちょっとやそっとじゃ職は見つかりっこありませんでした。コクソンさんのところでは週に三ポンドいただいてまして、こつこつためた貯金が七十ポンドほどあったんですが、それもたちまち使い果たし、とうとうすかんぴんになって、広告の求人に応募する切手代や封筒代にまでことかくありさまでした。靴だって、あちこちの会社の階段を上り下りするうちすり減ってしまったのに、職にありつけそうな手ごたえはまるでなしのままです。

やっとのことで、ロンバード街にある株式仲買の大手、モーソン・アンド・ウィリアムズ商会に、欠員をひとつ見つけました。東《E》・中央《C》地区のことにはあまりなじみがおありじゃないかもしれませんが、[*2]ともかく、ロンドンでも屈指の金のある会社です。郵送での応募に限られてました。さっそく推薦状を添えて手紙で申し込んだんですが、まさか採用されるなんて夢にも思っちゃいませんでした。折り返し返事がきましてね、次の月曜日に来社のうえ面接で問題がなければ即採用したいっていうんですよ。

　こういうことって、いったいぜんたいどんな仕組みになってるのか、まったくわからないもんですね。応募の手紙の山に社長がさっと手をつっこんで、最初につかんだやつを採用するらしい、なんて噂もありますが。とにかく、こんどはぼくにつきが回ってきたってわけで、こんなにけっこうなことはありゃしません。給料《スクリュー》ときたらコクソンさんとこより週に一ポンド多く、それでいて仕事の内容はまったく同じなんですよ。

　さて、ここからがいよいよ奇妙な話になります。ぼくの下宿はハムステッドのはずれ、ポターズ・テラス十七番地ですが、採用が内定した晩のこと、部屋で煙草をふかしながらくつろいでいるところへ、下宿のおかみさんが一枚の名刺を持って入ってきましてね。『金融関係人材斡旋、アーサー・ピナー』と書いてあります。聞き覚えのない名前だし、どんな用なのかさっぱり見当もつかなかったんですが、とにかく部屋にお通ししてもらいました。入ってきたのは、中肉中背で髪も目も黒、髭も黒々とした、鼻のあたりがユダヤ人らしい感じの男でした。きびきびした物腰で、話し方も歯切れがよく、時間をむだにしないタイプのようです。

『ホール・パイクロフトさんですね？』

『ええ、そうですが』ぼくは椅子を勧めながら答えました。

『最近まで、コクソン・アンド・ウッドハウス商会にお勤めでしたね？』

『ええ』

『このたびモーソン商会に勤めることになられた』

『そのとおりです』

『じつはですね、あなたの経理能力が非常にすばらしいという噂を、耳にいたしまして。コクソンさんのところで支配人だったパーカーさん、覚えていらっしゃるでしょう？ あのかたが、あなたのことを褒めちぎっていらっしゃいました』

もちろん、ぼくは悪い気はしませんでしたよ。たしかに、いままで会社での仕事をかなりうまくこなしてきたつもりではありましたけれど、シティでそんなふうに評判になっているなんてね。

『記憶力抜群でいらっしゃるんですって？』その男がさらに尋ねました。

『まあ、そこそこは』

『職をはなれていらっしゃるあいだも、株式市場のことにはずっと関心をもちつづけていらっしゃったんでしょう？』

『ええ、毎朝欠かさず相場表に目を通していました』

『ほう、じつに勤勉でいらっしゃる！　立身出世の王道というものでしょう！　では、二、三質問させていただいてもよろしいですか？　そうだな。エアーシャーはどのくらいですか[*3]？』

『百五ポンドから百五ポンド四分の一です』

『では、ニュージーランド整理公債は？』

『百四ポンド』

『では、ブリティッシュ・ブロークン・ヒルズ（オーストラリアの鉱山会社）は？』

『七ポンドから七ポンド六シリングですね』

『おみごと！』男は両手を上げてさけびました。『やはりお噂どおりのかただ。いや、まったく、あなたほどの人物をモーソン商会の一社員にしておくのは、まことにもったいない！』

　いきなりこんな盛大におだてられ、ぼくは唖然としましたよ。おわかりでしょう。

『そんな、ピナーさん、ほかの人はそれほど高く買ってくださってはいませんよ。それに、さんざん苦労したあげくやっと手に入れた職には、十分満足していますとも』

『いや、なんてことを。そんなところで満足なさるなんて。もっとあなたの真価を発揮できる場を選ぶべきです。そこで、もしわたしどものところへいらしていただければの話なんですがね。もっとも、わたしどもの申し出る地位だって、あなたの能力からすれば決して十分とは申せませんが、モーソン商会と比べたらはるかにましです。それで、いつからモーソン商会に出社なさるおつもりですか？』

『月曜日からです』

『はっはっは！　賭けてもいい、結局そこへは行かれないでしょうよ』

『ぼくがモーソン商会へ行かない？』

『ええ、そうです。その日までに、あなたはフランコ・ミッドランド金物株式会社の営業支配人になってらっしゃることでしょう。この会社は、フランスのほうぼうの市町村に百三十四支店、さらにブリュッセルとサン・レモにもそれぞれひとつずつ支店をもっているんですよ』

　ぼくはこれを聞いて、思わず息をのみましたね。

『でも、聞いたことのない会社ですが』

『ごもっとも。できるだけ世間に目立たないよう活動しておりますのでね。というのも、会社の資本はすべて秘密に出資されていますから。あまりに有利な事業なので、一般に公開したくないのです。わたしの兄、ハリー・ピナーが発起人でしてね、出資額に従って専務取締役として重役会の一員となっています。わたしがロンドンの事情に明るいと知った兄から、いい人材を探してほしいと頼まれました──有能でやる気のある青年をね。

そこでパーカーさんに相談したところ、あなたの話が出たので、こちらへうかがったわけです。給料ですが、とりあえず五百ポンドというささやかな額を——』

『年五百ポンド！』ぼくは思わず声をあげていました。

『最初はそれだけですが、担当なさる代理店のあらゆる取引のうち一パーセントは、手数料としてあなたのものになります。給料をうわまわる額になること確実ですよ』

『でも、ぼくは金物についてはまったくの素人です』

『いやいや、そのかわり、数字の玄人《くろうと》でいらっしゃるではありませんか』

ぼくは頭が混乱して、椅子にじっとしていられないようなありさまでした。でも、ふと、疑いの念が頭をよぎりました。

『この際はっきりと申しあげますが、たしかにモーソン商会は年に二百ポンドしかくれないけれど、信用は置けます。それにひきかえ、あなたの会社のことはほとんど何も知らない——』

『ふむ、鋭い。いや、じつに賢明でいらっしゃる！』男は、うっとりしたような表情で、感心した声を出しました。『まさにわが社にうってつけのかただ！　かんたんに口車には乗らない。それもごもっとも。では、ここに百ポンドの小切手があります。で、もしわたしどものために働いてくださるおつもりなら、給料の前金として収めていただいてけっこうです』

『それはありがとうございます。で、仕事にはいつからかかればいいんでしょうか？』

『明日一時に、バーミンガムへいらしてください。兄宛ての紹介状をここに用意してありますから、これを持って兄をお訪ねいただければけっこう。コーポレーション街一二六Bに、会社の仮事務所があって、そこにいますから。もちろん、採用については兄がもう一度確認することになりますが、わたしとのいまの話で採用は決まったようなものです』

『ほんとうに、何とお礼申しあげたらいいのか、ピナーさん』

『何をおっしゃいますやら。当然受けるべきものを受け取られただけのことです。さて、あと二、三、ちょっとした手続きをお願いしたいのですが。いや、なに、ほんの形式ですがね。そこに用紙がありますので、こうお書きいただきたいんですよ。〝わたしは、営業支配人として最低年俸五百ポンドという条件で、フランコ・ミッドランド金物株式会社に勤めることを承諾する〟と』

ぼくが言われたとおりにすると、男はその用紙をポケットにしまいました。

『もうひとつ、これまたたいしたことではありませんが、モーソン商会のほうはどうなさいます？』

喜びのあまり、モーソン商会のことは頭からすっかり吹き飛んでいました。『手紙で断りましょう』

『いや、それは絶対にやめていただきたいのです。じつは、あなたのことでモーソン商会の支配人ともめてしまいましてね。あなたのことを問い合わせようと出向いたところ、猛烈に腹を立てた支配人に、あなたをそそのかして引き抜こうとしているんだろうなどと、非難されたんですよ。それで、つい頭にきて、「優秀な人材がほしいんだったら、もっと待遇をよくしちゃどうだ」って口がすべって。

「たとえ給料はおたくより安くったって、あの男はうちの会社で働きたがっている」と言い返されましたよ。

「五ポンド賭けてもいい。もしあの青年がわたしの申し出を受けたら、おたくへはもう二度と連絡はないだろうよ」と、わたしも売り言葉に買い言葉で。

「いいとも！　こっちはあの男をドブから拾い上げてやったんだ。そうあっさり裏切られてたまるものか」これは、相手が言ったとおりの言葉ですよ』

ぼくは思わず大声をあげてしまいました。『なんて失礼な言い草だ！　一度だって顔を会わせたこともない相手なんだ。そんなやつのことなんかかまうもんか。じゃ、あなたがそうおっしゃるんだったら、手紙なんか書かないことにします』

『そうこなくっちゃ！　約束ですよ！』そういって、男は椅子から立ち上がりました。『あ、兄にいい人を世話できて、ほんとうによかった。さあ、百ポンドの前金です。これが紹介状。住所をちょっと控えておいてください。コーポレーション街一二六Bです。約束の時間は、明日の一時。いいですね。じゃ、おやすみなさい。あなたにふさわしい幸運をつかまれますように』

ざっとこんなところが、覚えているかぎりでの男とのやりとりです。ワトスン先生、おわかりいただけるでしょう、とつぜんすごい幸運に巡り合えたぼくは、うれしくてしかたがありませんでした。うれしさを嚙みしめながら、その日は夜明け近くまで眠れませんでした。そして翌日、約束の時刻までに余裕たっぷり間に合う汽車でバーミンガムに発《た》ったんです。むこうに着いて、ニュー街のホテルに荷物を預け、教えられた住所に向かいました。

まだ約束の時間の十五分ほど前でしたが、それくらいさしつかえないだろうと思いました。一二六Bは大きな店二つにはさまれた通路で、その先の石造りのらせん階段をあがったところには、会社や専門職の人たちに事務所として貸されている部屋が、ずらっと並んでいました。壁の下のほうにペンキで入居者の名前が書いてあるんですが、フランコ・ミッドランド金物株式会社の名前はどこにも見当たりません。こいつはまんまと一杯食わされたかと思ってしばらく立ち尽くしていたところへ、男がひとり近づいて話しかけてきました。身体つきといい声の調子といい、前の晩に会った男とそっくりでしたが、ひげはきれいに剃りあげられていて、この男の髪の色のほうがやや明るめでした。

『ホール・パイクロフトさんですか？』

『ええ』

『やあ！　お待ちしてましたよ。でも、約束の時間には少し早いようですね。けさ、弟から手紙を受け取ったばかりなんですよ。あなたのことを盛んに褒めていました』

『ちょうどあなたの事務所を探していたところでした』

『ああ、じつはまだ表札を出しておりませんでね。つい先週、仮事務所としてこちらを借りたばかりなんです。では、あちらで話をしましょう』

男のあとから、高い急な階段をいちばん上まで上りました。すると、スレート屋根のすぐ下に、絨毯もカーテンもなしでほこりだらけという空き部屋が二つ並んでいて、そこへ通されました。それまで見慣れてきたような、ぴかぴかのテーブルの列や、ずらりと並んだ社員といった大きな事務所を思い描いていたもんですから、家具らしきものといえばモミ材の椅子が二つに小さなテーブルがひとつ、ほかに目に入るものといえば帳簿が一冊とくずかごひとつだけといった光景を、正直言ってずいぶんじろじろながめてしまいました。

『がっかりなさらないでいただきたいんですが、パイクロフトさん』

会ったばかりの男が、ぼくの顔をしばらく観察していて言いました。『ローマは一日にして成らず、ですよ。しかも、まだりっぱな事務所をかまえるまでにいたっていないとはいえ、われわれのうしろには資金がたっぷりあるんですから。さあ、どうぞ、おかけください。さっそく紹介状を拝見しましょう』

紹介状を渡すと、男はじっくり目を通しました。

『あなたは弟を大いに感心させたらしい。あいつの人を見る目は確かです。もっとも、弟はロンドンびいき、わたしはバーミンガムが気に入っているんですが、今回は弟の意見に従うことにしましょう。さあ、これで正式に採用決定だと考えていただいてけっこうです』

『で、どんな仕事をいたしましょう？』

『最終的には、パリにある大きな倉庫の管理をお任せしたい。英国の陶磁器類を、フランス国内百三十四の支店にどんどん出荷する拠点となるところです。一週間以内に仕入れが完了する予定ですが、それまではここバーミンガムにいていただいて、ちょっとした仕事を手伝っていただくことになります』

『どんなことを？』

その質問に答える代わりに、男は引き出しから大きな赤い本を取り出しました。

『パリの商工人名録です。名前のあとに職業が載っている。これを持ち帰っていただいて、金物業者の名前と住所を、もれなく全部書き抜いていただきたい。それがあると、わたしは非常に助かるのです』

『でも、たしか職業別人名録があるのでは？』

『あまり信頼性がないんですよ。分類方法がわれわれとは違っていて。とにかく、その作業に専念していただき、月曜日の正午までに、できあがったリストをわたしのところまで持ってきてください。では、ごきげんよう、パイクロフトさん。知恵と熱意を捧げていただければ、わが社がいい勤め先だとおわかりになるでしょう』

ぼくは、腕に大きな本を抱え、胸にはどことなくすっきりしない思いを抱いて、ホテルにもどりました。たしかに正式に採用され、ポケットには百ポンドの小切手がある。しかしその一方で、あの事務所の様子といい、表に社名すら出ていないことといい、その他、実業界の人間だったらだれだって気になるようないくつかのことが、雇い主を信用していいものかどうかという不安を残しました。

でもとにかく、これからどうなるにせよ金はもらったわけだと気をとり直して、仕事にかかりました。日曜日は丸一日、ひたすら仕事に励みました。ところが、月曜日になっても、まだやっとHのところまでたどりつけただけでした。とにかく雇い主のところに出向きますと、前と同じに殺風景なあの部屋で待っていて、水曜日までになんとか仕上げて持ってきてほしいと言うんです。ところが、水曜日になってもまだできあがりません。金曜日まで——つまりきのうのことですが——必死にがんばって、やっとリストを完成させました。そして、ハリー・ピナー氏のところへ持っていきました。

『ほんとうにご苦労さまでした。わたしが思っていたよりたいへんな仕事だったようですね。でも、とにかく、このリストのおかげでずいぶん助かります』

『かなり時間がかかってしまいました』

『さて、こんどは家具商のリストをつくっていただきましょうか。連中もみな陶磁器類を扱っていますからね』

『わかりました』

『では、明日の晩七時にまた、はかどり具合を報告にきていただくことにしましょう。決してご無理はなさらないように。仕事をしたあと夜は二時間ばかり、デイズ・ミュージックホールにでも行って楽しまれては？』そう言って男が笑ったときです。左側の二番目の歯に金がひどく不格好に詰めてあるのが目に入って、ぎょっとしました」

ホームズは満足そうに両手をこすり合わせていたが、わたしはといえば、依頼人の顔を見つめてただびっくりしているばかりだった。

「ワトスン先生、びっくりなさるのもごもっともです。でもじつは、先日ロンドンでピナーの弟だと名乗る男に会ったとき、あなたは結局モーソン商会には行かないと言って笑ったその顔にも、まったく同じように金歯が詰められているのが、ちらっと見えたんです。いずれも、きらりと光る金歯が目についたわけですが。声も身体つきもそっくりで、違うところといえば、剃刀《かみそり》やかつらでなんとでもごまかせるようなところばかり。となると、もしかして同一人物ではないかと疑わずにはいられませんでした。

たしかに兄弟なら似ていて当たり前かもしれませんが、まさか金歯までそっくりなんてことがあるでしょうか。男と会釈をしてとにかく通りに出たものの、まるでキツネにつままれたような気分でした。ホテルへもどって、洗面器の水で頭を冷やし、それまでのことをじっくりと考えてみました。男はなぜ、ぼくをロンドンからはるばるバーミンガムまで連れ出したんだろう？　なぜ、ぼくよりも先にバーミンガムに着いていたんだろう？　なぜ、自分に宛てて手紙を書いたりしたんだろう？　何もかも、さっぱりわからないことだらけで、手に負えません。

　そのときふと、ぼくにはわけのわからないことでも、シャーロック・ホームズさんだったらあっさりわかるかもしれないって、ひらめいたんです。そこで、ちょうど間に合う夜行列車に飛び乗ってけさロンドンにもどり、その足ですぐホームズさんを訪ね、こうして、お二人にわざわざバーミンガムまでお越しいただくことになったわけです」

　株式仲買人が驚くべき経験を語り終えると、しばらくは沈黙が続いた。やがてホームズが、彗星年もののワイン（ごくまれな当たり年のワイン）の最初の一滴を味わったばかりのワイン鑑定家のような、鋭く吟味しながらもうれしくてたまらないといった表情を浮かべてクッションにもたれかかると、わたしをちらっと見た。

「どうだい、ワトスン、なかなかおもしろい事件だろう？　この話には興味深い点がいくつかある。ところで、フランコ・ミッドランド金物株式会社の仮事務所で、ぼくたち二人がアーサー・ピナーことハリー・ピナー氏と会ってみるっていうのも、おもしろい経験になるんじゃないかな。どうだい？」

「でも、どうやって？」

「ああ、わけはありません」ホール・パイクロフトが陽気な調子で口をはさんだ。「お二人を失業中の友人ということにするんです。そうすれば、専務取締役に引き会わせたって、ちっとも不自然じゃない」

「それだ、それがいい！」とホームズ。「とにかく一度、じかにその紳士にお目にかかりたいんです。そうすれば、何を企んでいるのか少しはわかるかもしれない。それほどまでにあなたを雇いたがったとは、いったいあなたのどんな特質に惚れ込んでのことなのだろう？　それとも、ひょっとすると――」そこで彼は、爪を噛みながらぼんやりと窓の外をながめだし、それきり、ニュー街に着くまでひとこともしゃべらなかった。

その夜七時、わたしたち三人は、会社の事務所に向かってコーポレーション街を歩いていた。

「時間より早く行ってもむだです」とパイクロフトが言った。「あの男は、どうやらぼくに会うためにだけ、あそこにやってくるらしいんです。指定された時刻の直前まで、あそこにはだれひとりいません」

「いわくありげですね」とホームズ。

「ほら、言ったとおりだ！　あそこを歩いていく男がそうですよ」

指さす先に、道路のむこう側をせかせかと歩いていく、身なりのりっぱな小柄で金髪の男がいる。見ていると、道路の反対側で新聞の最新版を呼び売りしている少年に目をやり、行き交う辻馬車や乗り合い馬車を縫うように走って道を渡り、夕刊を一部買った。そして、夕刊を手にして、とある入口に吸い込まれていった。

「ほら、入っていきました！　あそこに会社の事務所があるんです。ついてきてください。できるだけうまいことやってみます」

ホール・パイクロフトを先頭に六階まで上っていくと、目の前に開きかけたドアがあった。パイクロフトがノックすると、なかから声が「どうぞ」と応えた。入ってみると、聞かされたとおり、家具らしきものは何もない殺風景な部屋だ。ただひとつあるテーブルの前に、先ほど通りで見かけた男が夕刊を広げてすわっている。入ってきたわたしたちを見上げた男の顔に、それまでお目にかかったこともないほど悲痛な表情、いやそれどころか、ふつうの人間はめったに経験しないような恐怖の表情が、まざまざと浮かんでいた。にじむ汗で光っているひたい、血の気を失って魚の腹のように青白い頬、狂ったように大きく見開かれた目。だれだか見分けがつきかねているような目つきで、男はパイクロフトを見た。パイクロフトはびっくりしている。雇い主の様子がいつもとまるっきり違うらしかった。

「ピナーさん、ぐあいでも悪いんですか？」

相手は何とか元気を奮い立たせようとしつつ、乾いた唇をなめてから口を開いた。「ええ、じつはあまり。ところで、お連れの二人はどなたです？」

「バーモンジーのハリスさんに、もうおひとりは、ここバーミンガムにお住まいのプライスさんです」依頼人はさらりと言ってのけた。「わたしの友人です。二人とも経験豊富な紳士ですが、ここしばらく失業中で、ひょっとしてこちらで雇っていただけやしないかと」

「なるほど！　よろしいですとも！」ピナー氏は不気味な笑いを浮かべた。「たぶん、なんとかしてさしあげられるでしょう。ハリスさん、とくに何をご専門に？」

「会計です」ホームズが答えた。

「ああ、そうですか。たぶん、その方面の人材が必要になるはずです。で、プライスさん、あなたは？」

「事務です」と、今度はわたし。

「なるほど。お二人とも、ほぼまちがいなく採用できると思います。決まりしだいご連絡しましょう。では、きょうのところはこれで。どうかお願いだから、わたしをひとりにしていただきたい！」

最後の言葉は、今まで必死に抑えてきたものが一気に爆発してしまったかのように、男の口からほとばしり出た。ホームズとわたしは互いにちらっと視線を交わした。すると、ホール・パイクロフトが、テーブルのほうに一歩進み出て言った。

「お忘れですか、ピナーさん。きょうはあなたから指示をいただくお約束でまいりましたが」

「ああ、そうでした、そうでしたね、パイクロフトさん、そうでした」男は少し落ち着きを取りもどしていた。「では、ちょっとここでお待ちください。ご友人がたもいっしょにお待ちいただけますか。申しわけないですが、三分ほどですぐもどってまいりますから」非常に礼儀正しく立ち上がった男は、会釈を残して奥のドアから出ていき、うしろ手にドアをぴしゃりと閉めた。

「どうしたんだろう？」と、ホームズが小声で言う。「ぼくらをだまして逃げるつもりかな？」

「そんなの無理ですよ」とパイクロフト。

「なぜ？」

「あのドアからは奥の部屋にしか行けません」

「じゃ、奥に出口はない？」

「ありません」

「奥の部屋に、家具類は？」

「きのうは何もありませんでした」

「じゃあ、そんなところでいったい何をしているんだろう？　どうもおかしい。もし恐怖のあまり気が変になりそうな人間がいるとしたら、あのピナーがまさしくその例だ。いったいどうしてあんなにおびえているんだろう？」

「われわれを刑事だと思ったのかもしれない」と、わたし。

「きっとそうだ」パイクロフトも同意した。

ホームズは首を横に振った。「あの男、ぼくらを見て青ざめたんじゃなかった。入ってきたときにはもう顔が青かった。だとしたら、考えられるのはただひとつ――」

ホームズの言葉が、奥のドア越しに響いてきたドンドンという激しい音にさえぎられた。

「なんで自分の部屋のドアをあんなにたたいたりするんだろう?」と、パイクロフト。

もう一度、ドンドンという音がもっと激しく響いた。わたしたち三人は固唾《かたず》を呑んで、閉じたドアを見守った。ホームズをちらっと見ると、顔をこわばらせて興奮のあまり身を乗り出さんばかりだった。すると突然、喉を低くゴロゴロ鳴らすような音に続いて、何か木の部分を太鼓のようにたたく音がした。ホームズはいきなり飛び出すと、ドア目がけて体当たりした。ドアには内側から鍵がかかっていた。わたしたちもホームズにならってドアに身体を力いっぱいぶつけた。蝶番がひとつはじけ飛び、さらにまたひとつはずれ、バタンと大きな音をたててドアが倒れた。それを踏み越えて、わたしたちは奥の部屋になだれ込んだ。部屋はからっぽだ。

だが、わたしたちがとまどっていたのは、ほんの一瞬のことだった。先ほどまでいた部屋にいちばん近い隅っこに、もうひとつドアがあった。ホームズがそのドアに飛びついて、引き開けた。上着とベストが床に落ちている。そして、ドアの裏側のフックに、自分のサスペンダーを首に巻きつけた、フランコ・ミッドランド金物株式会社の専務取締役がぶらさがっていた。ひざを上向きに折り曲げ、頭を胸にだらりと垂らし、靴のかかとをドアにぶつけて、さっきわたしたちの会話をさえぎった例の音をたてている。

SP

わたしはすぐに男の腰を抱え上げ、そのあいだにホームズとパイクロフトが、土気色の皮膚にしっかり食い込んでしまったゴムのサスペンダーをほどいた。もとの部屋に男を運び、床に寝かせた。顔が灰色になり、紫色の唇がひと息ごとにかすかに閉じたり開いたりしている。ほんの五分前にわたしたちに面と向かっていた男だとは思えないほど、無残に変わり果てた姿だった。

「どうだろう、ワトスン？」

わたしは男の身体の上にかがみこんで診察した。脈は弱く途切れがちだが、呼吸がしだいに長くつづくようになり、まぶたが小刻みに震えて白い眼球がわずかにのぞいてきた。

「きわどいところで、どうにか命はとりとめたようだ。ちょっとその窓を開けて、ついでに水差しに水をくんできてくれないか」

わたしは男の襟もとをゆるめて顔に冷水を振りかけ、自然な呼吸がつづくようになるまで両腕を上下に動かした。「もう、あとは時間の問題だな」と言って、男から離れた。

ホームズは両手をズボンのポケットに深くつっこみ、あごを胸に埋《うず》めるようにしてテーブルのそばに立っていた。

「こうなっては、警察を呼んだほうがいいだろう。でも、正直なところ、連中がかけつけてくるまでにすっかり解決しておきたいものだが」

「ぼくにゃ、さっぱりだ！」パイクロフトは頭をかきながら叫んでいた。「いったい何の目的で、ぼくにはるばるこんなところまで足を運ばせるようにしたんだ？　それに——」

「そんなことはもうわかりきってる」ホームズはいらだたしげだ。「問題なのは、最後になぜこんなことをしたかということだけだ」

「じゃ、そのほかのことはすべてわかっているとでも？」

「わかっているつもりですよ。ワトスン、きみはどうだい？」

わたしは肩をすくめた。「正直いって、ぼくの頭では理解できない」

「だが、これまでのできごとをよく考えてみれば、結論はたったひとつしか出てこないはずなんだよ」

「じゃあ、きみはどう考える？」

「すべての中心にあるのは、けっきょく二つのことなんだ。第一は、パイクロフトさんに、このいんちき会社に入社するという誓約書を書かせたこと。これは、いかにもいわくありげなことだと思わないかい？」

「どうも、まだよくのみこめないな」

「では、なぜあんなものを書かせたりしたのか？　実務上の手続きなどではないはずだ。この程度の取り決めは口約束でするのがふつうだからね。パイクロフトさんの場合にかぎって例外だなんてことは、まったくばかげている。パイクロフトさん、気づきませんか？　連中は、あなたの筆跡の見本が、喉から手が出るほどほしかったんですよ。だから、ああするしかなかったんだ」

「でも、なぜです？」

「そう。なぜでしょう？　それに答えが出れば、解決に一歩近づく。なぜか？　考えられる理由はひとつしかない。何者かが、あなたの筆跡を真似したいと思った。それにはまず、どうしても見本を手に入れる必要があったわけだ。さてつぎに、第一のことと互いに関係がある第二のことです。ピナー氏は、あなたからはモーソン商会へ入社を辞退するという知らせをさせないようにして、まだ見ぬホール・パイクロフトなる人物が月曜日の朝にはてっきり出社するものと、あの大会社の支配人に思いこませた」

「そうだったのか！　ぼくはなんてばかだったんだろう！」

「さて、これで筆跡のことも納得がいきましたね。何者かがあなたになりすましてモーソン商会に入社したとして、求人に応募したときの筆跡とは似ても似つかない字を書いたら、たちまち化けの皮がはがれてしまう。だが、入社までにあなたの筆跡を真似ることができるようにしておけば、会社で怪しまれることはない。あの会社に、あなたの顔を知っている者はひとりもいないはずですからね」

「ええ、ひとりも」パイクロフトはうめくように言った。

「そうでしょう。もちろん、それにあたって何より大事なことは、あなたにそのことをじっくり考えさせないこと、それに、身代わりがモーソン商会にいると教えるかもしれない人物にあなたを近づけないようにすることです。それで、あんなに大金をはずんであなたを中部地方に追い払い、たっぷり仕事を与えてロンドンに行かせないようにした。あなたがロンドンに現われたりしたら、計画がぶち壊しになってしまう危険がありますからね。ここまでは、全部はっきりしています」

「でも、この男がひとりで兄弟を演じたりしたのはなぜでしょう？」

「ああ、それも理由ははっきりしています。この計画には、どうやら二人しかからんでいない。ひとりは、ピナーと名乗るこの男。もうひとりは、モーソン商会であなたになりすまして働いている男です。

ここにいるピナーは、あなたと就職の契約をする役を演じました。ところが、雇い主を演じる人間がどうしてももうひとりいなくてはならない。とはいえ、新しく三人めを計画に加えることはどうしても避けたかった。そこで、できるだけの変装を凝らしてみたものの、きっと似ていると感づかれるに違いないと思って、兄弟だというふれこみでなんとかごまかそうとしたわけです。あなたが運よく金歯に気づかなければ、疑われることもなかったでしょう」

ホール・パイクロフトは、両手の握りこぶしを振り上げて叫んだ。「くそっ！　でも、ぼくがこうしてまぬけな役をさせられているあいだに、偽者のホール・パイクロフトはモーソン商会でいったい何をしているんだ？　ホームズさん、これからどうしたらいいんでしょう？　どうしたらいいのか、教えてください！」

「まず、モーソン商会へ電報を打つことですね」

「でも、土曜日は十二時で会社が閉まってしまいます」

「だいじょうぶ。守衛か宿直がいるはずです」

「ああ、そうだ。貴重な有価証券が保管されているんで、守衛を常駐させているということだった。シティでそういう話を聞きました」

「けっこう。では、さっそく電報を打って、何か変わったことがないか、そして、あなたの名前で働いている人間がいるかどうか、確かめてみましょう。でも、これはすべてはっきりしていることです。それよりいまだにわからないのは、あの悪党のひとりが、われわれの姿を見たとたんにあわてて部屋から出て首吊りなんかしたのはなぜなのか、ということです」

「新聞！」突然、背後で響いたしわがれ声に振り返ると、男が上半身を起こしていた。顔はまだ死人のように青白いが、目にはようやく正気がもどっている。首のまわりに太くくっきりと残る赤い筋を、手でさかんになでていた。

「新聞！　そうだ！」ホームズはわれを忘れて叫んだ。「なんてまぬけだったんだろう！彼に会うことにばかり気をとられて、新聞のことをすっかり忘れていた。たしかに、秘密はここにあるんだ」

彼は新聞をテーブルに広げた。とたんに勝ち誇ったような大声が、その口からほとばしり出た。

「ワトスン、これだ！　ロンドンの新聞だよ。『イブニング・スタンダード』の早版だ。[*4] ここ。見出しをごらんよ――『シティの犯罪。モーソン・アンド・ウィリアムズ商会で殺人。大胆不敵な強盗未遂事件。犯人逮捕』さあ、ワトスン、みんな知りたいんだ。声に出して読んでみてくれ」

新聞紙面での扱い方からして、明らかにロンドンでの大事件だ。記事は次のように書かれていた。


今日午後、ロンドンのシティで大胆不敵な強盗未遂事件が発生、死者がひとり出たが、犯人は逮捕された。有名な株式仲買会社、モーソン・アンド・ウィリアムズ商会は、かねてより総額百万ポンドをはるかに超える有価証券を保管している。責任の重さを強く感じていた支配人は、最新式の金庫を採用、武装した警備員に昼夜とも建物を警備させていた。

先週、同社にホール・パイクロフトという男が入社。ところが、じつはこの男こそ、先ごろ兄とともに五年の刑を終えて出所したばかりの、悪名高き偽造犯にして金庫破りの常習犯、ベディントンにほかならなかった。手段についてはまだ明らかになっていないが、ベディントンは偽名を使って社員にまんまとなりすまし、その立場を利用して各種の錠の型をとったうえ、金庫室や金庫の位置を調べあげたのだった。

モーソン商会では、土曜日は正午で閉店する決まりで、一時二十分過ぎに男が旅行鞄を手に商会の階段を下りてくるのを、シティ警察のトゥーソン巡査部長が見とがめた。*5 不審に思った巡査部長は男を尾行、ポロック巡査の協力を得て、激しい格闘のあげく逮捕。その結果、大胆な強盗事件がただちに発覚した。鞄のなかから、十万ポンドに及ぶアメリカ鉄道債券をはじめ、さまざまの鉱山や会社の株券が大量に発見された。また、商会の建物内を捜索した結果、いちばん大きい金庫のなかに、二つ折りに突っ込まれた不運な警備員の死体が発見された。トゥーソン巡査部長が機敏に行動しなかったならば、発見は月曜日の朝になっていたことだろう。死体の頭蓋骨は、背後から火かき棒で殴られて、こなごなに砕けていた。

ベディントンは忘れものをしたふりをして入口からもどり、警備員を殺したあとで大金庫をすばやく開けて、なかのものを奪って逃げようとした模様。いつも悪事をともに働く兄が今度の犯罪に加担した形跡は、現在のところ確認されていないが、警察では目下、兄の行方を全力で追っている。


「なるほど。じゃ、そこのところでは、ぼくらが警察の手間をいくらかはぶいてやれそうだな」ホームズはそう言いながら、窓ぎわにうずくまっている、やつれはてた男をちらりと見た。「それにしても、ワトスン、人間の本性ってやつは、まったく不思議なぐあいにいろいろなものが混じっているものなんだね。どんなにひどい悪人や人殺しでも、弟の命が危ないとわかれば、自殺にかりたてられるほどの愛情がわいてくることもあるんだから。だが、ぼくらもぐずぐずしている場合じゃない。パイクロフトさん、ワトスン君とぼくはここに残って見張っていますから、ひとっ走り、警察を呼んできてくださいませんか」

グロリア・スコット号

The Adventure of the "Gloria Scott"

「ここに、ちょっとした書類があるんだがね」

ある冬の晩、ベイカー街の下宿で暖炉をはさんで両側にすわっているとき、シャーロック・ホームズが口を開いた。

「目を通す値打ちがあると思うよ、ワトスン、きっとね。あの驚くべきグロリア・スコット号事件にまつわる通信文だ。治安判事トレヴァは、これを読んで恐怖のあまりショック死してしまったんだよ」

ホームズは引き出しから色褪せた小さな筒を取り出した。封印のテープをはがすと、灰色の半裁用紙に走り書きした短い手紙を手渡してよこした。


　ロンドン向けの猟鳥の供給は着実に増加しつつある。猟場管理人頭ハドスンは、わたしの信ずるところ、ハエとり紙とあなたのメスのキジの生命保護に関する注文を受けよという指示を、すでに受けている。

この謎の文章を読み終えて目を上げると、わたしの顔つきを見たホームズがくすくす笑っていた。

「キツネにつままれたような顔をしてるよ」

「どうしてこんな文章が怖いんだか、わからないな。意味のないばかげたものにしか思えない」

「もっともだ。でも、元気でかくしゃくとしていた老人がそれを読むなり、まるでピストルの握りで殴られでもしたみたいにばったり倒れてしまったというのは、動かせない事実なんだ」

「そうと聞いては、好奇心がわいてくるな。だけど、ついさっきの、ぼくが目を通す値打ちがあるっていう言葉、あれはどういうことだい？」

「ぼくが手がけた最初の事件だからってことさ」

そもそも友人ホームズがなぜ犯罪捜査などに関心を向けるようになったのか、その最初のきっかけについて聞き出そうとしたことは、これまでにも何度かあった。だが、彼がそれについて語ろうという気になったことは一度もなかった。そのホームズがいま、肘掛け椅子から身を乗り出して、ひざの上に書類を広げている。それからパイプに火をつけると、しばらく書類をもてあそびながら煙を吐いていた。

「これまで、ヴィクター・トレヴァの話をしたことはなかったかな。カレッジにいた二年間を通じて、ぼくのただひとりの友人だったんだ。きみも知ってのとおり、ぼくはもともと人づきあいのいいたちじゃないし、いつだって部屋にとじこもって考えごとに耽《ふけ》り、自分なりの推理のしかたで問題を解決するのが好きだったから、同級生たちとはあまりつきあいがなかった。フェンシングとボクシング以外、スポーツにほとんど興味がなかったし、研究テーマはほかの学生たちとまったく違っていたしで、まるで接点がなくってね。知っている学生といえばトレヴァだけだった。それも、ほんの偶然から知り合ったんだ。ある朝、礼拝堂へ行こうとしたところ、彼の飼い犬のブルテリアが、ぼくの足首に噛みついて離れなくなってしまったのさ。

芽生えるときにはロマンのかけらもなかったが、この友情は長つづきしたよ。犬に噛まれたぼくは十日間ほど横になったきりで、トレヴァがよく見舞いにきてくれた。初めはちょっとおしゃべりするだけだったのが、だんだんと腰を落ち着けるようになっていってね。その学期が終わるころには無二の親友になっていた。あの男は活動的で熱血漢で、エネルギーと元気がありあまっていた。ぼくとはほとんど正反対の男だが、二人にはある共通の関心があった。そして、彼もぼくと同じく友人がいないとわかると、これがまた絆《きずな》となった。とうとう、ノーフォークのドニソープ村にあるトレヴァの父親の屋敷に招待されるまでになって、長い休暇のうちのひと月、ぼくはそこで世話になることにしたんだ。

トレヴァの父親は、けっこうな財産のある地主で、治安判事の職にある地元の重要人物だった。[*1] ドニソープというのは、湖沼地帯《ブローズ》にあるラングミア町北方の小さな村だ。屋敷は古風で、カシ材の骨組みにレンガ造り。広々として、りっぱなライムの並木道が玄関までつづいている。沼地へ行けば、丸々太ったカモが撃てるし、魚釣りにももってこいだ。それに書斎に並ぶ本は、数こそ少ないものの粒ぞろいだった。前の家主から受け継いだものだそうでね。

トレヴァ老人は奥さんを亡くしていて、ヴィクターはひとり息子だった。娘もいたらしいが、バーミンガムへ行ったときにジフテリアで亡くなったという。この友人の父親に、ぼくはひどく興味を覚えた。特に教養が高いわけではないが、精神的にも肉体的にも、どちらかというと野性的な強さをたっぷりもちあわせている。ろくに本のことなど知らない代わりに旅の経験は幅広く、世のなかをよく理解していたし、知ったことは残らず知識として蓄えていた。体格はがっしりと大柄で、白髪交じりの髪の毛に、日に焼けた褐色の顔、青い目は鋭くて獰猛と言ってもいいほどだった。だが、近所では親切で慈愛深い人物という評判で、判事として宣告をくだすにあたっては寛大なことで知られていた。

ぼくが到着して間もない、ある晩のこと、夕食後にポート・ワインを飲みながら、ヴィクターがぼくの観察癖、推理癖の話題を出した。当時のぼくは観察と推理の方法をすでにひとつの体系にまとめていたんだが、のちにそれを職業にしようなどとは思ってもいなかった。ぼくが見せたことのあるつまらない芸当をひとつ二つ息子が話して聞かせるのを、トレヴァ老人はどうやら大げさに言っているものと思ったらしい。

『どうかね、ホームズさん』と上機嫌で笑いながら言うんだ。『わしは絶好の材料になるんじゃないですか。何か推理できますか』

『大したことはできそうにありませんが。ただ、ここ十二カ月のあいだ、だれかから襲われることがご心配だったのではないかと』

老人の口もとから笑いが消え、ぼくを見る目つきが真剣になった。

『そう、そんなところだ。ヴィクター、おまえも知っていると思うが』老人は息子のほうを向いた。『あの密猟者一味をぶっ潰してやったとき、刺し殺してやると言われた。現にサー・エドワード・ホウビーは襲われたしな。それ以来、警戒している。でもホームズさん、どうしてそれがおわかりになったか、さっぱり見当がつきませんな』

『たいそうりっぱなステッキをお持ちですね。彫ってある文字から、一年以上前にはお持ちでなかったとわかりました。ところが、わざわざそのてっぺんから穴をあけて鉛を流し込み、恐るべき武器に仕立てておられる。何かを恐れていらっしゃるのでなければ、そんな警戒はなさらないだろうと思いまして』

『ほかにもわかることがありますか？』老人は微笑みながら訊ねた。

『若いころは、ずいぶんボクシングをなさいましたね』

『また当たりです。どうしておわかりになる？　なぐられた鼻が曲がっているとでも？』

『いいえ、耳です。ボクシングをやる人の特徴なのですが、潰れて厚ぼったくなっていますね』

『ほかには？』

『以前、かなり穴掘りをなさったことがおありですね。手のたこでわかります』

『金を採掘して、財産を築いたんです』

『ニュージーランドにいらしたことがある』

『それも当たり』

『日本に行ったこともおありだ』

『そのとおり』

『それから、J・Aというイニシャルの人物と、とても親密なあいだがらだったことがありますが、のちにその人のことを完全に忘れたいと思われましたね』

トレヴァ老人はゆっくりと立ち上がって、大きな青い目をぼくに向け、異様な目つきでできつくにらみつけた。かと思うと、ばったり倒れて、テーブルクロスに散らばったクルミの殻に顔を突っ込んでしまった。

いやあ、ワトスン、ヴィクターとぼくはどんなにびっくりしたことか。だが、老人はそう長く気を失ってはいなかった。襟もとをゆるめて、フィンガーボウルの水を顔に振りかけると、一、二回あえいでから、椅子にすわり直した。

『やれやれ』老人は無理やり笑顔をつくった。『心配かけたかな。丈夫そうな見かけによらず心臓に欠陥があってな、わしをぽっくりいかせようと思ったら、さして手間はかからん。

ホームズさん、どうやって探り出されたのかはわからんが、実在のであろうと小説中のであろうと、探偵という探偵は、あなたの手にかかれば子どもも同然ですな。これを一生の仕事になさるといい。この世のなかをいくらか知っている男の助言として、お聞きくださいよ』

ワトスン、信じられないかもしれないけれど、ぼくの才能を買いかぶって認めてもらったうえに、この助言だ。これまでただの趣味にすぎなかったものを、職業にしてもいいなと、生まれて初めて思ったのさ。でも、そのときは、屋敷のあるじの急な発作のほうが気になって、ほかのことなど考えている余裕はなかった。

『何かお気にさわるようなことを言ってしまいましたか？』

『そう、たしかに痛いところをつかれてしまった。どうしてわかりました？　どこまでご存じなんですかな？』老人は半分冗談めかしたような口調だったが、その目の奥にはまだ恐怖の色があった。

『かんたんなことですよ。釣った魚をボートに引き上げようと腕まくりなさったことがありましたね。あのとき、肘の関節のあたりにＪ・Ａという頭文字の刺青《いれずみ》が見えました。文字はまだ読めましたが、ぼやけていて、そのまわりの皮膚が汚れていたので、消そうとなさったに違いない。だから、昔はとても親しかったのに、忘れたいと思っていた人物のイニシャルだということは明らかです』

『なんと目ざとい！』老人はほっと安堵の息をついた。『おっしゃるとおり。しかし、その話はよしましょう。幽霊にもいろいろあるが、昔の恋人の幽霊というやつが、いちばんやりきれん。ビリヤード室に行って、静かに葉巻をふかすとしましょう』」

「その日以来、トレヴァ老人のぼくに対する態度が、温かみはあるものの、いつも一抹の疑惑が感じられるものになった。息子のヴィクターさえもそれに気づいて、こう言ったものだ。

『おやじときたら、すっかりたまげてしまったもんだから、きみが何を知っていて何を知らないのか、ずっと気もそぞろなんだろうね』

もちろんトレヴァ老人にしてみれば、表に出すつもりなどなかったのだろうが、心にしっかりと焼きついてしまって、つい態度に出ていたんだね。そのうち、ぼくがいると老人を不安にさせてしまうとはっきりわかったので、滞在期間を切り上げることにした。ところが、まさに帰る前日、あるできごとが起こった。のちに、これが重大なことだったとわかったんだが。

それは、ぼくたち三人が芝生のガーデン・チェアにすわって、日光浴がてら湖沼地帯の景色をうっとりながめていたときのことだ。メイドが出てきて、玄関先で客がミスター・トレヴァにお目にかかりたがっていると告げた。

『名前は?』

『おっしゃいませんでした』

SP

『じゃあ、用向きは？』

『だんなさまのお知り合いで、ほんのちょっとだけお話ししたいのだと』

『ここへ案内してくれ』

現われたのは、なんだかしなびた感じの小男だった。足をひきずって歩き、みょうにへつらうような態度だ。袖にタールのしみついた開襟ジャケットと赤と黒のチェックのシャツ、ダンガリーのズボンにくたくたに履き古した重そうな長靴。やせた褐色の顔はずる賢そうで、貼り付いたような笑いを浮かべると、黄色い乱杭歯《らんぐいば》が見える。船乗り特有の半分握ったような両手は、しわだらけだった。男が芝生をのろのろ近づいてくると、トレヴァ老人ののどのあたりでしゃっくりのような音がした。椅子から飛び上がると、老人はいきなり屋敷にかけこんだ。じきにもどってきたが、そばを通るときにブランデーの匂いがぷんとした。

『さて、何の用かね？』

船乗りは目を細め、口もとをあいかわらずゆるめたまま老人を見つめていた。

『あっしがおわかりになりませんか？』

『なんと、まあ、ハドスンじゃないか！』

『そのとおり、ハドスンでございます。この前お目にかかってから、もう三十年以上にもなりますねえ。だんなはこんな屋敷にお住まいだが、あっしはまだ桶の塩漬け肉をついばむ身分でね』

『ばかなことを言うな。わしだって、昔を忘れたわけじゃない』トレヴァ老人はそう叫んで船乗りに近寄り、小声で耳打ちした。続いて、大声をあげた。『台所へ行け。食べものも飲みものもある。きっと仕事も見つけてやる』

『ありがてえこって』船乗りは、前髪に手をやった。『ちょうど、ちっぽけな貨物船で二年間の仕事を終えて、陸《おか》に上がったばっかりなんでね。ゆっくり休みたいんでさ。ベドウズさんかだんなか、どっちかをお頼りしようと思いましてね』

『ほう、ベドウズさんがどこにいるかも知っているのか』

『もちろんでさ。昔の仲間の居どころは全部知ってますとも』

男は気味の悪い笑いを浮かべてそう言うと、メイドのあとからのろのろと歩いていった。トレヴァ老人はぼくらに、金の採掘にもどるときあの男といっしょの船に乗っていたとか、ぶつぶつ説明してから、ぼくらを芝生に残して屋敷に入っていった。一時間ほどして屋敷に入ってみると、先ほどの男がべろべろに酔っぱらって、食堂のソファにのびていた。このえらく不愉快なできごとがあったため、翌日ドニソープを発つときも残念な気持ちにはならなかった。ぼくがいては、友人に気まずい思いをさせるだろうと思ったしね。

これは、長い夏休みの最初のひと月のことだった。その後ぼくはロンドンの下宿に帰り、七週間というもの、有機化学の実験に没頭した。ところが、秋もかなり深まって休暇が終わりに近づいたころ、ヴィクターから、ドニソープにもどってくれ、きみの忠告と助力を心から求める、という電報が届いた。もちろん、すべてをなげうってまた北へ向かったよ。

友人が駅までドッグ・カートで迎えにきてくれた。ひと目見ただけで、この二カ月はじつにつらかったんだとわかった。やせこけて、心労にやつれて、持ち前の大きな声も元気もどこかにいってしまっていた。

『おやじが死にそうなんだ』と、会うなり彼は言った。

『まさか！　どうしたんだ？』

『卒中だ。精神的なショックによるものだよ。きょう一日、生死の境をさまよっていた。帰ったら死んでいるんじゃないかと、気がかりだよ』

ワトスン、きみもわかってくれるだろうが、ぼくはこの思いがけない言葉にぎょっとした。

『どうしてそんなことに？』

『ああ、そのことだがね。まあ乗ってくれ。走りながら話そう。きみが帰る前日の夕方、うちへやってきた男を覚えているだろう？』

『よく覚えている』

『あの日うちに入れてやったあの男、何者だったと思う？』

『わからないな』

『ホームズ、あいつは悪魔なんだよ！』

ぼくは驚いて、友人の顔を見つめた。

『そう、悪魔そのものだ。あれからというもの、ぼくらの気の休まるときはない――ただのひと時も。あの晩以来、おやじはまるで意気地なしになっちまった。いまじゃ、元気のかけらもなくしょげかえっている。何もかも、あの憎たらしいハドスンの野郎のせいだ』

『いったいあの男にどんな力があるっていうんだ？』

『ああ、まさにそれだよ、ぼくが知りたいのは。あの、思いやりも情も深いぼくの父が！　どうして、あんな悪党の毒牙にかかっちまったんだろう。でも、ホームズ、来てくれてほんとうにうれしいよ。きみの判断力と分別を全面的に信頼している。どうしたらいちばんいいのか、きみならきっと忠告してくれるだろう』

馬車は、白っぽい平坦な田舎道をかけ抜けていった。前方には湖沼地帯が夕日の赤い光に染まっている。左手の木立のなかに、あの治安判事の屋敷のものである高い煙突と旗棹《はたざお》が早くも見えてきた。

『おやじは、あいつを庭師として雇った。ところが、やつがそれじゃ不満だというんで、使用人頭に昇格させた。家じゅうがやつの思うがままってありさまだよ。やつは、ぶらぶら歩きまわって、やりたいほうだいなんだからね。やつの酔っぱらいぶりや下品な言葉づかいに、メイドたちからは口ぐちに苦情が出てきた。おやじはその埋め合わせに、使用人全員の給料を上げた。やつときたら、おやじのいちばんいい鉄砲を持ち出してボートに乗り込み、しょっちゅう密猟をしていたよ。

そのうえ、いつだって人を小ばかにしたような、生意気な顔でいる。もしぼくと同じくらいの年だったら、二十発ぐらいは殴ってやってるところさ。なあ、ホームズ、ぼくはずっと自分で自分を抑えていた。でもいまとなっては、もっと思いどおりに行動していたほうが賢明だったんじゃないかと自問しているんだ。

そう、うちのなかで事態は悪化する一方で、あの獣みたいなハドスンはどんどん生意気になったあげく、ぼくの目の前で父に無礼な口答えをした。それでぼくは、やつの肩をひっつかんで部屋からたたき出してやったんだ。やつはこそこそ出ていったが、土気色の顔と毒へビみたいな目つきは、まさにこっちを脅迫するようなものだったよ。気の毒なおやじとやつのあいだに、どういういきさつがあったかは知らないが、翌日、おやじがやってきて、ハドスンに謝ってくれと頼むんだ。もちろん断ったさ。きみだって、そう思うだろう？　あんなやつが主人にも屋敷の全員にも勝手ほうだいをしてるのを、なぜ黙って見ているんですか、とおやじに言ったよ。

「なあ」とおやじは言った。「おまえのように口で言うのはかんたんだ。だが、わしの立場をわかっておらん。ヴィクター、いずれ教えよう。どんなことがあっても、必ず教える！　そのときになって、おまえの哀れな父親のことを悪く思わんでくれ」

おやじは、ひどく動揺しているようで、一日じゅう書斎にとじこもっていた。窓からのぞいてみると、せっせと書きものをしているようだった。

その晩、ついにほっとするようなことが起こった。ハドスンが出ていくと言いだしたんだ。夕食を終えて食堂にすわっていると、やつが入ってきて、酔っぱらいかけたようなだみ声で、こう言った。

「もうノーフォークにゃ飽き飽きした。ハンプシャーのベドウズさんのとこへ行くよ。きっと、ここと同じくらい歓迎してもらえるこったろうからな」

「ハドスン、まさか、恨みをそのままにして出ていくんじゃあるまいね」

父の猫なで声ときたら、聞いているぼくのはらわたが煮えくり返りそうだった。

「まだ、詫びを入れてもらってねえ」やつは、ぼくのほうを見ながらむすっと言った。

するとおやじもぼくを見て言うんだ。「ヴィクター、この人にふさわしくない無礼を働いたことを認めてくれるだろうね？」

ぼくは答えたよ。「それどころか、ぼくたちのほうが、この無礼な男をさんざん我慢してきたと思っています」

「ふん、そうかい」やつの無愛想な言葉が返ってきた。「いいだろう。いまにわかるさ」

ふてくされて出ていくと、やつは三十分ほどして屋敷を去った。残された父は、気の毒なほどおろおろしていた。それからは毎晩、部屋を歩き回っている父の足音が聞こえた。そして、やっと自信をとりもどしかけた父を、最後の一撃が襲ったんだ。

『どんなふうに？』

『なんとも奇妙なんだ。きのうの朝、フォーディンブリッジの消印がある手紙が父宛てに届いた。父はそれを読むなり、両手で頭をばしっとたたいて、気が変になったみたいに部屋のなかをぐるぐる走り回った。ぼくがやっとソファに寝かしつけたんだが、口もまぶたも片側にひきつって、発作にやられたらしい。フォーダム先生がすぐに来てくださったんで枕もとに案内したが、全身に麻痺が広がって、意識をとりもどしそうな兆しがまったくない。もう危ないと思う』

『恐ろしいことだな、トレヴァ! そんなひどいことになるなんて、どんな手紙だったんだろう?』

『なんでもない手紙なんだ。わけがわからない。文面はつまらないことなんだ。ああ、やっぱり、心配が的中した!』

友人がそう叫んだのは、馬車が並木道のカーブを曲がっているときだった。薄暗いなか、屋敷じゅうの窓のブラインドが下りているのが見える。悲しみに顔をゆがめた友人が馬車を玄関に横づけにすると、なかから黒服の紳士が出てきた。

『先生、いつのことですか?』とトレヴァ。

『お出かけになってすぐでした』

『一度は意識をとりもどしましたか?』

『亡くなる直前に、ほんのちょっとのあいだだけね』

『ぼくに何か言い残したことでも？』

『日本製のたんすのうしろの引き出しに書類が入っている、とだけ』

友人と医者が老人の亡くなった部屋へ上がっていったので、ぼくは書斎に残った。それまでのできごとを一部始終考えてみて、生まれて初めてといっていいほど暗い気持ちになった。トレヴァ老人の過去に何があったのだろう。ボクシングの心得があり、世界じゅうを旅して回り、金を採掘していたことのある男。横柄な船乗りに、なぜ頭が上がらなくなってしまったのか。それからまた、半分消えかかった腕のイニシャルのことを言われて気絶し、フォーディンブリッジからの手紙を読んで恐怖のあまり死んでしまったのは、どうしてだろう。

そのとき、フォーディンブリッジがハンプシャーにあることを思い出した。先ほど聞いたところでは、船乗りが、おそらくは脅迫をするために訪ねていったベドウズ氏もハンプシャーに住んでいるはずだ。するとその手紙は、船乗りハドスンから、どうやら実在するらしいうしろめたい秘密をばらすと言ってきたものか、それとも、昔の仲間のベドウズから、いまにもばらされそうだと警告してきたものか、どちらかだろう。

ここまでは、はっきりしているようだ。だが、それでは、息子がつまらない内容のおかしな手紙だと言うのはなぜだろう？　きっとヴィクターは読み違えたのだ。もしそうだとすると、表面とは違った意味をもつ、巧妙な暗号文なのだろう。ぜひとも手紙を見なくては。もし隠された意味があるとしたら、それをつかむ自信はあった。

一時間ばかり薄暗がりにすわって考えていると、泣きはらした目をしたメイドがやっとランプを持ってあらわれ、そのすぐあとからヴィクターが入ってきた。顔は青ざめているが、落ち着いた態度で、いまぼくのひざの上にあるこの書類を握り締めていた。ぼくと向かい合って腰をおろし、ランプをテーブルの端に引き寄せると、この灰色の紙になぐり書きされた短い手紙をぼくに手渡したんだ。

The supply of game for London is going steadily up. Head-Keeper Hudson, we believe, has been now told to receive all orders for fly-paper and for preservation of your hen pheasant's life.

(ロンドン向けの猟鳥の供給は着実に増加しつつある。猟場管理人頭ハドスンは、わたしの信ずるところ、ハエとり紙とあなたのメスのキジの生命保護に関する注文を受けよという指示を、すでに受けている。)

初めてこの文章を読んだとき、ぼくもさっきのきみと同じように、さぞかしぽかんとしていただろうね。それから、注意深く読み直した。どうやら思ったとおりだ。この奇妙な単語の並びのなかには、別の意味がかくされているらしい。

最初は、"fly-paper (ハエとり紙)"とか"hen pheasant's (メスのキジ)"とかいう単語が、あらかじめ打ち合わせされた何かの意味をもっているのだろうかと思った。その場合、隠れた意味はどうにでも決められるわけだから、推理によって解読するのは無理ということだ。だが、そう考えたくはなかった。それに、"Hudson"という単語があるところを見ると、この手紙の目的はぼくの考えたとおりで、船乗りではなくベドウズからきたものと考えられる。次に、文面を逆に読んでみた。しかし、"Life pheasant's hen"じゃ、どうにも意味をなさない。頭から一語おきにも読んでみたが、"The of for"だの"supply game London"では、どうもねえ。次の瞬間、ぼくは鍵をつかんだよ。最初の語から二語おきに読んでいくんだ。すると、トレヴァ老人を絶望の淵に追いやるに足る文章になる。

短い警告文だ。ぼくは友人に読んで聞かせた。

The game is up. Hudson has told all. Fly for your life.
(もうお手あげだ。ハドスンがすべて話した。命が惜しければ逃げろ。)

ヴィクター・トレヴァは、震える両手で顔をおおった。『きっとそのとおりだ。ただ死ぬよりも悪い。不名誉というおまけがつくんだからね。でも、この「猟場管理人頭」とか「メスのキジ」とかは、どういう意味だろう』

『伝言そのものには何の意味ももたないが、差出人を探る手だてがほかにないとしたら、こういう言葉が大いに役に立つな。いいかい、最初に"The …… game …… is ……"というふうにあいだをあけて単語を書いておき、あとから、それぞれの単語のあいだの空白に二語ずつ適当な単語を入れていったのさ。当然、頭に浮かんでくる言葉から入れていっただろう。狩猟に関係のある言葉が多いところをみると、差出人は熱心な狩猟家か、猟鳥(game)の飼育に興味のある人間だと思って、まずまちがいない。ベドウズという人物のことを何か知っているかい?』

『ああ、そういえば、おやじは毎年秋に彼の猟場に招待されていたな』

『じゃあ、この手紙の差出人はきっとその人だ。つぎに探り出さなくちゃならないのは、裕福で尊敬もされていたこの二人の秘密、つまり船乗りハドスンに握られていた弱みとは何か、ということだね』

『残念ながら、罪と不名誉の秘密らしいな。だがホームズ、きみにはいっさい隠しだてしないつもりだよ。ここに告白文がある。ハドスンが暴露する危険が迫っているとわかって、父が書いたものだ。医者に言い残したように、日本だんすのなかに見つけた。きみが読んで聞かせてくれないか。ぼくにはその勇気も気力もない』

ワトスン、ここにあるのが、友人から受け取ったその告白文なんだよ。その晩、古い屋敷の書斎で友人に聞かせたように、これから読んで聞かせよう。表書きはこうだ。

『一八五五年十月八日、ファルマスを出港して、十一月六日、北緯十五度二十分、西経二十五度十四分で沈没するまでの、バーク型帆船（三本マスト の帆船）グロリア・スコット号航海の物語』

中身は手紙の形式で書かれている。

愛する息子よ。不名誉な過去がわたしの晩年に影を落とそうと迫ってきているいま、もう正直に真実を書き記すことができる。胸がさいなまれるのは、法が恐ろしいからでも治安判事という地位を失うからでも、知人のあいだで名誉が地に落ちるからでもない。おまえが――わたしを愛してくれ、ただひたすら尊敬してくれたはずのおまえが――わたしのために恥じることになりはしないかと、気がかりだからだ。

しかし、神の鉄槌《てっつい》がわたしの頭に落ちてきた場合には、どうかこの手紙を読んで、わたしの言葉から直接、わたしにどの程度まで罪があるのかを知ってほしい。反対に、万一すべてが順調に運んだ場合（恵み深い全能の神よ、どうかそうなりますように！）、そして、万一この手紙が破棄されぬままおまえの手に渡った場合には、おまえが神聖なものと奉ずるすべてのものにかけて、おまえのやさしい母の思い出にかけて、わたしたち親子の愛情にかけて、お願いする。ただちにこの手紙を燃やし、二度とふたたび思い出さないでくれ。

さて、おまえがまだこの手紙を読んでいるとしたら、わたしはすでに過去を暴かれてわが家から追い出されているか、死がわたしの口を永遠に閉ざしていることだろう――おそらく後者の可能性のほうが高いに違いない。おまえも知ってのとおり、わたしの心臓は弱っているから。いずれにせよ、もはや包み隠しておくべきときは過ぎ去っているのだから、ここにわたしが記すことは一言一句、飾るところのない真実だ。それをわたしは、慈悲を乞う神にかけて誓う。

愛する息子よ。わたしの本名はトレヴァではない。若いころはジェイムズ・アーミティジ（頭文字はJ・A）といった。だから、もうわかっただろう、数週間前のこと、おまえの学友がまるでわたしの秘密を見抜いたかのような言葉を投げかけたとき、受けたショックがいかばかりだったか。アーミティジの名前でわたしはロンドンの銀行に入社し、アーミティジの名で国法をやぶった罪で流刑を宣告されたのだ[*2]。

息子よ、きつくとがめないでほしい。わたしはいわゆる名誉の借金を返さなくてはならず、公金に手をつけてしまったのだ。穴埋めができるという確信はあった。ところが、恐ろしい不運がついて回った。あてにしていた金が手に入らず、予定より早く会計監査があって、使い込みがばれてしまった。もっと寛大な罰でもよかったろうにと思うが、当時の法はいまよりも厳しかった。わたしは二十三歳の誕生日に、オーストラリア行きのバーク型帆船グロリア・スコット号の中甲板で、ほかの三十七人の囚人とともに鎖につながれることとなった。

時は一八五五年。クリミア戦争のさなかだったせいで、本来の囚人輸送船はほとんど黒海で軍用輸送船に使われていた。そこで政府は、囚人輸送のために小型で設備のあまり整っていない船を使わざるをえなかった。グロリア・スコット号はもと中国茶の運搬に使われていたが、旧式で船首が重く船幅が広いため、中国茶の運搬では新式のクリッパー型帆船にとってかわられていた。五百トンの船で、三十八人の囚人のほかに乗組員二十六人、マーティン大尉と兵士十八人、船長、三人の航海士、医者と教誨師がひとりずつ、それに四人の看守が乗り組んでいた。全部で百人近くがファルマスから出航したのだ。

囚人輸送船では独房が厚いカシ材で仕切られているのがふつうなのに、この船の仕切りは薄っぺらでやわなものだった。船尾側の隣の独房にいたのは、波止場へ連れてこられたときからわたしが注意をはらっていた囚人だった。ひげを生やしていない若者で、鼻筋が薄く、いかつい顎をしていた。頭をつんとそらして肩で風を切るような歩きぶりのうえ、並みはずれて背が高いのが目立った。その肩まで達する身長の者さえ、ひとりもいなかったのではなかろうか。六フィート半はあったに違いない。

意気消沈した顔が並ぶなかに、あの男のような決意と精力に溢れた顔があるのは、不思議な光景だった。吹雪のなかで火に出会ったようなものだ。だから、彼が隣の独房にいるとわかってうれしかった。真夜中にすぐ耳もとでその声が聞こえ、仕切り板に彼が穴をあけたとわかると、もっとうれしくなった。

『おい、きょうだい、何て名前だ？　何してくらいこんだ？』

わたしはそれに答えてから、今度は彼の名前を訊ねた。

『ジャック・プレンダーガストだ。じきに、おれの名前をありがたがって拝むようになるぜ、まちがいねえ』

彼が起こした事件のことは覚えていた。わたしが逮捕される少し前、国じゅうを大騒ぎさせた事件だ。良家の生まれで才能にも恵まれた男なのに、とんでもない悪事を重ね、巧妙な詐欺でロンドンでも屈指の商人たちから巨額の金をまきあげたのだ。

『ほう、おれの事件を覚えてるのかい?』プレンダーガストの口調は得意げだった。

『よく覚えている』

『じゃあ、ひょっとして、どこかおかしいことがあったのも覚えてるんじゃねえか?』

『どういうことだ?』

『おれは二十五万ポンド近く儲けたはずだろ』

『らしいね』

『ところが、一文の金ももどらなかった』

『そうだ』

『その金、どこへ行っちまったのかな?』

『わからないな』

『ちゃんとこの手に握ってるのさ。おまえの頭に生えてる髪の本数より多い金貨を、おれは持ってるんだ。いいか、金があって、使い方とばらまき方さえ知ってりゃ、できないことはねえ! そんな人間さまが、こんな中国航路のおんぼろ船のカビくせえ物置で、ネズミやらゴキブリやらといっしょにズボンのけつをすりきらせてるなんて、とんでもねえ。そんな人間さまなら、自分で自分の面倒はみるし、ついでにきょうだいの面倒もみられるってえもんだ。首を賭けてもいい。そんな人間さまにおすがりするこった。そうすりゃ、必ずお助け願える。聖書さまにキスして誓うこったな！』

こんなしゃべり方の男だった。最初のうちは本気でないだろうと思っていたが、しばらくして、わたしを試したうえに固い誓いをたてさせたあと、この船を乗っ取る企みがまさに進行しているのだと教えてくれた。乗り込む前から十人以上で謀議していたらしく、プレンダーガストがリーダーであり、彼の隠し金が原動力なのだった。

『おれにゃ、相棒がいてね。すげえいいやつだ。おれとは銃身と台尻みてえに切ってても切れねえ仲なのさ。そいつが金を握ってる。いま、そいつがどこにいると思う？　なんと、この船の教誨師《きょうかいし》よ――ほかならぬ、牧師さまよ！　黒服を着込んで、身分証明書いっさいをぬかりなくそろえて乗り込んだそいつが、船底からメインマストのてっぺんまでまるごと買えるだけの金を、箱づめにして持ってきてるのさ。乗組員は残らずすっかり味方につけた。乗り組み契約にサインする前から、現金一括割引でってことで買収しちまったんだぜ。看守二人と二等航海士のマーサーも抱き込んだが、買収のしがいがある野郎だったら船長だって抱き込んじまうだろうさ』

『じゃあ、おれたちは何をすりゃいい？』

『どうだい、兵隊野郎どもの制服の色を、もとの赤以上にまっ赤にしてやろうじゃねえか』

『でも、相手には武器がある』

『おれたちにだってある。ひとり二挺ずつピストルが渡るさ。船員までこっちについてるんだ。これで船が乗っ取れなきゃ、みんなして女学校の寄宿舎にでも入ったほうがいいってもんよ。今夜、左隣のお仲間に声をかけて、頼りになるかどうか調べてみてくれ』

わたしは言われたとおりにした。すると、反対側の囚人もわたしと同じような性格の若者で、偽造犯だということがわかった。エヴァンズという名前だったが、あとでわたしと同じように名前を変えて、現在は南イングランドで裕福に暮らしている。わが身を救う道はこれしかないというわけで、彼もすぐ陰謀に加わった。

湾を越える前に、秘密を知らされていない囚人は二人だけになってしまった。ひとりは臆病者で頼りにならぬと敬遠され、もうひとりは黄疸を患っていて役に立たないからだった。乗っ取りの妨げになるものは、初めから何もなかった。乗組員はそのためにとくに集めた悪党ぞろいだ。偽の教誨師が宗教パンフレットを入れていることになっている黒鞄を持って、独房を説教して回る。その巡回がたびたびあったので、三日めにはもう、わたしたちはみな、やすりにピストル二挺、火薬一ポンド、弾丸二十発をベッドの裾に隠し持っていた。看守のうち二人がプレンダーガストの味方で、二等航海士はその右腕だ。船長と航海士二人、看守二人、マーティン大尉と十八人の兵士、それに医者ひとり——敵に回すのはそれだけだった。

SP

しかし、楽勝だとは思っても用心は怠らず、夜中に不意討ちをかける計画だった。ところが予定より早く、ことが始まってしまった。

船が出航して三週間ほどたったある晩のこと、病気になった囚人のところにやってきた医者がベッドの裾に手をやって、ピストルに気づいてしまった。もしその医者が声を出さなかったなら、計画は水の泡となっていたかもしれない。ところが、小心者だったために驚いて叫び、青ざめた。すぐに事情を察した囚人が医者をとり押さえた。急を知らせるいとまもないうちに、医者は猿ぐつわをかまされ、ベッドに縛りつけられた。

医者が鍵をかけ忘れた甲板に通じるドアから、囚人一同がなだれをうって外へ出た。歩哨兵が二人と、何ごとかとかけつけた伍長が射殺された。上級船室の入口にはもう二人歩哨がいたが、銃に弾丸がこめてなかったようだ。発砲しないで、われわれに銃剣を突きつけようとしたところを、射殺されてしまった。それから船長室に乱入しようとドアを押し開けたとき、なかから銃声がした。テーブルに鋲でとめられた大西洋の海図の上に、船長が頭をのせて倒れていた。かたわらの教誨師が、まだ煙のたつピストルを手にしている。二人の航海士は乗組員にとり押さえられ、すべて片がついたように見えた。

船長室の隣の上級船室に一同が集まって、わいわいがやがや、長椅子にすわった。ふたたび自由の身になったという気分に、頭がぼうっとした。偽教誨師のウイルスンが、まわりのロッカーのひとつをこじ開けると、褐色のシェリー瓶を一ダースほど取りだした。

瓶の首を叩き折ってグラスに注いだシェリーを、ぐいとあおろうとしたまさにそのとき、乱発する銃声が耳もとにとどろいた。船室にもうもうとたちこめる煙に、テーブルのむこうさえ見えない。煙が晴れてみると、その場は地獄さながらだった。ウイルスンとあと八人が、折り重なるように倒れて、床の上をのたうち回っている。テーブルの上の、血の色とシェリーの褐色。今思い出しても吐き気がする。

わたしたちはすっかりおじけづいてしまった。プレンダーガストがいなかったなら、そのまま降伏していたところだ。しかし、プレンダーガストは雄叫《おたけ》びをあげ、生き残った全員をあとに従えてドアに突進した。外へ飛び出すと、船尾上甲板に隊長と十人の部下がいた。船室テーブル上の天窓を開けて、その隙間からわれわれに発砲したのだ。

次の弾丸をこめる隙を与えず、われわれは飛びかかった。彼らも軍人らしく勇敢に戦ったが、こちらのほうが優勢で、すべてが終わるのに五分ほどしかかからなかった。いやはや、あの船上のような地獄絵が、はたしてほかにあっただろうか！　プレンダーガストは悪魔のように荒れ狂い、子どもでもつまみあげるようにして、生きていようと死んでいようとおかまいなしに兵士を海に放り込んだ。ひどい重傷を負った軍曹が驚くほど長いあいだ泳いでいたが、結局、哀れに思っただれかが頭を撃ち抜いてやった。戦いが終わってみると、残る敵の捕虜は、看守二人に航海士二人、そして医者だけだった。

激しい議論になったのは、この生き残りの捕虜の処置をめぐってだった。自由をとりもどしただけで十分だから、これ以上人を殺して心の重荷を増やしたくないという者が大勢いた。銃を手にした兵士を殺すのはともかくとして、人間が冷酷無残に殺されるのを黙って傍観するというのは、また別の問題だ。囚人五人と船員三人、合計八人が、殺すのはしのびないと言った。しかし、プレンダーガストとそれに同調する者たちは、意見を曲げない。安全なただひとつの道は根こそぎ殺してしまうことだという。証人席でべらべらしゃべる舌は、ひとつも残したくねえからな、と。

あやうく、反対するわれわれまでが捕虜と同じ運命となるところだったが、結局、プレンダーガストが、行きたけりゃボートで消えうせてもいいぜ、と言った。われわれは、この提案に飛びついた。なにしろ、この流血沙汰にはうんざりだったし、応じなければもっとひどいことになるからだ。めいめいに水夫服、全員でひと樽の水、塩漬け肉《ジャンク》とビスケットの小さな樽をひとつずつ、そして羅針盤が与えられた。プレンダーガストが海図を投げてよこし、北緯十五度、西経二十五度で難破した船の船員だってことにしとけと言って、われわれの乗ったボートのもやい綱を切った。

さて、愛する息子よ、これからがわたしの物語の最も驚くべき部分だ。暴動のあいだ、船員たちは前部マストの帆桁《ほげた》をまくりあげていたのだが（風が逃げるようにして速度を落としていた）、われわれのボートが離れると、ふたたびそれをもどした。北東から微風があったので、帆船はゆっくりとボートから離れていく。ボートは長くゆるやかな波のうねりに乗って、上下に揺れながら漂っていた。

一同のなかでいちばん知識のあったエヴァンズとわたしが船尾にすわって現在位置を確認し、どこの海岸を目指して漕いだらいいかを検討した。かなり難しい問題だった。なにしろ、デ・ヴェルズ岬には北へ五百マイル、アフリカ沿岸には東へ七百マイルだ。風が北に変わりつつあったので、シエラ・レオネに向かうのがいちばんだろうと考えて、そちらに船首を向けた。

このとき帆船は、ボートの右後方の水平線に姿を消そうとしていた。と、突然、帆船から濃い黒煙がたちのぼり、水平線上に広がって不気味な樹木のようになった。数秒ののち、雷のようなとどろきが耳を打ち、煙が薄らいだときにはグロリア・スコット号は影も形もなくなっていた。わたしたちはただちにボートの向きを変えて、まだうっすらと煙が漂う悲劇の現場へと全力で漕いでいった。

かなりの時間がかかったので、もう手遅れでだれも救うことはできまいと思っていた。ボートの破片、無数の木片、円材のかけらなどが波間に揺れて、沈没の現場はすぐにわかったが、人の姿はまったく見えない。あきらめて船首をめぐらせたとき、助けを求める叫びが聞こえた。破片の上に男がひとり、横たわっている。ボートに引き上げると、ハドスンという名の若い船員だった。ひどい火傷を負って憔悴していたので、事情を聞けたのは翌朝になってからだった。

その話によると、ボートが出ていってから、プレンダーガストと仲間たちが生き残った五人の捕虜を殺しにかかったらしい。二人の看守は射殺されて、海に投げ込まれた。三等航海士も同じ運命をたどった。それから、プレンダーガストが中甲板に下りていって、その手で不幸な医者の喉をかき切った。あとにただひとり残った一等航海士は、大胆で勇ましい男だった。血だらけのナイフを手に囚人が近づくや、どうやってゆるめたものか、縄を振りちぎって甲板をかけおり、船尾にある船倉に飛び込んだ。

囚人が十人ばかり、ピストルを持って探しに下りてくると、航海士はマッチ箱を片手に、火薬の樽を開けたそばにすわりこんでいた。船に積んである百個あまりの火薬樽のひとつだ。航海士は、手を出すと全員ふっとばしてやる、と叫ぶ。つぎの瞬間には、爆発が起きていた。マッチをすったわけではなく、囚人たちのピストルの弾がそれて樽に当たったらしい、とハドスンは言った。原因が何であれ、グロリア・スコット号も船を乗っ取った連中も、一巻の終わりだったのだ。

愛する息子よ、以上がわたしの巻き込まれた事件のあらましだ。翌日、ボートはオーストラリアに向かうブリッグ型帆船(二本マストで横帆を装備)、ホットスパー号に救助された。難破した旅客船の生き残りだというわれわれの言葉を、船長はすんなり信じた。海軍省当局は、囚人輸送船グロリア・スコット号は航海中に行方不明になったと判断したので、真相についての噂が洩れることもなかった。

何ごともなく航海を終えたホットスパー号が、われわれをオーストラリアのシドニーに降ろしてくれた。わたしはエヴァンズといっしょに、名前を変えて金の採掘現場へ向かった。世界各国から人が集まってくるから、身もとを隠すのはかんたんなことだった。

その先を語る必要はあるまい。われわれは金を稼ぎ、世界各地を旅し、裕福な開拓者として英国へもどり、土地屋敷を買った。二十年ものあいだ、人さまに役立つ平和な暮らしをしてきた。だから、うちにやってきた船乗りが、難破船から拾い上げてやった男だとひと目でわかったとき、どんなに驚いたことか。いったいどうやったかはわからないが、やつはわれわれの居場所を嗅ぎつけて、恐怖を食い物にして暮らそうと企んだのだ。

わたしがあの男と争いたくなかったわけは、もうわかっただろう。あの男が脅し文句を並べてわたしのもとを去り、もうひとりの犠牲者のところへ向かったいま、わたしの心が恐怖でいっぱいであることに、いくらかは同情してもらえると思う。

最後に、震えでほとんど読めないくらいの筆跡で、こう書いてある。『ベドウズから、Hがすべてをばらしたという暗号文の手紙が届いた。神よ、われらにお慈悲を！』

以上が、その晩ぼくがトレヴァに読んで聞かせた告白文だよ。ああいう状況でもあったたし、彼にはショックが大きかったんだろう。トレヴァはすっかり落ち込んで、インドのテライへ茶の栽培をしに行ってしまった。今もそこにいて、事業には成功したと聞いている。

船乗りハドスンとベドウズについては、警告の手紙が書かれた日以来、消息が絶えている。二人ともかき消すようにいなくなってしまってね。警察に何の届けもないところをみると、ベドウズは脅迫を実行に移されると勘ちがいしたんだろう。ハドスンがうろついているのを目撃した者があって、彼がベドウズを殺して逃げたものと警察ではみている。だがぼくにいわせれば、真相はその逆だろう。追いつめられて自暴自棄になり、真実をばらされたと思い込んだベドウズが、ハドスンに復讐して、あり金を残らず持って国外へ高飛びしたに違いない。

以上が事件の真相だ、ワトスン。きみのコレクションに多少なりともお役に立つのであれば、自由に使ってくれたまえ」

マスグレイヴ家の儀式書

The Adventure of the Musgrave Ritual

友人シャーロック・ホームズの性格には、わたしがあきれるような異常な一面がある。どんな人間もかなわぬほど緻密で、筋の通った思考方法をもち、服装も地味で上品なくせに、同居人のわたしがびっくりするような生活態度をみせるのだ。ただわたし自身、ごくふつうの生活習慣だというわけでもない。生まれつきのボヘミアン気質に加え、軍医としてアフガニスタンで荒っぽい仕事をしたため、医者にはふさわしくないだらしなさといえる。だが、そのわたしでさえ、限度はある。葉巻を石炭バケツの中にしまったり、パイプ煙草をペルシャ・スリッパのつま先に入れたり[*1]、返事を出していない手紙を木製マントルピースの真ん中にジャックナイフで刺しておいたりする男を見れば、文句のひとつも言いたくなるというものだ。

おまけに彼は、奇妙な気分になると、戸外のスポーツであるべきピストルの練習を、部屋のなかでしたりする。触発引き金つきのピストルと、ボクサー弾の百発入りを取り出してアームチェアにすわり、部屋の壁に弾を撃ち込んで〝V．R．〟という愛国的な文字をつくることもあった[*2]。これでは部屋の雰囲気もだいなしというべきだ。

わたしたちの下宿の居間は、いつも化学薬品や犯罪事件の記念品であふれていた。そうしたものが思いもかけないところに迷い込み、バター皿などというおかしな場所からひょっこり顔を出すこともある。だが、わたしがいちばん困るのは、ホームズのためる書類だった。彼は昔の事件に関係した資料を捨てようとしないうえ、それらを分類整理しようと思い立つのは、一年か二年に一度しかないのだ。

このとりとめもない回想録のどこかですでに書いたと思うが、ホームズには、猛烈な情熱をかたむけて事件を解決すると、その直後の反動で気の抜けた状態になってしまうという癖がある。彼の名がその後何年ももてはやされるような有名な事件のあとも、ソファに寝ころんでヴァイオリンを弾いたり、本を読んだりして毎日をすごし、ソファとテーブルのあいだを行き来する以外、ほとんど身動きもしないのだ。

そんなわけで、彼以外に片づけることができず、焼き捨てることも許されない書類の束は、毎月どんどんたまっていき、とうとう部屋の四隅まで埋まってしまった。

ある冬の晩のこと、暖炉のそばで二人してすわっていたとき、わたしは思い切って言ってみた。備忘録に新聞の切り抜きを張りつける作業が終わったのなら、これから二時間ばかりかけて、部屋をもう少し住みよくしたらどうだ、とホームズに提案したのだ。わたしの言い分がごく当然のものだったので、彼は文句も言えず、ちょっと悲しげな顔をして寝室にひっこんだが、まもなく大きなブリキ箱を引きずってもどってきた。

ホームズは箱を部屋の真ん中に置くと、その前にスツールを出し、うずくまるようにすわってふたをあけた。なかをのぞくと、赤いテープで縛ってまとめた書類の束が、三分の一ほど入っている。

「ワトスン、この中にはどっさり事件があるんだぜ」ホームズはいたずらっぽい目つきでわたしを見た。「どんな事件が詰まってるか知っていたら、ほかのものをしまい込むより、このなかのものを出してくれと言うだろうさ」

「じゃあ、これはきみが扱った昔の事件の記録というわけか」

「そのとおり。ぼくの伝記作家であるきみが、ぼくの名を高めてくれる以前の時代に、手がけてしまった事件ばかりだ」ホームズは、やさしくなでるような手つきで、書類の束をひとつひとつ取り上げた。「すべてがうまくいった事件とはかぎらないが、なかにはかなりおもしろいものもあるよ。こいつはタールトン殺人事件の記録だ。これはワイン商人ヴァンベリの事件。こっちはロシアの老婦人の事件に、アルミニウム製松葉杖の怪事件。それから、内反足のリコレッティとその憎むべき細君の事件の全貌もある。それからこれは――おや！　こいつはちょっと珍《レシエルシエ》しいやつだぞ」

ホームズは箱の底に手をつっこみ、小さな木の箱を取り出した。子どものおもちゃを入れるような、すべりぶたつきのものだ。なかからは、くしゃくしゃになった紙切れと、古めかしい真鍮の鍵、糸の玉のついた木釘、それに錆びついた円盤型の金属が三枚出てきた。

「ワトスン、これを見てどう思う？」ホームズはわたしの顔を見て微笑みながら言った。

「なんだか奇妙なものを集めたもんだな」

「たしかに奇妙だが、これにまつわる物語は、もっと奇妙なのさ。聞けばきっと驚くよ」

「これはその物語の記念品というわけか」

「というより、この品物自体が物語だと言える」

「え？　そりゃどういう意味だい？」

ホームズは品物をひとつひとつ取り上げると、テーブルのはしに並べていった。それから椅子にすわりなおし、いかにも満足そうな目つきでながめた。

「これはね、マスグレイヴ家の儀式書にまつわる物語を思い出させてくれるものなんだ」

彼がその事件の名を口にしたことはこれまでにもあったが、くわしい内容を聞いたことは一度もなかった。

「よかったら、その事件のことを聞かせてもらえないか」

「このまま散らかしっぱなしでかい？」ホームズは意地悪そうな口調で言った。「けっきょくのところ、きみのきれい好きもたいしたことはないというわけだ。でもね、ワトスン。この事件をきみの書く事件簿につけ加えてくれるのなら、ぼくもありがたいよ。なにしろこの事件には、わが国の犯罪史上、いや、どこの国の犯罪記録にもないほどの、きわだった特徴があるんだ。この奇っ怪な事件が抜けているとあっては、ぼくのささやかな事件簿が完全なものにならないだろう。

帆船グロリア・スコット号の事件と、その中心人物である不幸な老人との話は、きみも覚えているだろう。あのときの老人との会話がきっかけで、ぼくは探偵という仕事を生涯のものとする気になった。いまではぼくの名も世間に知れわたり、一般人も警察も、ぼくを最後の控訴院だと認めてくれている。きみがぼくと知り合って、記録に残してくれた《緋色の研究》事件のころは、たいして儲かってはいなかったが、すでに仕事はかなりあった。でも、そうなるまでにどんなに苦労したか、仕事が軌道にのるまでどんなに辛抱しなければならなかったかは、きみにもわからないだろう。

ロンドンに出てきた最初のころ、ぼくはモンタギュー街に下宿していた。大英博物館からすぐの角を曲がったところだ。あり余るほどの暇な時間を使って、将来自分の仕事に役に立ちそうなさまざまな勉強をしながら、チャンスを待っていた。ときどきは事件がもちこまれたが、いずれも学生時代の友人たちの紹介によるものだった。大学生活の最後のころには、ぼくの推理法のことがみんなの話題にのぼるようになっていたからだ。そうした事件の三番目が、このマスグレイヴ家の儀式書事件だった。この奇怪な事件が世間の関心をひき、しかも重大な結果を生んだということで、ぼくはいまの地位に向かって一歩を踏み出せたのさ。

レジナルド・マスグレイヴは、ぼくと同じカレッジの学生で、ちょっとした知り合いだった。彼にはいささか高慢に見えるところがあって、学生仲間ではあまり人気がなかった。でもそれは、生まれつきひどく内気なのを隠そうとしているためだろう、とぼくは思っていた。

外見は見るからに貴族的な男だ。やせていて鼻が高く、目が大きくて、態度はなんとなくもの憂げだが上品な物腰、というタイプさ。事実、彼の家は英国きっての名門のひとつだ。十六世紀に北部のマスグレイヴ本家から分かれて、西サセックスに定住した分家だと聞いている。

ハールストンにある屋敷は、人の住める建物としてはサセックスでも最古のものだろう。生まれた屋敷の雰囲気が彼にもうつっているらしく、青白いとがった顔や、頭のもたげかたなどを見ていると、灰色のアーチ道とか縦仕切りのついた窓とか、封建時代の古色蒼然とした建物の様子を思い浮かべずにはいられなかった。マスグレイヴとはときどき、なんとはなしにおしゃべりをしたが、彼がぼくの観察と推理の方法にけっこう関心を示していたのを覚えているよ。

おたがいに会わなくなってから四年ほどたったある朝、マスグレイヴはモンタギュー街のぼくの部屋に、いきなり訪ねてきた。昔からおしゃれだった彼らしく、流行の服装をして、落ち着いた上品な態度だった。

『よく来てくれたね、マスグレイヴ。その後どうしていた？』ていねいな握手をかわしたあと、ぼくは訊ねてみた。

『ぼくの父が亡くなったことは、聞いているだろう？　二年ばかり前のことだ。その後、ハールストンの領地を管理しなくてはならなくなったし、ぼく自身、地方選出の議員だから、けっこう忙しい毎日だよ。ところでホームズ、きみのほうは、昔ぼくらを驚かせた、あの能力を実地に応用していると聞いたが』

『うん、ぼくは自分の頭脳の働きを利用してやっていくことにしたんだ』

『それはよかった。じつは、きみの助言がどうしても必要なのだ。ハールストンでどうにも不思議なできごとがあって、警察もまったくお手上げなのだよ。どうにも奇妙な、理解のできんことでね』

ワトスン、ぼくがどんなに熱心に彼の話を聞いたか、きみなら想像がつくだろう。何カ月も待ちこがれていたものが、まさに手の届くところにやってきたんだからね。ほかの者が失敗しても自分なら成功してみせる、いまこそ自分の力を試すチャンスがきたんだ、とぼくは思ったよ。

『その話を、ぜひくわしく聞かせてくれないか』

ぼくが思わず声をあげると、マスグレイヴは腰をおろし、ぼくのすすめた紙巻煙草に火をつけた。

『まず説明しておきたいのは、ぼくはまだ独身だが、屋敷にはかなりの人数の使用人を置かなければならないということだ。なにしろ、あちこち建て増しした古い建物なので、ひどく手間がかかってね。狩猟場の管理もしているから、キジ猟の季節になると泊まりがけの客がたくさん来るのだ。全部でメイドが八人、料理人と執事がひとりずつ、男性使用人が二人、それに給仕がひとり。庭園と厩舎の世話係は、もちろん別にいる。

そうした使用人のなかでいちばん古いのは、執事のブラントンだ。若いころ学校の教師をしていたが失業して、父が雇い入れたのだが、働き者で人柄もいいから、屋敷では貴重な存在になった。体格がよくてひたいの広いハンサムな男だよ。屋敷に来てから二十年にはなるが、まだ四十を少し越したくらいだと思う。男前のうえに、数カ国語が話せて、どんな楽器でも弾けるという才能の持ち主なのに、なぜか執事という職にずっといるのは、考えてみれば不思議なことだ。きっと、うちの居心地がよくて、職を変えるのがめんどうなのだろう。とにかく、うちへ来る客みんなの印象に残る人物ということに、まちがいはない。

ところが、この模範的な男にも欠点はある。なかなかの女好き《ドン・ファン》でね。あんな男がのんびりした田舎にいれば、女たらしになるのはかんたんなことだ。

妻がいるあいだはよかったのだが、先立たれてからは、いざこざつづきさ。二、三カ月前に第二メイドのレイチェル・ハウエルズ[*3]と婚約したのでやれやれと思っていたら、すぐに彼女を捨ててしまい、今度は猟場管理人頭の娘ジャネット・トレジェリスに言い寄るしまつだ。レイチェルはいい娘《こ》なのだが、ウェールズ人的な激しやすいたちなので、興奮のためか熱で頭をやられてしまった。その後回復したものの、いまでは――というよりきのうまでは――やつれた姿で屋敷のまわりをうろついていた。

そのレイチェルのことがハールストン屋敷における第一の悲劇だが、第二の悲劇にくらべれば、たいしたことはない。その第二の悲劇というのは、ブラントンが執事にあるまじき行為をしたので解雇したことから、始まった。

彼は頭がいいのだが、そのせいか自分に関係ないことに妙な好奇心をもってしまい、身を誤るもとになったらしい。ふとした偶然でぼくがそれに気づかなかったら、彼がどこまで深入りしていたかは考えもおよばないよ。

さっきも言ったとおり、屋敷は不規則に建て増ししてある。先週の木曜の晩のことだ。ぼくは夕食後にブラック・コーヒーを飲んだため、どうしても眠れなくなってしまった。午前二時まで眠ろうと努力したのだが、けっきょくあきらめて起き上がり、読みかけの小説でも相手にするかと、ロウソクに火をつけた。ところが、本をビリヤード室に置き忘れたことに気づき、ガウンをひっかけて取りに出た。

ビリヤード室へ行くには、階段をおりたあと、書斎と銃器室の前を通過する廊下のつきあたりを曲がらなければならない。階段をおりてこの廊下の先に目をやると、書斎のドアが開いて明かりがもれているのが見えた。ぼくがどんなに驚いたかは、わかってくれるだろう。寝る前に自分でランプを消して、ドアを閉めたのだからね。とっさに、泥棒だと思った。そこで、廊下の壁に飾ってある昔の武器のコレクションから戦闘用の斧を取り、ロウソクを背中に隠して、そっと忍び足で進み、戸口から中をのぞきこんだ。

なかにいたのは、ブラントンだった。執事の服装のまま安楽椅子に腰かけて、ひざのうえに地図のような紙切れを置いている。ひたいに片手をあてて、なにやら考え込んでいる様子だ。ぼくはびっくりして口もきけず、暗闇のなかから彼を見つめていた。テーブルのはしに小さなロウソクがあって、弱い光を投げかけているだけだが、彼がちゃんとした服装をしていることは見てとれた。

しばらくすると、ブラントンはいきなり立ち上がり、そばの大机に歩み寄ると、鍵を開けて引き出しのひとつを開けた。そこから紙切れを一枚取り出して椅子にもどり、ロウソクのそばで広げ、熱心に読みだした。わが家の古文書をそんな厚かましい態度で読んでいるのを見て、ぼくは思わずかっとなり、部屋へ一歩踏み込んだ。ブラントンが顔をあげて、戸口のぼくを見た。さっと立ち上がった顔は、恐怖で真っ青だ。彼は初めに調べていた地図のような紙を、あわててポケットにつっこんだ。

「おまえというやつは、これまで信用してきたのをいいことに、そんなふうに裏切るのか！」とぼくは叫んだ。「あしたにでも出て行け！」

ブラントンはがっくりと頭を下げると、ひとことも言わずにぼくの横をすり抜けて出ていった。ロウソクが置かれたままだったので、さっき彼が引き出しから出した書類が見えた。不思議なことに、別に重要な文書などではなかった。〝マスグレイヴ家の儀式〟と呼ばれる、昔からのおかしなしきたりでかわされる問答の、写しだったのだ。それはぼくの一族に代々伝わる儀式で、男子が成人に達したときにおこなわれる。要するに、うちわの人間にしか関心をもたれないもので、わが家の紋章図形と同じく、考古学者にとってはいささか重要だとしても、実用の価値はまるでないものだ』

『その文書については、あとでまた話を聞いたほうがよさそうだな』とぼくは言った。『では、話をつづけよう。ぼくはブラントンが置いていった鍵を引き出しにかけ、書斎を出ようとした。すると、驚いたことに、彼がもどってきて戸口に立っているではないか。

「マスグレイヴさま」感情が高ぶっているのか、ブラントンの声はかすれていた。「不名誉なかたちで職を追われるのは、わたしには耐えられません。わたしはこれまで、自分の地位以上の誇りをもって生きてまいりましたが、罷免のはずかしめを受けては、殺されるも同然です。このまま絶望の淵に追いやられれば、だんなさまをお恨みすることにもなりかねません。どうしてもわたしを置いておけないとおっしゃるのでしたら、お願いですから、依願退職のかたちにしていただけませんでしょうか。わたしが申し出てから一カ月後に出て行くというかたちにです。それならば耐えられますが、わたしをよく知る者たちの前でたたき出されるのは、どうにも耐えられません」

「ブラントン、おまえはそんな情けをかけられるような資格のないことをしたんだぞ」とぼくは答えた。「だがまあ、長年わが家につかえてくれたこともあるから、みんなの前で恥をかかせるつもりはない。とはいっても、一カ月は長すぎる。一週間で出て行け。出て行く理由は勝手につけるがいい」

「たった一週間でございますか」彼は絶望的だという声を出した。「二週間——せめて二週間とおっしゃってください」

「いや、一週間だ」とぼくは繰り返した。「それでも大いに寛大な処置だ」

ブラントンは、いかにも困り果てたようにうなだれて、そっと出ていった。ぼくは明かりを消して自分の部屋にもどった。

それから二日間というもの、ブラントンは熱心に仕事にはげんでいた。こちらはあえて何も言わず、彼がどんな理由をつけて出ていくのか、好奇心をもって見ていた。ところが、三日目の朝のことだ。いつもは朝食がすむとその日の指示をあおぎにやってくるブラントンが、現われなかった。食堂を出ると、メイドのレイチェル・ハウエルズに出会った。さっきも言ったように、彼女は病気から回復したばかりで、ひどく青い顔をしていた。

「寝ていなくてはだめだよ」とぼくは注意してやった。「もっと身体がよくなってから、仕事にもどりなさい」

そのとき、彼女がなんとも妙な顔つきでこちらを見たので、ぼくはレイチェルの頭がどうにかなってしまったのではないかと思った。

「もうだいぶよろしいのです、だんなさま」

「いや、医者の意見を聞いてからだ。きょうは働いちゃいけない。下へ行ったら、ブラントンに来てくれるよう言ってくれ」

「執事さんは行ってしまいました」

「行ってしまった？　どこへだね？」

「行ってしまったんです。だれも見ていません。部屋にもいません。そう、行ってしまった！　いないんです！」

叫びながら壁にもたれかかると、レイチェルは金切り声で笑いつづけた。いきなりヒステリーの発作が起きたことにびっくりして、ぼくは呼び鈴を鳴らして助けを呼んだ。泣き叫びながら部屋へ運ばれていく彼女を見送ってから、ブラントンを捜しはじめた。

ブラントンが姿を消したというのは、ほんとうだった。部屋のベッドには寝た形跡がないし、前の晩に自室にさがって以来、だれもその姿を見ていないのだ。それにしても、どうやって屋敷を抜け出したのかが謎だった。朝には窓もドアもすべて鍵がかかっていたのだから。それに、彼の衣類や時計はおろか、金さえも部屋に残ったままだった。ただ、いつも着ている黒服だけがなくなっていた。ブラントンは夜のうちにどこへ出かけたのだろうか？　いまはどうしているのだろう？

もちろん、地下室から屋根裏部屋まで、屋敷のなかはくまなく捜したが、手がかりはなかった。さっきも言ったように、迷路のようになった古い屋敷だし、古い部分などは人も住めない状態だが、ぼくらはあらゆる場所を見てまわった。なのに、執事の影もかたちもないのだ。だいたい、持ち物を全部残したまま屋敷を去るなど、信じられない。とすると、いったいどこにいるのか。地元の警察を呼んでみたが、彼らもお手上げだった。前の晩に雨が降ったので、屋敷のまわりの芝生や小道を調べてもむだだった。ところが、そんなところへまた新たな展開があって、ぼくらの注意は前の謎からそらされてしまった。

執事の失踪から二日間、レイチェル・ハウエルズの病気はかなり重かった。うわごとを言ったりヒステリー状態になったりするので、看護婦を雇って徹夜で付き添わせたほどだ。そして三日目の晩のこと、病人がおとなしく眠っているので、看護婦は安楽椅子にもたれてうたた寝をしてしまった。夜明けごろ目をさますと、ベッドはもぬけのからで、窓が開いたままになっている。ぼくはすぐにたたき起こされて、二人の男性使用人といっしょに彼女を捜しに出た。

足どりをたどるのは、そう難しくなかった。窓の下から芝生を横切って池にいたるまで、彼女の足跡がはっきりついていたからだ。足跡は、屋敷の外に出る砂利道のすぐ近くにある、池のふちのところでとぎれていた。池の深さは八フィートはあるから、あわれな女の足跡がそこで消えているのを見たとき、ぼくらがどんな気持ちになったかは、わかってもらえるだろう。

もちろん、すぐに網を持ってこさせ、池をさらってみたが、死体は発見できなかった。そのかわりというか、おかしなものが網にかかった。それはリンネルの袋で、なかには錆びて変色した古い金属のかたまりがひとつと、鈍い色をした小石かガラスのかけらのようなものがいくつか入っていた。池から出てきたのは、このおかしなしろものだけだ。きのうも手をつくして捜索したのだが、レイチェル・ハウエルズとリチャード・ブラントンがどうなってしまったのか、いっさいわからない。州警察ではどうにもならないので、最後の頼みとして、きみのところにやってきたというわけさ』

ワトスン、ぼくがこの不思議な話にどんなに熱心に耳をかたむけたか、一連の異常なできごとをつなぎあわせて全体に共通する糸を見つけ出そうとどんなに努力したか、わかってもらえるだろうね。

執事が消えてしまった。メイドも行方不明。メイドは執事を愛していたが、その後当然の理由から、憎むようになったと考えられる。ウェールズ人の血が流れ、激しやすい性格だ。執事がいなくなった直後、ひどく興奮していた。おかしなものの入った袋を、池に投げ込んだ。以上が考慮すべき点だが、これらのどれも事件の核心にふれるものではない。では、この一連のできごとの出発点はどこか？　そこにこそ、このもつれた糸のたどるべき糸口があるんだ。

『まず、その古文書を見る必要があるな』とぼくは言った。『きみの執事がクビになる危険性をおかしてまで調べようとしたものだからね』

『じつにばかげたものだよ。わが家の儀式でおこなわれる問答を書いたもので、古いということくらいしか取り柄はない。でも目を通す必要があるのなら、ここにその写しがある』
そう言って彼は、この紙を手渡してくれた。じつに奇妙な問答でね、マスグレイヴ家の男子は成人に達すると、この問答をやって儀式を受けるらしい。その問いと答えを、原文のまま読んで聞かせよう。

それはだれのものであったか？
去りし人のものなり。
それを得るべきものはだれか？
やがて来る人なり。
月はいつであったか？
初めより六番目。
太陽はどこであったか？
樫の木の上。
影はどこであったか？
楡の木の下。
いかに歩測したのか？
北へ十歩、また十歩。東へ五歩、また五歩。南へ二歩、また二歩。西へ一歩、また一歩。かくして下へ。

われら何を与えるべきか？

われらのものすべてを。

なにゆえに与えるべきか？

信義のために。


『もとの文書に日付はないが、十七世紀中ごろの綴《つづ》りで書いてある』とマスグレイヴは言った。『だが、これでは謎を解く手がかりにならないだろうね』

『少なくとも、謎がもうひとつ増えたことにはなる。初めの謎より、こちらのほうがずっと興味深いよ。こちらの謎が解ければ、初めの謎も解けることになるかもしれない。マスグレイヴ、こんなことを言うと失礼かもしれないが、きみの執事はかなり頭のいい男で、十代にわたるマスグレイヴ家の当主たちよりも鋭い洞察力をもっているようだぞ』

『そう言われても、よくわからんな。この紙にそれほどの価値があるのだろうか』

『ぼくから見れば、本気で相手にすべき価値がある。おそらく、ブラントンも同じ考えだったんだろう。彼は、きみに見つかった晩より以前にも、これを調べていたのだと思う』

『そうかもしれないな。べつに厳重に隠していたものではないから』

『たぶん、きみに見つかったときは、もう一度記憶を確かめたかった程度の段階だったんだ。

彼は地図のようなものを持っていて、それとこの文書を見比べていたが、きみが現われたので、あわてててポケットにつっこんだんだったね』

『そのとおりだ。でも、あの男とわが家の古い儀式と、なんの関係があるのだろう。それに、このばかげた問答に意味があるのだろうか』

『その答えを出すのは、それほど難しくないと思うよ。もしよかったら、つぎの汽車でサセックスへ行こうじゃないか。現場でもっとくわしく調べてみよう』

その日の午後、ぼくらはハールストンに到着した。あの有名な古い建物のことは、きみも書物で読んだりしているだろうから、いちいち説明はしないが、L字形をしているということだけ言っておこう。Lの字の長い部分が新しく建て増しした部分で、短いほうが古い部分だ。

古い棟の真ん中にある、どっしりとした横木をのせた低い入口の上には、一六〇七年という年代が刻まれてある。だが専門家たちのあいだでは、梁《はり》や石造りの部分はもっと古いものだと言われている。この古いほうの建物は壁がかなり厚く、窓が小さいので、彼の先祖は十八世紀になると新しい棟を建て増しした。古いほうはいま、使われることがあっても物置か貯蔵庫といった程度らしい。建物の周囲は大きな老木のあるすばらしい庭園になっていて、マスグレイヴの話にあった池は、建物から二百ヤードほど離れた並木道のそばにあった。

屋敷に着いたとき、ぼくの頭のなかでは、あることがはっきりしていた。この事件では三つの書がばらばらにあるのではなく、ひとつの謎があるだけなんだ。マスグレイヴ家の儀式文をちゃんと解読できれば、ブラントンとハウエルズの行方に関する謎を解く手がかりも、得られるはずだとね。

そこでぼくは、この点に全力を集中した。あの執事が古い儀式書にこだわったのはなぜか。これまで何代ものあいだ見過ごされてきた何かをそこに発見し、何らかの利益を得られると思ったからに違いない。では、それは何か。また、それが彼の運命にどんな影響を与えたのか。

儀式書を読んだときにすぐわかったのは、あのどちらへ何歩というくだりが、ほかの部分でしきりに言っているひとつの地点を示しているということだ。その場所さえわかれば、マスグレイヴ家の人たちが代々こんなおかしな問答で伝えてきた秘密が何なのか、つきとめる手だてになるはずだ。

まず第一に、手がかりになるものが二つある。樫の木と楡の木だ。樫の木のほうは問題なかった。馬車道の左側、屋敷のまん前に、見たこともないようなりっぱな古い樫の木がそびえていたんだ。

『あの木は、例の儀式書が書かれたころからあそこに立っているんだろうか』馬車がそのそばを通ったとき、ぼくは訊ねてみた。

『ああ、ノルマン人征服（一〇六六年）のころからあったらしいよ。幹のまわりが二三フィートもあるのだから』

　これで、測量の基準点がひとつ決まった。

『楡の老木はあるかい？』

『むこうにとても古いのがあったが、十年前に雷が落ちたので、幹は切ってしまったよ』

『どこにあったか、わかるかい？』

『もちろん』

『ほかに楡の木は？』

『老木はないな。ぶなの老木ならたくさんあるが』

『楡の木のあったところを見たいんだが』

　ぼくらは二輪馬車《ドッグ・カート》で玄関前まで乗りつけたんだが、マスグレイヴは家のなかに入らず、すぐ楡の木の切り株があるところへ連れていってくれた。樫の木と建物の中間あたりの、芝生のなかだ。ぼくの調査は順調にはかどっていった。

『この楡の木の高さがどれくらいだったかは、わからないだろうね』

『わかるとも。六四フィートさ』

『どうして知ってるんだい？』ぼくは驚いて訊ねた。

『昔いたぼくの家庭教師は、よく三角法の練習問題を出したのだが、いつも高さを測る問題だった。だから、子どものころ屋敷じゅうの木や建物の高さを残らず測ってしまったのだ』

こいつは思いもかけない幸運だった。思ったより早くデータが集まりはじめたんだからね。『マスグレイヴ、例の執事はぼくと同じような質問をしなかったかい？』彼はびっくりしてぼくの顔を見つめた。『そう言われればそうだ。ブラントンのやつ、数カ月前に同じことをぼくに訊ねたよ。馬屋番と何か議論をしたとか言って、この木の高さを訊きにきたのだ』

こいつはすばらしい情報だった。ぼくのねらいがぴったりだということがわかったんだからね。太陽を見上げるとだいぶ低かったので、一時間もしないうちに樫の木のてっぺんにくるだろうと思えた。そうなれば、儀式書の問答にあった太陽は樫の木の上、という表現と一致する。それから、楡の木の影というのは、影の先端という意味に違いない。そうでなければ、木の幹を目標として選んだはずだからだ。そこでぼくは、太陽が樫の木の真上を通ったとき、影の先端がどこにくるかを調べることにした」

「でもホームズ、そいつは難しいんじゃないか？　楡の木はもう立ってないんだから」

「なに、ブラントンにできたことなら、ぼくにだってできないことはないさ。それに、それほど難しいことじゃないんだ。ぼくはマスグレイヴといっしょに彼の書斎に行き、この木釘を削ってこの長い糸を結びつけ、一ヤードごとに結び目をつくった。それから、二本つなげると六フィートになる釣竿をもって、楡の切り株のところにもどった。太陽はちょうど樫の木の真上にさしかかるところだ。ぼくは釣竿をつなげてまっすぐに立て、影の方角にしるしをつけ、測ってみた。長さは九フィートだ。

もう計算はかんたんだった。六フィートの釣竿の影が九フィートなら、六四フィートの木の影は九六フィートになる。釣竿の影の方角に延長すれば、目指す場所がわかるわけだ。九六フィートを測ってみると、建物の外壁のすぐ近くになったので、そこに木釘を打ち込んだ。その木釘から二インチと離れていない地面に、円錐形の小さなくぼみを発見したときのぼくの喜びがどんなだったか、ワトスン、きみならわかってくれるだろう。そう、それはブラントンが測量したときにつけたしるしだ。ぼくは彼のあとをまちがいなく追っていたんだよ。

そこを出発点として、つぎには携帯用磁石で方角をたしかめながら、歩測をはじめた。北は建物の壁にそった方向だったので、十歩を二回繰り返すと、そこにまた木釘でしるしをつけた。それから注意して東へ五歩を二回、南へ二歩を二回、繰り返した。そこは古い建物の玄関だった。さらに西へ二歩というのは、石畳の廊下を進むことになり、そこが儀式書の示す最終地点だ。

それがわかったとき、ぼくはぞっとするような失望を感じた。一瞬、自分の計算に根本的なまちがいがあったのではないかと思った。沈みかけた太陽が廊下を照らし出しているんだが、すり減った灰色の敷石は、明らかに長いあいだ動かされたことがないとわかった。ブラントンはここに手をつけていないんだ。敷石をたたいてみたが、どこも同じ音がして、割れ目や裂け目のないことがわかった。

ところが運がいいというか、このころにはマスグレイヴにもぼくの行動の意味がわかってきたらしく、儀式書を取り出すと、興奮した口調で叫んだ。

『かくして下へ、だよ！』と彼は叫んだ。『きみは「かくして下へ」を忘れている』

ぼくはその一文を、下へ掘れという意味にとっていたんだが、すぐにまちがいに気づいた。

『じゃあ、この下に地下室があるんだな？』

『そうさ。建物ができたころからあったものだ。こっちのドアから降りていける』

ぼくらは、石の回り階段を降りていった。マスグレイヴはマッチをすると、隅の樽の上にあったランタンに火をつけた。ついに探し求めた場所に着いたことと、最近そこへ来たのがぼくたちだけでないことが、すぐにわかった。

そこは薪《まき》置き場として使われていたんだが、床の上に散らばっていたらしい薪が壁ぎわに積み上げられ、真ん中があけられてあった。そのあいた場所には大きなずっしりとした板石が一枚あり、中央に錆びた鉄の輪がついていたが、厚手の格子縞のマフラーが結びつけてあった。

『おや！』とマスグレイヴが声をあげた。『これはブラントンのマフラーに違いない。あの男が巻いていたのを見たことがある。あいつめ、こんなところで何をしていたのだろう』

ぼくの提案で、地元の警察官二名に来てもらい、立ち会わせることにした。それからぼくは、マフラーを引っ張って敷石を持ち上げようとしたが、ほんの少ししか動かなかった。警

官のひとりに手伝ってもらって、やっと脇へどけることができたくらいだ。下には、暗い穴がぽっかりあいていた。マスグレイヴがひざをついてランタンで下を照らしたので、一同はなかをのぞきこんだ。

穴は深さが約七フィートで、四フィート四方ほどの小さな地下蔵になっていた。片側には、角に真鍮板のついたずっしり重そうな木箱があって、ふたが上に開いている。鍵穴には、古めかしい鍵が差し込まれたままだ。外側は厚くほこりをかぶっていて、湿気や虫食いのせいで板が腐り、内側には茸が生えている。円盤型の金属が――つまりここにもっているような古いコインらしいものが箱の底に散らばっていたが、ほかには何も入っていないようだった。

だがそのときは、古い箱のことなどにかまっているひまはなかった。ぼくらの目は、そのそばにうずくまっているものに釘付けになっていたからだ。それは黒い服を着た男で、両腕で箱を抱きかかえるようなかっこうでしゃがみこみ、ひたいを箱のふちに押しつけていた。そのためにうっ血して、どす黒くゆがんだ顔は、だれにも見分けがつかない。だが死体を引き上げてみると、身長や衣服、髪の毛の色などから、マスグレイヴにはそれが失踪した執事であるとわかった。死後何日もたっていたが、外傷がまったくないので、どうしてこんな恐ろしい最期をとげたのかはわからなかった。地下蔵から死体を運び出しても、捜査を始めたときとほとんど変わらぬ不思議な謎が残ったままだったわけだ。

正直言って、このときはがっかりしたよ、ワトスン。儀式書の謎を解いたときは、なかば事件を解決したものと思っていたけれど、このときになっても、マスグレイヴの祖先たちが代々隠してきたものが何なのか、まったくわからなかった。ブラントンの行方をつきとめたことは確かだが、どうして彼が死んだのか、いまだ行方不明のメイドがどんな役割を演じたのか、その点を確かめなくては意味がないんだ。ぼくは部屋の隅の樽の上に腰かけて、事件全体をじっくり考え直すことにした。

ワトスン、こんな場合のぼくのやりかたは、知っているだろう。ぼくはまず、執事の立場に自分をおき、彼の頭の程度を考慮して、同じ立場におかれたらどうするかと想像してみた。この場合、ブラントンがかなり頭の切れる男なので、かんたんだ。天文学者の言う個人誤差というものを考えあわせる必要がないからね。

ブラントンは何か高価なものが隠されていることを知っていて、その場所をつきとめた。だが、穴をふさいでいる敷石が重すぎて、ひとりでは動かせない。ではどうするか。たとえ信頼できる相手でも、外部の人間の助けを借りると、こっそり玄関を開けたりしなければならず、疑われる危険性がある。できれば屋敷内の人間に手伝わせたほうがいい。だが、だれに？

そこで、自分に惚れていた女がいることを思い出す。男というものは、女にどんなにひどい仕打ちをしても、自分が完全に愛想をつかされたとは思えないものだ。レイチェルにうまいことを言って仲直りし、協力を約束させる。そして、夜中に二人で地下室にやって来て、力を合わせて敷石を持ち上げようとする。ここまでは、現場を見たように二人の行動をたどることができた。

だが、あの敷石をもちあげるのは、男と女ひとりずつでは無理だろう。屈強なサセックスの警官とぼくの二人でやっても、やっとできたくらいだ。では、二人はどうしたか。ぼくがその場にいたら、どんなことをするか。

ぼくは立ち上がって、床に散らばっている薪をひとつずつ調べていった。期待したものはすぐに見つかったよ。長さ三フィートくらいで、片方のはしがかなりへこんだ薪が一本、そのそばには、重いものでつぶされたように平たくなった薪が何本か、あったんだ。石を引きずり上げながら、すきまに薪を差し込んでいって、なんとか人が入りこめるくらいに穴が大きくなったら、もう一本の薪でつっかい棒をする。そのために薪がへこんだり平らになったりしていたわけだ。ここまでの推論にまちがいはない。

では、その先の深夜の惨劇を、どう再構成するか。穴の大きさからいって、入れるのはひとりきりだから、もちろんブラントンが入ったはずだ。女は上で待っていたんだろう。ブラントンは箱の鍵をあけ、中身を彼女にわたす。穴のなかに見つからないところを見ると、そのはずだ。それから何が起こったか？

自分のことを裏切った男――おそらく、ぼくらが想像する以上にひどく彼女の心を踏みにじった男がいま、自分の手中にいる。そうわかったとき、この激しやすいケルト気質の女の心のなかでくすぶっていた復讐の炎が、たちまち激しく燃え上がる。薪がはずれて石のふたが落ち、ブラントンを生きながら墓場に閉じこめたのは、偶然のなせるわざだろうか。だとしたら、彼女の罪は、その事故を黙っていたというだけのことかもしれない。それとも彼女は、みずからの手で薪を突き払い、石をガタンと落としたのか。

いずれにせよ、ぼくにはそのあとの光景が見えるようだったよ。宝物をしっかりつかみ、回り階段を狂ったようにかけ上がる女。その背後からは、彼女を呼ぶくぐもった悲鳴と、不実な恋人を窒息させる石のふたを必死にたたく音が、聞こえていたはずだ。

翌朝レイチェルが青白い顔をして、おかしな表情をしたりヒステリックに笑ったりしたのは、このせいだよ。それにしても、木箱の中身はいったい何だったのか。彼女はそれをどこにやったのか。むろん、マスグレイヴが池から引き上げた古びた金属と小石が、それに違いない。彼女は犯罪の証拠を消すため、チャンスを見てそれを池に投げ捨てたんだ。

それから二十分ほど、ぼくはじっと身動きもせずにその問題を考えていた。マスグレイヴも、青い顔をしてつっ立ったまま、ランタンをゆすって穴のなかをのぞき込んでいる。

『これはチャールズ一世の肖像がついたコインだな』と彼は、箱のなかに残っていた二、三枚を差し出しながら言った。『儀式書の年代推定は正しかったようだ』（チャールズ一世の治世は一六二五～一六四九）

『チャールズ一世については、まだほかにもありそうだぞ！』ぼくは儀式書の最初の二つの質問の意味がわかったような気がした。『池から引き上げた袋の中身を見せてくれないか！』

ぼくらは階段をかけ上がり、彼の書斎へ入った。マスグレイヴがそのがらくたをぼくの前に広げたが、彼がつまらないものだと言うのも、もっともだと思った。金属のかたまりはほとんど真っ黒だし、小石はなんの輝きもない、さえないものだったからだ。ところが、その小石のひとつを袖でこすってみると、手のひらのくぼみのなかできらりと輝いた。金属のかたまりのほうは二重の輪になっているが、ゆがんだため、原形をとどめていないようだった。

『マスグレイヴ、きみも忘れてはいないと思うが、王党派はチャールズ一世の死後もイングランドで戦いをつづけ、最後に亡命するときになって、貴重な財産の多くをどこかに埋めていったと言われている。平和な時代になったら取りもどすつもりでね』

『ぼくの先祖のサー・ラルフ・マスグレイヴは王党派の中心人物で、チャールズ二世の亡命時代は、その右腕だったと聞いているが』

『そうか！　それで最後の結び目が得られたよ。おめでとう、マスグレイヴ。ちょっと悲劇的なかたちではあったけれど、きみはすばらしい遺品を手に入れたんだ。それ自体高価なものであるうえに、歴史的な価値はもっとはかりしれない骨董品をね』

『じゃあ、これは……』彼はびっくりして口ごもった。

『ほかでもない、古代のイングランド王の王冠さ』

『王冠だって！』

『そうだ。あの儀式の問答を思い出してみたまえ。「それはだれのものであったか？」「去りし人のものなり」——これはチャールズ一世処刑後のことだ。「それを得るべきものはだれか？」「やがて来る人なり」これはチャールズ二世のことで、王位への復帰を予想していたわけだ。このゆがんだ王冠が、かつてはスチュアート王朝の代々の王のひたいを飾っていたことは、疑いないよ』

『それが、どうして池のなかに？』

『その質問に答えるには、ちょっと時間がかかる』ぼくはそう言ってから、さっき頭のなかで組み立てた推理と証明の長い連鎖を説明していった。話がまだ終わらないうちに、たそがれ時となり、空には月が明るく照りはじめた。

『でも、チャールズ二世が帰国したときに王冠を手に入れなかったのは、どうしてだろう』マスグレイヴは遺品を袋にもどしながら訊ねた。

『それはたぶん、ぼくらにも永遠にとけない謎だな。秘密を知っていたサー・ラルフがその前に死んでしまい、何かの手違いであの儀式書の説明がされなかったのかもしれない。当時からいままで、代々子孫に伝えられてきて、とうとうある男がその秘密を見破ったのだが、手に入れたときに命を失ってしまったというわけだ』

ワトスン、以上がマスグレイヴ家の儀式書にまつわる物語だよ。問題の王冠は、いまでもハールストンの屋敷にある。もっとも、そうなるまでには法律上のいざこざがかなりあり、相当な金を払ったわけだがね。ぼくの名前を言えば、いつでも喜んで見せてくれるはずだ。そうそう、レイチェルについては、その後の消息はまるでわかっていない。たぶん英国から脱出して、罪の思い出とともに海のむこうへ行ったんだろう」

ライゲイトの大地主

The Adventure of the Reigate Squire

これは一八八七年の春、友人シャーロック・ホームズが働きすぎによる極度の過労で倒れ、まだ十分に回復していないころのできごとである。

その原因となった事件、つまりオランダ領スマトラ会社にからんだモーペルテュイ男爵の大陰謀事件[*1]は、まだあまりにも世間の記憶に生々しく、政治や経済に密着したものであるから、この事件簿の題材としては不向きだろう。だが、それがきっかけとなって、この奇妙にして複雑なある事件と出会うことになったのだった。そしてホームズは、生涯にわたる犯罪との戦いで用いてきた多くの武器に加え、新たな武器の価値を世に示す機会を生み出したのだった。

ノートを繰ってみると、ホームズがホテル・デュロンで病床に伏せっているというリヨン発の電報を受け取ったのは、四月十四日だったとある。それから二十四時間とたたぬうちに、わたしは彼の病室にかけつけたのであるが、病状が心配するほどのものでないことを知って、安心した。ただ、さしもの鉄のように頑丈なホームズの身体も、二カ月あまりに及ぶ捜査の過労から、すっかり衰弱してしまっていた。その捜査期間中、彼は毎日十五時間以上も働き、しかも五日間ぶっつづけで調査にあたったことも、一度や二度ではなかったという。

その労苦の結果は大勝利だったが、それとてもひどい過労の後遺症から彼を救えるものではなかった。ヨーロッパが彼の名声で沸き返り、部屋は祝電の山で文字どおりくるぶしまで埋まりそうだというのに、当の本人は暗い抑鬱状態に落ち込んでいた。三カ国の警察が失敗した事件を解決し、ヨーロッパ随一の詐欺師をあらゆる点で出し抜いたという事実も、彼の神経の衰弱を癒やすことはできなかったのである。

それから三日後、わたしたちはいっしょにベイカー街にもどったが、ホームズにとって転地療養がいいことははっきりしていたし、わたしとしても、田舎で春の一週間を過ごすのは、とても心惹かれることだった。かつてアフガニスタンの戦地でわたしの治療を受けたことのある、旧友ヘイター大佐が、サリーのライゲイト近くに屋敷をかまえており、一度訪ねてきてほしいと何度も言ってきていたのだ。

最近の手紙では、ホームズがいっしょに来るのであれば、喜んで歓待すると書かれてあった。ホームズを承知させるのには多少のかけ引きが必要だったが、先方が独身世帯であり、自由気ままに振る舞えることがわかると、彼もわたしの計画に賛成し、リヨンからもどって一週間後には、わたしたちは大佐の家の客人となった。ヘイターはりっぱな老軍人で、見聞も広い人物だったので、わたしの期待どおり、ホームズと話が合うことがすぐにわかった。

到着したその夜、わたしたちは夕食後に大佐の銃器室でくつろいでいた。ホームズはソファに身を伸ばして横になり、ヘイターとわたしは、ささやかな銃器類のコレクションをながめていた。

「ところで」へイターが突然切り出した。「いざというときのために、このピストルのなかから一挺を二階へ持っていくとしましょう」

「いざというときですって！」

「そうです。最近このあたりでひと騒ぎありましてね。アクトン老人という、この州の勢力家のひとりの家に、この前の月曜日、強盗が入ったんです。たいした被害はなかったのですが、犯人どもはまだ捕まっておりません」

「手がかりはないのですか？」ホームズが上目づかいに大佐を見ながら訊いた。

「いまのところ、まったくなしです。だが、これはくだらぬ事件というか、田舎のちっぽけな犯罪ですから、あのような国際的大事件を手がけられたあとでは、あまりにも小さすぎて興味もわかないでしょう」

　ホームズは手を振ってお世辞を打ち消したが、内心まんざらでもないらしく、笑みを浮かべていた。

「何か興味のある特徴でもありませんか？」

「ないようですよ。泥棒どもは書斎をひっかき回したんですが、苦労の割にほとんど収穫はなかったようです。引き出しを開けたり、本棚をかき回したり、部屋じゅうめちゃくちゃにひっくり返していったのに、なくなったものといえば、ポープ訳の『ホメロス』の端本が一冊と、メッキの燭台が二つ、象牙の文鎮ひとつ、小さなオーク材の晴雨計ひとつ、それに麻糸の玉がひとつ、それだけなんですからね」

「じつに奇妙な取り合わせですね！」わたしは叫んだ。

「ええ、何でも手当たりしだいに持ち去ったとしか思えません」

ホームズはソファの上からつぶやくように言った。「州警察はその点を重要視しなければいけませんな。まったくはっきりしていることは——」

わたしは指を上げてホームズに注意した。「きみはここへ静養にきているんだよ、ホームズ。お願いだから、神経が弱っているうちは新しい事件に首を突っ込むようなことはやめてくれないか」

ホームズが肩をすくめ、大佐のほうにおどけたあきらめの視線を投げかけたので、話題はもっと無難なものへと移った。

だが、わたしの医者としての忠告も、まったくむだになる運命にあった。というのは、つぎの朝、どうにも無視できないようなかたちで事件のほうからわたしたちのあいだに割り込んできて、田舎での保養は思いもかけぬ方向に逸《そ》れてしまったからである。

朝食をとっているところへ、大佐の執事が、礼儀作法もかなぐり捨てて飛び込んできた。

「お聞きになりましたか？　カニンガムさまのところで事件です！」

「強盗か？」大佐はコーヒー・カップを宙に浮かせたまま、大声で訊き返した。

「人殺しです！」

大佐はヒュッと口笛を鳴らした。「人殺しだと！　だれがやられたんだ？　治安判事か？　それとも息子のほうか？」

「どちらでもありません。御者のウィリアムです。心臓を撃ち抜かれて、ひとこともしゃべれずに死んだそうです」

「で、撃ったのはだれだ？」

「強盗です。鉄砲玉みたいにさっと逃げてしまったそうです。強盗が食器室の窓から押し入ったところに、ウィリアムがちょうど居合わせ、主人の財産を守ろうとして命をなくしたのです」

「いつのことだ？」

「ゆうべです。十二時ごろだとか」

「そうか。じゃあ、あとで行ってみよう」大佐はそう言うと、また落ち着いて朝食にとりかかった。そして執事が行ってしまうと、「どうもめんどうなことになりましたな」と付け加えた。

「カニンガム老人というのは、このあたりきっての大地主でしてね、*2 非常にりっぱな人物です。こんな事件が起きて、さぞ心を痛めていることでしょう。あの御者は長年仕えていた、忠実な使用人ですからね。アクトンのところへ押し入ったのと同じ悪党どもに違いない」

「あのおかしな品物ばかり盗んだ連中ですか？」ホームズは考え込みながら言った。

「そのとおりです」

「ふむ！　けっきょくのところは単純な事件にすぎないのかもしれませんが、それでも、ちょっと見たところ、いささか興味をそそられますね。田舎を荒らす強盗の一味は、仕事の場所をいろいろと変えていくもので、二、三日のうちに同じ地区で二度押し込みをするようなことはないと考えられるんです。ゆうべあなたが、警戒しなければとおっしゃったとき、ぼくは内心、イングランドでもこのあたりは、泥棒がひとりであれ集団であれ、いちばん襲おうなどとは考えない地区だと思っていたのですが、ぼくにはまだまだ学ぶ点がたくさんあるというわけですね」

「おそらく、この土地の者じゃないでしょうか」大佐が言った。「それならもちろん、アクトンの家やカニンガムの家をねらったのもわかります。どちらもこのあたりではとび抜けて大きいですからね」

「それに金持ちでもある？」

「ええ、まあそうであるはずなんですが、ここ数年来、両家は訴訟を起こして争っていますから、どちらもふところは苦しいでしょうな。アクトン老人が、カニンガムの土地の半分は自分に所有権があると主張したため、以来、双方が弁護士をたてずっと争っているんです」

「犯人が土地の者なら、たいした手間もなく捕らえられるでしょうよ」ホームズはあくびをしながら言った。「だいじょうぶだよ、ワトスン。よけいな手出しはしないから」

「フォレスター警部がお見えになりました」執事がドアを開けながら言った。

きびきびした、鋭い顔つきの若い警官が部屋に入ってきた。「おはようございます、大佐。おじゃまをしてすみませんが、ベイカー街のホームズさんがご滞在とお聞きしたものですから」

大佐が手でホームズのほうを示すと、警部は頭を下げた。「あなたにご足労願えればと思ってまいったのですが、ホームズさん」

「運命はきみに味方していないようだね、ワトスン」ホームズは笑いながら言った。「ちょうどその話をしていたところですよ、警部。ともかく事件の詳細を聞かせていただけませんか」そう言うと彼がいつもの調子で椅子の背にもたれてしまったので、わたしは、これはもうだめだと思った。

「アクトン事件のときには、何も手がかりがありませんでしたが、今回はたくさんあります。二つの事件の犯人が同じことは、はっきりしていますよ。目撃者がいるんです」

「ほう！」

「ですが、犯人はウィリアム・カーワンを撃ち殺したあと、シカのようにすばやく逃げ去ってしまったというのです。カニンガム氏がその姿を寝室の窓から見ていますし、息子のアレック・カニンガム氏も裏口で見かけたそうです。

事件の起きたのは十二時十五分前で、カニンガム氏はちょうどベッドに入ったところだし、アレック氏はドレッシング・ガウンに着替えてパイプをふかしていました。二人とも御者のウィリアムが助けを求める声を聞いたのですが、アレック氏のほうは何ごとが起きたのかと、階下へかけ下りました。裏口のドアが開いていて、階段の下まできたとき、外で二人の男が格闘しているのが見えました。そのうち一方が銃を撃つと、もう一方が倒れ、撃った男のほうは庭を走り抜けて、生垣を越えて逃げていきました。寝室から見ていたカニンガム氏は、この男が街道へ出たところを目撃しましたが、すぐに見失ってしまったといいます。

アレック氏は立ち止まって、撃たれた男がまだ助かるかどうかを見ていたので、犯人は姿をくらましてしまいました。中肉中背で黒っぽい服を着ていたということ以外、犯人の人相についての手がかりはありませんが、全力をあげて捜査中ですから、土地の者でなければ、すぐに見つけ出せるでしょう」

「ウィリアムはそこで何をしていたのでしょう？　死ぬ前に何か言いましたか？」

「いえ、何も。ウィリアムは母親と二人で管理人小屋に住んでいますが、とても忠実な男ですから、屋敷に異状がないかどうかを確かめにきたのではないかと考えられます。当然のことながら、あのアクトン事件のあと、みな用心するようになっているのです。強盗がちょうどドアをこじ開けたとき――錠前が壊されていますからね――ウィリアムが来合わせたのでしょう」

「ウィリアムは、出かける前に母親に何か言いましたか?」

「母親はかなりの年で、耳も聞こえませんから、何を訊いてもだめなのです。ショックでなかば頭がおかしくなっていますが、もともと頭のいいほうではなかったようですね。ただ、非常に重要な手がかりがひとつあります。ごらんください!」

警部は引きちぎられたような小さな紙片を手帳のあいだから取り出し、ひざの上に広げた。

「これは死んだ男が二本の指でつかんでいたものですが、大きな紙からちぎった切れ端のようです。ここに書かれている時刻は、あの御者が殺された時刻とぴったり一致しています。犯人が紙の残りをもぎとったのか、あるいはウィリアムのほうが犯人からもぎとったのか、おそらくどちらかでしょう。いずれにせよ、待ち合わせの時刻だと考えられますね」

ホームズは紙片を取り上げた。その複写をここに掲げておこう。

警部が続けた。「それが待ち合わせの約束だとすると、当然のことながら、このウィリアム・カーワンは正直者という定評があったが、じつは強盗とぐるだったのではないか、という推測も成り立つわけです。彼は犯人に会い、ドアをこじ開ける手伝いまでして、そのあと二人のあいだで仲間割れが生じたのかもしれません」

「これはじつに興味深い筆跡だ」熱心に紙を調べていたホームズが言った。「これは思ったよりもはるかに底が深い事件ですな」

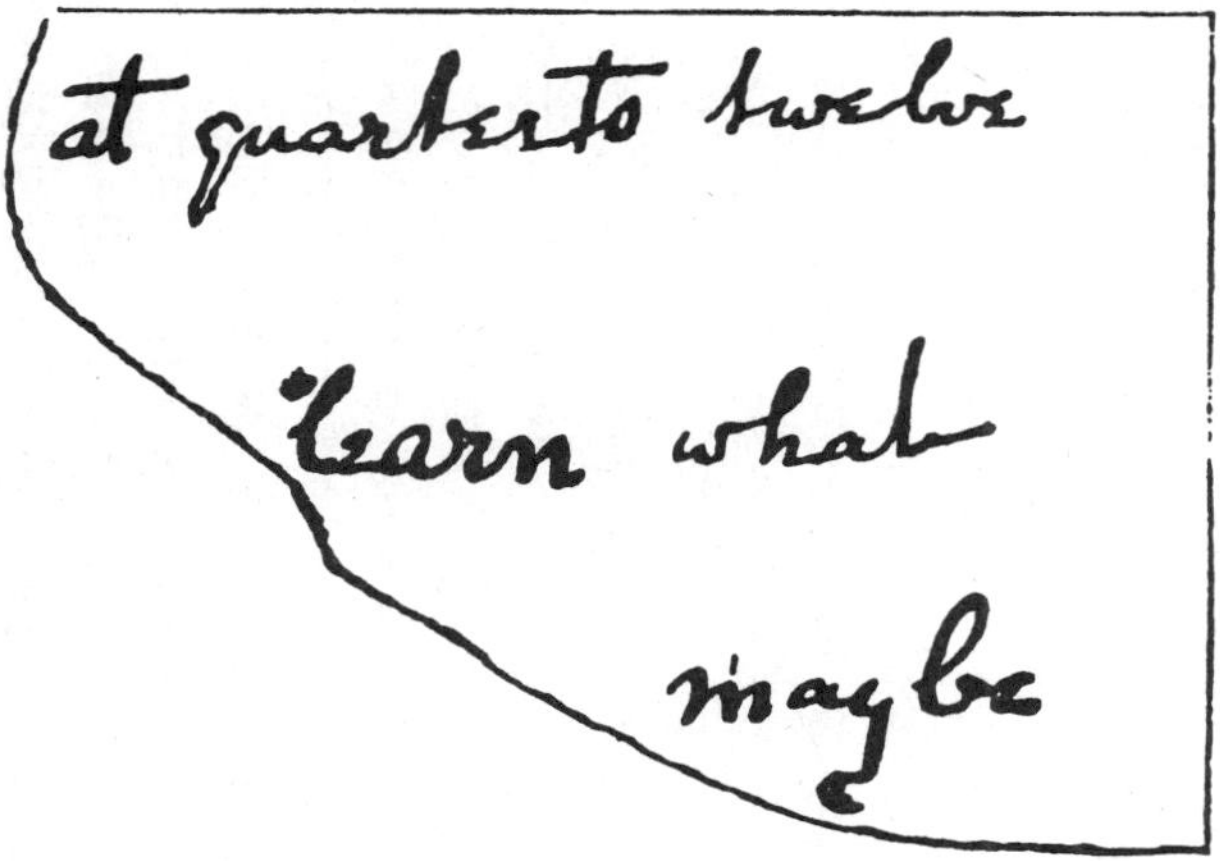

12時　　15分前　　に

ことを　　教えて

たぶん

彼は両手で頭を抱え込んだが、警部は自分の持ち込んだ事件がロンドンの有名な探偵に与えた影響を見て、微笑んだ。

「あなたが最後に言われたことですが」ほどなくホームズが口を開いた。「つまり、強盗と御者のあいだにあらかじめ了解があって、この紙片はその打ち合わせのためにどちらかが相手に渡した手紙かもしれないという意見は、みごとな推理ですし、決してありえないことではありません。ですがこの筆跡を見ると――」

ホームズはふたたび両手で頭を抱え、しばらくのあいだ、深く考え込んでいた。ところが顔を上げたときには、ほおに赤みが差し、両目は病気になる前と同じように輝いていたので、わたしはびっくりしてしまった。そして彼は、病気前と変わらぬ元気さでさっと立ち上がった。

「つまりこういうことです。ぼくとしてはこの事件についてもう少しくわしく、落ち着いて調べてみたいのです。この事件には、とても強くぼくを惹きつけるものがあります。大佐、お許し願えるなら、ワトスン君とあなたをここへ残して、警部といっしょに出かけ、ぼくの思いついたことを二、三確かめてきたいのですが。三十分もすればもどってまいります」

ところが、一時間半もたってから、警部がひとりでもどってきた。

「ホームズさんはむこうの野原をあちこち歩き回っています。われわれ四人でいっしょに屋敷へ行きたいとのことですが」

「カニンガム氏の屋敷へ？」

「そうです」

「何のために？」

警部は肩をすくめた。「よくはわかりません。ここだけの話ですが、ホームズさんはまだ病気が治りきっていらっしゃらないようですな。じつにおかしな行動をされますし、とても興奮なさっています」

「心配することはありませんよ。おかしく見えるなかに筋の通った方法があるということを、わたしはいつも見てきてるんです」

「筋の通った方法に見えてじつはおかしいということも、あるかもしれませんがね」警部はつぶやくように言った。「だがとにかく、ひどく熱心に動きはじめようとしておられますから、大佐、よろしければすぐに出かけましょう」

ホームズはあごを胸に沈め、両手をズボンのポケットに突っ込んで野原を歩き回っていた。

「だんだんおもしろくなってくるよ、ワトスン。田舎への旅は大成功だ。じつに気持ちのいい朝を過ごしたよ」

「犯罪現場へおいでになったのですな？」

「ええ、大佐。警部とぼくとで、ちょっとばかり偵察をしてきましたよ」

「何か成果が？」

「とても興味のあることにいくつか出くわしました。歩きながらお話ししましょう。まずわれわれは、あの不幸な男の死体を見ました。報告のとおり、確かにリヴォルヴァーで射殺されたものです」

「ということは、それを疑っておられたのですか？」

「どんなことでも確認しておいたほうがよいからです。調査はむだではありませんでした。そのあと、カニンガム親子に会って事情聴取をしましたが、犯人が逃げるときに庭の垣根を跳び越えた場所を教えてくれました。これはとても興味のある点です」

「そうでしょうな」

「それから被害者の母親に会いました。ですが、かなり年をとって衰弱していましたので、何も聞き出せませんでした」

「それで、捜査の結果はどういうことになったのですか？」

「この犯罪が非常に変わったものだという確信をもちました。これからあの屋敷へ行けば、もっとはっきりすることでしょう。警部さん、あなたもぼくと同じ意見だと思うのですが、被害者の手に握られていた、殺されたのとちょうど同じ時刻を記されたあの紙きれは、きわめて重要です」

「手がかりになりますよね、ホームズさん」

「たしかに手がかりになります。あれを書いたのがだれにせよ、あの時刻にウィリアム・カーワンを誘い出した者であるわけです。だが、あの紙の残りの部分はどこにあるのでしょう？」

「地面に落ちているかもしれないと思って、ずいぶん探してみたんですが」

「だれかが被害者の手から引きちぎったのです。なぜ、それほどまでにしてあの紙を取りもどしたかったのでしょう？　それは、犯罪の証拠になるからです。ではそれをどう始末したんでしょうか？　たぶん被害者の手に切れ端が残っていることにまったく気づかずに、ポケットに入れてしまったのでしょう。もしその残りの紙片を見つけることができれば、この謎の解決に向かって大きく前進することは、はっきりしています」

「ええ、ですが犯人を捕まえないうちに、どうやって犯人のポケットを探ることができるのですか」

「まあ、そうですね。それはまだ考えてみる余地があります。それから、もうひとつはっきりしている点があります。あの手紙はウィリアムに届けられたものですが、あれを書いた人間が渡したとは考えられません。渡しにいくくらいなら、口で伝えればいいことですからね。ではだれが届けたのでしょう？　それとも郵便で送られたのでしょうか？」

「その点は調査しました。ウィリアムはきのうの午後の郵便で手紙を受け取っています。封筒は本人が破り捨ててしまいましたが」

「すばらしい！」ホームズは警部の肩をたたきながら叫んだ。「もう郵便配達人に会ったんですか。あなたといっしょに仕事をするのは楽しいですね。やあ、これが屋敷の管理人小屋です。大佐、こちらにいらっしゃれば、犯罪の現場をお見せしますよ」

わたしたちは被害者が住んでいたこぎれいな小屋の前を通り、カシワの並木道を歩いて、玄関のドアの上の横木にマルプラケ戦勝記念の日付（一七〇九年九月十一日）を彫り込んだ、アン王女時代様式の古い立派な邸宅の前に出た。ホームズと警部の案内で建物の角を曲がり、横手の門のところへ行った。その通用門と街道沿いの生垣とのあいだに、広い庭園があった。勝手口に警官がひとり立っている。

「きみ、そのドアを開けてくれたまえ」とホームズが言った。「さて、カニンガムの息子さんは、あの階段から、ちょうどぼくたちがいま立っている場所で二人の男が格闘しているのを見たわけです。父親のカニンガム氏のほうは、あの窓のところにいて――左側の二番めの窓です――犯人があの茂みのちょうど左側へ逃げるのを目撃しました。息子さんのほうも、それを見ています。二人とも、茂みがあるから確かだ、と言っています。それからアレックさんが外へ飛び出して、負傷した男のそばにひざまずきました。このとおり非常に硬い地面ですから、跡は残っていませんが」

ホームズが話しているところへ、屋敷の角を回って二人の男が姿をあらわし、庭の小道をこちらへやってきた。ひとりは老人で、気の強そうな、しわの深い顔つきの、まぶたの厚い男である。もうひとりは元気のいい若者で、明るくにこやかな笑顔と派手な服装が、わたしたちがここへ来た用件とは奇妙なコントラストをなしていた。

「まだ取り調べ中なんですか？」若いほうがホームズに話しかけた。「あなたがたロンドンの人間というのは、絶対にへまなんぞしないものと思っていましたがね。それほど手回しがいいというわけでもないようですな」

「もう少し時間をいただきませんと」ホームズは愛想よく言った。

「それはそうでしょう」とアレック・カニンガム。「見たところ、手がかりが何もないようですからね」

「ひとつだけあるんです」警部が答えた。「いまも考えていたんですが、それさえ見つかれば――おや！　ホームズさん、どうしたんですか？」

ホームズは突然恐ろしい顔つきになった。目が吊り上がり、顔が苦痛にゆがんだかと思うと、押し殺したようなうめき声とともに、前のめりに地面に倒れてしまった。突然の激しい発作にびっくりして、わたしたちはホームズを台所に運んだ。彼は大きな椅子にもたれ、しばらくのあいだ重苦しい呼吸をしていたが、やがてきまり悪そうにわびて、ふたたび立ち上がった。

「ワトスン博士に訊いていただければわかりますが、ぼくは重い病気がやっと治ったばかりのところでして、ときどきこういった神経の発作を突然起こすんです」

「わしのトラップ馬車でお送りしましょうか」カニンガム老人が申し出た。

「いや、せっかくここまで来たんですから、ひとつだけ確かめておきたいことがあるんです。かんたんにわかることです」

「何ですか？」

「あの哀れなウィリアムがここに着いたのは、強盗が家のなかへ入る前でなく、入ったあとではないかと、ぼくには思えるんです。ドアがこじ開けられているのに、犯人はなかへ入らなかったと信じていらっしゃるようですね」

「それははっきりしていると思いますがね」カニンガム老人は重々しく言った。「息子のアレックは、あのときまだベッドに入っていませんでしたから、だれかが家のなかを動きまわれば物音を聞いたはずです」

「アレックさんはどこにいらしたんですか？」

「ぼくは、化粧室で煙草を吸っていました」

「その部屋の窓はどれですか？」

「左側のいちばん端で、父の部屋の隣です」

「もちろん、お二人ともランプをつけてらしたのでしょうね？」

「そのとおりです」

「この事件には、非常におかしな点がいくつかあります」ホームズは微笑しながら言った。

「強盗が――それも初犯でなくなんらかの経験がある強盗が――明かりを見て家の者がまだ

二人起きているとわかっているのに、あえて押し入った。そんなことは、ふつうでは考えられないじゃありませんか」

「よっぽど図々しい男なんでしょう」

「まあ、もちろん、これがごくふつうの事件だったら、あなたにお願いすることにもならなかったでしょう」アレックが言った。「だが、ウィリアムが組みつく前に犯人が家に入っていたというあなたのお考えは、ひどくばかげていると思いますね。家のなかが引っかきまわされた跡とか、何か盗まれたものだとかがありますか？」

「盗まれたものにもよりますよ。この強盗が非常に風変わりな男で、手口も独特のものだということを、忘れてはいけません。たとえば、アクトン邸から盗んだあのおかしな品を思い出してごらんなさい——どんなものだったでしょうか？——糸玉、文鎮、それから何でしたっけ、ほかのがらくたは！」

「まあ、すべてあなたにおまかせしてあるんですから、ホームズさん」カニンガム老人が言った。「あなたや警部さんのおっしゃることでしたら、何でも協力しますよ」

「では、まず初めに、懸賞金を出していただきたいのですが——あなたご自身でです。というのは、警察ですと金額を決めて許可がおりるのに時間がかかりますし、こういうことは早いに越したことはないですからね。ここに書式を書いておきましたので、よろしければサインをしてください。五十ポンドで十分だと思います」

「五百ポンドでも、喜んで出しますぞ」治安判事はそう言って、ホームズが差し出した紙と鉛筆を受け取った。「ですが、これは正確とは言えませんな」書類に目を走らせながら彼は付け加えた。「『しかるに火曜日の午前一時十五分前ごろ、犯人は押し入ろうと』うんぬんとありますが、実際は十二時十五分前です」

わたしはそのまちがいを見て胸が痛んだ。ホームズがこうしたまちがいを非常に気にするのを、よく知っていたからだ。事実を正確にとらえるのが彼の特色なのだが、最近の病気でそれがおかしくなってしまったのだろう。このささいなできごとから考えても、ホームズがまだ本調子からはほど遠いということがわかった。彼は一瞬、いかにもきまりが悪そうな表情を見せたが、警部は眉を吊り上げ、アレック・カニンガムは噴き出して笑った。老紳士はまちがいを訂正してホームズに原稿をもどした。

「できるだけ早く印刷に回してください」と老人は言った。「これはすばらしい思いつきだと思いますよ」

ホームズはその紙を紙入れのなかにていねいにしまい込んだ。

「では、みんなで家のなかを調べて、この風変わりな強盗がほんとうに何も盗っていかなかったのか、確かめてみましょう」

家のなかへ入る前に、ホームズはこじ開けられたドアを調べた。ノミか頑丈なナイフを突っ込んで錠をこじ開けたことは、はっきりしていた。木の部分に突っ込んだときの跡が残っていたのだ。

「かんぬきは使っていないわけですね？」とホームズ。

「その必要がなかったものですから」

「犬も飼っていないのですね？」

「いますが、表のほうに鎖でつないであります」

「使用人たちが寝るのは何時ごろですか？」

「十時ごろです」

「ウィリアムも、いつもその時刻に寝るわけですね？」

「そうです」

「それがゆうべにかぎって起きていたというのは、不思議ですね。それではカニンガムさん、家のなかをひととおり見せていただけるとありがたいのですが」

石畳の廊下を脇へ入ると台所があるのだが、まっすぐ進むと木造の階段があって、二階に通じていた。それを上ると、正面玄関から通じる、もっとりっぱな装飾の階段と向かい合った踊り場となっていた。この踊り場から応接間やいくつかの寝室、すなわちカニンガム氏や息子の寝室などへ行くことができる。

ホームズは建物の構造を鋭く調べながら、ゆっくりと歩いた。わたしはその表情から、彼が何かを嗅ぎつけたらしいことはわかったが、どんな方向に捜査を進めているのかは、まるっきりわからなかった。

「ホームズさん」とカニンガム氏はややいらだった様子で言った。「こんなことをなさる必要はまったくありませんよ。あの階段の端にあるのがわしの部屋で、そのむこうが息子のです。泥棒がわしらに気づかれずにここまで来られるかどうかは、あなたの判断にお任せしますがね」

「まあせいぜい歩き回って、新しい手がかりでも探すんですな」息子が意地の悪そうな微笑を浮かべて言った。

「それでも、もう少しがまんしてつきあっていただかねばなりません。たとえば、寝室の窓からどのくらい遠くまで見通せるかなどということを知りたいのです。これが息子さんの部屋ですね？」ホームズはドアを押し開けた。「それから、あれが叫び声を聞いたときに煙草を吸っていたという化粧室ですね？　あの窓からはどこが見えるんでしょうか？」

彼は寝室を横切って化粧室のドアを押し開け、なかを見渡した。

「もうご満足でしょうな？」カニンガム氏がつっけんどんに言った。

「ありがとう。これで見たいところは全部見たと思います」

「それから、ぜひとも必要であれば、わしの部屋へまいりますがね」

「あまりご迷惑でなければ」

判事は肩をすくめ、自分の部屋へと案内した。質素な飾りつけの、ごくふつうの部屋だった。窓のほうへ歩いていくうちに、ホームズが歩みをゆるめ、わたしと二人で一行の最後尾になった。ベッドの近くに小さな四角いテーブルが置いてあって、その上にはオレンジを盛った皿と水さしが載せてあった。そのそばを通り過ぎるとき、ホームズがわたしの前にのめって、わざとテーブルごとひっくり返してしまったのには、わたしもまったくめんくらった。ガラスが粉みじんに砕け、果物は部屋じゅうに転がっていった。

「やってくれたね、ワトスン」ホームズは図々しくも言い放った。「絨毯がだいなしじゃないか」

何かわけがあってホームズがわたしに罪をなすりつけているとわかったので、わたしはややうろたえながらも、身をかがめて果物を拾いはじめた。ほかの人たちも手伝ってくれて、テーブルをもとに直した。

「おや！　どこへ行ったんだろう？」と警部が叫んだ。

ホームズが消えてしまったのだ。

「ここでちょっと待っていてください」アレック・カニンガムが言った。「あの人はどうも頭が変だと思うんです。お父さん、いっしょに来てください。どこへ行ったのか捜しましょう！」

二人は部屋から飛び出していった。残された警部と大佐とわたしは、互いに顔を見合わせた。

「たしかに、わたしもアレックさんと同意見ですよ」と警部が言った。「病気のせいなのかもしれませんが、わたしの見たところでは――」

警部の言葉は、突然起こった「助けてくれ！　人殺し！」という金切り声に中断されてしまった。それがホームズの声だとわかって、わたしはぞっとした。猛然と部屋を飛び出して、踊り場へ出た。叫び声はしだいに弱まって、しゃがれてわけのわからぬ悲鳴になっていたが、わたしたちが最初に入った部屋から聞こえてくる。わたしはその部屋に飛び込み、奥の化粧室へ突進した。カニンガム親子が、床に倒したホームズを押さえつけているのだ。息子は両手でホームズの喉を絞めつけており、父親のほうは片方の手首をねじりあげているようだった。わたしたち三人はすぐさま親子をホームズから引き離した。ホームズは真っ青な顔でよろよろと立ち上がったが、ひどく疲れ切ってしまっていた。

「この二人を逮捕するんだ、警部！」

「何の容疑でですか？」

「御者のウィリアム・カーワン殺害の容疑だ！」

警部は当惑してあたりを見回したが、やがて言った。「まあ、ホームズさん、まさか本気ではないんでしょうが――」

「ちっ！　二人の顔を見たまえ！」

このときほどはっきりと罪の告白があらわれた顔を、わたしは見たことがない。父親のほうは、その特徴ある顔に重苦しい陰気な表情を浮かべ、失神したように呆然としていた。一方息子のほうは、先ほどの快活さや威勢のよさといった特徴をなくしてしまって、黒い目には恐ろしい野獣の残忍さをもった光を浮かべ、端正な顔をゆがませていた。警部は何も言わなかったが、戸口に歩み寄り、呼び子を鳴らした。それに応じて二人の警官がかけつけてきた。

「やむをえません、カニンガムさん、これは何かとんでもないまちがいだとすぐわかると思うんですが、なにしろ――あっ、何をするんだ！　捨てろ！」アレックが撃鉄を起こしかけたリヴォルヴァーを、警部が手で払いのけた。銃は音をたてて床にころげ落ちた。

「とっておきなさい」ホームズはすばやく銃を足で押さえつけながら言った。「裁判のときに役立つでしょう。だが、われわれがほんとうに欲しかったのはこれでしたね」彼はしわくちゃになった小さな紙きれを取り出した。

「あの紙の残りの部分ですね？」と警部。

「そのとおり」

「どこにあったんですか？」

「きっとあると思っていた場所に。もうすぐ、何もかもはっきり説明してあげますよ。大佐、あなたはワトスン君とお帰りになってください。ぼくも、遅くとも一時間もすればもどります。警部とぼくは、この二人とちょっと話しておかなければならないことがあるのです。だが昼食までには必ず帰りますよ」

ホームズは約束どおり一時ごろに帰ってきて、大佐の喫煙室でわたしたちに加わった。彼は小柄な初老の紳士をひとり連れてきて、例の最初に強盗に襲われたアクトン氏だと紹介した。

「このちょっとした事件について説明するのに、アクトンさんにも同席していただきたかったのです。アクトンさんがくわしい話をお聞きになりたいだろうというのは、当然のことですからね。ところで大佐、ぼくのような、事件を招く男のために時間を浪費されて、悔やんでおられることでしょうね」

「いや、それどころか、あなたの捜査方法を見せていただけたのは、このうえもない特権だと思います。正直なところ、あなたの方法はわたしの想像をはるかに超えていまして、結論がどうやって出てきたものか、まったく見当もつきません。手がかりらしきものさえわからないのです」

「説明するとがっかりなさるかもしれませんが、ぼくはいつも友人のワトスン君に対しても、また知的な興味を抱く人にはだれに対しても、ぼくのやり方を残らず説明することにしているんです。だが大佐、先ほど化粧室でひどい目にあったため、いささか身体がまいっていますので、まずブランデーを一杯いただけるとありがたいのですが。このところ体力がやや弱まっておりまして」

「その後、あの神経発作は起きなかったのでしょうね」

ホームズは愉快そうに笑った。「そのことは、あとでしかるべきときにお話しします。ぼくがあの結論に達する手がかりとなったいろいろな点を示しながら、順を追ってこの事件の説明をしていきましょう。推理にはっきりしない点がありましたら、途中でも遠慮なく質問をはさんでください。

探偵術においてもっとも重要なのは、数多くの事実のなかから、どれが付随的な事柄で、どれが重大な事柄なのかを見分ける能力です。これができないと、精力と注意力は浪費されるばかりで、集中させることができません。そこでこの事件の場合ですが、ぼくは初めから、事件全体の鍵はあの殺された男が握っていた紙きれにあると思っていましたが、この点に疑いの余地はまったくありませんでした。

この紙切れのことに話を進める前に、つぎの事実に注意を向けていただきたいと思います。つまりアレック・カニンガムの話が正しくて、犯人はウィリアム・カーワンを撃ってからただちに逃げたのだとすると、死人の手から紙きれをちぎりとったのは、射殺した当の男でないということがはっきりします。射殺した男でないとすると、アレック・カニンガムがやったとしか考えられません。なぜなら、父親が下へ降りてきたときには、すでに使用人たちが何人か現場に来ていたからです。

　これはかんたんなことなのですが、警部はこのような州の有力者が事件に関与するはずがないという前提のもとに捜査を始めたため、見落としてしまったのです。しかしぼくの場合、まったく先入観をもたず、事実の示すまま素直に進んでいきますから、捜査のごく初期の段階から、アレック・カニンガム氏の演じた役割について不審に思っていたのでした。

　そこでぼくは、警部の持ってきた紙きれを注意深く調べてみました。それがとてもおかしな文書の一部であることは、ひと目でわかりました。ほら、これです。何かじつにいわくありげな点に気がつきませんか？」

「文字がひどく不規則ですね」と大佐が言った。

「そこですよ、大佐」ホームズは大きな声を出した。「これはまちがいなく、二人の人間が交互に一語ずつ書いたものです。"at"や"to"のtの字は力強い筆跡で書かれていますが、"quarter"や"twelve"のtが弱い筆跡であることに注意してください。この二つを比べてみれば、二人で交互に書いたという事実はすぐにわかるでしょう。この四語をちょっと分析してみるだけで、ほかの"learn"と"maybe"は力強いほうが、"what"は弱いほうが書いた字であることが、確信をもって言えます」

「ほんとうだ、じつに明々白々だ！」と大佐が叫んだ。「だが、いったいなんだって、二人でこんなふうにして手紙を書いたんだろうか」

「悪事だということがはっきりしていたため、二人のうち一方が相手を信用しないで、何をするにせよ、それぞれ同等に手を汚さねばならぬと決めたからです。それから、二人のうち“at”や“to”を書いたほうが首謀者だということもはっきりしています」

「どうしてわかるのですか?」

「両方の筆跡を比べてみただけでも、わかるでしょう。だが、それよりもっとはっきりした根拠があります。この紙きれを念入りに調べてみれば、強い筆跡の男が先に自分の単語を全部書いて、もうひとりが書き込むための余白をあけておいたということがわかるでしょう。この余白が必ずしも十分にあいていなかったもので、あとから書いた男は“at”と“to”のあいだに“quarter”を無理に押し込まねばならず、あとから書いたということがわかってしまったわけです」

「すばらしい!」アクトン氏が叫び声をあげた。

「でもこれはまだ表面的なことです。これから重要な点に入ります。ご存じないかもしれませんが、筆跡から年齢を推定することは、専門家のあいだではかなり正確におこなわれるようになっています。通常の場合、その人間が何十代であるかを、確信をもって推定することができます。通常の場合と言ったのは、病気中や肉体的に弱っているときは、たとえ若くても老人のような特徴を示すからです。今回の場合、一方は大胆で力強い筆跡、もう一方はtの横棒も消えかけて、どうにか読みとれるかどうかという弱々しい、くだけた筆跡ですから、一方が青年であり、他方がもうろくとまでは言わぬまでもかなりの年配であることが言えます」

「じつにすばらしい！」アクトン氏がまた叫んだ。

「しかし、もっと細かな、興味深い点があります。この二つの筆跡には共通点があるのです。これは血縁関係にある人間のものなのです。あなたがたにいちばんはっきりわかるのはギリシア語ふうのｅでしょうが、ぼくの目で見ると、ほかにも同じことを示す点がたくさんあります。

この二つの筆跡見本から、ある家系独特の書体の癖が突き止められることはまちがいありません。もちろんぼくがいま言っているのは、この紙きれを調べてわかった主な結果だけです。あなたがたより専門家にとって興味のありそうな推理を、このほかにも二十三の点についておこなってみました。いずれもみな、この手紙を書いたのがカニンガム親子だというぼくの印象を強めるものでした。

ここまでわかれば、つぎの一歩はもちろん、犯行の手口をくわしく調べて、それがどのくらい事件解決の役に立つかを確かめることです。ぼくは警部といっしょに屋敷へ行き、見るべきところはすべて見てきました。死体の傷は、完全に自信をもって言えるのですが、四ヤード以上は離れたところからリヴォルヴァーで撃たれたものです。服には火薬で焦げた跡がありませんでした。したがって明らかに、二人の男が格闘している最中に銃が撃たれたというアレック・カニンガムの証言はうそです。

それから、犯人が街道へ逃げたという場所については、親子の意見が一致していました。ところが、たまたま、その場所には、底がぬかるんだ幅の広い溝があったのです。そのあたりに足跡らしきものがひとつもないので、カニンガム親子がこの点についてもうそをついているというだけでなく、現場には正体不明の人物などまるでいなかったのだという絶対的な確信をぼくはもちました。

さてつぎは、この奇妙な犯罪の動機を考えなければなりませんでした。そのためにまずぼくは、アクトン家で起きた最初の強盗事件の理由をつきとめようとしました。大佐のお話でぼくは、アクトンさん、あなたとカニンガム家のあいだで訴訟が行なわれていることを知りました。そこで、彼らは訴訟に重要な書類を盗むためにあなたの書斎に押し入ったのではないかという考えが、すぐに浮かびました」

「そのとおりです」とアクトン氏が言った。「彼らの意図については、疑う余地もありません。カニンガムの土地の半分については明らかに所有権があるとわたしは主張していますが、もし連中がたった一枚の書類を手に入れることができたら――幸いそれは弁護士の金庫に保管してありますがね――わたしのほうは完全に弱い立場になってしまうのです」

「そこですよ！」ホームズは微笑みながら言った。「これは危険で無謀な試みでしたが、息子のアレックが首謀者でしょう。何も見つけられなかったので、ふつうの泥棒の仕業に見せかけて疑いをそらそうと、手当たりしだいのものを盗っていったわけです。ここまでは十分はっきりしたのですが、まだあいまいな点がいろいろありました。

　そのなかでもいちばん必要だったのは、あの手紙の残りの部分を手に入れることでした。死人の手からちぎりとったのはアレックにまちがいなかったのですし、それをドレッシング・ガウンのポケットに突っ込んだはずだということも、ほぼまちがいないと思えました。それ以外に隠す場所はなかったでしょう。唯一の問題は、それがまだポケットのなかにあるかどうかです。捜してみるだけの値打ちはあったので、そのつもりでみなさんといっしょに屋敷へ行ったのです。

　覚えてらっしゃるでしょうが、ぼくたちは台所の戸口でカニンガム親子に会いました。もちろん、この際にもっとも重要なのは、彼らに手紙の存在を思い起こさせてはいけないということでした。気づかれれば、すぐに処分されてしまうのは当然だからです。この手紙の重要さを警部が危うくしゃべりそうになったのですが、幸運なことにぼくが発作を起こして倒れたので、話題をそらすことができたのです」

「おやおや！」大佐は笑いながら言った。「それじゃあ、わたしたちの心配はむだだったというわけですか。あの発作は仮病だったんですね？」

「医者の目から見ても、みごとな演技だったよ」絶えず何か新しい機転を見せては、わたしを面食らわせるこの男の顔を、わたしはあきれて眺めた。

「これはよく役に立つ技術なんです」とホームズは言った。「発作がおさまると、ぼくは策略をめぐらせて――これもまあ、かなり巧妙なものと言えますが――カニンガム老人に“twelve”という単語を書かせ、手紙にあった“twelve”の文字と比べられるようにしたのです」

「ああ、ぼくはなんてばかだったんだ！」

「ぼくがまちがいをしたので、きみが同情してくれたことはよくわかっていたよ、ワトスン」ホームズは笑いながら言った。「あんなふうにきみの心を痛ませたのは、すまなかったね。

それからぼくたちはみんなで二階へ上がったわけですが、息子の部屋へ入ってみるとドレッシング・ガウンがドアのうしろに掛かっているのが見えたので、父親の部屋でテーブルをひっくり返して注意を引きつけておき、こっそり抜け出してドレッシング・ガウンのポケットを探ってみたのです。だが思ったとおりポケットのひとつに手紙を見つけ、手にしたとたん、カニンガム親子が襲いかかってきました。

あのときあなたたちがすぐに助けにきてくれなかったら、ぼくはその場で殺されていたでしょう。いまでもあの息子の手で絞めつけられた感触が首に残っていますし、父親のほうは手紙をとりもどそうとしてぼくの手首をねじりあげましたからね。連中は、ぼくに何もかも知られたにちがいないと思い、絶対的安全な立場からいきなり絶望のどん底につき落とされ

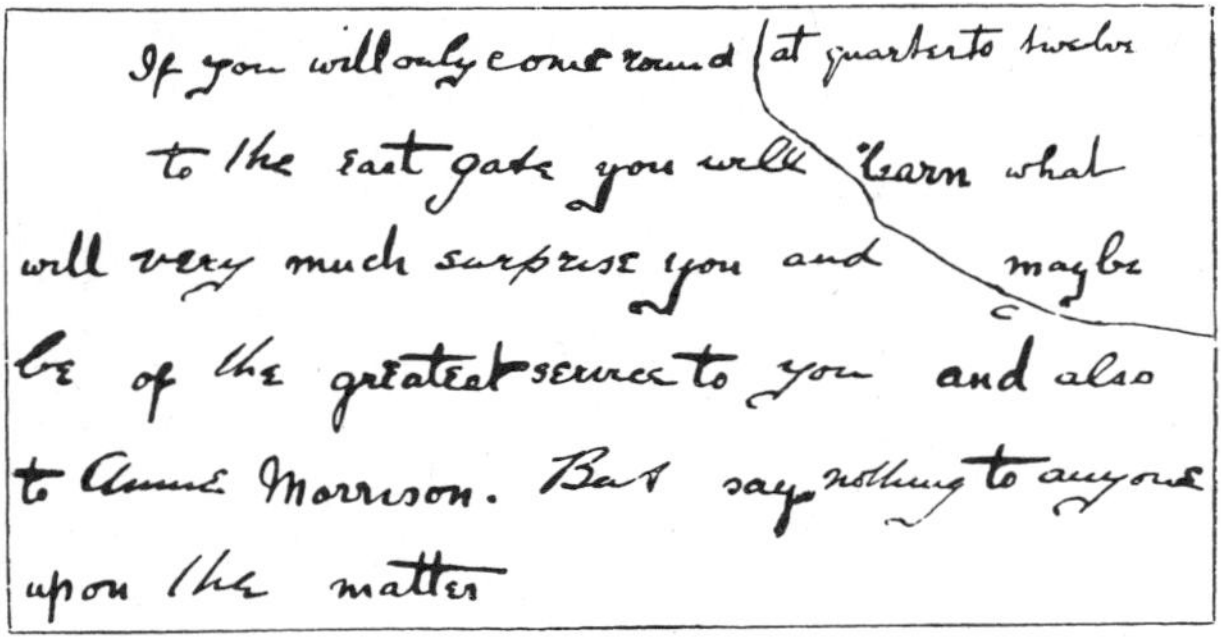
If you will only come round at quarter to twelve
to the east gate you will learn what
will very much surprise you and maybe
be of the greatest service to you and also
to Annie Morrison. But say nothing to anyone
upon the matter

もし　おまえが　ひとりで　東門に　12時　15分前　に
来れば　とても　驚くような　ことを　教えて
やるぞ　おまえにもアニー・モリスンにも　たぶん
とても　役に立つことだ　だがこのことは
だれにも　話すんじゃない

て、完全に死にもの狂いになったのです。

ぼくはあのあと、この犯罪の動機についてカニンガム老人にちょっと訊ねてみました。老人はまことに従順でしたが、息子のほうは完全な悪党で、リヴォルヴァーがもどったら、自分の頭だろうが他人の頭だろうがすぐにも吹き飛ばしかねないような様子でしたよ。

もはや形勢はまったく不利だと悟った老人は、すっかり観念して、何もかも白状しました。二人がアクトンさんのところに侵入した夜、ウィリアムはこっそりあとをつけたらしく、秘密を握ったことから、暴露するぞと二人をゆすりにかかったのです。ところがアレック青年は、そんな取引の相手としてはじつに危険な男です。この地方の強盗騒ぎを利用すれば、恐れる相手をもっともらしいかたちで始末することができると考えたのは、まさに天才的な思いつきでしたよ。そしてウィリアムをおびき出して射殺したのです。もし彼らが手紙を全部とりもどし、細かな点にもっと注意してさえいたら、疑いはまったくかからなかったでしょうね」

「それで、手紙は？」わたしが訊いた。

シャーロック・ホームズは、つなぎ合わせた手紙をわたしたちの前に置いた。

「だいたいぼくが予想していたとおりの文面です。もちろん、アレック・カニンガムとウィリアム・カーワンとアニー・モリスンのあいだにどういう関係があるのかは、まだわかっていません。結果から見るに、この罠はじつにうまく相手をおびき出せたわけです。pの字や、

gの字のはね方に遺伝的な癖があらわれていて、きっとおもしろいことと思います。老人の書く i の字に点がないのも非常に特徴的です。ワトスン、田舎での静養は大成功だったよ。ぼくは明日には、大いに元気になってベイカー街へもどれるだろう」

背中の曲がった男

The Adventure of the Crooked Man

　結婚して数カ月たった、ある夏の夜のことだった。わたしは暖炉の前でパイプを一服しながら、小説本を広げてうとうとしていた。その日は仕事が忙しくてくたびれていたのだ。妻はもう二階の寝室に上がっていたし、少し前に玄関の戸締まりをする音がしていたから、使用人たちもやすんでしまったのだろう。わたしがパイプの灰を落とそうと腰を上げたところへ、突然、呼び鈴が鳴った。

　時計を見ると、午後十一時四十五分。こんな遅くに来客のあるはずがない。たぶん患者だろう。どうやら徹夜の看病になるか。わたしは顔をしかめて玄関に出ると、ドアを開けた。驚いたことに、立っていたのはシャーロック・ホームズだった。

「やあ、ワトスン、寝てしまってなければいいがと思っていたよ」

「まあ、入りたまえ」

「びっくりさせたようだね。無理もない。それに、患者でなくてほっとしたんだろう？

　ふうん、相変わらず独身時代と同じアルカディア煙草を愛用してるんだね。上着についているふわふわした灰を見れば、まちがいようがない。それに、もと軍医だってことも、すぐに知れてしまうぜ。袖口にハンカチを突っ込む癖をやめないかぎり、軍隊に縁のない人間だとはだれだって思うまい。[*1]ところで、今晩、泊めてもらえるかな?」

「もちろんだとも」

「ひとり泊まれる部屋があるって言ってたね。見たところ、きょうは男の泊まり客はいないようだ。帽子掛けを見ればわかる」

「泊まってくれるのは大歓迎だよ」

「ありがとう。じゃ、帽子掛けを占領させてもらうよ。やれやれ、お気の毒さま。最近、修理に人を呼んだようだね。この国の修理人ときたら頭痛の種だ。まさか下水管じゃあるまい」

「うん、ガスだよ」

「なるほどね。ほら、リノリウムの床の上、ちょうど明かりが当たっているところに、靴の鋲の跡を二つもつけてったぞ。いや、いいんだ、夕食はウォータールー駅ですませてきた。だが、パイプだったら喜んでつきあうよ」

煙草入れを渡すと、ホームズはわたしのむかいにすわり、しばらく黙ってパイプをふかしていた。こんな時刻にやってくるとは、よほど大事な仕事なんだろうとわきまえていたので、わたしは彼が口を開くのをじっと待った。

「このところ、仕事はかなり忙しいようだね」ホームズは鋭い目をわたしに投げかけた。

「うん、きょうは忙しかった。きみにはばかみたいに聞こえるかもしれないけれど、どうしてそれがわかるのか納得がいかないよ」

それを聞いて、ホームズはひとりでくすくす笑った。

「ねえワトスン、ぼくはきみの癖をよく知っているから、強みがあるのさ。きみは往診のとき、近ければ歩くし、遠ければ辻馬車を雇う。きみの靴は、履いてはいるらしいが泥で汚れていないから、近ごろは馬車を使うほど忙しいにちがいないと思ってね」

「おみごと！」

「なに、初歩的なことさ。推理する人間が他人にすごいと思われるのは、推理の基本となる小さなポイントのひとつを他人が見落としているっていう、ただそれだけのことなんだ。いまのは、まさにその好例だね。きみの書く話が読者におもしろがられるのも、まったく同じことなんじゃないかな。手の内に握った問題のポイントをいくつか読者に教えないでいるからこそであって、うわべだけの効果だね。

ところが、いまのぼくが、まさにその読者の立場に置かれているんだ。なにしろ、人間の頭を悩ますもっとも奇怪な事件のひとつで、手がかりをいくつか握ってはいるんだけれど、理論を完全なものとするのに欠かせない手がかりが、あとひとつか二つ足りない。でも、じきにそれもつかんでみせるよ、ワトスン。絶対にね！」

ホームズの目が輝き、やせた頰にさっと赤みがさした。燃えるように激しい性格を覆っているヴェールがめくられたように見えたが、それはつかのまのことだった。わたしがその顔を見直したときにはもう、彼が人間でなく機械だとよく言われる原因の、あの表情の動かない冷たい顔つきにもどっていた。

「この事件には、いろいろと興味深い点もある。めったにないほど興味深いと言ってもいいかもしれない。もう調べはついていて、解決は遠くないと思うんだがね。その最後の段階にきみが立ち会ってくれれば、じつにありがたい」

「喜んで立ち会うとも」

「あした、オルダーショットまで遠出できるかい？」

「ジャクスンがきっと代診してくれる」

「よかった。ウォータールー駅を十一時十分に出発したいんだ」

「それなら時間は十分ある」

「じゃあ、きみさえ眠くないなら、事件のあらましと、これからの予定を話しておこうか」

「眠かったけれど、きみが来てからすっかり目が冴えたよ」

「重要な点は落とさないよう、できるだけかんたんに話そう。新聞で少しは読んでいるかもしれないが、いまぼくが調べているのは、オルダーショットのロイヤル・マロウズ連隊のバークリ大佐が殺害されたらしいという事件なんだ」

「ちっとも知らなかったよ」

「地元以外のところでは、あまり注目されていない。つい二日前のことなんだがね。ロイヤル・マロウズ連隊というのは、きみも知っているだろうが、英国陸軍のなかでもっとも有名なアイルランド連隊のひとつだ。クリミア戦争とインドの大反乱でめざましい働きを見せて以来、なにかと名をあげている。月曜日の夜までそこの連隊長だったのが、勇敢な老将、ジェイムズ・バークリだ。一兵卒から身を起こして、インドの大反乱で立てた武勲で将校に昇進し、かつては自分が鉄砲をかついでいた連隊の指揮官にまでなった人物だよ。

バークリ大佐は、軍曹時代に結婚した。夫人のナンシーは、旧姓デヴォイで、同じ連隊のもと軍旗護衛軍曹の娘だ。だから想像がつくだろうが、当時まだ若かったこの夫婦が、新しく将校の社会に入っていったときには、交際の面で少々やっかいなことがあった。ところが、夫妻はたちまち新しい生活環境になじんでいったらしい。聞くところによると、連隊の将校夫人たちのあいだでバークリ夫人の評判はいつも上々、夫のほうも仲間うちでの受けはよかったそうだ。ついでながら、夫人はたいへんな美人で、結婚して三十年あまりたったいまでも、人目をひくほど美しい。

バークリ大佐の家庭生活は、ずっと幸福なものだったらしい。ぼくが知っていることは、ほとんどがマーフィという少佐からの情報なんだが、あの夫婦のあいだに感情のすれちがいがあったという話など一度も耳にしたことがないと、その彼が請け合っていた。だいたいのところ、相手への思いは夫人よりも大佐のほうが強かったらしい。大佐は、妻のいないときが一日でもあると不安でしかたがないんだが、夫人のほうは、誠実で愛情に溢れてはいるものの、夫ほどあからさまに思いをあらわしはしなかった。だが連隊じゅうの人から二人はお手本のような中年夫婦だと思われていて、その後二人のあいだに起こった悲劇を予感させるようなものは、何ひとつなかったんだ。

バークリ大佐の性格には、いくつか奇妙なところがあったらしい。いつもは陽気で愉快な軍人なんだが、かなり乱暴なところや復讐心をかいま見せることもあったようだ。ただし、そんな面を夫人に対して向けることはなかった。マーフィ少佐や、ぼくが話を訊いたほかの五人の将校のうち三人までの印象に強く残っていたことが、もうひとつある。ときどき大佐が、妙に沈み込んだ気分になるということだ。

マーフィ少佐の言葉によると、まるで目に見えない手が伸びてきたかのようだったとのことだが、将校食堂で陽気にしゃべっていて、口もとから急に笑いがかき消える、というようなことがよくあった。気分が落ち込むと、何日も続けて憂鬱《ゆううつ》のどん底からはいあがれずにいたという。ほかに将校仲間の目に奇妙に映った点といえば、たとえば、日が暮れてからひとりぼっちになるのをいやがるといったことだ。一見いかにも男らしいのに、そんな子どもっぽさを備えているものだから、あれこれ噂をされたり詮索されたりしたという。

ロイヤル・マロウズ連隊の第一大隊、つまり旧第一一七大隊は、しばらく前からオルダーショットに駐屯している。妻のある将校は兵営の外に住むから、大佐も北兵舎から半マイルほどのところに『ラシーン荘』という名の別荘ふうの家をかまえていた。家は庭に囲まれているが、西側は街道から三十ヤードしか離れていない。使用人は、御者と二人のメイド。ラシーン荘にいるのは、この三人と主人夫妻だけだ。子どもはいないし、長期滞在の客もめったにない。

つぎに、このあいだの月曜日の夜、九時から十時までのあいだに、ラシーン荘で起こったことを話そう。

バークリ夫人はローマ・カトリックの信者だったらしく、ワット街礼拝堂と協力して、貧しい人々に古着を提供するという目的のセント・ジョージ協会を設立しようと、熱心に活動している。その晩八時、夫人は協会の集まりに出席するために急いで夕食をすませ、すぐに帰るとか何とか、出かけるときにごく普通の会話を夫とかわしていたのを、御者が聞いている。夫人は、若いお嬢さんのミス・モリスンの住む隣の家に寄り、二人して集まりに出かけていった。集まりは四十分ほどで終わり、九時十五分、ミス・モリスンと別れた夫人が帰宅した。

ラシーン荘には、モーニング・ルームと呼ばれる部屋がある。街道に面した、大きなガラスがはまった両開きドアから、庭の芝生に出られる部屋だ。芝生は幅三十ヤードほどで、街道との境には、鉄の横棒がてっぺんについた低い塀があるだけだ。もどってきたバークリ夫人が入っていったのが、この部屋だった。夜に使うことがめったになかったので、ブラインドはまだ下ろしていなかった。夫人は自分でランプをつけると、呼び鈴を鳴らして、珍しいことなんだが、メイドのジェイン・スチュアートにお茶を頼んだ。

大佐は食堂にいたが、夫人が帰ってきたのを聞きつけてモーニング・ルームに入っていった。大佐が玄関ホールを通ってそこへ入っていくのを御者が見ているが、大佐の生きている姿が目撃されたのは、これが最後になった。

十分ほどしてお茶が運ばれてきた。ドアに近づいたメイドは、主人夫妻が激しく言い争う声を耳にしてびっくりした。ノックしても返事がなく、ドアの取っ手を回してみると、内側から鍵がかかっている。もちろんメイドは料理係を呼びにいき、女性二人と御者がドアのところで、まだおさまらないでいる口論に聞き耳をたてた。三人の一致した証言によれば、聞こえていたのは二人の声だけ、つまり主人夫妻のものだけだった。大佐の声は低く途切れがちで、だれにも聞きとれなかったが、それにひきかえ夫人の声は荒っぽいことはなはだしく、声が高まったときに、はっきり聞きとれた。

夫人は何度も『卑怯者！』と繰り返していたらしい。『いまさらとりかえしがつかないわ。わたしの人生を返してちょうだい！　もうこれ以上、あなたと同じ空気を吸うのもいや！　卑怯よ！　この卑怯者！』切れ切れにそんな声がしていたところへ、突然、男の恐ろしいどなり声がした。つづいてガシャンという音、絹を引き裂くような女の悲鳴。何かあったにちがいないと思った御者が、ドアを破ろうと悪戦苦闘した。そのあいだにも部屋のなかでは悲鳴がつづく。しかし、御者は入っていくこともできず、メイドたちは恐怖のあまり気が動転

していて手助けにもならない。

ふと思いついた御者が、玄関を出て、フランス窓のある芝生側に回った。夏のことだから当たり前だと思うが、窓の片側が開いていた。そこから、かんたんに部屋に入ることができたんだ。悲鳴をあげていたらしい夫人は、長椅子に倒れて気を失っている。老軍人のほうは、かわいそうに、肘掛け椅子の片側に両足を投げ出し、頭を暖炉のかたすみ近くの床に落として血の海に倒れ、息絶えていた。

主人にはもう手の施しようがないとわかって、当然のことながら御者はまずドアを開けようとした。ところが意外なことに、これがうまくいかなかった。鍵はドアの内側に差し込んでないし、部屋のなかにも見つからない。そこで、またフランス窓から外へ出て、警察と医者を呼んでもどってきた。なりゆきからして、いちばんに疑われたのは夫人だ。彼女は自分の部屋に運ばれたが、まだ気を失ったままだった。それから、大佐の死体はソファに移され、悲劇の現場が徹底的に調べられた。

気の毒な老軍人を死に追いやったのは後頭部に受けた二インチばかりの裂傷で、どうやら鈍器による強打が原因らしい。凶器もかんたんに推測できた。死体のすぐそばの床の上に、骨の柄が付いた、彫刻を施した硬い木製の奇妙な棍棒が転がっていたんだ。大佐は世界各地で戦った経験があるし、あちこちの土地から武器を持ち帰ってはコレクションにしていたから、これもそのひとつだろうと警察は推測した。使用人たちは見たことがないと主張したが、屋敷には珍しいコレクションがいっぱいなんだから、見覚えがないものもあるだろう。

　警察が部屋を捜査した結果、ほかに重要な発見物はなかったが、鍵の行方はとうとうわからなかった。バークリ夫人も死んだ大佐も身につけていなかったし、部屋のどこにもないというのが、不思議なところだ。けっきょく、オルダーショットから呼んだ鍵屋がドアを開けた。

　ワトスン、火曜日の朝になってぼくがマーフィ少佐からの依頼で警察に協力すべくオルダーショットに出向いたときの状況は、以上のとおりだ。おわかりのとおり、そのときすでに事件は興味ある面を見せていたが、いろいろ調査してみたところ、一見した以上にとても奇怪な事件だということがわかった。

　部屋を調べる前にメイドたちを尋問してみたが、いま話して聞かせた以上のことは引き出せなかった。ただ、ひとつだけささいだが興味あることを、メイドのジェイン・スチュアートが覚えていた。口論を聞きつけて台所へ行き、ほかの使用人たちといっしょにもどってきた女性だ。

　ジェインがひとりだったとき、主人夫妻の声はひどく小さくてほとんど聞き取れず、言葉ではなく口調から、言い争っているのだと思ったんだそうだ。ところが、さらにジェインを問いつめると、夫人が『デイヴィッド』という名前を二度ほど口にしたことを思い出した。これは、唐突にけんかになった原因を探るのにきわめて重要な点だよ。だってきみ、大佐の名はジェイムズなんだからね。

この事件で、使用人や警察にもっとも強い印象を与えたことがある。大佐の顔に残る、ゆがんだ表情だ。人間の顔がよくもこれほどにと思うくらい、恐ろしい不安と恐怖の表情で、その死に顔を見ただけで気絶した人が何人も出たと、一同口をそろえている。大佐はきっと、自分の運命を予期して、言いようのない恐怖に襲われたんだろう。

もし妻の自分への殺意を見たのだとしたら、もちろんこれは警察の見方と十分につじつまが合う。致命傷が後頭部にあるという事実だって、この見方とくいちがいはしない。なぐられるのをよけようとして、顔をそむけたのかもしれないからね。夫人は悪性の脳炎にかかってしばらく正気にもどらないので、何も聞き出すことのできない状態だった。

警察によると、その晩バークリ夫人といっしょに外出したミス・モリスンは、帰宅して夫人が不機嫌になった原因については、まるでわからないと証言したそうだ。

これだけの事実をまとめたあと、ぼくはパイプをつづけざまにふかしながら、根本的に大事な事実とたんに偶然起こっただけの事実を切り離そうと考えた。もっとも目立つ、いわくありげなポイントはもちろん、不思議なことにドアの鍵が紛失したことだ。部屋をしらみつぶしに捜しても見つからなかった。持ち出されたにちがいない。だが、大佐も夫人も鍵を持ち出したはずがない。それははっきりしている。だから、第三者が部屋に入ったにちがいない。とすると、フランス窓から入ったとしか思えない。部屋と芝生をよく調べれば、この謎の人物の残した跡が見つかるかもしれないと、ぼくは思った。

ワトスン、きみはぼくの方法をよく知っているだろう。その方法のすべてを駆使してみたよ。その結果いくつかの痕跡を発見したが、それから導き出した結論は、ぼくの予想を裏切るものだった。あの部屋にはひとりの男が来たはずだ。この男は街道から芝生を横切って入ってきた。くっきりした足跡が五つ——外の街道の低い塀に上った地点にひとつ、芝生に二つ、あと、かすかな足跡がフランス窓近くのよごれた板の上に二つあった。どうやら、芝生をかけ抜けたようだ。かかとよりつま先のほうがずっと深い足跡だからね。しかし、驚いたのはこの男にじゃない。その連れのほうにだよ」

「連れがいたのか！」

ホームズは、ポケットから大判のうす紙をとりだし、注意深くひざの上に広げた。

「何だと思う？」

紙には何か小さな動物の足跡がいくつかついていた。五本の指の跡がはっきりとわかる。長い爪の跡もあって、デザート用スプーンほどの大きさの足だ。

「犬かな」

「犬がカーテンをかけ上がるなんて、聞いたことがあるかい。この動物がカーテンを上がった跡をはっきり見つけたんだよ」

「じゃあ、サルだ」

「サルの足跡じゃない」

「じゃあ、いったいなんなんだ？」

「犬でも猫でもサルでもないよ。足跡の大きさから、動物の姿を再現してみた。じっとしているときの四つの足跡がここにある。前足からうしろ足まで十五インチもあるのがわかるだろう。これに、首と頭の長さを足してごらんよ。体長二フィートをそれほど下らない――もしも尻尾があれば、もっと長いことになるだろう。

だが、もうひとつ、こっちの、動いているときの足跡を測ってみよう。歩幅がわかる。どれを見てもほんの三インチくらいだ。つまり、とても長い胴体にすごく短い足がついているってことだ。毛を一本も残していってくれなかったのがいささか不親切だが、だいたいの格好は、いま言ったとおりにちがいないよ。さらに、カーテンをかけ上がることができる肉食動物だ」

「どうしてわかる？」

「現にカーテンをかけ上がっているからだよ。窓際にカナリアのかごがぶらさがっていて、その鳥をねらったらしい」

「で、その動物は何なんだい？」

「それさえわかれば、解決にぐっと近づくんだがなあ。おおまかにいって、イタチかテンのたぐいだろうが――その種の動物でそんなに大きいやつは見たことがない」

「それが事件とどんな関係がある？」

「それもまだよくわからない。しかし、調べがかなり進んだことはわかってもらえただろうね。ひとりの男が街道ばたに立ってバークリ夫妻の言い争いをながめていた――ブラインドは開いていたし、部屋には明かりがついていたからね。それから、男は芝生をかけ抜けて部屋に入る。みょうな動物を連れてね。男が大佐を殴り倒したか、あるいは、男の姿を見た大佐がひどい恐怖のあまり卒倒して、暖炉の角に頭をぶつけたか。これだけのことがわかっている。最後に、不思議だが、侵入してきた男が逃げるときに部屋の鍵を持ち去ったことも」

「きみの発見のおかげで、事件が前にも増して不可解になってきたな」

「まさにそのとおり。この事件は、最初に考えていたよりもずっと奥が深いものだよ。じっくり考えて、もうひとつ別の面から事件に取り組んでみなくちゃならないという結論に達したんだ。だがワトスン、眠るのをすっかりじゃましてしまったね。ここから先は、あしたオルダーショットに行く道で話してもいいよ」

「心配無用。ここまで聞いて、途中でやめるわけにはいかないよ」

「バークリ夫人が七時半に家を出た時点で、夫との仲がよかったことははっきりしている。もう話したとおり、夫人はあからさまに愛情を見せる人ではないけれど、大佐と仲むつまじく話しているのを御者が聞いている。そして、これまた同じくらいたしかなことだが、夫人は帰ってくるなり夫といちばん顔を会わせそうにない部屋に入って、急いでお茶を飲みたがった。動揺した女性がよくやることだね。最後に、大佐が部屋に入ってくるときつい調子で責めはじめた。

だから、七時半から九時までのあいだに、夫人の夫に対する気持ちをがらりと変えてしまうような何ごとかがあったのだ。ところが、その一時間半のあいだ、ミス・モリスンはずっと夫人といっしょだった。したがって、彼女はわからないと言っているけれど、何か事情を知っているにちがいない。

最初に想像したのは、この若い娘と老軍人のあいだに何かがあって、夫人はそれを告白されたのではないかということだった。それなら、夫人が怒り狂って帰宅したことも、ミス・モリスンが知らないと言い張ることも説明がつく。使用人たちがもれ聞いた言葉も、だいたいつじつまが合うだろう。

しかし、デイヴィッドという男の名前が出てきたことや、大佐が妻を愛しているのをだれもが知っていたということは、この説にそぐわない。第三者が侵入して悲劇が起こったことは、前にあったこととまったく無関係だろうから、言うまでもなく、この説には合わない。どこから調べていったらいいのか決めるのは難しかったが、大佐とミス・モリスンのあいだに何かあったという想像は、捨てたくなってきた。

それにしても、バークリ夫人が急に夫を憎みだしたのはなぜか。その鍵を握っているのがミス・モリスンだという確信は、ますます強くなってきた。そこで、当然のことながら、ミス・モリスンの家を訪ねたんだ。そして、何か隠しごとがあるのははっきりしている、もしその事実が明らかにならない場合は、友人であるバークリ夫人が殺人容疑で裁判にかけられることになるだろう、と言ってみた。

ミス・モリスンは、小柄でほっそりしたブロンド娘だった。目つきはおずおずとしていたが、頭の回転はよく、常識にも欠けていない。話を終えるとしばらく考えこんでいたが、決心したような表情でぼくのほうを見て、おどろくべき事実を明かしてくれた。彼女の話をかいつまんで聞かせてあげよう。

『奥さまには、ひとことも口外しないとお約束しました。約束は約束です。でも、その奥さまにたいへんな疑いがかかっているというのに、おかわいそうに、重いご病気で口もきけないでいらっしゃるのですから、お助けすることになるのでしたら、約束を破っても許されるでしょう。月曜日の晩にあったことを、ありのままにお話しいたします。

八時四十五分ごろ、ワット街礼拝堂から帰る途中、人気《ひとけ》のないハドスン街を通ることになりました。左側にひとつあるだけの街灯に近づいたとき、背中がひどく曲がって、片方の肩に箱のようなものをかついでいる男が、こちらにやってまいりました。身体に障害があるらしく、頭を低く垂れ、膝を曲げて歩いていました。すれちがったとき、男は顔を上げて街灯の明かりでわたしたちのほうを見ると、ぴたりと立ち止まって、恐ろしい声で叫びました。

「ややっ、ナンシーじゃないか！」

バークリ夫人は、死人のように真っ青になってしまわれました。この恐ろしげな姿の男が抱き止めなかったら、倒れてしまわれたことでしょう。わたしは警官を呼ぼうとしましたが、驚いたことに、夫人はとてもていねいな口調で男に話しかけたんです。

「ヘンリー、あなたは三十年前に亡くなったとばかり思っていましたわ」声が震えていました。

「そのとおり、わたしは死んだのです」ぞっとするような口調でした。色黒の不気味な顔に輝く目。わたし、あとで夢に見てしまいました。髪の毛とほおひげには白いものが交じり、しなびたリンゴのように顔じゅうしわだらけでした。

「モリスンさん、先に行ってくださるかしら。わたくし、この方と少しお話がありますから。怖がることなどないんですよ」そうおっしゃるバークリ夫人こそ、落ち着いた声を出そうとなさっていましたけれど、お顔は真っ青、唇が震えてうまくお話しになれないほどでした。

わたしは言われたとおり先に行き、お二人はしばらく話をしてらっしゃいました。しばらくしてわたしに追いついたとき、夫人の目はきらきら光っていました。見ると、足の悪い男は街灯のそばでこぶしを振り回して、怒りに気が狂ったような様子でした。黙り込んでいた夫人は、わたしの家の前に来たとき、わたしの手を握って、このことはだれにも話さないでほしいとおっしゃいました。

「昔の知り合いで、今は落ちぶれてしまったの」と説明なさいますので、だれにも申しませ

んと約束いたしますと、夫人はわたしにキスしてくださいました。それ以来はお会いしていません。これで全部ほんとうのことをお話ししました。警察に黙っていたのは、お友だちがそんな危ない立場に立たされているとは知らなかったからです。いまとなっては、すべてを打ち明けたほうが、あのかたのためになると思います』

というのが、ミス・モリスンの話だよ。ワトスン、わかってくれるだろう、ぼくにとっては暗闇に見えたひと筋の光だった。ばらばらだったことが全部、そのとたんに関連づいて、一連のできごとがおぼろげながらわかったような気がした。

つぎにする仕事は、もちろん、夫人にこれほどのショックを与えた男を見つけ出すことだった。もし、まだオルダーショットにいるのだとしたら、それほど難しいことじゃないだろう。あそこには軍人以外の人間はそれほどいないし、身体が不自由な男はどうしたって目立つ。丸一日捜し歩いて、その晩、つまり今晩までに、つきとめた。男の名はヘンリー・ウッドといって、夫人たちが出くわした通りに下宿していたよ。オルダーショットへやってきてから、たかだか五日しかたっていない。

ぼくは住民登録係のふりをして、下宿のおかみさんとじつに愉快なおしゃべりをしてきた。男は手品の芸人で、日が暮れると兵営の酒保を回っては、あちこちでちょっとした芸を披露しているんだそうだ。箱に入れた動物連れなんだが、おかみさんは見たことのないその動物をかなり怖がっているようだったよ。その動物を使う手品もあるってことだった。それからおかみさんは、あんな身体で生きていくのはたいへんだろうとも言っていた。男はときどき聞いたことのない言葉を口にするらしい。ここ二晩ほどは、寝室で泣いたりうめいたりしているのが聞こえたそうだ。金はきちんと払ってくれるが、保証金に渡されたフロリン硬貨はにせものらしいといって見せてくれた。ワトスン、それが、インドのルピー貨幣なんだよ。

　これで、現在の状況と、きみにいっしょに来てくれとたのむ理由は、わかってもらえただろう。二人の女性と別れたあとで、この男は遠くからあとをつけた。窓から大佐夫妻が言い争っているのを見て飛び込んでいき、箱に入れていた動物が逃げ出した。これは絶対に確かだ。ただし、部屋のなかで何が起こったのか正確に語れるのは、世界じゅうでこの男ただひとりだ」

「では、その男に話をしてくれるよう、言うつもりなんだね」

「もちろん――ただし、証人のいる前でね」

「で、ぼくにその証人になれと」

「承知してくれるならだ。男がすべてを打ち明けてくれればそれでいいが、もし断られた場合には、逮捕状を請求しなくてはならないだろうから」

「でも、あした出かけていっても、男がそこにいるかどうか」

「もちろん、手は打ってある。ベイカー街不正規隊《イレギュラーズ》の少年をひとり、[*2]見張りにつけておいた。男がどこへ行こうと、必ずイガみたいにくっついていくさ。あしたハドスン街に行けば、その男に会える。ところで、これ以上きみを寝かさないでいると、今度はぼくが犯罪人になりそうだ」

わたしたちが悲劇の現場に着いたときは、もう昼になっていた。友人の案内で、すぐにハドスン街に向かった。ホームズは感情を隠すのがうまいが、興奮を抑えているのがすぐにわかった。一方のわたしはといえば、彼の捜査につきあうときのつねで、狩りにでも出かけるような気分と、頭の体操でもするような楽しさを同時に覚えていた。

「ここが、その通りだ」ホームズは、ありふれた二階家がならんでいる短い通りを曲がると、口を開いた。「ああ、シンプスンが報告に来たぞ」

「ホームズさん、だいじょうぶ、あの男はいますよ！」と、小さな浮浪少年がかけ寄ってきた。

「よしよし」ホームズは少年の頭をなでた。「さあ、ワトスン、この家だ」重大な用件で来たと、ホームズが名刺を添えて伝えたので、すぐに目指す相手と会えた。気候は暑いくらいだというのに、男は暖炉の火の前にかがみこんでいた。部屋はかまどのなかのようだ。椅子にすわった男の身体が曲がってちぢこまり、異様なかたちという印象を受けた。だがこちらに向けた顔は、色が黒くやつれてはいるものの、かつてはたぐいまれな美男子と言われていたにちがいないと思わせる。黄色く濁った目で、うさんくさそうにこちらをにらんで、ひとことも口をきかず、立ち上がりもせず、手だけで合図して、二つの椅子を勧めた。

「もとインドにいらっしゃった、ヘンリー・ウッドさんですね」ホームズは愛想のいい口調で切り出した。「バークリ大佐が亡くなった件でうかがいました」

「わたしが何を知っているというんですか？」

「まさにそれを確かめたいと思ってまいりました。真相が明らかにされないと、昔のご友人であるバークリ夫人が、まずまちがいなく殺人の容疑で裁判にかけられることになると、ご存じでしょうね？」

男はぎくりとした。

「どなたか存じませんし、どうしてそんなことをご存じなのかもわかりませんが、いまおっしゃったことは誓ってほんとうのことですか？」

「警察では、夫人が正気にもどるのを待って、逮捕するつもりでいます」

「なんということだ！　あなたも警察のかたなんでしょうか？」

「いいえ」

「では、あなたには関係ないじゃありませんか」

「正義に関係ないと言っていられる人間などいませんからね」

「誓って申しあげますが、あの人に罪はない」

「では、あなたに罪があるのでしょうか？」

「違います」

「では、ジェイムズ・バークリ大佐を殺したのはだれです？」

「あの男を殺したのは、正しい神の裁きです。しかし、よく聞いてください。たしかにわたしは、あの男の脳天をたたき潰してやるつもりでしたが、仮にそれを実行に移していたとしても、あの男にとっては当然の報い以外の何ものでもなかったでしょう。もし、あの男が自分の罪の意識から倒れることがなかったとしたら、わたしが手を下していたところです。真相をお聞きになりたいのですか？　では、お話ししましょう。わたしにはただの一点も恥じるところがないんですから。

ごらんのとおり、いまのわたしは背中がラクダのように曲がり、肋骨もゆがんでいますが、ヘンリー・ウッド伍長が第一一七大隊きっての美男子と言われたころもあったんですよ。当時はインドに駐屯していました。宿営地は、まあ、バーティーとでも呼んでおきましょうか。このあいだ死んだバークリは、当時、わたしと同じ中隊の軍曹でした。そして、連隊随一の美女、ありとあらゆる娘のうちで最高の女性が、軍旗護衛軍曹の娘のナンシー・デヴォイ。彼女を愛していた男は二人いたが、彼女が愛していた男はひとりだけでした。いま暖炉の前にかがみこんでいるこのみじめな男が男前だったせいで、彼女はわたしを愛していた。そう申しあげても、笑われてしまうだけでしょうね。

さて、彼女の気持ちはわたしに傾いていましたが、父親のほうは娘をバークリと結婚させるつもりでいました。わたしは無鉄砲でおっちょこちょいの若造、一方バークリは教育もあるし、すでに将校の地位を約束された男でしたから。しかし、彼女はひと筋にわたしを思ってくれていました。ところが、もうじき結婚できるだろうと思えたとき、セポイの大反乱が起こって、インドじゅうが地獄の鬼どもの住みかと化してしまったのです。

バーティーにいたわが連隊は、砲兵の半個中隊、シーク兵の一個中隊、それに多くの民間人や女性たちとともに、包囲されてしまいました。周囲の敵の数は一万。ネズミ捕りにかかったネズミをまわりでテリヤの群れがうかがっているようなものでした。囲まれて二週めに水が尽きました。当面の大問題は、内陸に向かって進軍してきているニール将軍の救援隊と連絡がとれるかどうか。これが、救われる唯一のチャンスだったんです。

女性や子どもを抱えていては、戦いに出て道を切り開く望みはありません。そこでわたしは、囲みをやぶってニール将軍のもとに急を知らせるという役に志願して出たのです。これが聞き入れられて、バークリ軍曹と相談しました。あたりの地形にだれよりもくわしいという彼が、敵の包囲を突破する道筋の地図を描いてくれました。その夜十時に、わたしは出発しました。千人の命を救うための決死行でしたが、その夜、壁を乗り越えるときにわたしの頭にあったのは、そのなかのたったひとりの命のことだけでした。

通るべき道は干上がった水路で、これなら敵の見張りにも見つかるまいと思っていましたが、這いながら角を曲がったとたん、六人の敵に鉢合わせしました。暗闇にしゃがんで待ち伏せていたんです。またたくまになぐられて気を失い、手足を縛られていました。しかし、ほんとうのショックを感じたのは、頭よりも心のほうでした。というのも、意識をとりもどして、わかるかぎりの敵の会話を聞いているうちに、戦友でありわたしの進むべき道筋を教えてくれた当の男が、インド人の使用人を通じて、わたしを敵に売り渡したのだということがわかってきたからです。

くわしくお話しするまでもないでしょう。ジェイムズ・バークリという男がどんなやつか、これだけでもうおわかりだと思います。バーティーは、翌日、ニールの援軍に救われましたが、わたしは退却する反乱軍に連れ去られ、ふたたび白人の顔が見られるまでに何年もかかりました。拷問され、脱走を図り、捕らえられ、また拷問の繰り返し。あげくのはてが、ご覧のとおりのこの姿です。その後、ヒマラヤ山の現地人がわたしを捕らえていた反乱兵を殺したので、しばらくそこで奴隷にさせられましたが、脱走しました。ところが、南へ行けないので北へ逃げざるをえず、アフガニスタンに着きました。そこで何年もさまよったあと、やっとのことでパンジャブにもどり、だいたいは原住民といっしょに暮らして、習い覚えた手品で生活を立てました。

哀れな身体になったわたしが英国に帰って昔の戦友たちに名乗りをあげたところで、何になるというのでしょうか。復讐したい思いはありましたが、それでも帰国する気にはなりませんでした。杖をついて、チンパンジーみたいに這い回って生きている姿をナンシーや旧友たちの目にさらすくらいなら、いっそのこと、ヘンリー・ウッド伍長は堂々と死んでいったと思われていたかった。みんな、わたしは死んだものと思っていましたし、いつまでもそのままにしておきたかったんです。聞くところ、バークリはナンシーと結婚して、連隊ではめきめき出世していっているとか。それでも、名乗り出る気にはなりませんでした。

　でも、人間、年をとるとふるさとが恋しくなるものです。何年も前から、英国の緑あざやかな野原や生垣を、夢に見るようになりましてね。とうとう、死ぬ前にひと目見ておこうと心を決めました。船賃を貯めて、兵営のあるところへやってきました。なにしろ、兵隊生活だったらよく知ってます。兵隊を楽しませるこつもわかりますから、生きていくくらいの金はかせげるだろうと思いまして」

「じつに興味深いお話でした」ホームズがやっと口を開いた。「バークリ夫人と会って、お互いにだれであるかわかったときのことは、すでに聞いています。では、それから、あのかたのあとをつけていって、大佐があなたにひどい仕打ちをしたことで夫人から責められているところを、窓越しにごらんになったんですね。そこで、気持ちを抑えかねて、芝生をかけ抜けて部屋に飛び込まれた」

「そうです。わたしを見たときのあの男の顔ときたら、人間のものとも思えないほどでしたよ。倒れて、暖炉の角に頭をぶつけてしまいました。しかし、倒れる前に死んでいたんです。死相が、いまこの暖炉の前で読んでいる聖書の文句と同じくらい、はっきりと読みとれました。わたしの姿を見ただけで、やましさでいっぱいのあの男の心臓は、まるで撃たれでもしたように貫かれてしまったんです。

そのとき、ナンシーが気を失いました。その手から鍵を受け取ってドアを開け、助けを呼ぼうとは思いました。ところが、いざとなると、そのまま逃げたほうがいいような気がしました。状況はわたしにとってあまりにも不利ですし、いずれにせよ、捕らえられれば秘密がばれてしまいますから。あわてたわたしは、鍵をポケットに入れて、カーテンにかけ上がったテディを追いかけているあいだに、自分の杖を落としてしまいました。ともかくやつをもとの箱にもどして、大急ぎで逃げ出しました」

「テディというのは？」

男は身をかがめて、隅にあった檻《おり》のようなものの正面の板を上げた。さっと飛び出したのは、美しい赤褐色の動物だった。すらりとしてしなやかな身体、テンのような足、細長い鼻、動物のものとしては出会ったことのないような、きれいな赤い目。

「マングースだ！」わたしはそう叫んでいた。

「そういう呼び方もありますね。イクニューモンと呼ばれることもある。わたしは〝ヘビ捕り〟って呼んでます。テディのやつ、コブラをすばやくつかまえるんですよ。毒のある牙をぬいたコブラを一匹連れているんですがね、テディはそいつをつかまえてみせては、酒保の兵隊たちを毎晩楽しませてやってるんです。まだ何かご質問が？」

「そうですね、もしバークリ夫人が不利な立場になったら、またお願いにあがらねばならないでしょう」

「そうなったら、もちろん、こちらから出ていきます」

「でも、そうならなかったら、卑怯な行ないをした男とはいえ、死んだ人間の古いスキャンダルを蒸し返すこともないでしょう。この三十年というもの、過去の悪行に対する良心の呵《か》責《しゃく》にひどく苦しめられてきたとお聞きになれば、あなたも少しは慰められるでしょう。おや、通りのむこう側をマーフィ少佐がやってくる。では、ウッドさん、さようなら。きのうからのことのなりゆきを、少佐にうかがってみたいのでね」

角を曲がろうとしているところでやっと追いついたわたしたちに、少佐が言った。

「やあ、ホームズさん。お聞きおよびかもしれませんが、大騒ぎしたわりにはどうってことない結果になりましたね」

「えっ、どういうことでしょう？」

「いま検死裁判が終わったところですが、医師の診断によると、死因はまちがいなく脳卒中です。つまり、結局のところ、かんたんな事件だったんですな」

「なるほど、おどろくほど底の浅い事件だったんですねえ」ホームズは、笑いながらそう言った。「行こう、ワトスン。オルダーショットにはもう用がないようだから」

「ひとつだけわからないことがあるんだがね」駅へ向かう途中、わたしはホームズに訊ねた。

「主人の名がジェイムズ、もうひとりの男がヘンリーなら、デイヴィッドっていうのはだれだったんだろう？」

「ぼくがもしも、きみが好んで描くような理想的な推理家だったら、その名を聞いただけで事件のすべてを察していなければならなかったんだ。もちろん、あれは非難の言葉さ」

「非難の言葉？」

「そうだ。デイヴィッドは、きみも知ってのとおり、ときどき罪の道へと足をふみはずし、一度などはジェイムズ・バークリ軍曹と同じことをした。聖書のウリヤとバテシバの物語をおぼえているだろう？[*3]

　聖書に関するぼくの知識は、いささかさびついてしまっているかもしれないが、たしか『サムエル記・上』か『下』だったな。見てごらんよ」

入院患者

The Adventure of the Resident Patient

友人シャーロック・ホームズに備わるとびぬけた推理能力を世間に紹介したいと思い、その実例として、わたしはいささかとりとめのない記録を綴ってきた。しかし、実際に起きた事件のなかからその目的にぴったり合うものを選び出すのが、どんなにたいへんだったか。こうして記録をざっとながめていると、そのことがいやおうなく思い出されてくる。なぜなら、ホームズがどんなにみごとな推理をし、その独特な捜査方法でみんなをびっくりさせたとしても、事件そのものの中身が平凡で、話としておもしろくないため、公表するほどではないということも、よくあったからだ。

逆に、とても珍しい、人が考えもつかないような事件に取り組んだのに、その解決にホームズの果たした役割が、伝記作者としてのわたしが期待するほどではなかったということも、けっこうあった。

《緋色の研究》という題でわたしが記録した事件や、そのあとに発表した囚人船グロリア・スコット号の失踪にまつわる話などは、まさに伝記作者を永遠に悩ませるシラとカリブデスといったところだろう[*1]。これから紹介する事件でもまた、ホームズの果たした役割はそれほど大きくなかったが、事件全体があまりにも奇妙でおもしろい要素を含んでいるので、ぜひとも書いておきたいと思うのである。

　事件記録の一部をなくしてしまったため、この事件が正確にいつのことであったかは、定かでない。しかし、わたしがホームズとベイカー街で部屋を共有するようになってから一年ほどたったころであるのは、確かだ。十月のある天候の荒れた日のことで、わたしたちは一日じゅう家のなかにこもっていた。わたしは体調があまりよくなかったので、秋の激しい風に吹かれたくなかったし、一方ホームズも、難しい化学実験に没頭していたのである。

　だが夜になると、実験が終わらないうちにホームズの使っていた試験管が壊れてしまった。ホームズはがっかりして声をあげ、顔をくもらせて椅子から立ち上がった。

「一日かけた仕事が台無しだよ、ワトスン」と言いながら、大またで窓に歩み寄った。「おや！　星が出ているし風もおさまってるぞ。どうだい、少し外の通りでもぶらついてみないか？」

　せまい居間にこもりっきりでうんざりしていたわたしは、諸手を挙げて賛成した。それから三時間ばかり、フリート街からストランド街へかけてぶらぶらと散歩しながら、賑やかな通りを行き交うさまざまな人たちの様子をながめた。まさに、人生の万華鏡《まんげきょう》とでもいうべき光景だ。[*2] ホームズはそのあいだずっと、細かなことに対する観察力と鋭い推理力を感じさせる独特のおしゃべりで、わたしを楽しませてくれた。

　ベイカー街にもどったのは午後十時を少し回ったころだった。家の前に四輪馬車が止まっ

ている。

「ふむ。医者の馬車だな。ふつうの開業医らしい。開業してまもないのに、かなり繁盛しているようだ。きっと、何か相談ごとで来たんだろう。いいところへもどったな」

ホームズの推理のしかたはだいぶわかってきたので、なぜそういう結論が出るかはすぐに理解できた。馬車のなかの明かりの下にバスケットが掛かっていて、そこから医療器具が見えているので、その種類や状態からすばやく推理したのだろう。二階のわたしたちの部屋の窓に明かりがついているから、この夜ふけの客がわたしたちを訪ねてきたことも、まちがいない。自分の同業者が、こんな時間にいったいどんな用件で来たのか。わたしは好奇心をかきたてられながら、ホームズのあとについて部屋に入った。

わたしたちが部屋に入ると、赤茶色のほおひげを生やした、青白くて細い顔の男が、暖炉の前の椅子から立ち上がった。年のころは、せいぜい三十三、四というところだろうか。なのに、ひどくやつれた顔つきで、顔色もとても悪い。きっと、働きすぎで精力を消耗し尽くし、若さをなくすような生活をしているのだろう。身体の動きを見ていてもいかにも神経質で内気そうで、ぴりぴりしている感じだった。

立ち上がるときマントルピースにかけた手がほっそりしていて青白く、医者というより芸術家を思わせた。服装は地味で、黒のフロックコートに黒のズボン。ネクタイがわずかな色どりを添えている。

「ようこそ、ドクター」ホームズは、明るく声をかけた。「あまりお待たせしなくてすんで、なによりでした」

「御者にお聞きになったんでしょうか」

「いや、そのサイドテーブルのロウソクが教えてくれました。さあ、どうぞおかけください。さっそくご用件をうかがいましょう」

「パーシー・トレヴェリアンと申します。医者で、住まいはブルック街四〇三番地です」

「トレヴェリアンさんというと、原因不明の神経障害について論文を書かれた、あのトレヴェリアン博士ですか？」わたしは訊ねた。

自分の書いたものを知られていたことがよほどうれしかったのか、トレヴェリアンの青白いほおにさっと赤みがさした。

「あの論文には反応がさっぱりで、もうすっかり忘れ去られたものと思っておりました。出版社も売れ行きがひどいと言っていますし、がっかりしていたんですよ。すると、あなたもやはり医学関係の方ですか？」

「軍医をしていましたが、退職しました」

「わたしはずっと神経の病気に関心をもってきました。いずれはそれを専門にしたいのですが、もちろん、できることからやっていくほかありませんしね。

しかしホームズさん、いまはこんなお話をしている場合じゃありません。貴重なお時間を割いていただいてもいることですし。じつは、最近、ブルック街のわたしの家で、おかしなことがたてつづけに起こったのです。今夜のできごとがあって、これはもうあなたにご相談して助けていただかなければならないと思ったため、こうしてやってきました」

ホームズは椅子に腰をおろすと、パイプに火をつけた。「ご相談にも乗りますし、お力にもなりましょう。とにかく、そのおかしなできごとというのをくわしくお聞かせください」

「なかには、申しあげるのも恥ずかしいくらいとりとめもないこともあるでしょうが、なにしろ、わからないことばかりでして。最近では、ますます込み入ってきました。とにかく、何もかもお話ししますので、大事なことなのかつまらないことなのかの判断は、あなたにお任せします。

まず、学生時代にさかのぼってお話ししなければなりません。わたしはロンドン大学の卒業生です。決して自慢したいわけではないのですが、大学にいたあいだは、教授たちから将来を大いに期待されていました。卒業してキングズ・カレッジ付属病院にちょっとした職を得てからも研究をつづけ、強硬症、つまりカタレプシーと呼ばれる病気の研究が、幸いにもかなり注目を浴び、さきほどこちらの方のおっしゃった、神経障害についての論文で、あのブルース・ピンカートン賞とメダルをいただくまでになりました。そのころのわたしには輝かしい将来が約束されていると、まわりから思われていました。そう申しあげても決して大げさではないでしょう。

ところがただひとつ、開業するための資金がないという、大きな障害がありました。申しあげるまでもなく、専門医として成功するためには、キャヴェンディッシュ・スクウェアあたりにある十本ほどの通りのどこかで開業しなければなりません。そのためには、家賃や設備の費用など、莫大なお金が必要になります。さらに、そうした開業のための費用に加えて、最初の数年間は収入がなくてもやっていけるだけの蓄えがいります。また、ある程度りっぱな馬車や馬も用意しなくてはなりません。

わたしの力ではまるで無理だとわかっていました。まあ、十年くらいこつこつやっていれば、どうにか看板のひとつも出せるかもしれないと、希望だけは捨てずにやっていました。ところが、突然思いもかけないことが起こって、新しい道が開けたのです。

ブレッシントンという、見も知らぬ紳士が訪ねてきたのが始まりでした。ある朝のこと、その男がやってくるなり、こう切り出したのです。

『あなた、あの優秀な業績をあげて、りっぱな賞をもらわれた、パーシー・トレヴェリアンさんですな?』

わたしはうなずきました。

『やっぱり。だったら、わたしの質問に素直にお答えいただけますかな。そのほうがあなたにとって得になりますぞ。あなたには成功するための頭脳が十分おありのようだ。だが、機転はきくほうですかな?』

いきなりの失礼な質問に、わたしは思わず微笑みながら言いました。『まあ、それなりに機転もきくほうだと思いますが』

『悪い習慣をおもちってことはありませんか？　まさか、大酒飲みなどということは？』

『とんでもない！』

『いや、けっこうです。それならけっこう。いちおううかがっておかないとね。それだけちゃんとした方が、なぜ開業なさらないのですか？』

わたしは肩をすくめました。

『そうですか、いや、なるほど』相手は、せわしない口調で続けます。どうやらそれが、癖のようでした。『昔からよくあることだ。頭はあるが金はなしってね。さて、そこでですね、あなたをブルック街で開業させてあげると言ったら、いかがですかな？』

わたしはびっくりして、相手の顔をまじまじと見つめました。

『いやいや、あなたのためではない。じつは、わたしのためなんです。何もかも包み隠さず申しあげましょう。この話があなたのためになるのなら、わたしにとってもたいへん都合がいいんですよ。じつは、投資したい金が二、三千ポンドばかりありましてね、そいつを、あなたに投資しようというわけです』

『それはまた、どうしてです？』あまりに唐突な話で、わたしは息が苦しくなりました。

『なあに、よくある事業への投資と、まったく変わらないことですよ。それに、こっちのほうがずっと安全だ』

『それで、わたしはどうすればいいのですか？』

『これからお話しするようにしていただければいい。わたしが建物を借り、開業のための設備を整え、使用人たちの給料を払い、病院の経営のすべてを引き受けます。あなたはただ、診察室で患者を診るだけでけっこう。あなたの必要な小遣いなども全部わたしが出します。ただし、病院の収入の四分の三をわたしがもらい、あなたの取り分は残りの四分の一となります』

　ホームズさん、これがブレッシントンという男のもちかけてきたおかしな話です。このあとの細かい話し合いについては省きますが、とにかく話はまとまり、つぎの『お告げの祝日』（天使ガブリエルが聖母マリアにキリストの受胎を告げた日で、三月二五日）に、わたしは病院として借りた家に引っ越ししました。一年のうち四回の、支払い勘定日でもありますからね。そしてわたしは、だいたいブレッシントンの申し出たとおりの条件で医院を開業したのです。

　ブレッシントンも、入院患者として同じ家に住むことになりました。なんでも心臓が悪いとかで、しょっちゅう医者にめんどうをみてもらわなくてはいけないというのです。彼は、二階にある上等な二つの部屋を自分の居間と寝室にしました。ところが、このブレッシントンがまたずいぶんと変わった男なんです。とにかく人づきあいが嫌いで、めったに外出することもありません。毎日の生活も、かなり不規則でした。とはいえ、ひとつだけ、感心するほど規則正しいことがあります。毎晩きっかりおなじ時間になるとわたしの診察室へやってきて、帳簿を調べます。そして、その日の収入から一ギニーにつき五シリング三ペンスの割合でお金を差し引き、残りを全部自分の部屋へ持ち帰り、金庫にしまいこむのです。

これは自信をもって言えることですが、あの人は自分が投資したのを失敗だと思ったことは一度もないはずです。病院は初めからうまくいったんですから。開業したころから、いい患者が何人もつきましたし、大学病院にいたころつくりあげた評判のおかげもあって、わたしはたちまち名をあげ、ここ一、二年でブレッシントンをすっかり金持ちにしました。

ホームズさん、ここまでがわたしのかんたんな経歴と、ブレッシントンとの関係についての話です。そして、ここからはいよいよ、今夜ここへうかがわなくてはならなくなったいきさつになります。

数週間ほど前のことです。ブレッシントンがひどくうろたえたようすでわたしの部屋へやってきました。ウェスト・エンドで強盗があったとかで、それはもう、おかしいくらいに興奮していました。すぐに窓やドアにもっと頑丈な鍵をつけなければ、おちおち眠ってもいられないというんです。それから一週間というもの、あの人は妙に落ち着かない様子で、ひっきりなしに窓から外をうかがっていました。毎日やっていた夕食前の軽い散歩もぱったりやめてしまいました。どうやら何かに、あるいは何者かに、ひどくおびえているようです。でも、わたしがそのことを訊ねるとたちまち不機嫌になってしまうので、放っておくしかありません。

それでも、日がたつにつれて恐怖もしだいにうすれてきたように見えました。また前のように夕食前の散歩もするようになっていたのです。ところがそこに、また新しい事件が起こり、あの人は気の毒なくらい元気をなくしてしまいました。いまもまだ、そのままの状態がつづいています。

事件というのはこうです。二日前に、わたしは一通の手紙を受け取りました。差出人の名前も日付もなく、こういう文面でした。

現在英国に住んでいるロシアの一貴族が、ぜひ一度、ドクター・パーシー・トレヴェリアンのご診察を受けたいと申しております。じつは、数年前からカタレプシーの発作に悩まされているのですが、ドクター・トレヴェリアンがその方面の権威でいらっしゃると、かねて承っております。明日の晩六時十五分ごろおうかがいいたしますので、ご都合がよろしければなにとぞご在宅くださるよう、お願い申しあげます。

この手紙に、わたしは強く興味をひかれました。カタレプシーを研究するうえでいちばん困るのは、珍しい病気のためとにかく患者が少ないということです。ですから、患者がいるのならぜひひとも会ってみなくてはなりません。そこで、つぎの日の夕方、わたしは診察室で首を長くして待っていました。指定の時間になると、給仕の少年に案内されてその患者があらわれました。

かなり年配の、やせてもの静かな、ごくふつうの男性です。ロシア人貴族といった感じはあまりありません。むしろ、いっしょに来た青年のほうがはるかに印象的でした。すらりと背が高く、浅黒くてりりしい感じの整った顔だちをしています。しかも、ヘラクレスのような、たくましい身体つきの男でした。その青年が、老人の腕を支えるようにして入ってくると、たくましい身体に似合わないやさしい気づかいで椅子にかけさせました。

青年は口を開くと、ちょっと舌がもつれるような口調でいいました。『先生、勝手におじゃまいたしまして、もうしわけありません。こちらは、ぼくの父です。父の健康は、ぼくにとってかけがえのない大切なものでして』

親を思う心に、わたしはほろりとさせられました。『では、診察のあいだも付き添っていらっしゃいますか？』

『とんでもない！』青年は恐ろしそうな身ぶりで声をあげました。『とても恐ろしくて、できません。父が、あの恐ろしい発作を起こすところを見るのは、つらすぎます。よろしければ、父が診察していただくあいだ、待合室で待たせていただきたいのですが』

もちろんわたしは同意し、青年は出ていきました。さっそく患者に様子を訊ね、くわしくメモをとりました。患者は、受け答えがあいまいで、頭が鈍いように感じられましたが、それはどうやら英語がよくわからないためのようでした。ところが、質問しながらメモをとっているうち、突然答えが途切れました。おやっと思って顔を上げたわたしは、びっくりしました。老人は椅子の上で棒のように硬直したまま、表情のないこわばった顔でじっとこちらを見つめているのです。あの、カタレプシー特有の奇妙な発作が起きたのでした。

最初は患者に同情し、つぎにびっくりしたのですが、それがやがて医者としての満足感に変わりました。さっそく患者の脈をとり、体温を測ってノートにつけ、筋肉のこわばり具合を調べ、反射能力を試しました。そのどれも特に異常なところはなく、わたしがこれまで見てきた病例とぴったり同じです。こういう場合にはいつも亜硝酸アミルを吸入させるとよい結果があらわれていましたので、その効果を試す、またとない機会だと思いました。

薬の瓶は地下の研究室に置いてあるので、わたしは患者をそこに残してとりにいきました。瓶を見つけるのにちょっと手間どりましたが、それでも五分ほどで診察室にもどれたと思います。ところがどうでしょう。もどってみると部屋は空っぽで、患者の姿がどこにも見えないではありませんか！

あわてたわたしは待合室へかけつけました。しかし、息子の姿もありません。玄関のドアは閉まっていましたが、鍵はかかっていませんでした。給仕の少年は、つい最近やとったのですが、あまり気がきくほうではありません。いつも地下の使用人部屋にいて、わたしが診察室のベルを押すとかけ上がってきて患者を送り出すのですが、その少年に訊ねても何も聞こえなかったといいます。まさに、キツネにつままれたような気持ちでした。

この謎のできごとがあった直後、ブレッシントンが散歩からもどってきました。しかし、最近はあの人とあまりかかわりあいにならないようにしていたものですから、このことは何も話しませんでした。

そして、今夜のことです。もう二度と会うことはあるまいと思っていたあのロシア人親子が、ゆうべとまったく同じ時間に、同じように連れだって診察室にあらわれたのです。わたしはびっくりしました。

『先生、きのうはとつぜん帰ってしまって、まことに申しわけないことでした』老人本人が言いました。

『いや、ほんとうに驚きましたよ』

『じつは、発作がおさまったあとはいつも頭がぼうっとして、それまで自分が何をしていたのかさっぱりわからなくなるのです。きのうもそうでした。気がついてみると、ぽつんとひとりで、まったく知らない部屋にいるではありませんか。それでわたしは、先生がもどられる前に、そのままふらふらと表へ出ていってしまったのです』

そこへ、息子も口をはさみます。『ぼくも、父が待合室の前を通るのを見て、てっきり診察が終わったものと思い込んでしまいました。帰ってから、ようやくほんとうのことがわかったんです』

『いやいや、こちらもちょっとびっくりしただけですから、かまいませんよ』わたしは笑いました。『では、また待合室でお待ちください。さっそく、きのう中断された診察をつづけましょう』

それから三十分ほど、わたしは老人に問診をして、処方箋を出し、老人が息子の腕にすがって帰っていくのを見送りました。

それからまもなくして、いつもの散歩から帰ってきたブレッシントンが二階に上がっていきました。ところが、すぐにまたかけ下りてくる足音がすると、あわてふためいて診察室へ飛び込み、大声を出しました。

『おれの部屋に入ったやつはだれだ！』

『だれも入りませんよ』

『うそだ！　来てみろ！』

恐怖のあまりとり乱してしまっているようです。乱暴な言葉もわたしは大目に見ました。いっしょに二階へあがると、ブレッシントンは薄い色の絨毯にくっきりと残る足跡を指さしました。

『こいつがおれの足跡だとでも、いうのか！』

たしかに、あの人の足跡にしては大きすぎました。それに、どう見てもたったいま、ついたばかりのものです。きょうの午後は、あのとおりの大雨でしたから、客といえばあのロシア人親子だけでした。そうすると、わたしが父親を診察しているあいだに、待合室にいた息子のほうが上がっていったとしか思えません。なぜかはわかりませんが、とにかく、入院患者の部屋へ無断で上がっていったということになります。何か盗まれたり、荒らされたりはしていませんが、足跡があるということは、やはりだれかが部屋に入りこんだという証拠でした。

こんなことがあれば、もちろんだれだって心穏やかではないでしょうけれども、それにしてもブレッシントンのあの取り乱しようはふつうではありません。肘掛け椅子にすわりこんですすり泣いたかと思うと、何を聞いてもわけのわからないことをわめくばかりなのです。じつは、ここへうかがうことも、あの人が言いだしたことなのです。わたしはあの人ほどことを大げさに考えてはいないのですが、たしかに、謎のできごとではありますから、すぐに言われたとおりにしたわけです。これから、わたしの馬車でおいでいただけないでしょうか。すぐに謎が解けるとは思えませんが、少なくともあの人をなだめることにはなるでしょうから」

ホームズは、この長い話に熱心に耳を傾けていた。どうやらひどく興味をかきたてられたようだ。いつもどおりの無表情で伏し目がちに聞いていたが、トレヴェリアンの話に好奇心をそそられるたびにパイプからひときわ濃い煙をたちのぼらせていた。話が終わると、黙ってさっと立ち上がった。わたしの帽子をとってくれると、テーブルから自分のをとりあげ、トレヴェリアンのあとから戸口へ向かった。

　十五分としないうちに、わたしたちはブルック街の医院の前で馬車を降りていた。ウェスト・エンドの開業医というのはたいていそうだが、なんとなく暗い感じのありきたりのデザインの建物だ。給仕の少年がドアを開けてくれ、わたしたちはすぐに上等な絨毯を敷き詰めた階段を上った。

　ところが、思わぬことに一瞬立ちすくんだ。階段の上の明かりがふっと消えたかと思うと、暗がりから震えたようなかん高い叫び声が聞こえてきたのだ。

「こっちはピストルを持ってるんだ！　一歩でも近づいたら撃つぞ！」

「早まってはいけません、ブレッシントンさん！」トレヴェリアンが叫ぶと、相手の声はがらりと変わり、ほっとしたような言い方になった。

「なんだ、先生でしたか！　だけど、いっしょにいるのは怪しい連中じゃないでしょうね？」

　暗闇のなかから、じっと見られているようだ。

「だいじょうぶのようですな」やっと声がした。「さあ、おあがりください。すべては用心のためにしたことでして、どうか悪く思わないでくださいよ」

　声の主がそう言いながら階段のガス灯をつけた。ぱっと明るくなった目の前には、異様な風貌の男が立っている。声もそうだったが、顔つきにも取り乱している様子があらわれていた。男はかなり太っているが、以前はもっと太っていたのだろう、顔じゅうの皮膚がブラッドハウンド犬のほおのようにたるんでいる。病的なほど顔色が悪く、まばらになりかけた薄茶色の髪の毛が感情の高ぶりのせいで逆立っているように見える。わたしたちが近づくと、ブレッシントンは手にしたピストルをポケットにつっこんだ。

「こんばんは、ホームズさんですね。ほんとうによくおいでくださいました。いまのわたしほどあなたの助けが必要な人間もおらんでしょう。部屋に押し入ったけしからんやつがいることは、トレヴェリアン先生からお聞きになっていますね?」

「うかがいました。ところでブレッシントンさん、その二人の男はいったい何者です? なぜあなたにつきまとうんですか?」

「それなんですがね」入院患者は落ち着かない様子で答えた。「さっぱりわからないのです。このわたしに、わかるわけがないじゃありませんか」

「知り合いではないとおっしゃるんですね?」

「まあ、こちらへどうぞ。とにかくお入りください」

わたしたちが案内された寝室は、広くて居心地のよさそうな部屋だった。

ブレッシントンが、ベッドのわきにすえられた大きな黒い金庫を指さした。「あれを見てください。ホームズさん、わたしは決して金持ちなんかじゃない。この投資にしたって、トレヴェリアン先生がよくご存じのように、生まれて初めてのことなんです。だがね、わたしは銀行ってやつを信用しません。絶対に信じられません。それでわたしは、ここだけの話ですが、わずかばかりの全財産をあの金庫にしまっているんです。ですから、おわかりでしょう？　どこのどいつかもわからないやつに部屋に押し入られて、どんなに不安になったか」

ホームズは疑わしそうにブレッシントンを見つめ、首を横に振った。

「ぼくをごまかそうというおつもりなら、残念ながらお力にはなれません」

「しかし、何もかも申しあげたつもりですが」

ホームズは、うんざりだと言わんばかりにくるりと背を向けて、医者に声をかけた。「おやすみなさい、ドクター・トレヴェリアン」

「じゃあ、相談に乗ってはいただけないんですか？」ブレッシントンの声は、うわずっている。

「ご忠告はひとつ。ほんとうのことをお話しくださいということ、それだけです」

一分後、わたしたちは通りに出て、下宿に向かっていた。オックスフォード街を横切り、ハーリ街を半ばまで歩いたところで、ホームズがやっと口を開いた。

「くだらないことで引っぱりだして、すまなかったね、ワトスン。ほんとうはおもしろい事件のはずなんだが」

「ぼくには、何が何やらさっぱりだ」わたしは正直な気持ちを言った。

「いいかい、まず何らかの理由で、あのブレッシントンを狙っている人間が二人いることはまちがいない。もっといるのかもしれないけれど、とにかく二人はいる。そして、最初のときも二度めのときも、ひとりがうまく医者を引きとめているあいだに若いほうがブレッシントンの部屋に忍び込んだ。そうとみて、まずまちがいはないだろう」

「でも、カタレプシーは？」

「仮病さ、ワトスン。専門家のトレヴェリアンの前じゃ言いにくいがね、あの病気を真似るのはわけもないんだよ。ぼくだってやったことがある。たまたまブレッシントンは、二度とも外出していた。夕方の六時過ぎなんていう、診察してもらうにはずいぶん妙な時間を選んでやってきたのは、待合室にほかの患者がいないと考えたからだ。ところが、偶然にもそれがブレッシントンの散歩の時間だった。どうやら連中は、ブレッシントンの生活をあまりよく知らないらしい。

盗みだけが目的なら、少なくとも物色したあとくらいは残っているはずだが、その形跡もない。それに、あのブレッシントンの目つきは、身の危険に怯えている人間のものだ。ぼくにはすぐにわかったよ。あの男がしつこい敵につけ狙われながら、その相手がわからないなんて、ありえない。だから、何者であるかわかっていて、何かの理由で隠しているのにちがいないのさ。まあ、あしたになれば、もっと正直に話す気になるだろうがね」

「こうは考えられないかな？　もちろんばかばかしい思いつきだけど、まったくありえなくもないと思う。つまり、カタレプシーのロシア人親子の話は全部トレヴェリアンのでっちあげで、じつはトレヴェリアン自身が何かの目的でブレッシントンの部屋に忍び込んだんじゃないだろうか？」

　このわたしの考えを聞いて、ホームズがにやりと笑いを浮かべたのが、ガス灯の明かりで見えた。

「じつはね、それはぼくもまっ先に考えたのさ。しかし、トレヴェリアンの話がうそじゃないことは、すぐにわかった。若いほうの男の足跡が階段の絨毯にはっきり残っていたんだ。わざわざブレッシントンの部屋の足跡まで見せてもらわなくても、よくなったくらいにね。その男の靴は、ブレッシントンの先のとがったのと違って、つま先が四角だった。それに、トレヴェリアンのよりも一インチと三分の一は大きかった。あれが別の人間のものだってことは、きみだって認めざるをえないだろう。

　まあ、きょうはもうこれくらいにしておこうじゃないか。あしたの朝になれば、ブルック街から必ず何か言ってくるだろう」

　ホームズの予言は、的中した。しかも、あまりにドラマチックに。翌朝の七時半、ようやくほの白い朝の光が射しはじめたころ、ガウン姿のままのホームズがわたしの枕もとに立っていた。

「ワトスン、馬車が待っているよ」

「いったい何ごとだ？」

「ブルック街から迎えだ」

「新しい知らせかい？」

「ああ、よくない知らせらしいが、はっきりしない」そう言いながら、ホームズは窓のブラインドを上げた。「これを見たまえ。手帳をひきちぎった紙きれに、鉛筆でなぐり書きがしてある。『おねがいです、すぐに来てください。P・T』トレヴェリアンは、やっとの思いでこれを書いたんだ。緊急呼び出しだよ。さあ、急ごう」

十五分ほどで、わたしたちはまた医者の家に着いた。すぐに、怯えた表情のトレヴェリアンが走り出てきた。

「ホームズさん、とんでもないことになりました！」医者は両手をこめかみにあてて叫んだ。

「いったい何ごとです？」

「ブレッシントンが自殺したんです！」

ホームズはヒュッと口笛を鳴らした。

「夜中に首を吊ったんです！」

わたしたちはトレヴェリアンのあとについて待合室らしき部屋に入った。

「まったく、何が何やら、さっぱりわかりません」トレヴェリアンの大きな声が響く。

「もう警察の方が二階にみえてます。じつに怖ろしいことだ」

「発見はいつですか？」

「あの人は毎朝早くメイドにお茶を運ばせるんですが、けさ七時ごろメイドが入っていくと、部屋の真ん中で首を吊っていました。いつも重いランプを吊るしている鉤《かぎ》にロープをかけて、きのうごらんになったあの金庫の上から飛び降りたんです」

ホームズは、しばらくじっと考えこんだあげく、こう言った。「さしつかえなければ、二階を見せていただきたい」

ホームズとわたしが先に立ち、トレヴェリアンがあとにつづいて階段を上った。

寝室に足を踏み入れたとたん、世にも恐ろしい光景が目に飛び込んできた。たるんだ身体のブレッシントンが鉤からぶらさがった姿は、ぶよぶよしたところがますますグロテスクに強調されて、とても人間とは思えないのだ。ブレッシントンの首は、毛をむしられたニワトリのようにだらんと伸び、そのため、顔と身体が不気味なほど膨れて見える。着ているのは長い寝間着だけで、裾からは、むくんだくるぶしと不格好な足がこわばったままにゅっと突き出ていた。そばに、きびきびした感じの警部がひとり立って、手帳に何か書き込んでいる。

「やあ、ホームズさん」彼は入ってきたホームズに声をかけた。「よく来てくださいました」

「おはよう、ラナー君。おじゃまにならないかな。こんなことになったいきさつについては、もう聞いていますね？」

「ええ、だいたいのところは」

「で、どう考えます？」

「この男、恐怖のあまり頭が変になっちまったんでしょう。ごらんのとおり、ベッドにはちゃんと寝たようです。身体の跡がはっきり残っていますから。自殺っていうのは明け方五時ごろがいちばん多いそうですが、この首吊りもだいたいそんな時刻でしょうね。ずいぶん考えたあげくのことのようです」

「筋肉の硬直の状態からすると、だいたい死後三時間というところですね」わたしはそう言った。

「部屋に何か変わったところは？」と、ホームズ。

「洗面台の上にネジ回しが一本とネジが数本ありました。それと、夜中にだいぶ煙草を吸ったようです。葉巻の吸い殻を四つばかり、暖炉から拾い出しました」

「ふむ！　葉巻用のパイプはありましたか？」

「いや、見当たりません」

「では、葉巻のケースは？」

「それなら、コートのポケットにありました」

ホームズはケースを開けて、一本だけ残っていた葉巻の匂いを嗅いだ。

「うむ、こいつはハバナ葉巻だな。だが、こっちの吸い殻のほうはオランダ人が東インド諸島の植民地から輸入してくる、ちょっと特殊な葉巻だ。ふつうは麦藁でくるんであってね、ほかのどんな種類のやつより、長さのわりに細めなんですよ」ホームズは四つの吸い殻をつ

まみあげて、拡大鏡で調べた。

「二本は葉巻用のパイプを使って吸い、あとの二本はじかに吸っているな。それに、二本は先を切ったナイフの切れ味があまりよくなかったらしく、もう二本は丈夫な歯で先を嚙み切って吸っている。これは自殺じゃないね、ラナー君。きわめて綿密に計画された、血も涙もない殺人ですよ」

「まさか！」

「そうではないと？」

「人を殺すのに、わざわざ天井からぶらさげるなんて、そんなやっかいなことをするやつがいますかね？」

「それを、これから調べるんですよ」

「それに、犯人はどうやって家に入ったんですか？」

「玄関からです」

「朝はかんぬきがかかっていましたが」

「では、犯人が出たあとでかけたんだ」

「どうしてわかりますか？」

「足跡がはっきり残っています。ちょっと待って。いま、もっとくわしく説明しますよ」

ホームズはドアの前にいくと、鍵穴の部分をいつものように念を入れて調べた。それから、部屋の内側に差してあった鍵を抜いて、これも調べた。さらに、ベッド、絨毯、椅子、マントルピース、死体、ロープと、つぎつぎに調べていった。ようやく調べ終わると、わたしと警部も手を貸して三人で死体をおろした。丁重にベッドに横たえ、シーツをかぶせた。

「このロープは、どうしたんだろう？」

トレヴェリアンは、ベッドの下から大きなロープの束をひきずり出した。「これを切りとったんですよ。あの人は火事をひどく恐れてました、病的なほどに。階段が燃えても窓から逃げられるように、いつもこれをそばに置いてたんです」

「なるほど、犯人の手間がひとつはぶけたわけだ」ホームズはじっと考え込んだ。「もうはっきりした。動機のことも、午後までにはまちがいなく教えてさしあげますよ。それから、マントルピースの上にある写真をちょっとお借りします。調査に役立ちそうですから」

「ちょっと待ってください、ホームズさん。まだ何も説明していただいていませんが！」トレヴェリアンは思わず叫び声をあげた。

「おや、そうでしたか。事件のいきさつは、もうまちがいなくはっきりしていますがね。犯人は三人。若い男と老人、それにもうひとりの人物です。第三の人物は、いまのところ手がかりがなくて何者かはわかりません。最初の二人はもちろん、ロシア貴族の親子に扮していた連中ですから、人相まではっきりしていますが。三人は仲間の手引きでこの家に入り込んだんですよ。ご忠告しておきますがね、警部。あの給仕の少年を早く捕まえることです。たしか、つい最近雇われたばかりでしたね、ドクター？」

「それが、姿が見えないんですよ」とトレヴェリアン。「メイドと料理人が、さっきから捜してるんですが」

ホームズは肩をすくめた。

「あの少年、この事件ではなかなか重要な役どころなんですがね。とにかく、三人はつま先立って階段を上りました。先頭に老人、つぎに若い男、最後が未知の男――」

「おいおい、ホームズ！」わたしは、思わずさえぎっていた。

「いや、足跡の重なり具合から、まちがいなくそうだ。ぼくはゆうべ、どの足跡がだれのものかつきとめておいたんだよ。さて、ブレッシントンの部屋のドアには鍵がかかっていた。しかし、やつらは針金でこじ開けた。わざわざ拡大鏡で見るまでもなく、鍵穴のなかのでっぱりのところに、針金でひっかいた跡がはっきり残っている。

ブレッシントンは、いきなり猿ぐつわをかまされたに違いない。ぐっすり眠っていたか、それとも恐怖のあまり声も出なかったのだろうね。この部屋の壁はかなり厚い。たとえちょっとぐらい叫んでも外に聞こえなかったとも考えられる。

ブレッシントンの手足を縛って逃げられないようにしておいて、三人のあいだでは何か相談のようなことが始まったんだ。おそらくは裁判の真似ごとみたいなものだろう。かなりの時間続いたらしい。あの葉巻はそのとき吸ったものだよ。老人はその籐の椅子にすわっていた。葉巻用のパイプを使ったのはその男だ。若い男はむこうの椅子にかけて、葉巻の灰をそこのたんすにこすりつけて落としたんだ。第三の男はあちこち歩き回っていた。ブレッシントンはベッドに身体を起こしてすわらされていたものと思われるが、あまり確かではないな。

さて、相談の結果、ブレッシントンを絞首刑にすることになった。あらかじめそう決めてあったのか、絞首台に使える滑車か何かも用意してあったようだ。あのネジ回しとネジが、おそらくその取り付け用だろうね。ところが、天井に丈夫そうな鉤があったので、その手間は省けた。処刑を終えて三人が急いで立ち去ったところで、共犯者の少年が玄関にかんぬきをかけたんだ」

われわれはこのホームズの説明に興味深く聞き入っていたが、推理はほんのちょっとした微妙な手がかりばかりをもとにしていたので、いちいち説明されてもなお筋道をたどるのがたいへんだった。警部はただちに給仕の少年を捜しに向かい、ホームズとわたしはベイカー街にもどって朝食にした。食べ終わると、ホームズが口を開いた。

「三時までにはもどるよ。その時間に、警部とトレヴェリアンがここへ来ることになっているんだ。それまでに、まだ残っているあいまいなことを、全部はっきりさせておきたい」

ラナー警部とトレヴェリアン医師は、約束の時間にやってきた。ホームズのほうは、四時十五分前くらいにようやく姿をあらわした。部屋に入ってきたときの表情から、首尾は上々だとわかった。

「警部、何かニュースは？」

「少年を捕まえましたよ」

「やりましたね。こっちも連中を捕まえましたよ」

「えっ、捕まえた？」わたしたち三人が同時に声をあげた。

「ええ、少なくとも正体は捕まえました。あのブレッシントンも、彼を殺した三人も、ぼくのにらんでいたとおり、ヤードではよく知られた男でした。ビドル、ヘイワード、それにモファットという名です」

「ワージンドン銀行を襲ったやつらか！」警部が叫んだ。

「そのとおり」

「じゃあ、ブレッシントンとはサットンのことだったんですね？」

「まさしく」

「なるほど、それで納得がいきました」警部は言った。

しかし、トレヴェリアンとわたしは不思議そうに顔を見合わせただけだった。

「ほら、有名なワージンドン襲撃事件ですよ」とホームズ。「いま言った四人に、もうひとりカートライトという男を加えた五人組が、守衛のトウビンを殺し、七千ポンドの現金を奪って逃げた。一八七五年のことです。五人はまもなくそろって逮捕されましたが、どうしても決め手となるような証拠があがりませんでした。

そこへ、五人のなかでいちばんの悪党のサットンが仲間を売ったんです。サットンの証言により、カートライトは絞首刑、ほかの三人はそれぞれ懲役十五年を言い渡されました。つい先ごろ、刑期より数年早く出所を許された三人は、さっそく裏切り者を捜し出して、死んだ仲間の復讐をすることにしました。二度は空振りに終わりましたが、三度めにはとうとう目的を果たしたというわけです。いかがです、ドクター・トレヴェリアン、まだ何かおわかりにならないことでも？」

「いいえ、おかげさまで、すっかりわかりました」と医者は言った。「ひどく取り乱した様子でわたしの部屋にやってきた日、あの男は新聞で三人の出所を知ったんですね？」

「そう。ウェスト・エンドで強盗がうんぬんというのは、もちろんただの口実だったんです」

「でも、どうしてあなたにほんとうのことを打ち明けなかったんでしょう？」

「昔の仲間が執念深いことがよくわかっていたから、だれにも正体を知られまいとしたんでしょう。それに、あんな恥ずべき秘密のことですから、自分の口からはとても言いだせなかったのかもしれません。いかがです、警部、そんな恥ずべき男でも、これまで英国の法律に守られて生きてきたわけですね。とはいえ、卑怯者にはそれなりの報いがあるものです。復讐は必ず遂げられるということを、こんどの事件は示しているのでしょう」

ブルック街の医者と入院患者をめぐる奇怪な事件の謎は、こうして解決した。その夜以来、きょうに至るまで、殺人犯三人は警察の目を逃れて消息を絶ったままである。スコットランド・ヤードでは、数年前、ポルトガル沿岸のオポルトから北方へ数リーグの海域で難破し、乗客乗員が残らず行方不明となった不運な汽船、〈ノーラ・クレイナ〉号に、この犯人三人が乗っていたのではないかとみている。また、共犯の少年は、証拠不十分のため起訴されないままに終わった。世間から「ブルック街事件」と呼ばれて騒がれたこの事件ではあるが、その詳細が公にされたことはこれまで一度もなかったのだった。

ギリシャ語通訳

The Adventure of the Greek Interpreter

わたしとシャーロック・ホームズとの親しい友だちづきあいも、けっこう長くつづいているが、これまでホームズは自分の親戚の話を一度もしたことがないし、自分の子どものころのこともめったに話題にしなかった。そういうことを口にしたがらないのは、どうも人間味に欠けるのではないだろうか。

そんな印象をもちはじめると、ホームズという男は抜群に頭の切れる男だけれども、人情に薄いのではないかとさえ思えるようになってきた。女嫌いのうえ、新しい友人をつくるのも気が進まないらしいし、自分の身内のことになるといっさい語らない。ホームズは天涯孤独の身の上なのだと思い込んでいたところ、ある日、ホームズが兄のことを話しはじめたものだから、わたしはすっかり驚いてしまった。

夏の午後、お茶を飲んだあとでとりとめのない話をしていたときのことだった。ゴルフのことから黄道の傾斜角度が変わる原因まで行き当たりばったりの話をするうち、隔世遺伝と性格の遺伝のことに話題が及んだ。才能はどの程度まで遺伝によるものなのか、どの程度まで育ち方によるものなのかという問題だ。

「きみの場合、これまでのいろいろな話から考えると、その鋭い観察力と独特の推理力は、きちんとした訓練で身につけたものなんだろうね」

わたしがそう言うと、ホームズは考え込んだ。「ある程度まではそうだ。ただ、ぼくの先祖は代々、地方の地主で、その階級らしい生活をしていたようだが、祖母はフランスの画家ヴェルネの妹だった。[*1] だからぼくは、その祖母から特別な能力を受け継いだのかもしれない。芸術家の血統とは、とかく変わった人間をつくりがちだからね」

「どうしてそれが、遺伝だとわかるんだい？」

「兄弟のマイクロフトが、同じ才能をぼく以上にもっているからだよ」

これは初耳だった。それほどの才能の持ち主がもうひとりこの英国にいるのなら、これまでどうして警察や世間に知られてこなかったのだろう。ホームズにそう訊ねながら、その兄弟の才能のほうが上だというのは謙遜だろうと言ってみた。ホームズは笑いだした。

「ワトスン、ぼくはね、謙遜を美徳だなどとは思っていないんだよ。論理を扱う人間だったら、ものごとはなんでも正確にありのままに見なければならない。必要以上にへりくだることは、大げさに見せるのと同じで、事実からはずれてしまうことになる。だから、マイクロフトの観察力がぼく以上だとこのぼくが言うのだから、文字どおり正確な事実だと受けとってほしいね」

「兄弟って、弟かい？」

「七つ上の兄だ」

「名前を聞いたことがないが」

「仲間うちじゃ、よく知られてるけどね」

「仲間って、どんな？」

「そう、たとえばディオゲネス・クラブの」

そんな名前の社交クラブは、聞いたことがなかった。わたしはあからさまにそういう顔をしたらしい。ホームズは懐中時計をとりだして言った。

「ディオゲネス・クラブっていうのは、ロンドンでいちばん変わったクラブでね。[*2] マイクロフトはそこの会員のなかでもさらに変わっているほうなのさ。そこにいつも、四時四十五分から七時四十分までいる。いまは六時だから、この気持ちいい夕方の散歩に出たいっていうんなら、変わったクラブと変わった人間の両方をきみに紹介しよう」

その五分後には、わたしたちはリージェント・サーカスのほうに歩きだしていた。

「きみは、マイクロフトがなぜ、その能力を探偵の仕事に使わないのかって、思っているんだろう？」とホームズ。「使わないんじゃなくて、彼に探偵はできないのさ」

「だって、きみの話じゃ――」

「兄にはぼく以上の観察力と推理力があると言ったさ。もし、探偵の仕事がずっと椅子にすわったまま推理するだけですむんだったら、兄は歴史に残る最高の探偵になったろうね。だけど、マイクロフトには情熱も野心もない。推理で出した答えを確かめに出かけるのさえ、おっくうがってやりたがらない。そんなことをするくらいなら自分がまちがっていると思われたっていいというんだ。難しい問題を兄に説明してもらったところ、あとでそれが正しかったとわかったことが何度もある。ところが、判事や陪審員の手に事件を渡せるところまで実地の捜査をしなくちゃならないとなると、兄はそういうことがまったく苦手なんだよ」

「じゃあ、探偵を仕事にしてはいないんだね」

「全然ちがう。探偵はぼくにとって生活の手だてだけれど、兄にとってはただのアマチュアの趣味なのさ。並みはずれて数字に強いので、国のいくつかの省で会計検査をやってるんだ。ペル・メル街にあるアパートに住んでいて、毎朝ホワイトホールまで歩いて通勤し、夕方になるともどってくる。一年を通じて、運動といえるものはそれしかしない。よそで姿を見るとしたら、アパートのすぐむかいにあるディオゲネス・クラブにいるときだけさ」

「そんなクラブ、聞いたおぼえがないんだがな」

「そうだろうね。ロンドンには、内気だったり人間嫌いだったりという理由で、人とつきあいたくないという男がたくさんいる。その彼らにしても、安楽椅子や最新の新聞雑誌はぜひともほしい。そういう人間のためにディオゲネス・クラブができた。いまじゃ、ロンドンでもいちばん人づきあいが悪く、いちばん社交嫌いの人間たちが集まってるよ。

　あのクラブではね、会員は他人のことをちょっとでも知りたいと思ってはいけないんだ。来客用の部屋以外では、何があっても口をきいてはいけない。違反が委員に三回知れたら、

除名される。兄はクラブ創立のときの発起人のひとりでね、ぼくも行ったことがあるけれど、とても気持ちのいいところだよ」

話しているうちにペル・メル街に着いた。セント・ジェイムズ街の側から通りを歩いていく。ホームズは、カールトン・クラブの少し先の玄関口で立ち止まり、口をきかないようにというジェスチャーをすると、先に立って入っていった。ガラス窓越しに、広いぜいたくな部屋が見えた。かなりの数の人々がそれぞれにすわって新聞を読んでいる。ホームズは、ペル・メル街に面した小さな部屋にわたしを案内したあと、姿を消したかと思うと、兄らしき男をつれてすぐにもどってきた。

マイクロフト・ホームズは、シャーロックよりもずっと背が高く、恰幅もよかった。胴まわりはかなり大きく、顔も大きいのだが、その独特な鋭い表情が弟とよく似ている。不思議な薄い灰色の瞳には、シャーロックが全力で仕事に打ち込んでいるときにしか見られない、内へ内へと向かうようなはるかな光が、いつもたたえられているようだった。

そのマイクロフトが、アザラシの足みたいな幅広くひらべったい手を差し出した。

「お目にかかれて光栄です。あなたがシャーロックの伝記作家となられてから、わたしはどこへ行っても弟の噂を耳にしますよ。ところでシャーロック、マナハウスの事件のことで、先週、わたしのところへ相談にくるのかと思っていたんだがね。少々手こずっているんじゃないかと思って」

「いやいや、もう解決したよ」ホームズは笑いながら答えた。

「もちろん、アダムズだったろう？」

「うん、アダムズだった」

「はじめからそうに違いないと思っていたよ」

兄弟でクラブの張り出し窓のそばに腰をおろすと、マイクロフトは先を続けた。「ところで、人間を研究したいと考える者にとって、ここはおあつらえむきの場所だ。タイプのはっきりした人間がいろいろ観察できるからね。たとえば、こっちに歩いてくる、あの二人連れの男を見てごらん」

「ビリヤードのプレイヤーと、その連れのことかい？」

「そうそう。連れのほうをどう思う？」

その二人連れは窓のむかいで足を止めた。一方の男がビリヤードに縁があるというのは、ベストのポケットの上にビリヤードで使うチョークの跡がついていることから、かろうじてわたしにもわかった。連れのほうは顔の浅黒い小柄な男で、帽子をあみだにかぶって、包みをいくつか抱えている。

「もと軍人だな」シャーロックが言った。

「最近除隊したばかりだよ」兄が付け加えた。

「インド勤務だったな」

「下士官だった」

「砲兵隊らしい」

「奥さんを亡くしている」

「しかし、子どもがひとりいる」

「いや、ひとりじゃない。子どもはもっといるよ」

そこまで聞いて、わたしは笑いながら言った。「ねえ、もういいかげんに種明かしをしてくださいよ」

「いいとも」シャーロックのほうが答えた。「あの物腰、偉そうな顔つき、日焼けした肌を見てごらん。軍人だったこと、それもふつうの兵隊じゃなく上のほうの階級で、インドから帰って間もないことが、すぐわかるだろう」

「除隊したばかりだというのは、まだ軍靴を履いていることでもわかりますよ」マイクロフトが付け足した。

「歩き方は騎兵じゃない。額の半分が日焼けしていないから、帽子をいつも傾けてかぶっていたことがわかる。体重からして工兵じゃないだろう。だから砲兵だ」

「それに、きちんとした喪服を着ているから、当然、ごく親しい人に死なれたんでしょう。買ってきたのは子どものおみやげですね。ガラガラがあるから、ひとりはまだ赤んぼうだ。奥さん
自分で買いものをしているところをみると、どうやら亡くなったのは奥さんらしい。買って

はたぶんお産で亡くなったんでしょう。絵本を小脇に抱えている。ほかにも、めんどうをみなきゃいけない子どもがいるということですよ」

兄の推理力は自分よりも上だとホームズが言った意味が、わかりかけてきた。ホームズは、わたしをちらっと見て笑った。マイクロフトはべっこうの箱から嗅ぎ煙草をとりだして嗅ぎ、赤い絹の大判ハンカチで上着にこぼれた粉を払った。

「それはそうと、シャーロック、おまえの喜びそうなじつに奇怪な事件が、わたしのところに持ち込まれてるぞ。わたしには途中までつきとめる元気しかない。まあ、楽しい推理のタネはもらったわけだがね。もし事実を知りたいなら――」

「それはうれしいなあ、兄さん」

マイクロフトは手帳の紙に何かなぐり書きすると、呼び鈴を鳴らして、やってきたウェイターに渡した。

「メラス氏に来てもらうよ。わたしのアパートのすぐ上の部屋に住んでいる、ちょっとした知り合いでね。悩みごとがあると言ってきたんだ。彼はギリシャ人の血をひいているとかで、語学が達者なものだから、裁判所の通訳やらノーサンバーランド・アヴェニューのホテルの裕福な東洋人のガイドやらをして生活している。ご本人じきじきに、その不思議な体験を話してもらうことにしようじゃないか」

しばらくすると、背の低い太った男があらわれた。オリーブ色の顔とまっ黒い髪の毛をしていて、いかにも南国の生まれらしいが、話し方は教養ある英国人そのものだった。メラス氏はホームズと心のこもった握手を交わし、専門家が自分の話を聞きたがっていると知って黒い瞳を喜びに輝かせた。

「警察に言っても信じてもらえません——わたしの話は信用してもらえないでしょう」悲しそうな口調だった。「そんな話はいままで聞いたことがないからというだけで、ありえないということになるんです。でも、顔じゅうに絆創膏を貼られた、あの気の毒な男がどうなったかわかるまで、わたしはどうしても気が休まりません」

「ぼくは本気でお話をうかがいますよ」ホームズは励ますように言った。

「今晩は水曜日ですね」メラス氏は話を始めた。「あれは月曜の夜ですから、ほんの二日前のことでした。おそらくこの方からお聞きでしょうが、わたしは通訳を仕事にしております。ほとんどどんな言葉でも通訳いたしますが、ギリシャの生まれで姓もギリシャのものですので、主にギリシャ語の通訳をしています。もう何年ものあいだロンドンでもいちばんのギリシャ語通訳だと言われ、あちこちのホテルで名が通っています。

めんどうに巻き込まれた外国人や、夜遅くに到着した旅行者などに、とんでもない時間に呼ばれることも、よくあります。ですから、月曜の夜のことも別に驚きませんでした。ラティマーという名の、しゃれた格好の青年がやってきて、玄関に待たせてある辻馬車でいっしょに来てほしいと言うんです。ラティマー青年の話では、ギリシャ人の知り合いが仕事のことで訪ねてきたが、相手はギリシャ語しか話せないので通訳が必要だということでした。彼の家は少し離れたケンジントンにあるといいます。なんだかやけに急いでいる様子で、玄関を出るとあわててわたしを辻馬車に押し込みました。

辻馬車と言いましたが、そのとき乗せられたのが辻馬車かどうか、すぐに疑わしくなりました。通りでつかまえるふつうの四輪辻馬車よりずっと広く、内側も古くすりきれてはいるものの、ぜいたくなつくりなのです。ラティマーがわたしの向かいの座席にすわり、馬車はチャリング・クロスを通ってシャフツベリ・アヴェニューに入りました。それからオックスフォード街へ。ケンジントンへ行くにしてはずいぶんと回り道です。そのことを思い切って訊ねてみますと、相手はいきなりとんでもないことをしてわたしの言葉をさえぎりました。

まず、鉛を仕込んだらしいすごい棍棒をポケットから出して、重さと強さを試すかのように前後にブンブンと振ったんです。それから、無言のまま棍棒を自分のそばの座席に置きました。つづいて両側の窓を閉めましたが、なんと、窓ガラスには紙を貼って外が見えないようにしてあったんです。

『すみませんね、メラスさん』と男が言います。『じつは、行き先を知られると困るもんですから。あとでまたやってこられたりすると、わたしにとっちゃ、ちょっと具合が悪いんですよ』

いや、とんでもないことになったと思いました。相手は肩幅が広く力もありそうな青年で、もし武器を持っていなかったとしても、取っ組み合いになったらとてもかないそうにありません。わたしは、口ごもりながら言いました。

『いったいどういうつもりなんですか、ラティマーさん。こんなことをして、法に触れるってことはおわかりでしょう？』

『たしかに、いささか無礼かもしれませんが、埋め合わせはさせていただきますよ。ただしね、メラスさん、先に言っておきますが、騒いだりおかしなことをしたりすると面倒なことになりますよ。あんたがここにいることはだれも知らないんだ。馬車のなかでも、わたしの家のなかでも、こちらに手出しはできないってことをお忘れなく』

穏やかに言い聞かされましたが、中身はまったくの脅しです。わたしは黙ったまま、なぜこんなふうに自分を連れ去るのか考えをめぐらせていました。理由は何であろうと、抵抗してもむだらしいことだけはたしかです。この先がどうなるのか、とにかく待つしかありません。

馬車は二時間近く走っていました。ときどき車輪がガラガラと音をたて、敷石の上を走っているらしいことも、また、ときには音もたてずになめらかなアスファルト道路を走っているのかと思えることもありました。しかし、自分がどこにいるのかは皆目見当がつきません。両側の窓に貼られている紙は光を通しませんし、前のガラス窓にも青いカーテンが引かれているのです。

ペル・メル街を出たのが七時十五分でしたが、馬車がやっと止まったとき、わたしの時計は八時五十分を指していました。男が窓をあけると、低いアーチ型の玄関と、その上にともっているランプが目に入りました。急がされながら馬車を降り、開いた戸口から家に入るとき、自分の両側に芝生と木立があったような記憶がぼんやりとあります。でも、それが家の庭だったのか、それともたんなる野原だったのかというと、はっきりしません。

家のなかには色つきのガス灯がついていましたが、明かりをしぼって暗くしてあるので、かなりの広さのホールに絵がいくつか掛かっていることしかわかりませんでした。その暗い明かりのなかで、先ほど玄関のドアを開けた男の姿がぼんやりと見えました。小柄で猫背の、下品な顔つきの中年男です。こちらを向くときにちらっと光が反射して、眼鏡をかけているのがわかりました。

『こちらがメラスさんかい、ハロルド？』その男が口を開きました。

『ええ』

『よし、でかしたぞ！　メラスさん、悪く思わないでくださいよ。なにせ、あんたに来てもらわないことには仕事がはかどりませんのでね。ちゃんとやってもらえれば後悔することはないと思いますが、ちょっとでも妙な真似をすれば、どうなっても知りませんぞ！』

男は神経質そうな口調で途切れ途切れにしゃべります。しゃべりながら、ときどきイヒヒと笑ったりするところが、わたしを連れてきた青年よりも恐ろしく感じられました。

あいますぞ』

『ギリシャ人の客に二、三の質問をして、答えを教えてもらうだけのことですよ。ただし、言われたこと以外はひとこともしゃべらないでいただきたい。さもないと――』ここでまた、イヒヒと神経質そうな笑いが入りました。『生まれてこなけりゃよかったと思うような目にあいますぞ』

男はそう言いながらドアを開け、わたしをある部屋に通しました。ぜいたくな家具がそろっているようですが、明かりといったら、やはり暗くしたランプひとつだけ。広い部屋だということはわかります。足を踏み出すと分厚い絨毯に沈み込んだので、かなりの金持ちなのだろうと思いました。ビロード張りの椅子、背の高い白大理石の暖炉棚、そのそばに日本の鎧兜《よろいかぶと》らしきものがちらっと見えました。

ランプの真下に椅子がひとつあって、男はそれにすわれという身ぶりをしました。ラティマーのほうは部屋から出ていったのですが、別のドアからいきなりあらわれました。ゆったりしたガウンのようなものを着た男を連れています。

その男がゆっくり近づいてきて、ぼんやりした明かりに少しはその姿が見えるようになると、わたしはぎょっとしました。顔は死人のように青ざめ、恐ろしくやせ衰え、ぎらぎらした目が飛び出ています。体力がなくて、気力だけで生きているような感じでした。身体の衰弱のしるしより、なおぞっとしたのは、顔じゅうに大きな絆創膏が、縦に一枚、横に一枚、口にも大きなのが一枚と貼られていることです。

その男が、椅子にすわるというよりは崩れ落ちると、中年男のほうが声をあげました。

『ハロルド、石盤をもっているか。手をゆるめてやったか。じゃあ、石筆をわたしてやれ。メラスさん、質問してください。この男が答えを書きます。最初の質問は、書類に署名する気があるか、です』

絆創膏の男の目が、火のように燃え上がりました。

『絶対にいやだ』と、彼が石盤にギリシャ語で書きました。

『どんな条件つきでもか？』わたしは暴君に言われるまま、そう問いました。

『あのひとが、わたしの目の前でわたしの知っているギリシャ人神父のもとで結婚式を挙げること。わたしがそれを見届けるというのが、ただひとつの条件だ』

中年男は、憎々しげにイヒヒと笑いました。

『じゃあ、自分がどうなるかわかっているんだな』

『わたしのことはどうでもいい』

こんなふうに、わたしが質問をしゃべり、相手が石盤に答えを書くということが繰り返されました。わたしは、何度も何度もあきらめて署名をする気はないかと訊ねなくてはなりませんでした。そのたびごとに、きっぱりとした断りの返事がもどってきます。やがて、うまいことを思いつきました。質問のたびに、わたし自身の言葉を付け加えることにしたのです。

はじめに、なんでもない言葉で試してみましたが、二人の男が気づいた様子はありません。そこで、思い切って重要な質問をはさんでみました。すると、相手も同じように、答えを付け加えてきます。

『意地をはったところで何にもならないぞ。アナタハダレデスカ？』
『かまうものか。コノ国ニ知リ合イノイナイ者デス』
『自分がどうなってもいいのか。イツカラココニ？』
『好きにするがいい。三週間前カラ』
『財産はいずれこっちのものになるのだ。何ガアッタノデス？』
『悪いやつらには渡さない。飢エ死ニサセラレヨウトシテイマス』
『署名さえすれば自由にしてやる。ココハダレノ家デスカ？』
『ぜったいにいやだ。ワカリマセン』
『彼女のためにも署名したほうがいいんだ。オ名前ハ？』
『本人の口からそう聞かせてもらいたい。「クラティデス」トイイマス』
『署名さえすれば会わせてやろう。ドコカラ来マシタカ？』
『だったら、会えなくてけっこう。アテネ』

ホームズさん、あと五分あれば、やつらの目の前で話をすべて聞き出せたはずでした。もうひとつ質問ができれば、いったい何があったのかはっきりしたかもしれないのです。とこ

SP

ろがそのとき、ドアがさっと開いて、ひとりの女性が入ってきました。背の高い、黒髪の上品な人で、ゆったりとした白いガウンのような服を着ていたことしかわかりません。その口から、たどたどしい英語がこぼれ出ました。

『ハロルド！　わたし、もう耐えられないわ。あそこは寂しくて——まあ、パウロスじゃないの！』

最後のひとことはギリシャ語でした。すると、男は弱った身体で必死に口の絆創膏を剝《は》ぎとると、『ソフィ！　ソフィ！』と叫びながら女性の腕のなかに飛び込みました。しかし、その抱擁もつかのま。青年が女性をつかまえると部屋から押し出し、中年男はふらふらの男をいともかんたんに押さえつけ、別のドアからひきずっていってしまいました。

ただひとり残されたわたしは、そこがだれの家なのか手がかりをさがそうと思って、椅子から立ち上がりました。しかし、行動に移す間もなく、顔を上げると、戸口に立ってじっとこちらを見ている中年男の目にぶつかりました。

『メラスさん、もうけっこうです。おわかりでしょうが、ごく内輪の事柄をお見せしたのは、あんたを信用したからこそですぞ。ギリシャ語でこの交渉をはじめた友人が、東方に帰らなければならなくなりましてね。その代役が必要になったところへ、運よくあんたの評判を耳にしたってわけです』

頭を下げるわたしに、男が近づいてきました。

『ここに五ポンドあります。お礼としては十分だと思いますが。しかし、お忘れなく』わたしの胸をぽんと軽くたたき、またイヒヒと笑います。『だれかにこのことを話したら――たったひとりにでも話したら、どういうことになるかわかってるでしょうな！』

この下卑た男に感じた嫌悪と恐怖を、何と言いあらわしたらいいものやら。ランプの光がまともに男を照らし、それまでよりも顔がはっきり見えました。血色の悪い顔、先のとがったボサボサのあごひげ。しゃべりながら顔を前に突き出すと、唇とまぶたがひっきりなしにぴくぴくしています。言葉のあいだにときどきイヒヒという笑いがはさまるのは、何か神経の病気ではないかと思わずにはいられませんでした。しかし、なんといってもぞっとするのは、その目です。灰色がかった青色の冷たくぎらぎら光る目が、意地の悪い、血も涙もない冷酷さをたたえているのです。

『他言すればすぐにわかる。独自の情報網がありますからな。さあ、馬車が待っています。友人が途中まで送りますよ』

急いで玄関を抜け、馬車に乗せられるまでのあいだに、また木立と庭をちらりと見ました。すぐあとからラティマーがつづいて、口を開きもせず、向かいに腰かけました。まったく会話のないまま馬車はずっと走りつづけましたが、真夜中をちょっと過ぎたころ止まりました。

『メラスさん、ここで降りてください。お宅から遠いところで申しわけないが、やむをえませんのでね。この馬車のあとをつけたりしたら、痛い目にあうだけですぞ』

そう言いながら男がドアを開けたので、しかたなく飛び降りると、馬車はたちまち走り去り、わたしはぽつんとひとり残されました。あたりはヒースの野原で、あちこちにハリエニシダの藪が黒々としています。ずっと遠くに、ところどころ一階に明かりのともる家並みが見えます。その反対の方角には、鉄道の赤い信号灯がありました。

乗せられていた馬車はもう見えません。いったいここはどこだろうとあたりを見回していると、暗闇をだれかがこちらにやってきます。近づいてきたのを見ると、鉄道駅のポーターでした。

『ここはどこですか？』わたしは訊ねてみました。

『ワンズワース公有地《コモン》ですよ』

『ロンドンへ行く列車はありますか？』

『一マイルほど歩いてクラパム・ジャンクション駅へいらっしゃれば、ヴィクトリア行きの最終列車になんとか間に合うでしょう』

ホームズさん、以上がわたしの冒険です。どこへ連れて行かれたのか、だれと話をしたのか、わたしにはわかりません。わかっているのは、いまお話ししたことだけです。しかし、何か悪事が進行している。できれば、あのかわいそうな男を助けたいと思いました。そこで、つぎの朝、こちらのマイクロフトさんにいっさいをお話しして、そのあと警察にも行ったのです」

奇怪な物語に聞き入ったあとしばらくは、だれも口をきかなかった。やがて、シャーロックが兄のほうを見た。

「で、何か手を打ったのかな？」

マイクロフトは、サイドテーブルから『デイリー・ニューズ』をとりあげた。

「『アテネから来た、英語の話せないギリシャ人、パウロス・クラティデスの居どころを知らせてくださった方に謝礼。ソフィというギリシャ人女性について情報を寄せてくださる方にも、同じく謝礼をさしあげます。X二四七三』

日刊新聞のすべてにこの尋ね広告を出した。まだ手応えはない」

「ギリシャ公使館はどうだい？」

「問い合わせたが、何もわからなかった」

「じゃあ、アテネの警察署長に電報を打っては？」

「ホームズ家のエネルギーは全部、シャーロックがひとりじめしてしまったんですよ」と、マイクロフトはわたしのほうを見た。「シャーロック、この事件は、ぜひおまえが引き受けてくれ。うまくいったら報告してくれないか」

「引き受けた」とシャーロックは立ち上がった。「報告するよ。メラスさんにもね。メラスさん、もしぼくがあなたの立場だったら、身のまわりの危険に注意するところですよ。広告によって、あなたが秘密をもらしたことが連中に気づかれているはずですからね」

二人で歩いて帰る途中、ホームズは電報局に寄って、いくつか電報を打った。

「ワトスン、なかなかおもしろい晩だったね。ぼくがこれまで手がけた、とびきり興味深い事件のなかには、こんなふうにマイクロフトから知らせてもらったものがいくつかあるんだよ。いま聞かされた事件も、説明はひとつしかありえないけれど、珍しいところがいくつかあるじゃないか」

「じゃあ、解決できると思っているんだね」

「ああ。すでにわかっている事実がこんなにあるんだから、残りのことがわからなかったら不思議ってものさ。きみだって、さっき聞いた話に説明をつけようと、何か見当をつけているんだろう?」

「まあ、漠然とはね」

「どう思う?」

「ギリシャ人の娘はきっと、ハロルド・ラティマーっていう英国人青年に誘拐されてきたんだ」

「誘拐されたって、どこから?」

「おそらくアテネからだろうね」

ホームズは首を横に振った。「ラティマーはギリシャ語をひとことも話せないんだぜ。娘のほうはかなり英語が話せる。そこで推理するなら、娘のほうが少し前から英国にいて、青年はギリシャに行ったことがないっていうことになる」

「なるほど。じゃあ、娘が英国にやってきて、駆け落ちしようとでもハロルドに口説かれた、というのは？」

「そのほうがありそうだな」

「そこへ、兄が――もうひとりの男は娘の兄さんだと思う――ギリシャからやってきて、駆け落ちをじゃましました。ところがそれは、青年とその年上の相棒の二人組の思うつぼだった。二人は娘の兄をつかまえて、暴力をふるい、娘の財産を二人に譲る書類に署名をさせようとした。財産は兄が管理しているんだろう。兄は署名を断った。言うことをきかせるのに通訳が必要だ。だれかに通訳させたあと、こんどはメラスさんに目をつけた。娘は、兄がギリシャから来ていることを知らされていなかったが、まったく偶然に知ってしまった」

「みごとだよ、ワトスン。真相にかなりせまっていると思う。こっちは切り札をみんな握っているわけだから、心配なのは、むこうが突然暴力に訴えてくるんじゃないかってことだけだが、時間さえあれば、きっとやつらを見つけられるだろう？」

「でも、どうやったらその家を見つけられるだろう？」

「そうだな。もしいまの推測が正しければだが、娘の名前は結婚前ならソフィ・クラティデスだ。見つけるのはそれほど難しくないだろう。捜査としてはそちらに力を入れなければね。なにしろ、兄のほうはロンドンに知人がひとりもいないんだから。ハロルドという男がソフィと仲よくなってから、かなりの時間、少なくとも何週間かはたっているに違いない。ギリシャにいた兄が、それを知ってこっちにやってくる時間があったんだからね。そのあいだ、二人がずっとあの家にいたとすれば、マイクロフトの広告に何か返事があるだろう」

話しているうちに、わたしたちはベイカー街の下宿に到着した。ホームズが先にたって階段を上っていったが、部屋のドアを開けたとたん、びっくりして棒立ちになった。肩越しにのぞき込んだわたしも、負けないくらい驚いた。マイクロフトが安楽椅子にすわって煙草をふかしていたのだ。

「シャーロック、お入り！　さあ、ワトスン先生も！」マイクロフトは、わたしたちの唖然とした顔を見て笑いながら、落ち着いた口調で話しはじめた。「シャーロック、わたしにこんなエネルギーがあるなんて思ってもいなかっただろう。いや、どういうわけか、この事件には惹かれるものがあってね」

「どうやってここに来たんだい？」

「辻馬車で先回りしたのさ」

「じゃあ、何か新しい展開があったんだね？」

「広告に返事があったんだよ」

「へえ！」

「おまえたちが帰って五分としないうちにね」

「どんな返事だった？」

マイクロフトは、一枚の紙きれをとりだした。

「これだ。ロイヤル判（二〇×二五インチまたは一九×二四インチ）のクリーム色の紙に、身体の弱い中年男がJペンで書いているな。

『拝啓、きょうの新聞広告を拝見しました。お尋ねの若い女性をわたしはよく存じております。うちをお訪ねいただければ、彼女の悲しい物語をくわしくお聞かせいたします。彼女の現在の住所は、ベクナムのマートルズ荘です。敬具。J・ダヴェンポート』

差出人の住所は、ロウア・ブリクストンだ。シャーロック、これから出かけて、くわしく訊いてきたらどうだね」

「でもマイクロフト、妹の物語より、兄の命のほうが大事なんじゃないか。これからスコットランド・ヤードでグレグスン警部に会って、まっすぐにベクナムへ行こう。ひとりの人間が殺されかかっているんだ。一刻もむだにできない」

「途中でメラスさんを呼んで行ったらどうだろう。通訳が必要になるかもしれない」わたしがそう提案した。

「いい思いつきだ！　給仕に四輪馬車を呼びにやらせてくれ。すぐに出発しよう」ホームズはそう言いながらテーブルの引き出しを開け、リヴォルヴァーをポケットに忍ばせた。わたしの視線に応えて言う。「話を聞いたところじゃ、相手はとびきり危険なやつらしいからね」

ペル・メル街の、メラス氏のアパートに着いたころには、ほとんど暗くなっていた。ついさっき客があって、メラス氏は出かけたという。

「行き先をご存じですか?」マイクロフト・ホームズが訊ねた。

「わかりませんねえ」と玄関を開けてくれた女性は答えた。「男の方といっしょに、馬車で出かけたんですけど」

「客は名前を言いましたか?」

「いいえ」

「背の高い、ハンサムな青年じゃありませんでしたか?」

「いいえ、小柄な人でしたよ。眼鏡をかけて、やせた顔で、なんだかおかしな人でしたわ。しゃべりながらもずっと笑ってらして」

「行こう!」ホームズが大声をあげた。「たいへんだ!」

スコットランド・ヤードに向かう馬車のなかでホームズが言った。「メラスはまたつかまったんだ。この前の晩のことからメラスが気が弱いことを見通して、悪党め、姿を見せただけで脅せると踏んだんだな。もちろん通訳が必要なんだろうが、用がすんだら、裏切り者ということで仕返しをするかもしれないぞ」

列車を使えば、悪人の馬車と同時か、ひょっとしたらそれより先にベクナムに着けるのではないかと思っていたのだが、スコットランド・ヤードでグレグスンをつかまえて、家に踏み込むのに必要な法律上の手続きを片づけるのに一時間以上もかかってしまった。ロンドン・ブリッジ駅に着いたのが九時四十五分、四人がベクナム駅のホームに降りたのは十時半だった。半マイルほど馬車をとばして、マートルズ荘に着いた。道路からひっこんだ庭に囲まれて建つ、大きな真っ暗な家だ。馬車を降りると、玄関に通じる道を四人そろって進んだ。

「窓が全部真っ暗ですね」と警部。「だれもいないようだ」

「鳥は飛び立って、巣は空っぽってことかな」とホームズ。

「どうしてですか？」

「重い荷物を積んだ馬車が一台、一時間以内にここを通って出ていっている」

警部が笑った。「門のランプの光で、車輪の跡はわたしにも見えましたが、重い荷物ってのはどうしてわかるんです？」

「同じ馬車が出ていくときと入るときの、両方の跡があっただろう。出ていくときの車輪の跡のほうがずっと深く、濃く見えた。かなりの重さの荷物を積んでいたことはまちがいない」

「なるほど。わたしより少々先まで読んでおられたわけですな」警部はそう言って、肩をすくめた。「このドアは、かんたんには押し開けられそうにないですね。だれか出てくるかどうか、試してみましょう」

警部がノッカーを強くたたき、呼び鈴の紐を引いたが、返事はなかった。ホームズはいつのまにか姿を消したと思ったら、数分してもどってきた。

「窓をこじ開けましたよ」

「ホームズさん、あなたが警察の敵でなくて幸いでしたよ」ホームズが窓の掛金をこじ開けた手並みを見て、警部が言った。「さて、目下の事情を考えると、招かれるのを待たずにおじゃましてよろしいんでしょうな」

ひとりずつ、広い部屋に入った。どうやら、メラス氏が言っていた部屋らしい。警部がつけたランタンの光に、話に出てきた二つのドア、カーテン、ランプ、日本の鎧兜ひとそろいなどが見えた。テーブルの上には、グラスが二つ、ブランデーの空き瓶、食べ残した食事。

「あれはなんだ?」突然ホームズが声をあげた。

わたしたちは全員、足を止めて耳を澄ました。頭の上のほうから、低くうめくような声が聞こえる。ホームズはさっとドアにかけ寄ると、部屋の外に出た。気味の悪い声は上の階からしているようだ。彼が階段をかけ上がる。そのすぐあとから警部とわたしがつづき、マイクロフトは太った身体に精一杯のスピードでそのまたあとにつづいた。

三階に上がると、前方にドアが三つ並んでいた。声は、わけのわからないくぐもったつぶやきに聞こえたり、かん高い泣き声のように聞こえたりもする。不気味な声がもれているのは、真ん中のドアからだった。鍵はかかっていたが、外側の鍵穴にそのまま鍵が差しこんである。ホームズはそのドアを開けて飛び込んだが、すぐ、喉に手を当てて飛び出してきた。

「木炭ガスだ！　少し待てばうすくなるだろう」

のぞき込むと、中央に置かれた真鍮製の三脚火鉢のなかで、くすんだ青い炎がちらちら見えている。その部屋でただひとつの明かりだ。炎が床の上に鉛色の不気味な影を投げかけ、そのむこうの暗がりに壁にもたれかかった二人の人間がぼんやり見えた。開いたドアから流れ出す恐ろしい毒ガスに、わたしたちは咳《せ》き込み、ぜいぜいと息を切らせた。ホームズはいったん階段のそばまで走っていくと、きれいな空気を吸い込んで、息を止めて部屋に飛び込んだ。窓を開けて、真鍮の火鉢を庭に放り出した。

「もうすぐ入れるぞ！」また飛び出してくると、あえぎながら言った。「ロウソクはどこだ？　この空気じゃ、マッチを擦るわけにもいくまいが。マイクロフト、ドアのところで明かりを持っていてくれないか。みんなで二人をかつぎ出すから。それ！」

わたしたちは飛び込んでいって、毒ガスにやられた二人をドアの外へひきずり出した。二人ともくちびるが真っ青で、気を失っている。充血して膨れあがった顔に飛び出した目。顔かたちが、すっかりゆがんでいる。太った身体つきと黒いあごひげから、そのひとりが数時間前にディオゲネス・クラブで別れたばかりのギリシャ語通訳だとわかった。手足を縛られ、目の上にひどく殴られた跡が残っている。

もうひとりは、同じように縛られた背の高い男だった。身体が衰弱しきっている様子で、絆創膏が何本も貼られた気味の悪い顔をしている。横たえると、うめき声がやんだ。こちらの男には救いの手が間に合わなかったのだ。しかし、メラス氏のほうはまだ生きていて、アンモニアとブランデーで手当てをすると、うれしいことに一時間もしないうちに目を開けた。人間がだれでもいつかは通らなければならない暗い谷間から、わたしたちはこの人を引きもどすことができたのだ。

メラス氏から聞いた話はじつに単純で、わたしたちの推理を裏づけるものだった。部屋を訪ねてきた男がいきなり袖の下から棍棒を出して、抵抗するとひとたまりもないぞと脅しつけ、またもメラス氏を連れ去ったのだ。彼はあのイヒヒと笑う悪党がよっぽど怖かったらしく、男のことを口にしただけでまるで催眠術にかかったかのように手が震え、顔から血の気が引いた。ベクナムに連れてこられたメラス氏は、また通訳をさせられたという。

二人の英国人は、言うことをきかないとすぐに殺すぞと、前回よりもさらに激しくクラティデスを脅した。脅しがきかないとわかると、相手をまた閉じ込めて、新聞広告のことでメラス氏を裏切り者と責め、ステッキで殴って気絶させた。そのあとのことは、メラス氏は何も覚えていない。気がついてみたら、助けにきた者たちが自分の上にかがみこんでいたところだったという。

ギリシャ語通訳をめぐるこの奇怪な事件には、謎に包まれたまま説明のつかないところも残る。新聞広告に返事をくれた人物に連絡をとってわかったことだが、あのかわいそうな若い女性はギリシャのとある金持ちの家の娘で、英国にいる友人を訪ねてきたのだそうだ。ところが、そこで出会ったハロルド・ラティマーという青年に出会ってひと目惚れし、駆け落ちするよう言いくるめられてしまったのだった。

友人たちはこれに驚いて恐ろしくなり、アテネにいる彼女の兄に知らせただけで、あとはかかわりあいを避け、手を引いてしまった。英国にやってきた兄のパウロスは、うかつにも、ラティマーとその相棒の手にまんまと引っかかったのだ。相棒はウイルスン・ケンプという、ひどい悪事の前科がある男だった。

パウロスが英語をしゃべれないこともあって、自分たちにかかれば手も足も出ないとわかっていた悪党たちは、彼を妹のいる家に閉じ込めた。そして、暴力をふるって飢死寸前まで追いつめ、兄妹の財産を譲る書類に署名を迫った。そのことを妹には知られないようにしておき、仮に見られても兄とわからないよう、顔じゅうに絆創膏を貼りつけた。ところが、メラス氏が最初にこの家に来たとき、ソフィはその姿を見たとたん、直感的に兄だと見抜いたのだった。

しかし、気の毒に、今度は彼女も監禁されてしまった。あたりには、馬車の御者で悪党どもの手先になっている男とその妻のほかには、だれも住んでいなかったのだ。秘密がばれ、クラティデスを思いどおりにできないとわかると、二人の悪党は娘を連れて、家具つきで借りていた家からあたふたと逃げ出したが、立ち去る前に、彼らの言い分によれば、自分たちに逆らった男と自分たちを裏切った男に復讐したのだった。

その後何カ月もたって、ブダペストから新聞の切り抜きがわたしたちのところに届いた。女性ひとりをつれて旅行中の英国人男性二人が、悲惨な死に方をしたという記事だった。二人とも刺し殺されていて、ハンガリー警察の見解によると、けんかになって互いに刺しちがえたのだとのことだった。しかし、どうやらホームズの意見は違うらしい。あのギリシャ人の娘を見つけることができれば、兄と自分が受けたひどい仕打ちに対して彼女がどんな復讐をしたか語ってくれるだろうと、いまでも考えているのだ。

海軍条約文書

The Adventure of the Naval Treaty

わたしが結婚した直後の七月は、興味深い事件が三つも起こり、思い出に残る月となった。そのいずれの場合も、わたしは運よくシャーロック・ホームズと行動をともにすることができたので、彼のやり方をじっくり研究することができた。それら三つの事件は、それぞれ《第二のしみ》、《海軍条約文書》、《疲れたキャプテンの事件》というタイトルで、わたしのノートに記されている。

ただ、ひとつめの事件はきわめて重大な利害問題がからんでおり、英国の上流家庭の多くが関係しているため、ずっと後年にならないと公表はできないと思われる。ホームズが手がけた事件のなかでも、彼の分析的方法がこれほどはっきりと真価を発揮し、周囲の人間に深い感銘を与えたものはない。ホームズがパリ警察のデュビュク氏とダンツィヒの有名な探偵フリッツ・フォン・ヴァルトバウム氏の二人に会って、事件の真相を説明してみせたときの会話を、わたしはほとんど一字一句にいたるまで記録している。この二人も捜査に骨を折ったが、結局は枝葉末節の問題にむだな努力を費やしていたのであった。

しかし、この話を公表してもさしつかえなくなるのは、新しい世紀になってからだろう。

そこで二つめの事件だが、これもまた一時は、国家的な重大事になりかねなかった。しかもいくつかの点から言って、きわめて独特な要素を備えているのである。

学校時代、わたしはパーシー・フェルプスという名の少年と親しかった。年はわたしとほぼ同じだが、わたしより二年も上級にいた頭のいい少年で、学校から出る賞金をすべてひとり占めにし、ついには名誉ある奨学金を獲得して、ケンブリッジで輝かしい学歴をつみ重ねることになった。極上の親戚を持ち、とくに母方の伯父があの偉大な保守党政治家ホールドハースト卿だということは、わたしたちがまだほんの子どもにすぎなかったころでさえ、よく知っていた。

だが、このような偉大な人物を親戚にもっていても、学校ではほとんど役に立たなかった。それどころか、運動場で彼を追い回してクリケットの棒でむこうずねを引っぱたいたりするのが、わたしたちの最高に愉快な遊びだった。

だが、いったん社会に出ると、話は別だ。彼が生まれつきの才能と有力な縁故にものをいわせて外務省のかなり高い地位についていると、わたしは風の便りに聞いていた。だが、それっきりで彼のことはすっかり忘れてしまっていた。そこへ突然、彼からこんな手紙が送られてきたので、その存在がふたたびわたしの頭によみがえったのである。

拝啓　ワトスン君

学校できみが三年のとき五年のクラスにいた〝おたまじゃくしのフェルプス〟を憶え

ておいでのことと思います。また、ぼくが伯父のおかげで外務省のかなり高い地位にあることも、あるいはすでにお聞きおよびかと思います。ところが、そのぼくに突然恐ろしい不幸が襲いかかってきて、責任と名誉ある地位からいまにも転落してしまいそうなのです。このままいくと、ぼくの前途はめちゃめちゃです。

といって、この恐ろしいできごとの詳細をいまここで述べてみても、しかたがないかと思います。きみがぼくの願いを聞き入れてくれた場合には、どうせくわしくお話ししなければならないのですから。

ぼくは九週間も患っていた脳熱から、ついさきほど回復したばかりで、身体はまだひどく衰弱しています。そこでお願いがあるのですが、きみの友人のホームズ氏をぼくのところまでお連れしていただけないでしょうか？　警察では、もう手はつくしたと言っているのですが、ぼくとしては、どうしてもあの方の意見をうかがいたいのです。どうか、ぜひあの方を連れてきてください。それもできるだけ早く。

このような恐ろしい不安のなかで生活していると、一分が一時間にも感じられます。もっと早くあの方に相談しようとしなかったのは、あの方の才能を評価していないからでは毛頭なく、事件の衝撃以来、ぼくの頭が混乱していたからで、この点を忘れず、あの方にお伝えください。いまではもう頭ははっきりしています。もっとも、病気がまたぶり返すのが心配なので、事件のことはあまり考えないようにしているのですが。まだ身体がかなり衰弱していますので、こうして口述筆記によったしだいです。お願いです。ぜひあの方を連れてきてください。

ウォーキング、ブライアブレイ邸にて
昔の同窓生　パーシー・フェルプス

この手紙には、何かわたしの心をゆり動かすものがあった。ホームズを連れてきてほしいと繰り返し哀願しているのが、なんとも痛ましかった。すっかり同情してしまったので、もしそれが無理な願いであったとしても、できるかぎりのことをしてやったに違いない。だが、もちろん、ホームズは自分の仕事をこよなく愛していて、助力を求められるといつでも気持ちよく力を貸してやることを、わたしはよく知っていた。妻も、一刻も早くホームズに事情を話したほうがいいという意見だったので、わたしは、朝食をすませると一時間もたたないうちに、ベイカー街のあのなつかしい部屋を訪れた。

ホームズはドレッシング・ガウンをはおったままサイドテーブルに向かって、何かの化学実験に没頭していた。先が彎曲した大きなレトルトがブンゼン灯の青味がかった炎を下から浴びて、激しく沸騰している。蒸留液のしずくが二リットル目盛瓶のなかへポタポタ落ちていた。

ホームズはわたしがはいっていっても目もくれないので、よほど重要な実験なのだろうと思い、肘掛け椅子に腰をおろして待つことにした。彼はガラスのピペットをあちこちの瓶にさしこんではなかの液体を数滴ずつ取りだしていたが、それが終わると最後に、溶液の入った試験管をテーブルの上にもってきた。右手には一枚のリトマス試験紙がにぎられている。

「きみは決定的瞬間にやってきたわけだよ、ワトスン」ホームズが口を開いた。「もしこの紙が青いままだったら、すべてよし。だがもし赤に変わったら、ひとりの人間の命が危ないんだ」

彼は試験紙を試験管にひたした。すると、見る見るうちに暗く濁った紅色に変わっていった。「ふむ！　やっぱりそうか！　ワトスン、すぐすむからね。そのペルシャ・スリッパのなかに煙草がはいっているよ」

そう言うと、彼は机に向かって電文をいくつか走り書きし、給仕を呼んで手わたした。それからわたしの前の椅子にどさりと腰をおろすと、ひざを折り曲げて、ほっそりしたむこうずねに両手をまわした。

「なに、ごくありふれたつまらない殺人事件さ。きみはもう少しましな事件をもってきてくれたんだろう？　きみは犯罪をもたらす海ツバメだからね。で、どんな事件なんだい？」

わたしが例の手紙をわたすと、彼は丹念に読んだ。

「これじゃ、さっぱりわからんな」ホームズは手紙をわたしに返しながら言った。

「確かにそうだ」

「もっとも、筆跡はおもしろいがね」

「でも、その筆跡は当人のじゃないんだ」

「そう。女の筆跡だ」

「まさか。男のだよ！」

「いや、女だ。それも非常に珍しい性格の女だ。でもワトスン、依頼人の身近に、よくも悪くもふつうでない性格の持ち主がいるってことをつかんだことは、これから捜査をすすめていくにあたって、何かと役に立つに違いないよ。どうやら興味がわいてきたぞ。きみさえよければ、これからすぐウォーキングへ出発しようじゃないか。そして、この不幸のどん底にいる外交官と、彼の手紙を代筆した婦人に、さっそく会ってみよう」

わたしたちは運よくウォータールー駅発の朝の汽車に間にあい、一時間もたたないうちに、もみの木とヒースにおおわれたウォーキングの野原を歩いていた。ブライアブレイ邸というのは、駅から歩いてほんの数分のところにある、広大な敷地に囲まれた大きな一軒家だった。玄関で名刺をさし出すと、すぐに優雅な調度をほどこされた客間に案内された。数分後、かなり太った男が現われ、わたしたちを心から歓迎してくれた。年のころは三十よりむしろ四十に近かったが、ほおが赤く、陽気な目をしていて、デブのいたずらっ子の面影をいまなお漂わせていた。

「ほんとうによくいらしてくださいました」男は感謝の気持ちをこめてわたしたちの手を握

った。「パーシーは朝からずっと、いまかいまかとあなた方をお待ちしておりました。ああ、かわいそうに。彼はわらにもすがりたい心境なのです。わたしは彼の両親からあなた方にお会いするようにと頼まれました。両親にとっては、今度のことは口にするだけでもつらいらしくて」

「まだくわしいことは何ひとつうかがっていないのですが」とホームズ。「ところで、あなたはここのご家族の方ではないようですね」

男はびっくりしたような顔つきをしたが、目をちらっと下に落とすと、急に笑いだした。「なるほど、わたしのロケットに彫ってある『J・H』という頭文字をごらんになったのですね」男は言った。「一瞬、何か魔法でもお使いになったのかと、びっくりしましたよ。わたしはジョゼフ・ハリスンと申します。妹のアニーがパーシーと結婚することになっていますので、やがては少なくとも姻戚になるわけです。妹はパーシーの部屋にいるはずです。ここ二カ月ほど、ずっとつきっきりで看病していましして。では、さっそくあちらへまいりましょう。パーシーがあなた方を待ちこがれていますから」

わたしたちが案内された部屋は、客間と同じ階にあった。居間兼寝室として使われているらしく、部屋のすみずみに花がきれいに生けてある。ひどく青白い、やつれはてた顔をした青年が、開かれた窓のそばのソファに横たわっていた。窓からは、庭のかぐわしい香りと夏のさわやかな空気が流れこんでいる。ひとりの婦人が青年のそばに腰をおろしていたが、わたしたちが入っていくと、立ちあがって、青年に言った。

「パーシー、席をはずしましょうか?」

フェルプスはその手をつかんで、ひきとめた。「やあ、しばらく、ワトスン」彼は心をこめて言った。「ひげを生やしているので、まるで別人みたいだね。もっとも、きみだってぼくを見てすぐにはわかるまい。ところで、こちらの方がきみの友人の、かの名高いシャーロック・ホームズさんだろう?」

わたしはホームズを手短に紹介し、彼といっしょに腰をおろした。太った青年はいつの間にか姿を消していたが、妹のほうは、その手を病人の手に重ねたまま、部屋にとどまっていた。じつに印象的な美人だ。やや背が低く、背丈のわりにはずんぐりしていたが、顔は美しいオリーブ色に輝き、大きな瞳はイタリア人のように黒く、ふさふさとした真っ黒な髪をしていた。その血色のよい顔にくらべると、青年の青白い顔がなおいっそうやつれて見えた。

「お時間をむだにしたくはありませんので」フェルプスがソファの上に身体を起こして言った。「前置きは省かせてもらって、さっそく本題に入らせていただきます。ホームズさん、わたしは幸運にめぐまれた幸せ者でした。ところが、いよいよ結婚というその直前になって、突然、前途を台無しにしてしまうような恐ろしい不幸にみまわれたのです。

すでにワトスン君からお聞きでしょうが、わたしは外務省に勤めており、伯父のホールドハースト卿のうしろ楯のおかげで、またたく間にある地位につくことができました。その伯父がいまの内閣の外務大臣になると、わたしは重要な仕事をいくつか任されましたが、いずれも立派にやりとげてみせたので、伯父はわたしの才能と手腕に絶大の信頼をおくようになりました。

十週間ばかり前――正確に言うと五月二三日のことですが――伯父はわたしを役所の私室に呼び、わたしのこれまでの仕事ぶりをほめた上で、またひとつ重要任務を引き受けてもらいたいのだが、と切り出してきました。

伯父は机の引き出しから灰色の巻き紙を取り出して、言いました。『これは英国とイタリアとのあいだに交わされた、例の秘密条約の原本なのだ。残念ながら、すでに噂が新聞に流れてしまったが、きわめて重要なものなので、これ以上外部にもれるようなことがあっては絶対に困る。フランスやロシアの大使館は、この文書の中身を知るためなら、いくらでも金を惜しまないだろう。だから、わたしの机に厳重にしまっておくことが必要になったのだよ。そこでだが、おまえは役所に自分の机をもっているね？』

『はい、もっておりますが』

『では、これを持っていって、その机に鍵をかけてしまっておくのだ。で、ほかの連中が帰ってからもおまえが居残れるように、わたしがうまく計らうので、だれにものぞかれる心配なく、落ち着いてこれを写してほしい。写し終わったら、原本と写しの両方を机にしまって、ふたたび鍵をかけておいてくれたまえ。そして、明日の朝、わたしに直接手渡してもらいたいのだ』

そこで、わたしはその書類を受けとって――」

「ちょっと待ってください」ホームズが口をはさんだ。「その話の最中、あなた方は二人きりだったのですね」

「まちがいなく二人だけでした」

「大きな部屋のなかにいましたか？」

「三十フィート四方の部屋です」

「その真ん中に？」

「ええ、ほぼ真ん中に」

「小声で話していましたか？」

「伯父はいつも声がとても低いのです。わたしはほとんど口をききませんでした」

「ありがとう」ホームズはそう言うと、目を閉じた。「では、どうか先を続けてください」

「わたしは、指示されたとおり、ほかの職員が帰るまで待ちました。わたしと同室のチャールズ・ゴローという者がひとりだけ、残っている仕事を片づけるために残業していましたので、わたしは彼を部屋に残したまま、食事に出ました。もどってみると、彼はすでに帰ったあとでした。わたしは仕事を早くすませてしまおうと思いました。といいますのも、ジョゼフが――さきほどあなた方がお会いになったあのハリスンさんが、ロンドンにきていて、十一時の汽車でウォーキングに帰ることになっており、できればわたしもそれに間に合わせたかったからです。

さて、その条約文書に目を通してみますと、なるほど非常に重要なもので、伯父があのように言うのも決して誇張ではないことが、すぐにわかりました。大まかなことだけを言わせてもらえば、それは三国同盟に対する英国の立場を明らかにしたもので、地中海においてもしフランス海軍がイタリア海軍に対して完全な優位に立った場合の、わが国のとるべき政策を予示してあるのです。なかで扱われている問題は、純粋に海軍に関するものだけです。文書の末尾には、その条約に調印した高官たちの署名が並んでいました。わたしはざっと目を通し終わると、ただちに写す作業にとりかかりました。

中身はフランス語で書かれた、二十六もの条項からなる、かなり長いものです。できるかぎり急いで写したのですが、九時になっても、やっと第九条までたどりつけただけで、予定の汽車にはとても間に合いそうにありませんでした。食事のせいと、また一日の長い仕事の疲れのせいで、わたしは眠気をもよおし、頭がぼんやりしてきました。コーヒーでも飲めば頭がはっきりするだろうと思いました。便利屋《コミッショネア》が階段の下の用務員室にひと晩じゅう詰めていて、[*1]残業している役人たちに、いつもアルコールランプでコーヒーを沸かしてくれるのです。そこで、わたしは呼び鈴を鳴らし、彼を呼びました。

ところが驚いたことに、呼び鈴に応じてやってきたのは女でした。大柄の、下品な顔をした年配の女が、エプロンをしたまま入ってきたのです。便利屋の妻で、雑用をやっているとのことでした。そこでわたしは、彼女にコーヒーを注文しました。

それからさらに二カ条ほど写したところで、ますます眠くなり、疲れた足腰を伸ばすために、部屋のなかを歩きまわりました。ところが、コーヒーはいっこうにやってきません。いったいどうなっているのだろうと思い、様子を見にドアを開けて廊下を歩きはじめました。わたしが仕事をしていた部屋からは、うす暗い明かりのついた廊下がまっすぐに延びていて、出入口はそこしかありません。この廊下は彎曲した階段に通じており、その階段をおりたところに、便利屋の部屋があるのです。階段のなかほどには小さな踊り場があって、そこからもうひとつ別の廊下が直角に折れて延びています。その第二の廊下を少し行くと小さな階段があり、使用人用の裏口に通じているのですが、この裏口はチャールズ街からやってくる役人たちにも、近道として使われています。これが現場の略図です」

「ありがとう。いままでのところはよくわかりました」とホームズ。

「さて、ここがいちばん重要な点なので、よく注意して聞いていただきたいのです。わたしが階段をおりてホールに出てみますと、なんと、便利屋は部屋のなかでぐっすりと眠りこんでいました。やかんがアルコールランプの上でぐらぐら煮えたぎっていて、湯が床に吹きこぼれています。わたしは手を伸ばして、何も知らずにすやすやと眠っている便利屋をゆり起こそうとしました。すると、その瞬間、便利屋の頭上で呼び鈴がけたたましく鳴りひびき、

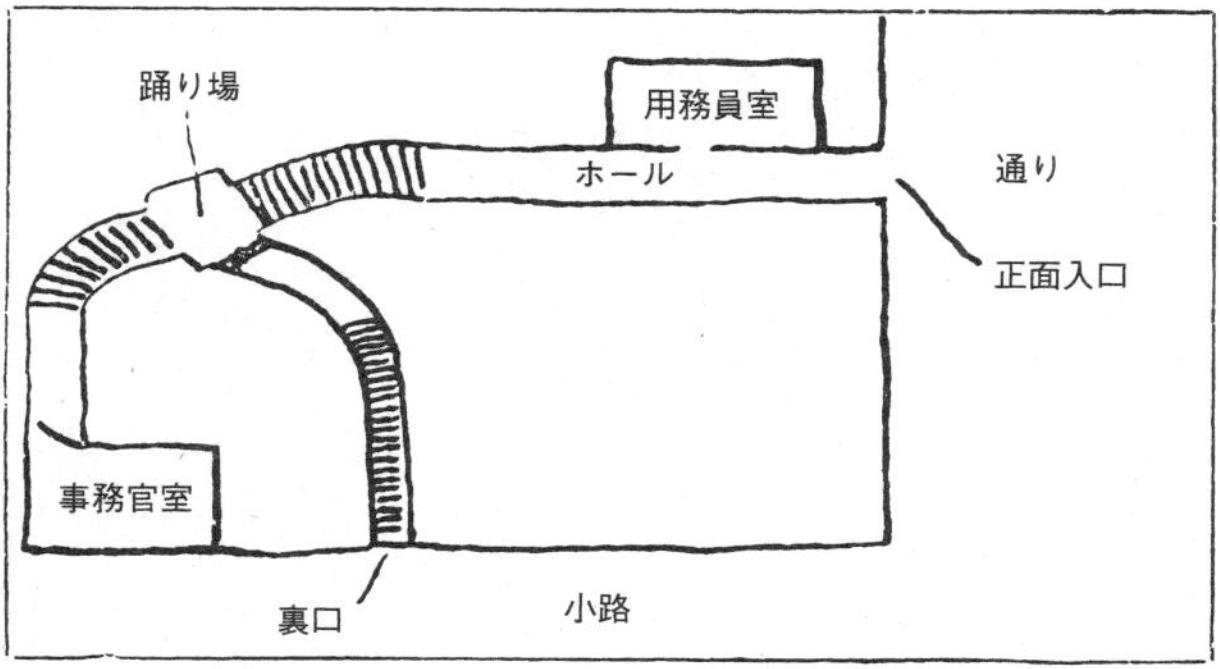
踊り場
用務員室
ホール
通り
正面入口
事務官室
裏口
小路

彼はびっくりして目を覚ましました。

『あっ、フェルプスさん！』便利屋はわたしの顔を見ると、まごまごして言いました。

『コーヒーができているかどうかを見にきたんだよ』

『湯を沸かしているうちに、眠りこんじまったらしくて』便利屋はそう言ってわたしの顔を見ていましたが、まだ揺れているベルを見あげたとたん、もっとびっくりしたような顔をしました。

『あなたがここにいらっしゃるとしたら、だれが呼び鈴を鳴らしたんでしょう？』

『呼び鈴だって？　それはいったい何の呼び鈴なんだ？』

『あなたがお仕事をなさっていた部屋のですよ』

一瞬、わたしは冷たい手で心臓をつかまれたような思いでした。何者かが、あの貴重な文書が机の上に置いたままになっている部屋にいるわけです。わたしは狂ったように階段をかけ上がり、廊下を突き進みました。でもホームズさん、廊下ではだれにも会いませんでした。そして、部屋にもだれひとりいなかったのです。何もかもわたしが部屋を出たときのままでしたが、ただ、わたしが預かった例の書類だけが、置いてあった机の上から消えていました。写しのほうはあったのですが、原本がなくなってしまったのです」

ホームズは椅子の上で姿勢をただすと、しきりに両手をこすり合わせた。彼がこの問題に心をすっかり奪われていることが、わたしにはひと目でわかった。

「それで、あなたはどうなさったのです？」ホームズはつぶやくように言った。

「わたしはとっさに、泥棒は裏口から階段をのぼって入りこんだのに違いないと判断しました。もし表玄関から入ったのなら、当然わたしと出くわしたはずだからです」

「では、その泥棒があなたのいた部屋にずっと潜んでいたとか、あなたがうす暗いと言った廊下に隠れていたなんてことは、ありえないと考えたわけですね？」

「そんなことは絶対にありえません。部屋にしても廊下にしても、ネズミ一匹隠れることはできませんよ。身を隠す場所がまったくないのです」

「そうですか。では、どうぞつづけてください」

「便利屋は、わたしがさっと青ざめたのを見て、何か心配なことが起こったに違いないと思ったらしく、わたしのあとにつづいて二階へあがってきました。そこで、わたしたちは二人で廊下をかけもどり、チャールズ街へ通じる階段をかけおりました。裏口のドアは閉まっていましたが、鍵はかかっていませんでした。わたしたちはそれをバンと開け放ち、外にとび出しました。ちょうどその時、近くの教会から鐘の音が三つ聞こえてきたのを、はっきり憶えています。九時四十五分を告げる鐘でした」

「それはきわめて重要なことです」ホームズはシャツのカフスに何か書きとめた。*2

「その夜はひどく暗く、しかも、あたたかい小雨がぱらついていました。チャールズ街には人影はまったく見あたりませんでしたが、はるかむこうのホワイトホール通りは、いつものように賑わっていました。わたしたちは、帽子もかぶらぬまま、歩道を突き進んでいきました。すると、むこうの角に警官がひとり立っているのが見えたのです。

『泥棒に入られました！』わたしはあえぎながら言いました。『非常に重要な書類が外務省の部屋から盗まれたのです。だれかここを通りませんでしたか？』

『わたしは十五分前からここに立っていますが、そのあいだに通った者といえば、ひとりだけです。ペイズリ織の肩かけをはおった、背の高い、年配の女でした』

『なあんだ、そんならあっしの女房だ』便利屋が叫びました。『ほかに通った者はひとりもいないんですね？』

『だれも通りません』

『じゃ、泥棒のやつはきっとあっちのほうへ逃げたのに違いない』便利屋はわたしのそでを引っぱって、大声で言いました。しかし、わたしにはいまひとつ納得がいきません。彼がわたしを別の方向へ連れて行きたがるので、ますます不審に思いました。

『その女はどっちのほうへ行ったのです？』わたしは大声で訊きました。

『わかりませんね。通るのは見ましたが、じっと注意して見ていなければならない理由もありませんでしたから。ただ、急いでいるようには見えました』

『どのくらい前のことです？』

『ほんのちょっと前ですよ』

『じゃ、まだ五分とたっていない？』

『そう、五分よりも前ということはありませんよ、フェルプスさん。いまは一刻を争うときなんです！』便利屋が叫びました。『信じてくださいよ、あっしの女房は今度のことは何の関係もありません。さあ、反対のほうへ急ぎましょう。気が進まないのなら、あっしひとりで行きますよ』そう言って、彼は反対の方角に走り出しました。

でも、わたしはすぐにあとを追いかけ、そでをつかみました。

『おまえはどこに住んでいる？』

『ブリクストンのアイヴィ・レイン十六番地です。でもフェルプスさん、見当はずれの考えにとらわれちゃいけませんよ。とにかく、反対の方向へ行ってみましょう。何か手がかりがつかめるかもしれません』

便利屋の忠告に従ってみたところで、別に損はないわけですから、わたしたちは警官といっしょに通りを反対の方向に急ぎました。ですが、やたら大勢の人間が往き交っている光景に出くわしただけです。しかも雨の晩ですから、みんなは早く落ち着ける場所にたどりつこうという一心で、通り過ぎた者をいちいち心にとめているようなひま人は、ひとりもいませんでした。

そこで、しかたなくわたしたちは役所にもどり、階段や廊下を調べてみたのですが、それもけっきょくむだに終わりました。あの部屋に通じる廊下にはクリーム色のリノリウムが敷きつめてあり、足跡がつけば、はっきり残ります。そこで、それを丹念に調べてみたのですが、足跡らしきものはひとつも見あたりませんでした」

「その夜はひと晩じゅう雨が降りつづいていたのですか?」

「七時ごろからずっとです」

「では、九時ごろ部屋にはいってきた例の女が泥靴の跡を残していないのは、いったいどういうわけでしょう?」

「いいところを突いてくださいました。じつは、そのときわたしもそのことに思いついたのです。ところが、雑役係は、用務員室で靴をぬぎ、リスト・スリッパ（織物の端切れで作ったスリッパ）にはきかえる習慣になっているのです」

「なるほど、それでよくわかりました。では、雨の晩であるにもかかわらず、足跡はまったくなかったわけですね? なるほど、この一連のできごとには、確かに非常に興味深いものがあります。で、あなたはそれからどうなさったのです?」

「わたしたちはあの部屋も調べてみました。でも、秘密のドアなんてあるはずがないし、窓は地面から三十フィートもの高さにあります。しかも、窓は二つとも、内側から閉じてありました。床には絨毯が敷いてありますから、落とし戸があるわけもなく、天井はありふれた白塗りのものです。ですから、わたしの書類を盗んだ者は、それがだれであれ、ドアからしか入ってこられなかったことは、命に賭けても確かですよ」

「暖炉はどうです？」

「暖炉はないのです。そのかわり、ストーブがあります。呼び鈴の紐はわたしの机のすぐ右手に、上の針金からぶらさがっています。ですから、それを鳴らしたやつは、部屋に入るとまっすぐに机のところにやってきたに違いありません。でも、いったいなぜ、犯人は呼び鈴を鳴らしたりなんかしたのでしょう？　まったく不可解でなりません」

「確かに、常識では考えられないことですね。で、あなたがつぎになさったことは？　部屋を調べる際、侵入犯が何か手がかりを残していかなかったかどうかも、当然確かめてみられたわけでしょうね？　たとえば、葉巻の吸い殻とか、手袋の片方とか、ヘアピンとか――」

「そういったたぐいのものは、何ひとつ見つかりませんでした」

「匂いもなし？」

「さあ、それはまったく思いつきませんでした」

「そうですか。煙草の匂いでも残っていれば、こういった捜査では非常に役に立つものなんですがね」

「でも、わたしは煙草を吸いませんので、もし煙草の匂いが残っていたとしたら、おそらく気がついたに違いないと思います。とにかく、手がかりらしきものは何ひとつありませんでした。ただひとつはっきりしている事実は、便利屋の細君が――ミセス・タンギーというのですが——現場から急いで立ち去っていったということです。便利屋にその点を問いただしてみても、女房がいつも家に帰る時刻だから、という答えしか返ってきません。そこで、警官とわたしは、もしその女が盗んだのだとすれば、書類をどこかに処分してしまわないうちに捕えることが最上の策だという点で意見が一致しました。

そのころにはすでにスコットランド・ヤードにも報告が届いており、フォーブズという刑事がすぐにかけつけてきて、精力的に捜査を開始しました。わたしたちは辻馬車をやとい、三十分ほどで、便利屋が言っていた住所にたどりつきました。ドアを開けたのは若い女で、ミセス・タンギーの長女だということでした。母親はまだ帰っておらず、わたしたちは表の間に通されて、そこで待つことにしました。

十分ほどすると、玄関のドアをノックする音が聞こえ、ここでわたしたちは——といってもわたしの責任なのですが——重大な失敗をやらかしてしまいました。自分たちでドアを開ければよかったのに、娘に開けさせたのです。娘が『母さん、男の人が二人、母さんに会いたいって、家のなかで待ってるわよ』と言うのが聞こえたかと思うと、廊下をぱたぱたと走り抜ける足音がしました。フォーブズ刑事がドアを開け放ち、二人で奥の部屋、つまり台所へと駆けこんだのですが、女はすでにそこにいて、入ってきたわたしたちを挑戦的な目でにらみつけました。が、ふとわたしに気づくと、びっくり仰天して、叫びました。

『まあ、お役所のフェルプスさんじゃありませんか！』

『おい、じゃ、いったいわれわれをだれだと思って逃げたりなんかしたんだ？』刑事が言いました。

『いえね、てっきり差し押さえ屋《ブローカー》かと思ったもんで』[*3]と女は言いました。『ある店とちょっともめてるもんですから』

『そんな言いわけが通るとでも思っているのか。おまえが外務省から重要な書類を盗み出したことは、ちゃんとわかっているんだ。おまえは、それを処分するためにここに逃げこんだんだろう？　さあ、いっしょにヤードまでくるんだ。調べてやる』

女はぶつぶつ文句を並べて、執拗に抵抗しましたが、結局むだでした。四輪辻馬車が呼ばれ、わたしたちは女を連れてスコットランド・ヤードへ引きあげました。その前に、台所、とくにかまどを丹念に調べてみました。わたしたちがかけこむ寸前に、女が書類を処分してしまったかもしれないと思ったからです。でも、灰も紙切れも見つかりませんでした。ヤードにつくと、女の身柄はすぐに身体検査のため婦人係官に引き渡されました。わたしはやきもきしながらその報告を待ったのですが、けっきょく、書類は見つかりませんでした。

そのとき初めて、わたしは自分の置かれた立場の恐ろしさをひしひしと感じはじめました。それまでは休みなく動き回っており、行動が思考を麻痺させていたのです。条約文書はきっと取りもどせると信じこんでいましたので、もし取りもどせなかったらどうなるかなどということは、考えもしませんでした。しかし、とりうる手段が尽きてしまうと、自分の立場をいやでも自覚せざるをえません。恐ろしいことになったのです!

ここにいるワトスン君なら知っていることですが、わたしは学校時代、神経質で感じやすい少年でした。その性質はいまでも変わりません。伯父や閣僚たちのことを頭に浮かべ、わたし自身はいうまでもなく、伯父や周囲のすべての人たちの上にわたしがもたらした恥辱のことを思いました。自分は異常なできごとの被害者にすぎないのだと言ってみたところで、何になるでしょう? 事が外交上の利害に関する問題だけに、酌量の余地など、まったくありません。破滅です。不名誉な、絶望的破滅なのです。

それから自分が何をしたのか、はっきり覚えていません。おそらく醜態を演じたのに違いありません。警官たちがまわりに集まってきて、わたしをなぐさめようとしてくれたのが、ぼんやりと記憶にあるだけです。彼らのひとりがわたしをウォータールー駅まで馬車で送ってくれ、ウォーキング行きの汽車に乗りこむまで見届けてくれました。

近所に住む医師のフェリア先生が同じ汽車に乗りあわせていなかったら、その警官はきっと家までついてきてくれたに違いありません。フェリア先生はとても親切に介抱してくださり、おかげでずいぶん助かりました。わたしは駅で発作を起こし、家にたどりつくころには、すっかり狂乱状態に陥っていたのです。

フェリア先生の鳴らした呼び鈴の音で家の者が起きだしてきて、わたしのありさまを見たときの騒ぎがどんなものであったかは、ご想像がつくと思います。ここにいるアニーと母は、すっかり心を痛めてしまいました。フェリア先生は駅で刑事からおおよその事情を聞いていたので、家の者にひと通り説明してくれたのですが、それで事態がよくなるわけでもありません。

わたしの病気が長びきそうなことは、だれの目にも明らかでした。そこで、ジョゼフはこの快適な寝室から追い出されるはめになり、ここはわたしの病室にあてられることになったのです。ホームズさん、それ以来九週間以上ものあいだ、わたしは脳熱にうなされつづけ、意識不明のまま、寝たきりの状態だったのです。アニーとフェリア先生の手厚い看護がなければ、いまこのようにお話しすることもできなかったでしょう。昼間はアニーがつきっきりで看病してくれ、夜も雇いの看護婦が世話をしてくれました。実際、ひどい発作を起こすと、何をしでかすかわからなかったからです。

しかし、おかげで、徐々にですが、わたしは意識を取りもどしました。といっても、記憶がすっかりもと通りになったのは、ついこの二、三日のことです。でも、時おりふと、いっそのこと記憶なんてもどらなければよかったのにと思うことがあります。

回復するとまっ先に、この事件を担当してくれているフォーブズ刑事に電報を打ちました。彼はすぐにやってきてくれ、あらゆる手を尽くしているが、手がかりらしきものはまだ何もつかめていないと教えてくれました。便利屋夫婦を徹底的に調べあげたものの、事件の解決に役立ちそうなものは出てこなかったのだそうです。

そこで警察は、つぎにゴロー青年に——さきほどお話ししたはずですが、あの晩役所で残業していた男です——疑いの目を向けました。疑惑の根拠となるのは、彼が部屋に残っていたということと、名前がフランス系だということの二点だけでした。しかし、実際問題として、わたしが例の仕事を始めたのは彼が帰ったあとでしたし、家系にしても、確かにユグノー（十六〜十八世紀フランスのプロテスタント）の血を引いてはいますが、心情といい習慣といい、あなたやわたしと同じ、れっきとした英国人です。結局、彼は事件とはまったく関係がないことがわかり、捜査は暗礁に乗りあげてしまいました。

そこでホームズさん、最後の頼みの綱として、あなたにおすがりするしかなくなったのです。あなたに助けていただけなかったら、わたしの地位も名誉も永久に失われてしまいます」

病人は、長くしゃべりつづけたせいで疲れはて、クッションにぐったりと身を沈めた。アニーが気つけ薬をコップに一杯、彼の口に注いでやった。ホームズは頭をうしろへそらし、目を閉じて、無言のままじっとすわっている。彼を知らない者には、けだるそうな態度とかうつらないかもしれないが、わたしにとっては、彼が思索に没頭していることを物語る、何よりの証拠だった。

「あなたのお話はたいへん明快でした」やっとホームズは口を開いた。「ですから、お訊ねしたいこともほんの少ししかないのですが、ただひとつだけ、非常に重要なことをお訊きします。あなたは、今度の特別の仕事をまかされたことについて、だれかに話されましたか？」

「いいえ、だれにも話しておりません」

「たとえば、ここにおられるハリスン嬢にも？」

「もちろんです。命令をうけてから仕事にとりかかるまで、このウォーキングには帰っていないのですから」

「それでは、ご家族の方がたまたまあなたに会いにこられるようなことも、なかったわけですか？」

「ありません」

「ご家族のなかに、役所の内部にくわしい人はおられますか？」

「ああ、それでしたらみんな知っています。案内して見せてまわったことがありますから」

「もっとも、あなたがこの条約文書のことをだれにも話されなかったのだったら、もちろん、このような質問は無意味ですが」

「ひと言ももらしておりません」

「便利屋について、何か知っておられますか？」

「もと兵隊だったということ以外、何も知りません」

「どの連隊にいたのです？」

「ああ、確かコールドストリーム近衛連隊にいたとか言っていました」

「ありがとう。くわしいことはフォーブズに訊けばわかるでしょう。警察の連中は事実を集めることは上手ですからね。ただそれを活用しないだけの話で。でも、バラというのはほんとうに美しい花だ」

ホームズは寝椅子のそばを通り抜けて開かれた窓のところへ歩み寄り、コケバラの垂れさがった茎を手にとると、深紅と緑に彩られた美しい庭を見おろした。わたしはホームズの性格の新しい一面を発見したような気がした。というのも、彼が自然の事物に強い関心を示すところなど、いままで一度も見たことがなかったからである。

「宗教ほど推理を必要とするものはありません」ホームズは鎧戸にもたれかかりながら言った。「すぐれた推理家の手によれば、宗教は精密科学にすらなりうるものなのです。神の摂理の最高のあかしは、花のなかにこそ示されているように思われます。そのほかのものはすべて、力にしても欲望にしても食物にしても、ぼくらの生存にとってまず第一に必要なものです。しかし、このバラは余計なものでしかない。その香りといい色といい、確かに人生を美しく彩るものではあるけれど、必要不可欠なものではありません。そして、その余計なものこそ、まさに神のなせるわざなのであり、だからこそ、重ねて申しますが、ぼくらは花から多くの希望を与えられるわけです」

ホームズがいきなり議論を展開しはじめたので、パーシー・フェルプスとアニーはびっく

りした表情で彼を見つめていたが、やがて二人の顔には失望の色がありありと浮かんできた。ホームズはコケバラを指にはさんだまま、深い物思いに沈んでいった。そうした状態は数分間続いたが、それを破ったのはアニーだった。

「ホームズさん、この事件の謎が解ける見こみはおありなのですか？」やや厳しい口調だ。

「ああ、事件ね！」ホームズははっと現実に戻って答えた。「なるほど、非常に難解で複雑な事件であることは、どう見ても否定できませんが、とにかくこれから調査を進めて、その過程でわかったことはすべてお知らせするつもりです」

「何か手がかりでもございまして？」

「お話のなかから七つばかり見つかったのですが、もちろんよく確かめたうえでなければ、はたして価値があるものかどうかは申しあげられません」

「だれかを疑ってらっしゃるのですか？」

「ぼく自身を疑っています」

「何ですって？」

「あまりにも早く結論に達してしまったことを、疑っているのです」

「では、ロンドンへお帰りになって、その結論をお確かめになってください」

「まさにハリスンさんのおっしゃるとおりです」ホームズは立ちあがりながら言った。「ワトスン、どうやらそうするのがいちばんいいみたいだ。フェルプスさん、誤った期待を抱かないでくださいよ。この事件はきわめて複雑ですから」

「今度お会いするまでに、わたしはまた脳熱にやられてしまっているでしょう」外交官は悲しそうな声をあげた。

「あした、また同じ汽車でやってきますよ。もっとも、あまり喜ばしい報告はできそうにありませんが」

「あしたまた来ていただけるとは、ほんとうにありがたい。何かがなされていると知っただけでも、生き返ったような気持ちになります。ところで、ホールドハースト卿から手紙をもらいましたよ」

「ほう！　なんと言ってきたんです？」

「冷淡な感じですが、でも過酷というほどではありません。おそらく、わたしの病状がかなり悪いので、あまり残酷なことも言えないのでしょう。事態がきわめて重大であることを繰り返し強調したうえで、わたしが健康を回復して失敗のつぐないをするまでは、わたしの将来について何の行動も――これはもちろん免職を意味するわけですが――とらないとつけ加えています」

「なるほど、筋の通った、思いやりのある言葉ですね。じゃあワトスン、行くとするか。ロンドンでは、たっぷり一日分の仕事が待ちかまえているからね」

ジョゼフ・ハリスンが馬車で駅まで送ってくれ、わたしたちはまもなくポーツマス線の汽車でロンドンに向かった。ホームズは深い物思いに沈み、ほとんど口をきかなかったが、クラパム・ジャンクション駅を過ぎたころになって、やっと口を開いた。

「こんなふうに高架線に乗って街並みを見おろしながらロンドンに入っていくのも、じつに愉快なもんだね」

わたしはてっきり冗談を言っているのだろうと思った。どう見てもむさ苦しいながめだったからだ。しかし、ホームズはすぐに説明を始めた。

「あのスレート屋根がつらなる上に、ぽつんぽつんとそびえている大きな建物を見てみたまえ。まるで鉛色の海に浮かぶレンガの島のようじゃないか」

「公立の小学校だよ」

「いや、きみ、まさに灯台だよ！　未来を照らす明かりだ！　ひとつひとつが何百という光り輝く小さな種子を包みこんだ莢《さや》だ。あの莢がはじけて、より賢明で、よりすばらしい未来の英国が生まれ出づるってわけさ。ところで、あのフェルプスって男は酒は飲まないのかな？」

「飲まないと思うね」

「ぼくもそう思う。でも、ぼくたちはあらゆる可能性を考慮しなきゃならないからね。かわいそうに、あの男はすっかり深みに足をとられてしまっているが、問題は、ぼくらが彼を無事岸に引きあげてやれるかどうかだ。きみはあのハリスン嬢をどう思う？」

「しっかりした性格の娘だね」

「そうだ。でも、善良な人間であることは確かだ。あの兄妹は、ノーサンバーランドあたりの製鉄業者の子で、きょうだいは二人きりだ。フェルプスは、この前の冬、旅行に行ったときに彼女と婚約した。で、彼女はフェルプスの家族に紹介されるため、兄に付き添われてウォーキングへやってきたんだが、そこへ今度の悲劇が起こったものだから、そのままウォーキングにとどまって、恋人の看護をすることになった。兄のジョゼフも、あそこの居心地がいいもんだから、いっしょにとどまっている。さっき馬車に乗る前に訊けたのは、これくらいだ。きょうは一日じゅう調査に専念することになりそうだな」

「ぼくの診察の――」

「ほう、きみの診察のほうがぼくの仕事より興味があるっていうんなら――」ホームズは、やや不機嫌な口調になった。

「ぼくの診察のことなら、いまは一年じゅうでいちばん暇な季節だから、一日や二日ぐらいなんとでもなる、と言おうとしたんだよ」

「大いにけっこう」ホームズは機嫌を直して言った。「じゃ、二人で事件の調査にあたろう。まず、フォーブズに会うことから始めなければ。彼なら、ぼくたちの知りたいくわしい点をすべて教えてくれるはずだ。そうすれば、事件にどこから手をつければいいかがわかる」

「きみは、手がかりをつかんだとか言っていたが」

「ああ、いくつかね。でも、もう少し調べてみないことには、はたして役に立つものかどうか何とも言えん。解決がいちばん困難な事件というのは、目的のない犯罪なんだが、今度の事件は目的がないわけではない。この事件によって利益を得るのはだれか？　フランス大使がそうだし、ロシア大使もそうだ。彼らに文書を売りつけようという人間だってそうだ。それに、ホールドハースト卿がいる」

「ホールドハースト卿だって！」

「そうだとも。政治の世界では、ああいった文書が偶然紛失してしまうことによって、かえって立場が有利になるということも、ありうるからね」

「でも、まさかホールドハースト卿のような立派な経歴の政治家がそんな――」

「いや、可能性があるわけだから、それを無視するわけにはいくまい。とにかくきょう、大臣に会ってみよう。そうすれば何か聞き出せるかもしれない。ところで、ぼくはすでにある調査を始めているんだが」

「すでに？」

「そう。ウォーキング駅から、ロンドンじゅうの夕刊に電報を打っておいた。どの新聞にもこの広告がもうすぐ出るはずだよ」

ホームズは手帳から一枚の紙を破りとって、わたしに渡した。それには鉛筆で次のように走り書きしてあった。

賞金十ポンド――五月二三日夜九時四十五分、チャールズ街の外務省の入口もしくはその付近で客をおろした馬車の番号をご存じの方は、ベイカー街二二一番地Bまでご連絡されたし。

「じゃあきみは、泥棒は馬車でやってきたのに違いないとにらんでいるわけか?」

「もしそうでなかったとしても、別にそれほど困るわけではないさ。だが、部屋にも廊下にも隠れるような場所はないというフェルプスの言葉が正しいとすれば、犯人は当然外部から侵入したとしか考えられない。ところが、あんなに雨の降っている晩に外からやってきたというのに、リノリウムの床をほんの数分後に調べてみても濡れた形跡はまったくなかったというのだから、これは馬車でやってきたとみるのがいちばん自然じゃないかね。まずまちがいないと思うよ」

「そう言われれば、確かにそうだ」

「これが、ぼくがさっき言った手がかりのひとつさ。そしてつぎに、もちろん、例の呼び鈴の件がある。この事件のいちばんの特徴だよ。いったいなぜ呼び鈴が鳴ったのか? それは、泥棒が大胆不敵さを誇示するためにやったことなのか? それとも、その場に居あわせた人間が、犯罪を防ごうとして鳴らしたのか? それとも、たんなる偶然の故障か? それとも――」

ホームズはそこでまた黙りこんでしまい、もとの深い物思いに沈んでいった。だが、彼の気分の動きをよく知っているわたしには、何か新しい可能性が突然彼の頭にひらめいたように思われた。

わたしたちが終着駅に着いたのは、三時二十分だった。駅のビュッフェで手ばやく昼食をすませると、すぐスコットランド・ヤードへ急いだ。ホームズが前もって電報を打っていたので、フォーブズ刑事が入口でわたしたちを出迎えてくれた。キツネに似た小男で、顔つきは鋭かったが、ひどく無愛想だった。わたしたちに対する態度も非常に冷ややかで、用件を告げると、それがますますひどくなった。

「あなたのやり方はすでに聞いてますよ、ホームズさん」刑事はとげとげしい口調で言った。「警察が提供する情報を利用して、独自に事件の解決をはかり、そして、警察に恥をかかせるわけです」

「とんでもない。それどころか、最近手がけた五十三の事件のうちで、ぼくの名前が出たのはたった四件にすぎません。あとの四十九の事件については、すべて警察の功績になっているんですよ。もっとも、あなたはまだ若いし、経験も浅いから、このことを知らないからといって、責めるつもりはまったくありませんがね。でも、もし今度の新しい仕事で手柄をたてたいつもりなら、ぼくを敵にまわしたりするのはやめて、手を組むことです」

「ヒントのようなものを二、三与えてくだされば、非常にありがたいんですが」刑事は態度をがらりと変えて言った。「これまでのところ、まったくお手あげの状態なのです」

「どんな手を打ちました？」

「便利屋のタンギーに尾行をつけてあります。しかし、近衛連隊を除隊する際も立派な人物証明書をもらっているし、不利な材料は何ひとつ見あたりません。ただ、細君のほうはなかなかのくせ者ですよ。あの女は、今度の事件について、おそらく口で言っている以上にもっと何か知っていると思いますね」

「細君のほうにも尾行はつけてあるのですか？」

「婦人警官をひとりつけてあります。あの女は酒飲みなので、いい気分で酔っぱらっているときに二度ほどあたってみたものの、結局、何も引き出せなかったそうです」

「あの夫婦は、確か差し押さえ屋に追われていたはずですが？」

「ええ、でも、もうすっかり返済しましたよ」

「その金はどこから？」

「それなら問題はありません。亭主の年金の支払期日がきたんです。貯金があるようには見えませんでした」

「細君は、フェルプス氏が注文するために呼び鈴を鳴らしたときに自分がやってきたことについて、何と説明しています？」

「夫がひどく疲れていたので、休ませてやりたかったからだと言っていました」

「なるほど、それなら亭主がその少しあとで椅子にすわったまま眠りこんでいたところを見つかった事実と、つじつまは合っていますね。すると、女の性格が多少ひっかかるにしても、あの二人に不利な点は、いまのところ何ひとつないことになる。あの晩なぜ急いで役所から立ち去ったかについて、女に訊ねてみましたか？　警官の注意をひくぐらい急いでいたらしいのですが」

「いつもより遅くなったので、早く家に帰りたかったのだそうです」

「あなたとフェルプス氏が少なくとも二十分も遅れて家に向かったのに、女より先に着いた点を、突いてみましたか？」

「乗り合い馬車と辻馬車の違いでそうなったのだろうと言っています」

「家に帰ったとたん、奥の台所へかけこんだことについては、納得のできる説明をしていましたか？」

「差し押さえ屋に払う金をあそこに置いてあったからだそうです」

「ふむ。一応どんな質問に対してもきちんと答えが用意できているわけだ。役所を去る際、だれかに出会わなかったか、チャールズ街をうろついている人物を見かけなかったか、訊いてみましたか？」

「警官のほかはだれも見かけなかったそうです」

「なるほど。どうやら、かなり徹底的に問いただされたようですね。ほかにはどんな手を打ちました?」

「事務官のゴローに、この九週間ずっと尾行をつけているのですが、収穫はまったくなしです。怪しい点はひとつも見あたりません」

「で、ほかに何か?」

「それが、もう何も手がかりがないのです――証拠らしきものがまったくなくて」

「例の呼び鈴が鳴ったことについて、あなたなりに何か考えてみましたか?」

「正直言って、わたしの頭では理解できません。でも、だれがやったにせよ、あんなときに呼び鈴を鳴らすなんて、よほど大胆不敵なやつに違いありません」

「そう、まったく奇妙なことをやったものです。どうもいろいろ教えていただいて、ありがとう。もし犯人を突きとめたら、必ずお知らせしますよ。じゃ、行こう、ワトスン!」

「こんどはどこへ行くんだい?」部屋を出ると、わたしは訊ねた。

「現内閣の閣僚にして将来の英国首相、ホールドハースト卿に会いに行くのさ」

　わたしたちが訪ねていくと、幸いなことに、ホールドハースト卿はまだダウニング街の大臣室にいた。ホームズが名刺を出すと、わたしたちはすぐに面会を許された。大臣は、独特の古風な礼儀作法でわたしたちを迎えると、暖炉の両側にある豪華な安楽椅子をすすめてくれた。わたしたちのあいだの敷物の上に立った卿は、背がすらりと高く、彫りの深い、いかにも思慮深そうな顔立ちで、縮れた髪はすでに灰色に染まりはじめていて、ふつうの人間とはどこか違う、真の高貴さを秘めた貴族を象徴しているように思われた。

「あなたのお名前はかねがねうかがっておりますよ。ホームズさん」大臣は微笑みながら言った。「ですから、もちろん、あなたが来られた目的を知らないわけではありません。こういった役所の世界で最近起こったことで、あなたの注意をひくようなことといえば、ひとつだけですからね。ところで、だれのために仕事をなさっているのですかな？」

「パーシー・フェルプス氏のためにです」

「ああ、甥はまったく不運なやつです！　おわかりいただけると思いますが、わたしは身内だけに、かえってあいつをかばってやることが困難なのです。今度のことで、あれの前途はかなり暗いものになるに違いありません」

「しかし、もし文書が見つかった場合はどうです？」

「ああ、それなら、話は違ってきます」

「ホールドハースト卿、あなたに二、三お訊ねしたいことがあるのですが」

「わたしにわかることなら、何でも喜んでお答えしますよ」

「例の文書を写すことを命じられたのは、この部屋ですか？」

「ええ、そうです」

「では、だれかに盗み聞きされる心配はまずないとみていいですね？」

「そんなことは、まったくありえませんよ」

「写しをとるために条約文書を持ち出させるご意向を、だれかにもらされたことは？」

「決してありません」

「確かですか？」

「絶対です」

「なるほど。では、あなたもだれにももらされなかったし、フェルプス氏もだれにももらさなかったとなると、このことを知っている者は、ほかにだれひとりいないわけです。すると、フェルプス氏の部屋に泥棒が入ったのはまったくの偶然で、その男はたまたま文書を見つけて、これ幸いとばかり盗んでいったことになります」

政治家は微笑んだ。「そういう話になると、わたしの領域ではありませんな」

ホームズはしばらく考えてから言った。「もうひとつ、あなたとごいっしょに検討しておきたい非常に重要な点があります。あなたは、この条約文書の内容がもし外部に知れたら、非常に由々しい事態が生じると、懸念されておられるそうですが」

政治家の表情豊かな顔に、さっと影が走った。「確かに、非常に由々しい事態になります」

「で、そういう事態はすでに起こっているのですか？」

「いえ、それはまだです」

「もし条約文書が、そう、たとえばフランスとかロシアの外務省の手に渡った場合は、必ず何らかの形でそのことがあなたの耳に入るとみておられるわけですか？」

「そのはずです」ホールドハースト卿は顔をゆがめて言った。

「では、もう事件が起こってから十週間近くになるというのに、まだ何の情報も入ってこないということは、何らかの理由で条約文書はまだ先方の手に渡っていないとみていいわけですね？」

ホールドハースト卿は肩をすくめた。「でもホームズさん、泥棒が額に入れて飾っておくために条約文書を盗んだなんてことは、考えられませんよ」

「おそらく、もっといい値がつくのを待っているのでしょう」

「でも、あまりぐずぐずしていると、あれはただの紙切れ同然になってしまいます。あの条約文書は、あと二、三カ月もすると、もはや秘密のものではなくなってしまうのです」

「ほう、非常に重要なことをお聞きしました。もちろん、泥棒が突然病気で倒れたということも考えられないではないですが――」

「たとえば、脳熱にやられたり、ですか？」政治家は、ホームズをちらりと見ながら言った。

「そういう意味で申したのではありません」ホームズは冷静な口調だった。「さて、ではホールドハースト卿、貴重なお時間をかなり割いていただきましたので、そろそろ失礼させていただくことにします」

「犯人がだれであれ、お仕事の成功を祈っていますよ」卿はドアのところで会釈をして、わたしたちを送り出しながら言った。

「りっぱな人物だね」ホワイトホール通りへ出ると、ホームズが言った。「だがあの男も、自分の地位を維持するのに必死なんだ。裕福にはほど遠いのに、何かと出費がかさむんだね。靴底が張り直してあるのを見ただろう？　さてワトスン、もうきみの本業にもどってくれていいよ。例の馬車の広告への返答でもないかぎり、きょうのところは何もすることがない。そのかわり、あしたまたきょうと同じ汽車でウォーキングまでいっしょに行ってくれたら、とてもありがたいんだが」

そういうわけで、その翌日わたしはまたホームズと会い、二人でウォーキングへ向かった。彼の話によると、広告へは何の反応もなく、新しい手がかりは依然として見つかっていないとのことだった。ホームズは、いったんそう心に決めると、まるでアメリカ・インディアンのような無表情な顔になるので、彼の顔つきからは、捜査の状況に満足しているのかどうかはまったくわからなかった。彼はベルティヨンの人体測定法を話題にして、*4このフランスの学者を熱心に賞讃していた。

わたしたちの依頼人はまだ恋人の献身的な看護をうけていたが、前日よりはかなり元気になっているように見えた。部屋にはいっていくと、フェルプスは苦もなくソファから起きあがって挨拶をした。

「何かわかりましたか？」

「予想していたとおり、あまり喜ばしい報告はありません。フォーブズと会い、それからあなたの伯父上ともお会いしました。ほかに二、三捜査の手をのばしていますので、いずれ何かわかるかもしれません」

「では、まだあきらめてしまわれたわけじゃないんですね?」

「あきらめたりはしません」

「そう言ってくださると、ほんとうに助かりますわ!」ハリスン嬢が叫んだ。「勇気と忍耐さえ失わなければ、必ず真実をつかむことができるはずです」

「ところで、わたしたちのほうこそ、お話ししておかねばならないことがたくさんあるのです」フェルプスは寝椅子にすわり直した。

「何か聞かせていただけるものと、期待していましたよ」

「ええ、じつは昨晩ちょっとしたできごとがあったのですが、もしかしたら今度の事件と重要な関係があるかもしれないのです」話しはじめると、彼は急に深刻な顔つきになり、目には恐怖に似た表情が浮かんだ。「わたしは、知らないあいだに何か途方もない陰謀に巻きこまれていて、名誉ばかりでなく命までねらわれているのではないかと、思うようになりました」

「ほう!」

「確かに信じられないようなことです。自分の知るかぎりにおいて、わたしには敵などひとりもいないはずですから。しかし、昨夜のような目にあってみると、ほかに考えようがないのです」

「どうかくわしく聞かせてください」

「じつは、ゆうべ初めて、わたしは看護婦をつけずに寝ました。かなりよくなってきたので、付き添いなしでも大丈夫だと思ったのです。もっとも、常夜灯だけはつけておきました。午前二時ごろになって、ようやく浅い眠りについたのですが、突然、かすかな物音がして目を覚ましました。ネズミが板をかじるような音で、しばらくのあいだきっとそうに違いないと思って耳をすましていました。

　ところが、その音がだんだん大きくなったかと思うと、いきなり窓のところでカチッという鋭い金属的な音がしたのです。わたしはびっくりして身を起こしました。いまやそれが何の音かは明らかでした。最初のかすかな音は窓枠のすき間にだれかが道具のようなものをさし込んだ音で、そのつぎの音は掛け金をはずした音でした。それから十分ばかり、しーんと静まりかえっていました。音でわたしが目を覚ましたかどうかを、だれかがうかがっているような気配でした。

　すると、かすかにきしむ音がして、窓がそっと開かれました。わたしは神経がいつもの状態ではありませんので、もはやじっとしていることができませんでした。ベッドからとび出すと、鎧戸を一気に開け放ちました。見ると、ひとりの男が窓の下にうずくまっています。

あっという間に逃げてしまったので、姿はほんのちらっとしか見えませんでしたし、外套のようなもので顔の下半分あたりまでをすっぽりと包んでいました。ひとつだけ確信をもって言えるのは、男が手に何か凶器を持っていたということです。長いナイフのようなもので、逃げようと身をひるがえした際、その刃がきらりと光るのがはっきり見えました」

「非常に興味深いお話です。それからどうしました？」

「もし元気だったら、窓からとび出して男のあとを追いかけたのでしょうが、あいにくこういう状態ですので、呼び鈴を鳴らし、家の者を起こしました。でも、なかなかみんな起きてきません。呼び鈴は台所で鳴るのに、使用人たちは二階で寝ているからです。そこで、わたしは大声で叫びました。するとジョゼフが起きてきて、ほかの者を起こしてくれました。ジョゼフと馬屋番が、窓の外の花壇で足跡を見つけました。しかし、ここしばらく雨がまったく降っていないので、芝生から先は足跡をたどることが不可能だったということです。でも、道路沿いの木の柵に、何者かが乗り越える際にいちばん上の横木を折ったらしい跡が一カ所見つかったと言っていました。このことは地元の警察にはまだ知らせていません。あなたのご意見をうかがってからにしたほうがいいと思ったからです」

依頼人のこの話は、ホームズに異常なまでの影響を与えたようだった。彼は椅子から立ちあがると、興奮を抑えきれない様子で、部屋のなかを歩きまわった。

「不幸というのは必ずつづいてやってくるものですね」フェルプスは微笑を浮かべて言った

ものの、前夜のできごとで心が動揺していることは明らかだった。

「確かに不運な目に遭いましたね。どうです、ぼくといっしょに家のまわりを歩いてみませんか？」

「ああ、そうですね、少し日光を浴びたい気もします。ジョゼフも来てくれるでしょう」

「わたしもまいりますわ」ハリスン嬢が言った。

「いや、申しわけありませんが、あなたにはそのままそこにすわっていていただきたいんです」

ハリスン嬢は不満そうにまた椅子に腰をおろした。しかし、兄のジョゼフは加わって、わたしたちは四人いっしょに外へ出た。芝生をまわって、フェルプスの病室の窓の外側へ行ってみると、彼が言っていたように花壇に足跡が残っていたが、ほとんど見分けがつかないほどぼやけていた。ホームズはかがみこんで調べていたが、すぐに立ちあがって、肩をすくめた。

「これじゃ、だれが見たって役に立ちそうにない。家の周囲をぐるっとまわってみて、賊がなぜとくにこの部屋を選んだのか調べてみましょう。賊にとっては、居間や食堂の大きな窓のほうがもっと魅力があるはずなんですがね」

「でも、道路から目につきやすいのでは？」ジョゼフ・ハリスンが言った。

「ああ、もちろんそうですね。ここに、いかにもねらわれそうなドアがあります。いったい何のドアです?」

「横の勝手口です。もちろん、夜は鍵をかけてあります」

「以前にもこのような騒ぎが起こったことがありますか?」

「いや、一度もありません」とフェルプス。

「この家には、金銀の食器など、泥棒にねらわれそうなものがありますか?」

「貴重品のたぐいはまったくありません」

ホームズは両手をポケットに突っこんで、家のまわりをぶらぶらと歩いていった。彼にはめずらしい、投げやりな態度だった。

「ところで」彼はジョゼフに向かって言った。「あなたは賊が柵をよじ登った跡を見つけたそうですね。ちょっとそこを見せていただけませんか」

青年は、柵の一番上の横木が折れている場所へ、わたしたちを案内した。折れた小さな木片がぶらさがっている。ホームズはそれをもぎとると、丹念に調べた。

「これはゆうべ折れたんでしょうかね? それにしては折れ口が少し古いように見えるのですが、どうです?」

「なるほど、そうも見えますね」

「何者かがむこう側に飛び降りた形跡も見あたりません。どうやら、これじゃあまり手がかりにはならんようですな。寝室へもどって、検討してみましょう」

　パーシー・フェルプスは、将来の義兄の腕にささえられて、ひどくゆっくりした足どりで歩いていった。ホームズが芝生を急ぎ足で横切ったので、わたしたちはあとの二人よりもずっと早く、開け放たれた寝室の窓のところに着いた。

「ハリスンさん」ホームズは真剣な口調で、部屋のなかにいるハリスン嬢に話しかけた。「あなたは一日じゅうずっとそこにいてください。いいですね。どんなことがあっても、そこから離れてはいけません。これは、非常に重要なことなのです」

「ホームズさんがそうしろとおっしゃるなら、そういたしますわ」彼女はびっくりした顔で言った。

「寝室に引きあげられるときは、この部屋のドアに外側から鍵をかけ、その鍵を絶対に手放さないでください。約束してくれますね」

「でも、パーシーは？」

「彼には、ぼくたちといっしょにロンドンへ行ってもらいます」

「それで、わたしだけがここに残るのですか？」

「これもすべて彼のためです。あなたは彼を救うことになるのです！　さあ早く！　約束してください！」

　彼女が同意してうなずいたちょうどそのとき、あとの二人がやってきた。

「アニー、なぜそんなところに閉じこもっているんだ？」兄が叫んだ。「外へ出て日光にあたったらどうだい！」

「いえ、いいのよ、ジョゼフ。少し頭痛がするの。それに、この部屋は涼しくって、とても居心地がいいの」

「さて、ホームズさん、つぎは何をします？」フェルプスが訊ねた。

「そうですね、ゆうべのできごとにばかり気をとられて、本来の事件の捜査をおろそかにしてはなりません。そこで、あなたがぼくたちといっしょにロンドンへ来ていただけると、非常にありがたいんですが」

「これからすぐにですか？」

「ええ、都合がつくかぎりできるだけ早く。そう、一時間後ぐらいでどうです？」

「すっかり元気になりましたので、お役に立てるのなら、喜んで」

「もちろん非常に助かります」

「じゃあ、おそらく今夜はあちらで泊まることになりますね？」

「ちょうどそれをお願いしようと思っていたところです」

「ゆうべの例の訪問者が今晩もやってきたとしたら、肝心の相手がいないので、さぞがっかりするでしょうね。すべてをあなたにおまかせしたのですから、ホームズさん、ご希望があれば何なりとおっしゃってください。ジョゼフにもいっしょに行ってもらったほうがいいのでしょうね？　わたしの付き添いとして」

「ああ、いや、それにはおよびません。ワトスン君は医者ですよ。あなたの面倒くらいみてくれます。では、もしさしつかえなければ、昼食はここでとらせてもらって、それから三人でいっしょにロンドンへ行くことにしましょう」

すべてはホームズの指示どおりに運んだ。ハリスン嬢もホームズの言いつけを守り、口実を設けて寝室を離れなかった。わたしには、ホームズがいったい何の目的でこんな手のこんだことをするのか、まったくわからなかった。まさかハリスン嬢をフェルプスから遠ざけておくためでもあるまい。

フェルプスは健康を取りもどしたせいでふたたび元気に行動できることを喜びながら、食堂でわたしたちと昼食をともにした。だがホームズは、そのあとでわたしたちをもっとびっくりさせるようなことをした。いっしょに駅まで来て、わたしとフェルプスが汽車に乗りこむのを見とどけると、自分はこのままウォーキングにとどまるつもりだ、と平然と言ってのけたのである。

「ここを去る前に二、三はっきりさせておきたい点があるんです。それには、フェルプスさん、あなたがいらっしゃらないほうが、かえって何かと都合がいいんです。

ワトスン、すまないがロンドンに着いたらすぐにフェルプスさんを馬車でベイカー街までお連れして、ぼくが帰るまでいっしょにいてあげてくれないか。幸い、きみたちは昔の学校仲間だから、話題が尽きることもあるまい。フェルプスさんには、今夜は予備の寝室を使ってもらえばいいさ。ぼくも朝食には間に合うように帰るつもりだ。ウォータールーに朝八時に着く汽車があるからね」

「でも、それじゃロンドンでの捜査はどうなるんです?」フェルプスが残念そうに訊ねた。

「それはあしたでもできます。いまはとにかく、ここにいることのほうがはるかに大切なんです」

「では、ブライアブレイの連中に、あしたの晩には帰るつもりだとお伝えください」汽車がプラットホームから動き出すと、フェルプスが叫んだ。

「ぼくがブライアブレイ邸にもどることはまずないと思います」ホームズはそう答えて、駅から離れていくわたしたちに向かって、楽しそうに手を振った。

フェルプスとわたしは、車中でこのホームズの行動について話しあったが、二人とも、新しい事態の進展に対して納得のいく説明をつけることはできなかった。

「ゆうべの泥棒に関して——あれが泥棒だとしての話だが——何か手がかりを見つけるつもりでいるんだと思うよ。でも、ぼくとしては、あれがたんなるふつうの泥棒だとはどうしても思えないんだがね」とフェルプス。

「じゃあ、何だと思うんだい?」

「こんなことを言うと、きみはぼくの神経が弱っているせいにするかもしれないが、ぼくの周囲で何か大がかりな政治的陰謀が企てられていて、ぼくにはわからない何らかの理由で、命がねらわれているのではないかと、思っているんだよ。ばかげた空想のように聞こえるかもしれないが、いろいろな事実をよく考えてみたまえ！　ただの泥棒が、どう見たって価値のあるものなどありそうにない寝室の窓を、わざわざねらったりするかい？　それに、なぜ長いナイフなんか持っていたんだ？」

「押込み強盗が使うかなてこ《ジミー》のたぐいのものとは違っていたと、そう言うんだね？」

「うん、違う。確かにナイフだった。刃がきらりと光るのを、この目ではっきり見たんだ」

「しかし、いったい何の恨みできみがそんなにまでねらわれるんだろう？」

「ああ、それがわからないんだよ」

「もしホームズもきみと同じ見方をしているとすると、それで彼の今度の行動も納得がいくわけだ。きみの推論が正しいとして、もしホームズがゆうべきみをねらった男を捕まえることができたら、海軍条約文書を盗んだやつと、きみの命をねらったやつと、二人の別々の敵がいるなんて考えるのは理屈が通らないよ」

「でもホームズさんは、ブライアブレイへは行かないって言っていたじゃないか」

「ぼくは彼とのつきあいが長いから、わかる。彼が何かするときは、必ず確固たる理由があってのことなんだ」

それきり、話はほかの話題に移っていった。

わたしにとってはなんともうんざりさせられる一日だった。フェルプスは長い病気のあとなので、まだすっかり元気になったとはいえず、こんどの不幸で、かなりぐちっぽく神経質になっていた。アフガニスタンやインドの話、あるいは社会問題について、そのほか彼が興味をもちそうな話題をもちだして、なんとか気持ちを引き立ててやろうと試みたのだが、さっぱり効果がなかった。

彼の心はすぐに紛失した条約文書のことにもどっていき、ホームズは何をしているのだろうとか、ホールドハースト卿はどんな処置をとるつもりだろうとか、あしたの朝はどんな報告が聞けるのだろうとか、そんなことばかりあれこれ考えては心を悩ましていた。夜がふけるにつれて、彼の興奮は一段と痛ましさを増していった。

「ワトスン、きみはホームズさんを完全に信頼しているのかい？」

「あざやかな仕事ぶりを何度もこの目で見てきているからね」

「でも、こんなに謎だらけの事件を解決したことはないだろう？」

「いや、そんなことはないさ。これよりもっと手がかりの乏しい事件を解決したことだってあるよ」

「こんなに重大な利害関係がからんだ事件は、なかったんじゃないか？」

「さあ、それは何とも言えないね。しかし、これははっきり覚えていることだけれど、彼は、ヨーロッパの三つの王室の存否にかかわる重大問題を解決したことだってあるんだ」

「でもワトスン、きみはあの人をよく知っているからいいが、ぼくにはなんとも不可解な人物で、どうもよくわからないんだ。解決の見込みがあるのだろうか？」

「そのことについては、彼は何も言ってない」

「じゃあ、見込みがないんだ」

「いや、その反対だよ。彼は手がかりがないときはないと、はっきり言う男だよ。むっつり黙りこんでいるときは、むしろ、手がかりをつかんではいるものの、まだそれが正しいかどうか完全に確信できないでいる場合なんだ。さあ、フェルプス、こんなことであれこれ神経を悩ませていたってしかたがないよ。今夜はどうかもう寝てくれないか。そしてどんな報告がくるにせよ、あした、すっきりした気分でそれを迎えようじゃないか」

　わたしはやっとのことで友人を説き伏せてベッドにつかせたが、あれだけ神経が昂《たかぶ》っていたらとても眠れやしないだろう、と思った。実際、わたしにも彼の気分がうつってしまい、夜のほとんど半分は寝返りばかりうって、この奇妙な事件のことを頭のなかで思いめぐらしながら、あれこれ推理を試みた。

　だが考えれば考えるほど、ますますありえないようなことしか思いつかなかった。ホームズはなぜウォーキングにとどまったのだろう？　なぜハリスン嬢に一日じゅう病室から離れないでくれなどと頼んだのだろう？　なぜ、自分がウォーキングに残ることを、あんなに用心深くブライアブレイ邸の連中に知らせまいとしたのだろう？　こういった事実のすべてを説明できるうまい解釈はないものかと頭をしぼっているうちに、わたしはとうとう眠りにおちていった。

目を覚ましたら七時だった。すぐにフェルプスの部屋へ行ってみると、眠れない一夜をすごしたとみえ、やつれた顔をしていた。わたしの顔を見るなり、ホームズさんはもうもどったか、と訊ねた。

「約束の時間には必ずもどってくるさ。ちょうど時間きっかりにね」

わたしの言葉はまちがっていなかった。八時ちょっと過ぎに一台の辻馬車が玄関の前に勢いよくかけつけると、なかからホームズが姿を現わした。窓際に立って見ていると、左手に包帯を巻いているのが見えた。ひどく青ざめた、難しい顔をしている。家のなかに入ったものの、すぐには二階へあがってこなかった。

「どうやらうまくいかなかった様子だね」とフェルプス。

わたしも同意せざるをえなかった。「やはり、事件の手がかりはこのロンドンにしかないのかもしれないな」

フェルプスはうめき声をあげた。

「それはぼくにはわからないけど、とにかくホームズさんの帰りに少し期待しすぎていたようだ。でも、きのうはあんな包帯など巻いていなかったよね？　いったい何があったんだろう？」

「けがでもしたのかい、ホームズ？」友人が部屋にはいってくるなり、わたしは訊ねた。

「なに、ほんのかすり傷さ。ちょっとへまをやったもんでね」彼はそう言って、おはようと会釈をした。「フェルプスさん、今回のあなたの事件は、はっきり言って、ぼくがこれまでに手がけたもののなかでも数少ない難事件ですよ」

「さじを投げてしまわれたのではと、心配していました」

「まったく珍しい経験をしましたよ」

「その包帯を見れば、たいへんだったことがわかるよ。で、いったい何があったんだい？ ぜひ聞きたいね」

「ワトスン、それは朝食をすませてからだ。なにしろけさは、サリー州の空気を三十マイルも吸いつづけてきたんだから。ところで、馬車の広告にはまだ何の返答もないんだろうね？ まあいいさ、そういつもいつも都合よく事が運ぶもんじゃない」

食卓の用意はすっかり整っていた。わたしが呼び鈴を鳴らそうとすると、ちょうどそこへハドスン夫人がお茶とコーヒーを持って入ってきた。それから数分後、料理の皿が運ばれ、わたしたち三人はテーブルについた。ホームズは食欲旺盛、わたしは好奇心に燃え、フェルプスはすっかり落ちこんでいた。

「ハドスン夫人はなかなか気がきく人だね」ホームズは、カレー味チキンのふたをとりながら言った。「彼女の料理はバラエティにはいささか欠けるが、朝食の工夫に関してはスコットランド女性も顔負けだ。ワトスン、そっちのは何だい？」

「ハムエッグだ」

「すばらしい！　フェルプスさん、あなたは何をめしあがります？　チキン？　卵？　自分でおとりになりますか？」

「ありがとう。でも、何も食べられそうにありません」

「いや、それはいけない！　せめて、そのあなたの前の料理だけでも食べてごらんなさい」

「ありがとう。でも、ほんとうに食べたくないんです」

「そうですか。それじゃ」ホームズは目をいたずらっぽく輝かせて言った。「その料理をぼくにくださいますか？」

フェルプスはふたをとった。そのとたん、あっという鋭い叫び声をあげて、目の前の皿をじっと見つめた。顔が皿の色のように蒼白になっている。皿の真ん中には、灰青色の小さな紙筒が横たわっていた。フェルプスはそれをつかみあげると、食い入るように見つめたが、すぐにそれを胸に抱きしめながら、うれしい悲鳴をあげて、部屋のなかを狂ったようにはね回った。やがて、あまり興奮しすぎたせいですっかり疲れはて、肘掛け椅子に倒れこんでぐったりするしまつだった。わたしたちは、気絶しないようにその口にブランデーを流しこんでやらねばならなかった。

「さあ！　しっかりして！」ホームズは彼の肩をたたいて気を落ち着かせた。「こんなふうにいきなり見せたりして、ちょっといたずらが過ぎました。でも、ここにいるワトスン君に

SP

訊けばわかることですが、ぼくは芝居がかったことをやりたくなると抑えきれなくなるんです」

フェルプスはホームズの手をとると、それにキスをした。「ありがとうございます！　おかげさまで、わたしの名誉が保たれました！」

「でも、ぼく自身の名誉だって危なかったのですよ。仕事で失敗することがあなたにとって忌まわしいことであるのと同じように、事件の捜査に失敗することはぼくにとっても耐えがたいことなのです」

フェルプスは、貴重な書類を上着のいちばん奥の内ポケットにしまいこんだ。「これ以上あなたのお食事のじゃまをしたくはないんですが、この書類はいったいどこにあったのか、どうやって取りもどされたのか、一刻も早く知りたくてたまりません」

ホームズはコーヒーを飲み干すと、ハムエッグにとりかかった。それがすむと、立ちあがってパイプに火をつけ、自分の椅子に腰をおろした。

「まず、ぼくのとった行動をお話しして、そのあとで、なぜそういう行動をとるにいたったかを説明することにしましょう。

駅でお別れしてから、ぼくはサリー州の美しい景色のなかを気持ちよく散歩して、リプリーという、かわいらしい村に行きました。そこの宿屋でお茶を飲み、ついでに水筒にもお茶をいっぱいにつめ、サンドイッチをひと包みポケットに入れて、用意を整えました。それから、夕方までそこにいて、ふたたびウォーキングへ向かい、日没直後に、ブライアブレイ邸のそばを通る街道にたどりついたのです。

そこで、街道から人影がなくなるのを待って——もっとも、いつでもあまり人通りはなさそうですが——柵をよじ登り、敷地内に入りこみました」

「でも、門はまだ開いていたはずですが？」フェルプスが口をはさんだ。

「ええ、開いていました。でも、こういうことになると、ぼくは趣味がうるさいのです。ぼくはモミの木が三本立っている場所を選んで、乗り越えました。そこなら木の陰にかくれてしまい、家のなかの者に見られる心配がなかったからです。それからむかいの灌木の茂みに身をかがめ、茂みから茂みへと這って進みながら——そのおかげで、ぼくのズボンのひざはこのありさまです——あなたの寝室の窓の正面のシャクナゲの茂みにたどりつきました。そしてそこにうずくまり、事態のなりゆきを見まもったのです。

鎧戸はおりていなかったので、ハリスンさんがテーブルのそばにすわって本を読んでいるのが見えました。十時十五分になると彼女は本を閉じ、寝室へ引きあげていきました。ドアを閉める音が聞こえ、つづいて鍵をまわす音が、はっきりと聞こえました」

「鍵ですって？」フェルプスが突然大きな声を出した。

「ええ、そうです。ぼくはハリスンさんに、夜寝室にさがるときは、ドアに外側から鍵をかけ、その鍵を決して手放さないようにと言ってあったのです。彼女はその言いつけを忠実に守ってくれました。もし彼女の協力がなかったら、その書類はいまあなたのポケットにはなかったに違いありません。ハリスンさんが部屋を去り、明かりが消えると、あとはぼくひとりがシャクナゲの茂みにうずくまっているだけとなりました。

美しい夜でしたが、それでも徹夜の見張りというのは、なんともうんざりするものです。もちろん、水辺に身を潜めて大きな獲物が現われるのをひたすら待っている狩猟家が抱くような興奮も、ないわけではないですがね。それにしても、時のたつのが長く感じられました。ワトスン、《まだらの紐》事件のとき、きみと二人で例のうっとうしい部屋でえんえんと待ち続けたことがあったが、あのときと同じくらい長く感じられたよ。

ウォーキングの教会の時計が十五分おきに打つのですが、それが止まってしまったのではないかと、何度思ったかわかりません。でも、とうとう午前二時ごろになって、掛け金がそっとはずされる音が聞こえ、つづいて鍵の回される音がかすかに響きました。するとすぐに、使用人用の出入口のドアが開き、ジョゼフ・ハリスン氏が月明かりのなかに姿を現わしたのです」

「ジョゼフが！」

「帽子はかぶっていませんでしたが、いざというときはすぐ顔を隠せるように、黒い外套を肩にひっかけていました。彼は建物の影に沿って忍び足で窓のところまで歩いてくると、刃の長いナイフを取りだして窓枠のあいだに差しこみ、掛け金をはずしました。それから窓を一気に開けると、ナイフを鎧戸のすき間にこじ入れて、横桟を突きあげ、これも開け放ちました。

ぼくが身を潜めていた場所からは部屋のなかがすっかり見わたせ、彼の行動の一部始終を目にすることができました。彼はマントルピースの上の二本のロウソクに火をつけると、ドアの近くの敷物の隅をめくりにかかりました。そこにかがみこむと、鉛管工事人がガス管の継目を修理できるようにとりはずせるようになっている、四角い板をめくりました。この板は、床下を台所のほうへ走っているガス管のT字形の継目を覆ってあるものです。彼は、その隠し場所から小さな紙筒を取りだすと、板をまたはめこみ、敷物をもとどおりにして、ロウソクを吹き消し、窓の外で待ちかまえていたぼくの腕のなかにまっすぐ飛び込んできたというわけです。

ジョゼフという男は、思っていた以上に悪党でしたよ。ナイフを振りかざしてぼくに飛びかかってきましたので、二度ほど殴り倒してから、なんとかとり押さえることができたのですが、ぼくも指の関節のところを切ってしまいました。けりがついても、どうにか開けることのできる片目に殺意をみなぎらせていましたよ。でも、しまいにはぼくの説得に耳を傾け、書類を渡してくれました。

書類を取りもどすと、ぼくはやつを放してやりましたが、けさフォーブズ刑事に一部始終を電報で知らせておきました。すばやく逮捕できれば、それもけっこう！　でもぼくがみるかぎり、おそらく、行ってみればもぬけのからってことになるでしょうね。実際そのほうが政府にとっては都合がいいでしょう。ホールドハースト卿にしても、フェルプスさんにしても、できることなら警察ざたになるのは避けたいでしょうから」

「何ということだ！」フェルプスはあえぐように言った。「では、この十週間というもの、わたしが死ぬほど苦しんでいたというのに、盗まれた書類はそのあいだじゅうずっと、わたしの部屋のなかにあったというわけですか？」

「そういうことになりますね」

「それにしてもジョゼフが！　あのジョゼフが悪党だとは！　あいつが泥棒だなんて！」

「そう、ジョゼフは見かけよりはるかに腹黒い危険な人物ですよ。けさあの男の口から聞いた話では、株に手を出して大損をし、金になることなら何でもやるつもりだったようです。骨の髄まで利己的な男なので、チャンスが到来したとなれば、実の妹の幸福も、あなたの名誉も、どうでもよくなってしまったのですね」

フェルプスは椅子にぐったりと身を沈めた。「頭がくらくらする。お話を聞いているだけで、目まいがしてきましたよ」

「あなたの今回の事件でいちばんの難点は、証拠がありすぎるということでした」ホームズが、いつもの講義口調で始めた。「そのため、最も肝心なことが、どうでもいいことの陰に隠れてしまったのです。ですから、提示されたあらゆる事実のなかから本質的と思われるものだけを選び出し、それらを正しくつなぎ合わせて、この驚くべき一連のできごとを再構成しなければなりませんでした。

ぼくは、あなたが事件の晩ジョゼフといっしょに帰るつもりでいたと聞いたときから、すでにあの男を疑いはじめていました。あの男は外務省の内部をよく知っているのだから、帰りがけにあなたのところに立ち寄ることも十分ありうるわけです。

それからさらに、何者かがあなたの部屋への侵入をはかったと聞いて、その疑惑は確信に変わりました。あなたの部屋に何かを隠せる人物は、ジョゼフを除いていませんからね。そのことは、あなた自身のお話から明らかです。あなたは医者に連れられて帰宅した晩、ジョゼフが部屋を明けわたすことになったいきさつを語ってくれました。しかも、その侵入が付き添いをつけなくなった最初の晩に企てられたとなると、これはどう見たって、家の内部の事情にくわしい者のしわざに違いありません」

「ああ、わたしはなんてばかだったんだろう！」

「ぼくが調べたかぎりでは、この事件の真相はこうです。ジョゼフ・ハリスンはチャールズ街の裏口から役所に入り、内部の様子は先刻承知なので、まっすぐにあなたの部屋に向かいました。それが、たまたまあなたが部屋を出た直後だったわけです。

彼はだれもいないのを見て、すぐに呼び鈴を鳴らしましたが、そのときふと、机の上の書類が目にとまりました。ひと目見ただけで、はかりしれない価値のある国家の重要書類だとわかり、絶好のチャンスだと思って、それを即座にポケットにつっこむと、立ち去ったんです。覚えておられるでしょうが、ねぼけた便利屋が呼び鈴が鳴っているといってあなたの注意をひくまでに、数分経過していましたが、それだけあれば、彼が逃げるには十分でした。そこで獲物をゆっくり調べてみて、やはりすばらしい価値のあるものだと確信し、とりあえず安全だと思われる場所に隠しておきました。二、三日したらまた取りだして、フランスの大使館なりなんなり、できるだけ高く買ってくれそうなところに売りつけようと考えたわけです。

そこへ突然、あなたが帰ってきたため、彼はあっという間に自分の部屋から追い出されました。それ以来ずっと、あの部屋には少なくとも二人の人間がいて、彼は自分のせっかく得た宝物をとり出すことができなくなってしまったのです。彼にとっては、おそらくはらわたが煮えくり返る状況だったに違いありません。しかし、ついに機会が訪れたと思い、忍びこもうとしたのですが、あなたに目を覚まされてしまい、それもうまくいきませんでした。あの晩あなたは、いつもの薬を飲まなかったのを覚えているでしょう?」

「ええ」

「おそらく彼は、前もってあなたの薬をいつもより効くようにしておいたので、あなたがぐっすり眠りこんでいると思いこんでいたに違いありません。もちろん、安全だとみれば何度でもやるつもりだったでしょうね。あなたが部屋をあければ、彼には絶好のチャンスが生まれるわけです。そこでぼくは、彼に出し抜かれないようにするため、ハリスンさんに一日じゅうあの部屋にいてもらったのでした。

それから、もうじゃま者はいなくなったと思いこませておいて、さきほど述べたように見張りについたわけです。書類はおそらくあの部屋にあるに違いないとはわかっていましたが、そうかといって、床板や羽目板をはがしまくるようなまねは、したくありませんからね。だから本人の手で隠し場所から取りださせて、いらぬ手間をすっかり省いたのです。まだほかに説明し足りない点はありますか？」

「最初のとき、なぜ窓から入ろうとなんかしたんだろう？」わたしが訊いた。「ドアからだって入れたはずなのに」

「あの部屋のドアにたどりつくまでには、七つの寝室の前を通らなければならないからさ。使用人用のドアからなら、芝生へ出るのはかんたんだからね。ほかには？」

「まさか、あの男はわたしを殺すつもりではなかったのでしょうね？」とフェルプス。「ナイフはただ窓を開ける道具のつもりだったのでしょう？」

「そうかもしれません」ホームズは肩をすくめた。「ただ、ぼくが確信をもって言えることは、ジョゼフ・ハリスン氏はどんなことでもやりかねない紳士だということです」

最後の事件

The Adventure of the Final Problem

友人シャーロック・ホームズの名を広く世間に知らせることになった、その特異な才能を記録する物語を綴るのもこれが最後かと思うと、ペンを持つ心は重い。《緋色の研究》のころふとしたことで知り合ってから、ホームズのおかげで重大な国際紛争を回避できた《海軍条約文書》の事件まで、この友人とともに経験した奇妙な事件の数々を、わたしは未熟な筆でとりとめなく書きつづけてきた。わたしは、そこで筆を折るつもりだった。二年たったいまなお、わたしの生活に埋めることのできない空虚な穴をぽっかりあけてしまったあの事件のことは、何も語らないつもりでいたのだ。

ところが最近、ジェイムズ・モリアーティ大佐が、死んだ兄を弁護するあのような公開状を発表したので、やむをえずわたしもふたたびペンをとり、ありのままの事実を正確に公表せざるをえなくなったのだった。あの事件の真相を余すところなく知っているのはわたしだけだし、真相を隠しておいても何の役にも立たない時期が来たことを、うれしく思う。

あの事件が公に報道されたことは、わたしの知るかぎり三回しかない。一八九一年五月六日付けの『ジュルナル・ド・ジュネーヴ』、英国で五月七日付けの各紙に載ったロイター通信、そして前述したモリアーティ大佐の公開状だ。最初の二つはきわめてかんたんな記事であり、最後の公開状では、これから説明するように事実がことごとくゆがめられている。だからこそ、モリアーティ教授とシャーロック・ホームズのあいだに起こったことの真相を初めて語るのが、わたしの務めなのである。

あらかじめ申しあげておきたいが、わたしが結婚して開業してからは、ホームズとのあいだの親しいつきあいにも、いくぶん変化が生まれていた。調査の相棒がほしくなると、ホームズは相変わらずわたしのところへやってきたが、それもしだいに回数が減って、一八九〇年には、わたしが記録した事件はわずか三件にすぎなくなった。この年の冬から、翌年の一八九一年早春にかけて、ホームズがフランス政府の依頼で重大な事件を手がけていることは、新聞を読んで知っていた。ホームズ本人からも二度、ナルボンヌとニームから手紙が届いていたので、フランスには長く滞在することになるのだろうと思っていた。だから、四月二十四日の夜、わたしの診察室にホームズがあらわれたのにはびっくりした。それに、いつもより顔色が悪く、ずいぶんやつれたように見えた。

「そうなんだ、ちょっと身体に無理をしすぎてね」ホームズは、わたしの言葉ではなく目つきに答えて言った。「最近、ちょっとまいっているんだ。ブラインドを閉めてもかまわないかい？」

部屋の明かりは、わたしが本を読んでいたテーブルの上のランプだけだった。ホームズは貼りつくようにして壁際を伝い、ブラインドをさっと閉めると、しっかり錠をおろした。

「何か怖がっているのかい？」

「まあね」

「何を？」

「空気銃[*1]さ」

「おいおい、ホームズ、いったいどういうことなんだ？」

「ワトスン、ぼくが決して神経質な人間じゃないことは、よくわかってるね。だけど、じっさいに危険が身に迫っているのにそれを認めようとしないのは、勇気ではなくて、愚かなことと言うべきだ。ちょっとマッチを貸してくれないか」

　ホームズはいかにもうまそうに紙巻煙草の煙を吸い込んだ。煙草が気を鎮めてくれるのがありがたいらしい。

「こんなに遅い時間にやってきて、すまないね。そのうえ、じつに非常識なんだが、すぐに裏庭の塀を乗り越えて帰らせてもらわなくちゃならないんだよ」

「いったいどういうことなんだ？」

　訊ねるわたしに、ホームズは片手を差し出した。ランプの明かりに、指の関節の二カ所が傷ついて出血しているのが見えた。

「ごらんのとおり、いいかげんな話じゃないんだ」と、笑いながら言う。「それどころか、大の男が手に傷を負うという一大事なのさ。奥さんは？」

「出かけている」

「そうか、するときみひとりかい？」

「うん」

「じゃあ、話がしやすい。どうだろう、いっしょに一週間ばかり大陸のほうへ行ってみないか？」

「大陸のどこへ？」

「なに、どこでもいい。どこでも同じことだ」

どうも話がおかしかった。ホームズはあてもなく休みをとるような男ではないし、青ざめてやつれたその顔からは、神経がぎりぎりまで張り詰めていることがわかる。問いかけるようなわたしの目に、ホームズは両手の指先を合わせ、両ひじをひざについて話しはじめた。

「モリアーティ教授の噂を聞いたことは、おそらくないだろう？」

「ないなあ」

「そう、そこだよ、並みたいていのことじゃない。感心させられる！　くまなくロンドン全体にのさばっているのに、あの男のことは世間ではまったく話題にのぼらない。だからこそ、あいつは犯罪史の頂点に立つ悪党になれたんだ。いいかい、ワトスン。本心から言うんだが、もしあいつをやっつけてその魔の手から社会を解き放すことができたら、そのときこそぼくは自分の経歴の絶頂に立ったという思いで、もっと穏やかな生活にひきこもることを考えることだろう。

　ここだけの話、最近スカンジナビアの王家とフランス共和国のために働いたおかげで、生活の心配をせずに好きな化学の研究にでも打ち込めるような経済状態になったんだよ。しかしだ、モリアーティ教授のような男がロンドンを大手を振って歩いているかと思うと、とてものんびりすわってなどいられるものか」

「その男、いったいどんなことをやったんだい？」

「経歴を聞いたら驚くよ。名門に生まれ、立派な教育を受けた人物で、生まれながらにして数学の驚異的な天才だ。二十一歳で二項定理についての論文を書いてヨーロッパじゅうに名をとどろかせ[*2]、おかげで英国のある大学で数学教授のポストを得た。どう見たって前途は洋々たるものだった。しかし、悪魔のような遺伝的性質をもっていたんだよ。犯罪に走りやすい傾向が、並みはずれた頭脳によって矯正されるどころか、ますます助長されて、このうえなく危険なものになったんだ。大学周辺で黒い噂が広がりはじめ、とうとう教授を辞めざるをえなくなったモリアーティは、ロンドンで陸軍軍人の個人教師《アーミー・コーチ》になった。ここまでは世間にも知られていることだが、この先はぼくが自分で調べあげた。

　ワトスン、きみも知ってのとおり、ロンドンの重要犯罪にぼくほど通じている者はいない。数年前から、犯罪者の背後にある力の存在に感づいていた。絶えず法律のじゃまをして悪人をかばう強力な組織の力があるんだよ。偽造、強盗、殺人と、じつにさまざまな事件の背後にたびたびこの力の存在を感じたし、また、ぼくが手がけたのではない数々の迷宮入り事件にも、この力が働いているようだ。ぼくはこの秘密のベールを暴こうと、ずっと苦労してきたんだが、とうとう手がかりをつかんだ。それをたぐって、巧みに張りめぐらされた網の目をいくつもくぐり抜けた末にとうとうたどりついたのが、高名なもと数学教授、モリアーティという人物だった。

ワトスン、あの男はいわば犯罪界のナポレオンだよ。この大都会の悪事の半分と迷宮入り事件のほとんどの、黒幕だ。しかも天才で、哲学者で、理論家で、第一級の頭脳の持ち主といえる。あの男は、巣の中心にじっとしているクモみたいなものだ。その巣は、放射線のかたちに広がる無数の糸の網目になっていて、どの糸のどんなにわずかな震えでも、すぐにあの男に伝わる。自分ではほとんど何もしない。計略を立てるだけだ。だが手下の数は多く、すばらしく統制がとれている。書類を一枚失敬したい、強盗に入りたい、人間をひとり消してしまいたい、などなど、何か悪事を働こうとするときは、教授にひとこと言いさえすればたちまち手はずが整えられ、実行に移される。

手下が捕まることもあるが、すると、たちまち保釈金や弁護料が出る。ただし、手下を操る中心の黒幕は、一度も捕《つか》まったことがない。疑いをかけられたことすらないんだ。ワトスン、これがぼくのつきとめた組織だ。この組織を暴いてたたきつぶすために、ぼくは全力を傾けてきたんだ。

だが、教授はじつに巧妙に防壁を張りめぐらせて保身を図っているものだから、ぼくがどんな手を打っても、法廷であの男を有罪にできるだけの証拠はとても押さえられそうにない。ワトスン、きみはぼくの力を知っているはずだよね。調べをはじめて三カ月後にぼくはとうとう、自分に勝るとも劣らない頭脳をもった敵にめぐりあったのだと、ため息をついたよ。あの男のした犯罪を憎む気持ちが、その技術への賛嘆に変わってきたくらいだ。

ところが、あの男もついにミスを犯した。ごくささいな失敗だが、ぼくの捜査の手がすぐ近くまで迫っていて取りつくろいようがなかった。チャンスだ。ぼくはそれを足がかりに、あの男のまわりに網を張って、あとはそれを引くばかりというところまでこぎつけた。三日後の月曜日には、いよいよそのときがきて、教授は一味の主な連中とともに警察の手に落ちることになるだろう。それからは、今世紀最大の刑事裁判のはじまりだ。四十以上の迷宮入り事件が一挙に解決し、一味は残らず絞首刑になるだろう。だが、いまここで少しでも早まったことをしては、最後の土壇場になってするりと逃げられてしまうかもしれない。

捜査をモリアーティ教授に感づかれずに進められたら、万事もっとうまくいっていたんだがね。あれほど悪賢いやつが相手ではそうもいかない。網を仕掛けようとするたびにことごとく見破られてしまった。手の届かないところに逃げられそうになったことも何度もある。だが、ぼくはそのたびに一歩先回りした。ねえ、ワトスン、もしこの無言の戦いをくわしく記録することができたら、探偵対犯罪者の歴史でこれまでにない名勝負の物語になるだろうよ。ぼくはこれほど自分の力を絞り尽くしたことはないし、今回ほど窮地に立たされたこともない。敵が深く切り込んでくる、するとぼくがそれ以上に深く切り返すんだ。けさぼくが最後の手を打ったんで、あと三日ですべてに片がつくはずだった。ぼくは自分の部屋で事件のことをあれこれ考えていた。するとどうだ、突然ドアがあいて、目の前にモリアーティ教授その人が立っているじゃないか。

神経のかなり図太いぼくが、正直なところぎょっとした。あんなに夢中で追いつづけた敵が、ふいにあらわれたんだからね。

すでによく知っている顔だ。背がものすごく高く、がりがりにやせ、白いひたいが丸くせり出して、両目が深く落ちくぼんでいる。ひげのない青白い顔に、どこか禁欲的で、いかにも学者という威厳のある雰囲気。あまり熱心に研究生活を送ってきたためか背中が曲がりぎみで、前に突き出した顔を爬虫類のように奇妙なかっこうで絶えず左右にゆっくり揺らしている。あいつは細めた目にぎらぎらするような好奇心をみなぎらせて、じっとぼくを見てから、ようやく口を開いた。

「ホームズ君、きみは、思ったほど前頭葉が発達していないようだな。ガウンのポケットで弾を込めたピストルをもてあそんだりするのは、じつにぶっそうな習慣じゃないか」

じつは、あいつを見たとたん、ぼくは絶体絶命だと思ったんだ。あいつが逃げおおせるためにはぼくの口をふさぐしかないんだから。あいつが入ってきたとき、とっさに引き出しの

SIDNEY PAGET

リヴォルヴァーをポケットに滑り込ませて、ガウンの中からあいつに銃口を向けていた。しかし、こう言われてぼくは銃をポケットから出し、撃鉄を起こしたままテーブルに置いた。まだ目をぱちぱちさせて、うっすら笑いを浮かべているあいつの目を見て、やはり銃を出しておいてよかったと思ったよ。

『どうやら、わたしという人間をよく知らんようだな』

『とんでもない、よく知っているつもりだ』とぼくは答えた。『まあ、かけたまえ。話があるんなら、五分だけおつきあいしよう』

『わたしの言いたいことはすでにわかっているはずだ』

『だったら、ぼくの返事もわかっているはずだ』

『あくまでもやるつもりか?』

『もちろん』

あいつの手がさっとポケットに入ったので、ぼくはテーブルのピストルをつかんだ。だが、出てきたのは、何やら日付を書き込んだ手帳だった。

『きみは一月四日、わたしにちょっかいを出した。二十三日、わたしのじゃまをした。二月半ばまで、きみのおかげでずいぶん迷惑した。三月末、わたしの計画は台無しになった。そしていま、四月末になって、きみに絶えずじゃまされるせいで、わたしの自由が現実に奪われかねないという危険にさらされている。どうにも我慢できないところにさしかかっているのだ』

『で、ぼくにどうしろと？』

『手を引きたまえ、ホームズ君』教授はあいかわらず顔を左右に揺らしている。『いいかね、いっさい手を引くんだ』

『月曜日以降なら』

『ばかな！　きみほどの頭があるなら、この結果がどういうことになるのか、わかっているはずだ。きみには手を引いてもらう。われわれが最後の手段をとらなくてはならないところまで、きみはことを進めてしまったんだ。ただ、きみの調査ぶりをながめているのは、知性を刺激されてじつに楽しかったよ。うそ偽りなく言うが、最後の手段をとらざるをえないのは悲しいかぎりだ。きみ、笑っているが、冗談ごとではないぞ』

『危険はぼくの商売にはつきものなんでね』

『危険？　そんな生やさしいものじゃない。避けることのできない破滅だ。きみがじゃましている相手は、わたしというひとりの人間ではない。巨大な組織なんだ。きみの頭脳をもってしても思いも及ばないほど強力で巨大な組織さ。手を引きたまえ、ホームズ君。さもないと、踏み潰されてしまうぞ』

『いや、どうも』ぼくは立ち上がった。『あんまりおもしろい話なので、ほかに大事な用事があるのを忘れるところだった』

あいつも、悲しそうに首を振りながら立ち上がると、黙ってぼくを見つめた。『やれやれ』あいつはようやくそう言った。『残念だね。わたしとしても、できるだけのことをしたのだが。きみの手の内はお見通しだ。月曜日までは何もできないはずだ。ホームズ君、これは、きみとわたしとの決闘だよ。きみはわたしを被告席に立たせたいんだろうが、わたしは絶対に被告席には立たない。きみはわたしを打ちのめしたいんだろうがね。きみにわたしを破滅させるだけの頭脳があるとしたら、わたしにもきみを破滅させるだけの頭脳があることを、忘れないでくれたまえ』

『モリアーティ教授、いろいろとお褒めの言葉をありがとう。ひとことお返ししておこう。きみを確実に破滅させることができるのなら、世の人々のために、ぼくは喜んでこの身の破滅を受け入れるとね』

『きみの身が破滅することは請け合ってもいいが、わたしのほうはありえんさ！』教授はどなり声を残してくるりと背を向けると、目をぱちぱちさせてあたりを見回しながら出ていった。

モリアーティ教授との対面はこんなふうに奇妙なものだった。正直なところ、教授とこうして顔を合わせたあと、ぼくはいやな気持ちになった。ものやわらかで理路整然とした話しぶりに、ただの脅しではない凄味《すごみ》を感じたんだよ。どうして警察に頼らないんだと、きみは当然言うだろうね。なぜなら、ぼくを襲うのはあいつ本人じゃなくて手下にきまってるからだ。たしかな証拠もある」

「もう襲われたのかい?」

「ワトスン、モリアーティ教授は一刻だってぐずぐずしているような男じゃないよ。ぼくは、昼ごろ、ある用事でオックスフォード街へ出かけたんだがね。ベンティンク街からウェルベック街の交差点に出る角を曲がろうとしたところへ、二頭立ての荷馬車がものすごい勢いであらわれ、稲妻みたいにこっちへ突進してきた。とっさに歩道へ跳び上がって間一髪のところで助かったが、荷馬車はそのままマリルボーン・レインへ曲がって、あっというまに見えなくなったよ。

それからは歩道を歩くことにしたが、ヴィア街を歩いていると、こんどはどこかの屋根からレンガが落ちてきて、足もとで粉々に砕けた。すぐ警察を呼んで調べさせたが、屋根の上に修理のためのスレートやレンガが積んであって、そのひとつが風で崩れ落ちたんだろうってことにされてしまった。もちろんそうじゃないのはわかっているが、残念ながら証拠がない。そのあとは、辻馬車でペル・メル街の兄のところへ行って、一日そこにいた。

それからこうして、きみのところへやってきたわけだが、途中で棍棒を持ったチンピラに襲われたよ。なぐり倒して警察に引き渡したが、前歯でぼくのこぶしに嚙みついたその男と、たぶんいまごろは十マイルも離れたところで黒板に向かって数学の問題でも解いている退職した数学教師とのあいだに関係があるなんて、絶対につきとめられないさ。断言してもいい。

ワトスン、ここに来るなりブラインドを閉め、帰りは玄関でなくもっと人目につかないところから出ていかせてもらうといったわけが、これでわかっただろう?」

ホームズの勇気にはこれまでもたびたび感心させられてきたが、こんな恐ろしい一日のできごとを冷静に順を追って話してくれる姿に、その思いがますます強まった。

「今夜は泊まっていったらどうだい?」

「いや、やめておこう。ぼくは危険な客だ。万全の手を打ってあるから、何もかもうまくいくだろう。ぼくがいなくても逮捕にさしつかえないよう、手はずはすっかり整えてある。ただし、裁判にはぜったいに出なくては。だから、警察が動くまでの二、三日のあいだ、ぼくは身を隠しているのがいちばんなんだ。そこで、きみがいっしょに大陸へ行ってくれるとありがたいというわけさ」

「いまのところ患者は少ないし、隣に親切な同業者もいるから、よろこんでお供するよ」

「あすの朝、出発できるかい?」

「必要とあらば」

「ああ、ぜひとも必要だ。じゃあ、さっそく指示しておこう。ワトスン、この指示に絶対従ってくれよ。なにしろ、ぼくと二人、ヨーロッパ一の大悪党と最大最強の犯罪シンジケートを相手どろうっていうんだからね。よく聞いてくれ。まず、必要な荷物を用意したら、今夜のうちに信用のおける使いに頼んで、名前をつけずにヴィクトリア駅へ運ばせておく。朝になったら、だれかに辻馬車を呼びにやらせる。ただしそのとき、最初の二台はやりすごすようにと、言い含めておくんだ。

辻馬車に飛び乗ったら、ラウザー・アーケードのストランド通り側の入口まで行く。行き先は紙切れに書いて、捨てないように頼んで御者に渡す。料金をあらかじめ用意しておいて、馬車が止まるとすぐに飛び降り、アーケードをかけ抜け、九時十五分きっかりに反対側に出るようにするんだ。そこの歩道の脇に小さな四輪箱馬車《ブルーム》が待っていて、赤い襟のどっしりした黒外套を着た御者が乗っているはずだ。その馬車に乗れば、大陸へ行く急行列車に間に合うようヴィクトリア駅に着く手はずになっている」

「どこできみと落ち合うんだ？」

「ヴィクトリア駅だ。前から二両めの一等車を予約しておく」

「じゃあ、その列車で会えるんだね？」

「そうさ」

もう一度ホームズに泊まっていくよう勧めたが、むだだった。わたしの家に迷惑がかかると考えて、あえて泊まらないようだった。ホームズは翌朝の計画について二、三のことを急いで付け加えると、立ち上がってわたしといっしょに庭へ出て、モーティマー街を隔てる塀を乗り越えた。すぐに、辻馬車を呼び止める口笛と、走り去る馬車の音が聞こえてきた。

翌朝、わたしはホームズの指示にきちんと従った。まず、敵のさしむけた馬車を避けるように用心して辻馬車を呼んでもらい、朝食後ただちにラウザー・アーケードへ向かい、そこを全力で走り抜けた。すると、黒外套を着た大男の御者が乗った、四輪箱馬車が待っていた。乗り込むとすぐに馬に鞭があてられ、ヴィクトリア駅目指して走りだした。駅でわたしが降りると、御者はすぐに馬車の向きを変えて、わたしには目をくれずに行ってしまった。

そこまではうまくいった。荷物は先に届いていたし、列車のなかで予約札のかかっているのは一室だけなので、ホームズの指示した車室はすぐにわかった。ただひとつの心配は、ホームズ本人がいまだに姿を見せないことだ。駅の時計を見ると、発車まであと七分しかない。旅行者や見送る人の群れのなかを懸命に捜したが、ホームズのやせた姿はどこにも見当たらなかった。イタリア人の老牧師がいて、ポーターを相手にかたことの英語でしゃべっている。どうやらパリまで荷物をチッキにしたいと言っているようなので、その手助けをして二、三分つぶしてしまった。

もう一度あたりを見てから車室にもどると、ポーターが切符も見ずに乗せたのか、先ほどのよぼよぼイタリア人牧師がそこにちょこんとすわっているではないか。わたしのイタリア語はその老人の英語以上に頼りないので、車室をまちがえているとうまく説明できない。あきらめて肩をすくめ、気をもみながら窓の外にホームズを捜した。いまだにあらわれないとは、ひょっとして、ゆうべ何かあったのではないだろうか。そう思うと、背筋に冷たいものが走った。ついに列車のドアが全部閉められて、汽笛が鳴った。と、そのとき——

「なんだいワトスン」と聞きなれた声がした。「おはようくらい、言ってくれてもいいのに」

　びっくりして振り向くと、老牧師がこちらを見ていた。と思うと、たちまちのうちに顔のしわが消え、垂れ下がった鼻がつんと立った。つき出た下唇がひっこみ、口のもぐもぐが止まり、どろんとした目が光をとりもどす。そして、曲がった背筋がぴんと伸びた。ところが、つぎの瞬間にはすべての形がまたくずれ、あらわれたときと同じあっけなさでホームズが消えてしまった。

「なんてこった！」わたしは思わず叫んでいた。「まったく、驚くじゃないか！」

「まだまだ油断はできない」ホームズの声は、ささやくようだった。「やつらはすぐそばまで来ているはずだ。ほら、モリアーティ先生みずからのおでましだぞ！」

　列車はすでに動きだしていた。振り返ってみると、長身の男が猛然と人ごみをかきわけ、列車を止めさせようとでもするかのように、さかんに手を振っている。だが、手遅れだ。列車はどんどんスピードをあげて、みるみる駅を離れていった。

「あれだけ用心に用心を重ねたのに、危ないところだった」ホームズは笑いながら言った。そして立ち上がると、変装用の黒い僧服と僧帽を脱いで、手さげ鞄に突っ込んだ。

「ワトスン、けさの新聞を見たかい？」

「いや」

「じゃあ、ベイカー街のことは、まだ知らないんだな？」

「ベイカー街？」

「ゆうべ、ぼくらのあの部屋に火をつけられたんだよ。たいした被害はなかったが」

「なんだって、ホームズ！　なんてひどいやつらなんだ」

「あの棍棒を持った男が逮捕されたあと、やつら、ぼくの足どりをすっかり見失ったらしい。さもなければ、ぼくがあの部屋にもどったと考えるはずがない。だが、やつらは念のためにきみも見張っていたんだ。だから、モリアーティがヴィクトリア駅に現われたのさ。途中でヘマをしなかっただろうね？」

「きみの指示どおりにしたよ」

「四輪箱馬車はいたかい？」

「ああ、ちゃんと待っててくれた」

「御者がだれだかわかったかね？」

「いや。だれだったんだい？」

「兄のマイクロフトさ。こういう場合、金で雇うような人間は使わないほうがいいからね。ところで、これからモリアーティをどう相手にするか、考えなくちゃならん」

「この汽車は急行だし、すぐ船に乗り換えるんだから、もう完全に振り切ったんじゃないか？」

「ワトスン、きみにはまだわかっていないようだな。あの男の頭脳は、ぼくに匹敵するようなできだといったはずだよ。もしぼくが追っ手なら、このくらいのことでひき下がるはずがないと、きみも思うだろう？　ならば、あの男のことも見くびっちゃいけない」

「じゃあ、あいつはどうするんだろう？」

「ぼくが考えつくようなことをするさ」

「きみならどうする？」

「臨時列車を走らせる」

「しかし、とても追いつけないだろう」

「そんなことはないさ。この汽車はカンタベリ駅に停車するし、船への連絡も十五分はかかる。そこで追いつくだろうよ」

「まるで、こっちが犯人になったみたいだな。あいつが追いついたところを警察に逮捕してもらってはどうだい？」

「そんなことをしたら、三カ月の苦労が水の泡だ。大物一匹はつかまえても、雑魚《ざこ》どもが全部、網を逃れてちりぢりになってしまうよ。月曜日になれば一網打尽にできるはずなんだ。ここであの男だけを逮捕することは絶対にできない」

「じゃあ、どうするんだい？」

「荷物をこのままにして、カンタベリ駅で降りる」

「それから？」

「陸地伝いにニューヘイヴンへ出て、そこからディエップへ海を渡る。モリアーティは、またぼくが考えつくようなことをするはずだ。まずパリに直行してぼくらの荷物を確かめ、駅で二日間は見張るだろう。そのあいだにぼくらは、新しく旅行鞄を買い、必要なものを行く先々で買い足しながら、ルクセンブルクとバーゼルを通って、のんびりスイスへ出るとしようじゃないか」

わたしは旅慣れているほうで、荷物がないとしてもさほど不便には感じないが、正直なところ、極悪人に追われて逃げ隠れしなければならないことには腹が立った。だが、ホームズのほうがわたしよりも事態をはっきり理解しているのは確かだ。そこで、わたしたちはカンタベリ駅で降りたが、ニューヘイヴン行きの列車の出発まで一時間も待たなければならなかった。

わたしのトランクを積んだ荷物車がどんどん遠ざかっていくのを、うらめしそうにながめていると、ホームズが袖をひっぱって線路のかなたを指さした。

「ほら、もうやってきたぞ」

はるかかなた、ケント州の森のなかに、ひと筋の煙がかすかにたちのぼっている。その一分後には、客車を一両引いた機関車が駅の手前の大きなカーブをひた走るのが見えた。あわてて荷物の山の陰に隠れると、機関車がすさまじい音と地響きをとどろかせ、わたしたちの顔に熱い風を吹きつけて通り過ぎた。

「やっぱりあいつが乗っていたよ」列車がポイントの上をガタガタ揺れていくのをながめながら、ホームズが言った。「どうやら、先生の頭脳にも限界はあるようだ。ぼくが考えるように考え、行動していたら、それこそたいしたものだがね」

「ここで追いついていたら、どうなったんだろう」

「まちがいなく、ぼくを殺そうと襲いかかってきただろう。だが、こっちだってむざむざ殺されやしない。ところで、当面の問題は、ここで少し早めの昼食にするか、飢える危険を冒してニューヘイヴンの食堂にたどりつくまで待つかだね」

わたしたちはその夜のうちにブリュッセルへ向かい、そこで二日過ごしたあと、三日めにストラスブールへ移った。月曜日の朝、ホームズはスコットランド・ヤードに電報を打った。夕方ホテルにもどると、返事がきていた。ホームズはすぐさま封を切って目を通したが、たちまち激しい罵《ののし》りの言葉を吐いて、電報を暖炉に投げ込んでしまった。

「もしやと思っていたが」と、うめくように言う。「逃げられた！」

「モリアーティにか！」

「一味は全員逮捕した。だが、あの男だけはとり逃がしたそうだ。まんまと裏をかかれたらしい。もちろん、ぼくがロンドンにいなければ、あいつとまともに勝負できる人間はひとりもいないってことだ。しかし、必ず勝てるように手を打っておいたつもりなんだがなあ。ワトスン、きみは英国へもどったほうがいいぞ」

「どうしてだい？」

「ぼくはいよいよ危険な道連れになったからさ。あの男は手下と仕事を失ったし、英国へもどれば身の破滅だ。あいつがぼくの考えるとおりの男だとすれば、ぼくへの復讐に全力をあげるだろう。例の短い会見のときにもそう言っていたが、本気だと思うね。だから、きみはロンドンにもどって、医者としての本業に励むことにしたほうがいい」

長年の友人であり、長年の協力者でもあるわたしにとって、これはとても受け入れられない話だった。わたしたちは、ストラスブールの食堂で三十分ほど熱心にこの問題を話し合った。その結果、いっしょに旅をつづけることになり、その夜のうちに何ごともなくジュネーヴへ向かった。

一週間ほど、ローヌ渓谷の散策を楽しみながら川沿いに進み、ロイクで横にそれてまだ雪深いゲミ峠をこえ、インターラーケンを経てマイリンゲンへ向かった。眼下に美しい春の新緑、頭上にまっ白い未踏の冬の雪と、このうえなくすばらしい旅だ。しかし、忍び寄る敵の影はホームズの頭をかたときも離れないのだった。素朴なアルプスの村でも、寂しい峠の道でも、行き会う人があれば必ずすばやい視線で鋭く観察する。たとえどこを歩こうとも、犬のようにつきまとってくる危険から逃れることはできないのだと、はっきりわかっているらしい。

一度こんなことがあった。ゲミ峠を越えて、もの寂しいダウベン湖の畔《ほとり》を歩いていると、右手の尾根から大きな岩がガラガラと転がり、すさまじい音をたててうしろの湖に落ち込んだ。ホームズはすぐに尾根にかけ登り、高い頂上に立って四方を見回した。いくらガイドがこのあたりでは春によく落石があるのだと言っても、聞く耳をもたなかった。ホームズは何も言わず、自分の予想が的中したことに満足するかのように、わたしに微笑んでみせた。

それほど用心深く気を張ってはいたけれども、決して暗く沈み込んでしまうことはなかった。それどころか、あんなに元気なホームズはそれまで見たことがなかった。モリアーティ教授を社会からきっぱりと追放できるのなら、喜んで自分の人生にピリオドを打ってもかまわないと、繰り返し語っていた。

「ワトスン、ぼくの人生は、決してむだではなかったと言っていいと思う。たとえ今夜終わりのときを迎えるとしても、ぼくは心安らかに受け止められるだろう。ロンドンの空気は、ぼくのおかげでずいぶんきれいになった。これまでに千件を超す事件を手がけてきたけれど、悪事に手を貸したことは一度だってない。最近のぼくは、社会がうまくいっていないことから人間のせいで出てくる表面的な問題よりも、自然が生み出すもっと奥深いところにある問題を研究したいと思うようになったんだ。ワトスン、あのヨーロッパ一危険な大悪党を逮捕するか抹殺するかして、ぼくの経歴に最後の花を飾ることができたなら、きみの回想録にも終止符を打つことになるだろうね」

残る話は簡潔に、しかし正確に語ることにしよう。あまり気は進まないけれども、もれなく記録を綴ることが、わたしの義務なのだから。

マイリンゲンの小さな村に着いて、先代のペーター・シュタイラーのやっていた〈英国旅館《エングリッシャー・ホープ》〉*3にチェックインしたのが、五月三日のことだった。旅館の主人はなかなかのインテリで、ロンドンのグロヴナー・ホテルで三年間ウェイターを務めていた経験があり、りっぱな英語を話した。主人に勧められたわたしたちは、山を越えてローゼンラウイの村で一泊するため、四日の午後に出発した。途中で少し回り道をして、半マイルほど山をのぼったところにあるライヘンバッハの滝を絶対に見るべきだと教えられた。

行ってみると、そこはじつに恐ろしい場所だった。雪解け水で膨れあがった、ものすごい勢いの流れが、巨大な深い淵にドドッと落ちていく。まるで火事場の煙のような水しぶきが、もうもうと巻きあがっていた。流れの飛び込む先は、石炭のように黒光りする岩にぐるりと囲まれた、円錐をさかさまにした形の巨大な裂け目だ。泡だち、沸き返る、底知れぬ深さの滝つぼへ向かって、裂け目がしだいにせばまっている。ごつごつした滝つぼからは、水がこんこんと溢れ出て、流れを上へ上へと押し返している。巨大な緑色の水柱が轟《とどろ》きながら、ひっきりなしに落下している。水しぶきの震える分厚いカーテンが、シューシューうなりながら絶えず舞い上がり、その絶え間ない激しい動きとすさまじい轟音に、見る者の頭はくらくらしてくるのだった。わたしたちは断崖の縁に立って、のぞき込んだ。はるか下の黒々とした岩にぶつかって砕け散る水のきらめきをながめ、水しぶきとともに深い淵から響いてくる、人間の怒鳴り声にも似た大音響に耳を傾けた。

滝の全体像が見られるように、ぐるりと小道が開かれていたが、半周ほどでふいに行き止まりになり、観光客はそこから引き返さなくてはならない。わたしたちがもどろうとしたところへ、スイス人の若者が手紙を持って走ってきた。いま出てきたばかりの宿のマークがついたその手紙は、旅館の主人からわたしに宛てたものだった。わたしたちが出発した直後、英国人女性が到着した。肺結核の末期にあって、ダヴォス・プラーツで冬を過ごし、ルツェルンの友人のもとへ行く途中だというこの女性が、とつぜん喀血したのだそうだ。どうみてもあと数時間の命のようだが、スイス人の医者はいやだと言っているこの女性が、英国人の医者に診てもらえれば大いに慰めになるのではないかと思う、すぐにもどっていただければありがたい、という内容だった。親切なシュタイラーは、自分としてもたいへんな責任を負わされた気持ちなのだと書き添えていた。

この願いは無視できない。ふるさとをはなれて死にかかっている同国人女性の頼みを断ることなど、できるわけがなかった。しかし、ホームズをひとり残していくこともためらわれる。結局、わたしがマイリンゲンにもどるあいだ、手紙を届けてくれたスイス人の若者に、ガイドも兼ねて残ってもらうということに話が決まった。ホームズは、もうしばらく滝を見物して、それからゆっくり山を越えてローゼンラウイへ行くから、夜にそこで落ち合おうという。わたしがその場を離れるとき、ホームズは腕組みして岩にもたれ、じっと滝を見下ろしていた。それが、この世でホームズを見た最後になった。

坂をほとんど下りきったところで、わたしは振り返った。もう滝は見えなかったが、山の肩にくねくねと、滝につづく小道が見えた。ひとりの男がその道を急いでいたのを、覚えている。黒い人影が、緑を背景にくっきりと浮かんでいた。なんて体力のありそうなやつだろうと思ったが、先を急ぐうちに、そのことも忘れてしまった。

マイリンゲンまで一時間以上かかったかと思う。シュタイラーは宿の玄関に立っていた。

「病人の様子はどうだね？」と、わたしは急いで歩み寄った。

シュタイラーはきょとんとした顔で、眉をぴくっと震わせるではないか。そのとたん、わたしは心臓が鉛になったかのようにズシンという重さを感じた。ポケットから手紙をひっぱり出した。

「これはきみが書いたんじゃないのか？　病気の英国人女性は？」

「そんな方はいませんよ！」シュタイラーが声をあげる。「おや、便箋にうちのマークがついてますな！　そうか！　あの背の高い英国人が書かれたんでしょう。あなたがたが出発したすぐあとにお着きでした。なんでも――」

主人の説明を聞いている暇はなかった。わたしは不安におののきながらとっさに村の通りをかけだし、下りてきたばかりの山道へとって返した。下りるのに一時間かかった道を全力で走っても、ふたたびライヘンバッハの滝へたどりつくまでさらに二時間かかってしまった。

別れた場所の岩に、ホームズの登山杖《アルペンストック》が立てかけたままになっていた。ホームズの姿はどこにも見当たらず、大声で呼んでみてもむだだった。自分の声があたりの絶壁にぶつかって、こだまになってはね返ってくるだけだ。

わたしをぞっとさせたのは、ぽつんと残されたその登山杖だった。つまり、ホームズはローゼンラウイへは行っていないのだ。断崖絶壁に挟まれたこのわずか三フィート幅の小道で、突然敵に襲われたのだろう。スイス人の若者もいない。おそらく、モリアーティに金で雇われた者で、二人を残して去っていったに違いない。それからいったい何が起こったのだろう？　何があったのか、いったいだれが教えてくれるというのか？

わたしは呆然としてしばらくその場に立ち尽くし、気持ちが落ち着くのを待った。それから、ホームズのやりかたを思い出して、悲劇のいきさつを推理しようとしてみた。悲しいまでに、あまりにかんたんなことだった。

ホームズとわたしは行き止まりの少し手前で最後の会話を交わしたわけだが、登山杖のおかげでその場所がはっきりわかった。小道の黒っぽい土は、絶えず吹きあげる水煙にいつもやわらかく湿り、小鳥が降りても足跡が残るほどだ。その行き止まりまで、二筋の足跡がはっきり残っていて、そちらへ向かっていた。引き返した跡はない。行き止まりのあたりは土がぐしゃぐしゃに踏み荒らされ、崖っぷちのイバラやシダがひきちぎられて、泥にまみれている。わたしは腹ばいになって、吹きあげる水しぶきに濡れながら、崖下をのぞき込んだ。

村へひきかえしたときから日が暮れかかっていたが、いまはもう、あちこちでてらてら光る水に濡れた黒い岩と、はるか下の滝つぼで白く砕け散る水が見えるだけだ。わたしは大声で叫んだ。だが、返ってくるのは、あの人間の怒鳴り声にも似た滝の音ばかりだった。

しかし、わたしは親友の最後の挨拶だけは受けられる運命になっていた。ホームズの登山杖が立てかけたままになっていた、小道に突き出た岩の上に、何か光るものが目についた。手を伸ばしてみると、ホームズが愛用していた銀のシガレットケースだった。とりあげると、その下にあった小さな四角い紙切れがひらひらと地面に落ちた。広げてみると、手帳を三ページ分ちぎって書かれた、わたし宛ての手紙だった。いかにもホームズらしく、まるで書斎で書いたかのように行がきちんと揃って、しっかりした筆跡のくっきりした字だ。

ワトスン君へ——

モリアーティ教授の好意で、この短い手紙を書いている。ぼくたちの問題に最終的な決着をつけるため、彼はぼくが書き終えるのを待っているのだ。いま、どうやって英国警察の手を逃れたのか、どうやってぼくらの動きをつかんだのか、ざっと説明してもらったところだ。ぼくが思っていたとおり、モリアーティ教授の頭脳は並みはずれて優れていることが確認できた。これでモリアーティの悪の手から社会を救うことができると思うと、ぼくとしては大きな喜びを感じる。ただし、それと引き換えにぼくの友人たち、

SIDNEY PAGET
1893

とりわけワトスン、きみをひどく苦しめることになるのが残念だ。

しかし、きみに話しておいたとおり、ぼくの人生はいずれにしても転機を迎えていた。いっそ人生にピリオドを打つなら、これ以上ぼくにふさわしい幕切れもないだろう。正直に打ち明けよう。マイリンゲンからの手紙はにせものだと、ぼくにははっきりわかっていた。こうなることを確信して、きみを宿へひき返させたんだ。パタースン警部に、伝えてほしい。一味の有罪を証明するのに必要な書類は、整理棚の「M」のところにある、表に「モリアーティ」と書いた青い封筒に入っていると。英国を出発するときに財産はすっかり整理して、兄のマイクロフトに渡してきた。奥さんにどうぞよろしく。

きみの真の友

シャーロック・ホームズ

このあとは、いくつか言い残したことを付け加えれば十分だろう。警察の調査の結果、こんなところで争えば当然のことだが、二人は取っ組み合ったまま滝つぼに転落したものと断定された。死体が発見される見込みはまったくない。こうして、史上まれに見る大悪党と名探偵は、渦巻き、沸き返る恐ろしい滝つぼの底深く、ともに永遠に眠ることとなった。手紙を持ってきたスイス人の若者は、ついに発見されなかった。おそらく、数多いモリアーティの手下のひとりだったのだろう。

その後、悪の組織は、ホームズの調べあげた証拠によって徹底的に暴かれた。いまは亡きホームズの手によって、一味にどんなにきびしい制裁が下されたかは、まだ世の記憶に新しいところだろう。だが、恐るべき犯罪王モリアーティ自身については、裁判中にもほとんど明らかにされなかった。わたしがここに、その経歴と罪をあえてはっきり書かなければならなかったのは、話の最初に書いた、教授の弟による公開状のせいだ。ひとえに、わたしが知るこの世でいちばん善良で賢明な人間、つまり親友ホームズを非難し、まるで教授が無実の人間であるかのような書き方をする者には、断固として反撃したかったからにほかならない。

注釈

●名馬シルヴァー・ブレイズ

＊1「耳覆いつきの旅行帽をかぶったホームズは」

『シャーロック・ホームズの冒険』所収の「ボスコム谷の謎」と同じ服装なのだろう（同作注釈1参照）。通常のホームズ、つまりロンドンにいるときのホームズは、イラストによくあるようにシルクハットやフロック・コートというきちんとした服装だった。トレードマークとなっている鹿撃ち帽にインヴァネスという姿は、郊外や遠方へ捜査に行くときだけのものと考えられる。

＊2「各馬の出走登録料五十ソヴリン（出走取り消しの際は半額没収）**、出走登録料追加金千ソヴリン」**

各出走馬の馬主が出した登録料を一着の馬が総取りするという、ステークス方式のレースと考えられる。つまり、登録料の総額に追加金千ソヴリン（一ソヴリンは一ポンド、約二万四千円）を加えたものから、二着と三着の賞金（合計五百ポンド）を引いた金額が、一着の賞金になったのだろう。

＊3「粉末アヘンというのは、けっして無味ではありません」

「唇のねじれた男」（『シャーロック・ホームズの冒険』所収）の注釈に書いたように、当時、アヘン常用は英国全土に広まっていたので、入手も難しくはなかった。

●ボール箱

＊1「ポーの短編の一節を読んで聞かせたことがあっただろう？」

『緋色の研究』第二章に出てくる、エドガー・アラン・ポーの作品に関するやりとりのことと思われるが、そのときはワトスンがポーの探偵役デュパンを引き合いに出し、ホームズがけなしたのだった。ドイル自身はいくつかの機会でポーを賞賛している。

＊2「親指の跡が二つついていること以外、

これといった特徴がない」

　ホームズが活躍したのは、主に一九〇三年まで（この年に引退してサセックスに引っ越したので、その後の事件は二つしかない）。一方、指紋による身元確認法がスコットランド・ヤードで正式に採用されたのは、一九〇一年。その前の一八九五年から試験的に使われていたものの、ホームズが捜査の決め手に指紋を使うことはなかった。

＊3「クラレット一本で一時間粘るあいだ」
　フランスの赤ワイン、とくにボルドー産赤ワインは、英国では七世紀前からクラレットと呼ばれる。ブルゴーニュ産はこう呼ばれない。

＊4「そのころのおれは酒と縁を切っていて（ブルー・リボン）」
　絶対禁酒を誓う青リボン団（一八七八年創立）の団員は、青いリボンをボタンの穴に飾っていた。転じて、禁酒していることを「ブルー・リボンだ」と言うようにもなった。初めのほうでスーザン・クッシングが「禁酒の誓いを破る前」と言っているので、ジム・ブラウナーは実際に青リボン団に入っていたのかもしれない。

●黄色い顔

＊1「ドアを開けてくれた給仕の少年が言った」
　来客にこたえてドアを開け、主人のところへ案内する給仕（ペイジ）は、個人の家に雇われている場合も、職業として独立している場合もあったが、たいていは少年だった。

　ベイカー街には何人もの給仕が登場しているが（『シャーロック・ホームズの冒険』では「花婿の正体」と「独身の貴族」）、給仕がいないときはハドスン夫人が取り次いでいたようだ。

＊2「クリスタル・パレスまで足を延ばし」
　一八五一年にロンドンで開かれた万国博のために造られた、鉄骨ガラス張りの巨大な建物。水晶宮。ハイド・パークに建てられたが、一八五四年に解体されて南ロンドンのシデナムに移築、一九三六年に焼失した。

●株式仲買店員

＊1「コクニーと呼ばれるが」

一般に、イースト・エンドにある〝ボウの鐘〟（セント・マリルボウ教会の鐘）が聞こえる範囲内で生まれた者が、生粋のコクニー、つまりロンドン子と言われる。中流階級の下層、または下層階級に属し、江戸っ子のべらんめえと同様、独特のロンドンなまりで話す。ただ、ホームズ物語では、このコクニーが会話に出てくることはあまり多くない。

＊2「東・中央地区（EC）のことにはあまりなじみがおありじゃないかもしれませんが」

東・中央地区（イースト・セントラル）は、ロンドンに八つある郵便集配区域のひとつ。東・中央地区には、当時のロンドンの証券会社のほとんどが集まっていた。

＊3「エアーシャーはどのくらいですか？」

エアーシャー（スコットランド南西部の旧州）を走っていたグラスゴー・アンド・サウス・ウェスタン鉄道の株価のことを言っている。

＊4「ロンドンの新聞だよ。『イブニング・スタンダード』の早版だ」

午後一時過ぎにロンドンで起きた事件が夕刊の早版に載り、その日の午後七時過ぎにバーミンガムで読まれている。百二十年近く前のこととしては驚きだが、当時は交通機関の急速な発達により、ロンドンの夕刊が数時間後には地方で売られていた。

＊5「シティ警察のトゥーソン巡査部長が見とがめた」

ロンドンのシティ（旧市街）には、スコットランド・ヤードが管轄権をもたない独立した警察があった。一八八〇年の時点でシティ警察の人員は八三〇人（ヤードは一六、九四三人）、シティの人口の六一人にひとりの割合だった（ヤードは四三〇人にひとり）。一八九三年には八九三人に増えている。

シティとはテムズ河北岸の約一平方マイルの地域で、昔ローマ人の町があった区画にできたロンドン最古の市街区。市長と市会による自治が行われ、商業の中心地となっている。

●グロリア・スコット号

＊1「治安判事の職にある地元の重要人物だった」

治安判事は土地の有力者などがなる下級判

事で、無給の名誉職。微罪の即決裁判や、捜査令状や逮捕状への署名をおこなう。「ライゲイトの大地主」の注釈2を参照されたい。

＊2「国法をやぶった罪で流刑を宣告されたのだ」

日本でも江戸時代などに遠島への流刑があったが、当時の英国では海外の植民地に囚人を送り込み、過酷な労働を科した。アメリカ合衆国の独立後はオーストラリアが主要な流刑地となり、一八五三年には中止されたと言われるが、西オーストラリアへの流刑は一八六八年まで続いていたとも言われる。

●マスグレイヴ家の儀式書

＊1「パイプ煙草をペルシャ・スリッパのつま先に入れたり」

ペルシャ・スリッパは、やわらかい革でつくられてつま先のとがった、ペルシャ（現在のイラン）またはトルコ製のもの。ホームズがこのつま先に煙草の葉を詰めていたことは、この後の「海軍条約文書」などいくつかの事件で語られている。

＊2「部屋の壁に弾を撃ち込んで〝V．R．〟という愛国的な文字をつくることもあった」

V．R．はヴィクトリア女王の意味（Rは女王という称号）で、布告などの署名に用いる。ラテン語でreginaはqueen、rexはkingなので、V.R.＝Victoria Reginaヴィクトリア女王、E.R.＝Elizabeth Reginaエリザベス女王、G.R.＝George Rexジョージ国王。現在でもロンドンの街を歩いていると、〝E．R．〟や〝G．R．〟の文字が付いた公園の扉や街路灯の柱にお目にかかることがある。

＊3「第二メイドのレイチェル・ハウエルズ」

当時はハウスメイドにしても、第一、第二から見習いまで数人いた。家事使用人については、『シャーロック・ホームズの冒険』の「緑柱石の宝冠」の注釈を参照されたい。

●ライゲイトの大地主

＊1「オランダ領スマトラ会社にからんだモーペルテュイ男爵の大陰謀事件」

スマトラのある現インドネシアは、当時の

オランダ領東インド諸島。ヨーロッパ諸国は〝東インド会社〟の名で東南アジアにおける植民地活動に従事したが、オランダが〝オランダ東インド会社〟という共同資本貿易会社を通じて東インド諸島を支配していたのは、一六〇二年から一七九八年まで（一七九九年に会社を解散した）。その後一時期英国が支配したあと、一八一六年からはオランダ政府が直接支配した。

＊2「カニンガム老人というのは、このあたりきっての大地主でしてね」

〝大地主〟（スクワイア）は教区内の主な土地所有者に与えられる尊称だが、貴族階級の下の階級なので、昔は〝郷士〟などと訳していた。ただの地主でなく、治安判事などの名誉職につく地元の有力者。「グロリア・スコット号」のトレヴァ老人などが、これに当てはまる。

●背中の曲がった男

＊1「袖口にハンカチを突っ込む癖をやめないかぎり、軍隊に縁のない人間だとはだれだって思うまい」

軍服にはハンカチを入れるようなポケットが付いていなかったということである。

＊2「ベイカー街不正規隊（イレギュラーズ）の少年をひとり」

ベイカー街不正規隊（ベイカー・ストリート・イレギュラーズ）は、ホームズがロンドンでの捜査を手伝わせて小遣いをやっていた、宿無し子たちの一団。目立たずにどこへでも入り込める点を利用した。『緋色の研究』と『四つの署名』で主に活躍する。

＊3「聖書のウリヤとバテシバの物語をおぼえているだろう？」

ホームズは、旧約聖書『サムエル記下』第十一章から十二章にあるエピソードのことを言っている。イスラエル王ダビデ（つまりデイヴィッド）は、家臣ウリヤの妻バテシバの美しさに迷い、彼女を妊娠させたばかりか、夫のウリヤを最前線で戦死させた。

●入院患者

＊1「伝記作者を永遠に悩ませるシラとカリブデスといったところだろう」

シラとカリブデスは、古代ギリシャ神話に

出てくる二匹の怪物で、海に棲む。シラは海岸近くを通る船から船員をさらい、カリブデスは船ごと海水を飲み込んでしまうという力をもち、船員はしばしばこの二つのあいだを抜けて航海しなければならなかった。つまり、一方の危険を避けられても別の危険があるという状態を言っている。

＊2「まさに、人生の万華鏡とでもいうべき光景だ」

フリート街からストランド街にかけては、当時まさにロンドンの中心といった華やかさを呈していた。フリート街はシティの西の商業地区にあって新聞社や出版社、印刷所、それにパブが多いことで知られ、シティとウェスト・エンドを結ぶ大通りのストランドには劇場や一流ホテル、レストランがあった。

なお、ストランドには〝通り〟を意味する言葉が付いていないが、訳出上便宜的に〝ストランド街〟としてある（「ギリシャ語通訳」の〝ペル・メル街〟、「海軍条約文書」の〝ホワイトホール通り〟も同じ）。

このロンドンを散歩するシーンは三一三ページのイラスト（シドニー・パジット画）に描かれているが、ホームズとワトスンが腕を組んでいるのを見て怪訝に思われた方も少なくないだろう。現代であれば同性愛を疑われかねないが、ヴィクトリア時代から第一次世界大戦頃まで、男性の友人どうしが腕を組んで歩くのは親愛の情を示すものであり、珍しくはなかったのだった。

●ギリシャ語通訳

＊1「祖母はフランスの画家ヴェルネの妹だった」

ヴェルネは親子三代にわたる画家だが、孫のエミール・ジャン・オラス・ヴェルネ（一七八九〜一八六三）のことだろう。戦争画家として知られ、実物が目の前になくても記憶にもとづいて正確な描写ができることで有名だった。

＊2「ディオゲネス・クラブっていうのは、ロンドンでいちばん変わったクラブでね」

ロンドンの社交クラブが閉鎖的なことは現代もあまり変わっていないが、会員以外の者は入口近くの小部屋にしか入れず、その部屋での会話も小声でしなければならないというクラブは、当時実際にあった。ギリシャ時代の哲学者ディオゲネスは、個人の完全な自由を主張し、大きな桶の中に住んでいた変わり者として有名なので、このクラブにふさわしい名と言える。

●海軍条約文書

＊1「便利屋（コミッショネア）が階段の下の用務員室にひと晩じゅう詰めていて」

便利屋（コミッショネア）は、退役軍人で組織された組合の一員。『シャーロック・ホームズの冒険』の「青いガーネット」の注釈を参照されたい。

＊2「ホームズはシャツのカフスに何か書きとめた」

ヴィクトリア時代のワイシャツのカフスはかなり硬くて、メモをするのに十分だった。ホームズにも手帳を使う習慣はあったので（『四つの署名』にある）、書きとめるものがなくてしかたなくカフスに書いたわけではない。『バスカヴィル家の犬』に登場するモーティマー医師もワイシャツのカフスにメモをしているので、それほどおかしな行為でないことがわかる。

＊3「てっきり差し押さえ屋（ブローカー）かと思ったもんで」

差し押さえ屋と言っても民間でなく、州長官などの下にいる執行吏で、不履行となっている債務の取り立てや、差し押さえた家具の売却をおこなった。

＊4「ベルティヨンの人体測定法を話題にして」

アルフォンス・ベルティヨン（一八五三〜一九一四）の人体測定法は、骨格の測定値と肉体的特徴を記録して、犯罪者の身元確認をする方法。この方法は、一九〇〇年ころから指紋による鑑別法にとって代わられるようになった。指紋については、「ボール箱」の注釈を参照。ベルティヨンについては、『バスカヴィル家の犬』のなかでも言及されている。

●最後の事件

＊1「空気銃さ」

空気銃の詳細については、次回の短編集『シャーロック・ホームズの生還』の冒頭を飾る「空き家の冒険」までお待ちいただきたい。

＊2「二項定理についての論文を書いてヨーロッパじゅうに名をとどろかせ」

二項定理はアイザック・ニュートン（一六四二〜一七二七）によって考案された数学上の定理。その定理に関するどのような論文を書いたのかは、わからない。

＊3「ピーター・シュタイラーのやっていた〈英国旅館〉（エングリッシャー・ホープ）」

英語だと〝イングリッシュ・ホテル〟で、一般的に「英語が通じるホテル」を意味し、第一次世界大戦までは大陸のドイツ語圏にたくさんあったと言われる。

なお、文中の金額を円換算して訳注にするのはごく一部にとどめたので、『シャーロック・ホームズの冒険』の注釈に書いた当時の貨幣価値について、再掲しておきたい。

一ポンド＝二十シリング＝二万四千円
一シリング＝十二ペンス＝千二百円
一ペニー＝百円（ペンスは単数のとき「ペニー」）
一ギニー＝二十一シリング＝二万五千二百円
一クラウン＝五シリング
一ソヴリン＝一ポンド

解説

シャーロック・ホームズは一八八七年に長編『緋色の研究』で初めて世に登場し、第二長編『四つの署名』（一八九〇年）のあと、一八九一年に短編が月刊誌『ストランド』に連載され始めてから、大人気となりました。その最初の十二編をまとめたものが『シャーロック・ホームズの冒険』（一八九二年十月刊、以下『冒険』）、続く十二編をまとめたのが、一八九三年十二月に刊行されたこの『シャーロック・ホームズの回想』（以下『回想』）です。

『冒険』に収められた十二の短編を書いたとき、著者ドイルは最後の作品でホームズを殺すつもりだった、というところまでは同書の解説で書きました。それがドイルの母親による強力な反対によって、撤回されたことも。その後ドイルは、本書『回想』にまとめられる短編の執筆要請を『ストランド』誌から受けていたのですが、やはりほかの小説を書くことに専念したい気持ちが強く、ホームズ物語の継続に乗り気ではありませんでした。

そこで彼は、新シリーズ全体で千ポンドの原稿料を出すなら書く、と編集部に返答します。『冒険』の後半六編が一編につき五十ポンドですから、十二編で千ポンドは約二倍。さすがにそんな条件はのむまいと思ったのでしょう。しかし、『ストランド』の発行人はそれをすんなり受け入れてしまい、ドイルはやむなく新たなホームズ物語を苦労して生み出していくことになります。そして十二編目に何が起こるかは……すでにお読みになったとおりです。

当然のことながら、「最後の事件」が発表された一八九三年の冬は、英国中が大騒ぎとなりました。『ストランド』編集部とドイルのもとには、抗議と怒りの手紙が山のように届きましたし、ロンドンのシティで働く若者たち（「株式仲買店員」を思い出してください）は、シルクハットに喪章をつけて歩いたといいます。

しかし、しぶしぶ書いたとはいえ、六十編のなかでもまだ初期のものですから、ひとつひとつ新たな意気込みで力をふるった作品になっています。生き生きと描かれるヴィクトリア時代のロンドン、ホームズとワトスンという永遠のコンビ、思わず引き込まれる謎の設定……どれもが魅力的で、物語作家としてのドイルの才能をうかがわせます。

本書におさめられた十二編の発表時期は、次のとおりです。

Silver Blaze「名馬シルヴァー・ブレイズ」『ストランド』一八九二年十二月号
The Cardboard Box「ボール箱」同一八九三年一月号
The Yellow Face「黄色い顔」同一八九三年二月号
The Stockbroker's Clerk「株式仲買店員」同一八九三年三月号
The "Gloria Scott"「グロリア・スコット号」同一八九三年四月号

The Musgrave Ritual「マスグレイヴ家の儀式書」同一八九三年五月号
The Reigate Squire「ライゲイトの大地主」同一八九三年六月号
The Crooked Man「背中の曲がった男」同一八九三年七月号
The Resident Patient「入院患者」同一八九三年八月号
The Greek Interpreter「ギリシャ語通訳」同一八九三年九月号
The Naval Treaty「海軍条約文書」同一八九三年十月号および十一月号
The Final Problem「最後の事件」同一八九三年十二月号

『ストランド』掲載時には、各作品名のあたまに“The Adventure of ～”がついていましたが、ここでは省略してあります。「回想（Memoirs）」という題名は、単行本にまとめられたときに初めて使われたものでした。

この『回想』の収録作品で特に触れておかなければならないのは、「ボール箱」の問題です。右の一覧でわかるように、「ボール箱」は連載再開後の二作目として『ストランド』に掲載されたのですが、「最後の事件」までの作品が『回想』として単行本にまとめられたときには、ドイルの意向により省かれてしまいました。彼自身さまざまな理由を挙げていますが、いわゆる〝不義密通〟の要素により、自分が考えていた以上に扇情的な話になってしまった、というのが主な理由だったようです。

一方、翌一八九四年二月に刊行されたアメリカ版『回想』の初版には、十二編すべてが収められました。しかし、その直後に改訂版が出され、やはり「ボール箱」が削除されてしまいます（おそらくドイルが抗議したのだろうと言われています）。その後長いあいだこの作品は陽の目を見ず、一九一七年に刊行された第四短編集『シャーロック・ホームズ最後の挨拶』に、ようやく収録されたのでした。『ストランド』掲載時の順番どおりに十二編を収録した『回想』が次に刊行されたのは、一九九三年のオックスフォード大学出版局版。実に九九年ぶりだったわけです。

さらに、「ボール箱」が『回想』から省かれた際、有名な〝読心術〟の場面（本書五七ページの「部屋のブラインドは……」から六二ページの「……こんなじゃまをするようなまねはしなかったんだがね。」まで）は、「入院患者」の冒頭に移され、逆に「入院患者」の冒頭の一部が削除されました。しかし、一九二八年に英ジョン・マリー社から短編全集（一巻本）が出たときには、もちろん「ボール箱」も収録されていますので、「入院患者」からは再度この〝読心術〟シーンが削られ、本書三一二ページにある「事件記録の一部をなくしてしまったため……」から「……少し外の通りでもぶらついてみないか？」までの部分が、「それは十月のあるうっとうしい雨の日のことだった。『いやな天気だね、ワトスン』とホームズが声をかけてきた。『でも夕方になっていくらか風が吹いてきたようだ。少し外の通りでもぶらついてみないか？』」というシンプルなものに書き換えられたのでした。これまでの日本語訳文庫版はほとんどがこのジョン・マリー社版を使っていますので、『ストランド』

掲載時のまま訳したこの新訳全集は、その意味でもユニークなものと言えるでしょう。

ところで、『冒険』の解説でちらっと書いたように、『ストランド』連載でホームズ物語が大ヒットした要因のひとつには、シドニー・パジット（一八六〇〜一九〇八年）という挿絵画家の存在がありました。彼は短編第一作「ボヘミアの醜聞」から挿絵を担当し、その後『冒険』の「ボスコム谷の謎」および本書の「名馬シルヴァー・ブレイズ」の挿絵にあるホームズの服装、つまり鹿撃ち帽《ディア・ストーカー》にインヴァネス・コートという姿を生み出し、ホームズの姿として確立したのです。

実は、当初『ストランド』の挿絵担当者が依頼したのは、シドニー・パジットでなく弟のウォルター・パジットだった、というのは、今では有名な話となっています。その理由は、担当者がウォルターのファーストネームを忘れてしまったからだという、笑い話のような逸話です。弟も『イラストレイテッド・ロンドン・ニュース』のイラストなどで知られる画家でしたが、兄シドニーの挿絵だったからこそ、ホームズものにぴったりと合ったわけで、まさに怪我の功名と言えましょう（その弟ウォルターをホームズのモデルに使ったのも、成功した理由のひとつでした）。シドニー・パジットは『冒険』、『回想』、『バスカヴィル家の犬』そして『シャーロック・ホームズの生還』までの各作品に三百五十枚あまりのイラストを描きましたが、今回の全集には、そのうち百枚ほどを使ってあります。

最後にひとつ。ホームズ物語の訳はさまざまにあり、これだけ何度も訳されると新味がないのでは、という疑問も、あるいは出るかもしれません。しかし、わたし自身、ホームズものを訳し始めてから三十年ほどになりますが、訳すたびに新たな発見があり、ホームズ物語の奥の深さを感じてきました。海外の古典作品は、新世代の読者が楽しみ、かつ古い読者が面白さを再認識する対象であるとともに、わたしたち訳者にとっても、つねに再発見の楽しみを味わわせてくれるものなのです。

たとえば、今回の「ライゲイトの大地主」の冒頭。ここにはいわゆる〝語られざる事件〟(ワトスンが事件名だけを書いていて中身を語っていないもの)が出てくるのですが、これまでは「オランダ領スマトラ会社の事件」と「モーペルテュイ男爵の大陰謀事件」という二つの事件があったという訳ばかりでした(自分自身の訳も含めてです)。しかし、なんとなくしっくりこないなと思っていたところ、海外のホームズ研究者による本や、インターネット上のサイトなどを見て、ひとつの事件という解釈がけっこうあることを知りました。それを確認してからもう一度原文を見ると、確かにそう解釈したほうがすっきりするではないですか……。もちろん、こうした場合、どちらかが絶対に正しいということは言えませんが、楽しい発見であることは確かなのです。

二〇〇六年二月

日暮雅通

私のホームズ

探偵講談

旭堂南湖《きょくどうなんこ》
（講談師）

私、旭堂南湖と申しまして、講談師です。男前ですから、好男子の講談師とも呼ばれております。

皆様は講談ってご存じですかね。昔は講釈とも言いました。日本の伝統話芸でしてね。五百年の歴史がございます。

着物姿で舞台に上がり、座布団の上に座って、釈台と呼ばれる机を前にして、物語を読むのです。

有名な読み物と言えば、冬の定番、忠臣蔵。夏にはお化けが出てくる怪談。あるいは、戦国武将が活躍する太閤記や難波戦記などがあります。

明治時代には、探偵講談と呼ばれる名探偵が活躍するお話がはやりました。今で言うミステリですね。ちょっとタイトルを挙げてみましょうか。

『血染の革包』、『鬼車』、『蒲鉾屋殺し』、『水底の死美人』、『車中の毒針』。

どうですか。どんな物語か聞いてみたくなりますよね。

実際に起こった事件を、講談師が取材して物語に仕上げている場合や、西洋のミステリ小説を翻案している場合があります。

もちろん、我らがホームズが主人公のお話もちゃんとあります。

『禿頭倶楽部』、『怪しの帯』、『坊主ケ谷の疑獄』。

明治の香りがするタイトルですね。当時は、読みやすくする為に、地名、人名、風俗、習慣などを、日本風に変えることがありました。これが、明治期ミステリの魅力の一つでもあります。

さて、どの作品かわかりますか。

『禿頭倶楽部』は『赤毛組合』ですね。現在では、赤く髪を染めている若者もいますが、明治の日本には、そんな人はいませんでしたからね。赤毛を禿頭に変えています。

『怪しの帯』は『まだらの紐』。怪しという言葉の響きが良いですね。紐じゃなくて、帯。まだ着物を着ていた人が大勢いた時代です。

『坊主ケ谷の疑獄』は『ボスコム谷の謎』ですね。ボスコム谷、ボスコム谷、ボスコム谷って、十回言えば、坊主ケ谷に聞こえてきそうです。

ちなみに、横溝正史は、小学生の時に、「六つのナポレオン」ならぬ、「六つの乃木大将」という作品を読んだそうです。明治の人々にとっては、ナポレオン像よりも、乃木大将の像の方が、馴染みがあったのでしょうね。

現代の翻訳と、どこがどう違うのか、比べながら読んでみると、面白いかも分かりませんね。

そんな話を、ホームズファンの方としていますと、

「南湖さん。今度、日本シャーロック・ホームズ・クラブの大きな集まりがあるんです。そこでホームズ物の講談をやりませんか」

「是非やらせて下さい。しかし、原作に忠実にするよりも、明治の翻訳家のように、工夫した方がいいかもわかりませんね」

「ええ、その方が面白そうです」

そこで作ったのが、こんな話。


『ホームズ講談　六つのナポレオン』


一七六九年八月十五日にフランス皇帝ナポレオン一世は生まれました。すくすくと育ったナポレオン、六つのときに、小学校に入学しました。入学祝いは辞書だったそうで。

ナポレオン、早速この辞書を開きますと、筆箱から修正液を取り出して、何やら作業を始

めました。

一体何をしているのでしょうか。

やがて立ち上がると、大きな声で叫びました。

「我が辞書に『不可能』の文字は無い！」

修正液で消したんですね。

『六つのナポレオン』という馬鹿馬鹿しい一席。
・
「ワッハッハ。南湖さん。面白いですけど、もう少し原作に近い話を作って頂けませんか」

「了解です」

『ホームズ講談　六つのナポレオン　改訂版』

名探偵シャーロック・ホームズがブランデーを飲んでおりました。テーブルの上には六本のブランデー。

「南湖さん。落ちがわかりましたよ」

「わかりましたか」

「ええ。銘柄がナポレオンでしょ」

「それでは、ガラリと作品を変えましょう。『唇のねじれた男』で」


『ホームズ講談　唇のねじれた男』


十九世紀のイギリスのお話です。ロンドン橋の東側に歌舞伎町というところがあります。この歌舞伎町の汚い路地をズーッと入って行くと、アヘン窟がございます。丁度、『ドン・キホーテ　新宿東口本店』から歩いて三分のところです。

建物の中に入ると、天井は低く、木のベッドが並んでおり、アヘン中毒者がどんよりとした眼で茶色い煙を吸っています。

このアヘン窟で、ワトソンがホームズを見つけます。ホームズは歌舞伎町からズッと西へ行った三鷹に下宿して、ある事件を追い掛けていたのでした。

その事件というのは、実に奇妙なものでした。

ある日のこと。三鷹に住んでいる小池さんは、いつものように、中央線に乗って歌舞伎町の会社へ出掛けます。丁度、昼過ぎ。奥さんも、歌舞伎町に用事があったので、家を出ます。『紀伊國屋書店　新宿本店』で買い物をした奥さんが、テムズ川の辺りをぶらぶらと歩いていると、ビルの窓からこちらを見ている夫の姿。小池さんは、奥さんの顔を見ると、なぜかは知らぬがギャーと悲鳴をあげました。奥さんは驚いて、夫がいた場所へ走って行きましたが、夫の姿は無く、そこにいたのは歌舞伎町で評判のホームレスでした。

これから、ホームズとワトソンが活躍して、見事に事件を解決します。


「南湖さん。現代を取り入れているので、わかりやすいですね。確かに、歌舞伎町にはアヘン窟がありそうですからね。しかし、テムズ川はないですよ」

「あまり細かいことは気にしないで下さい」

「続きが気になりますね。今度、これをやって下さい」

「わかりました」


実際、ホームズファンの前でやった『ホームズ講談　唇のねじれた男』は大評判でした。

もっとも、おまけでやった『六つのナポレオン』の方がよく受けていましたが……。

その後、CS放送「ミステリチャンネル」でも、『ホームズ講談』は放映されました。

機会がございましたら、是非『ホームズ講談』を聞いてみて下さいね。今まで気付かなかった新しい魅力が発見出来るかもわかりませんよ。

光文社文庫

新訳シャーロック・ホームズ全集
シャーロック・ホームズの回想《かいそう》

著　者　　アーサー・コナン・ドイル
訳　者　　日《ひ》　暮《ぐらし》　雅《まさ》　通《みち》

2006年4月20日　初版1刷発行

発行者　篠　原　睦　子
印　刷　堀　内　印　刷
製　本　フォーネット社

発行所　株式会社　光　文　社
〒112-8011　東京都文京区音羽1-16-6
電話　(03)5395-8149　編集部
8114　販売部
8125　業務部

ISBN4-334-76167-4　Printed in Japan

お願い　光文社文庫をお読みになって、いかがでございましたか。「読後の感想」を編集部あてに、ぜひお送りください。

このほか光文社文庫では、どんな本をお読みになりましたか。これから、どういう本をご希望ですか。どの本も、誤植がないようつとめていますが、もしお気づきの点がございましたら、お教えください。ご職業、ご年齢などもお書きそえいただければ幸いです。当社の規定により本来の目的以外に使用せず、大切に扱わせていただきます。

光文社文庫編集部